LIZ TRENOW
Die Zeit der Mohnblüten

Autorin

Liz Trenow wuchs in der Nähe einer Seidenspinnerei auf, die auch heute noch in Betrieb ist und sie zu ihrem ersten Roman »Das Kastanienhaus« inspirierte. Obwohl ihre Vorfahren seit über dreihundert Jahren im Seidengeschäft tätig sind, entschied Liz Trenow sich für einen anderen Beruf. Sie arbeitete viele Jahre als Journalistin für nationale und internationale Zeitungen sowie für den Hörfunk und das Fernsehen, bevor sie sich ganz dem Schreiben von Romanen widmete.

Von Liz Trenow bereits erschienen
Das Kastanienhaus · Die vergessenen Worte ·
Das Haus der Seidenblüten

Besuchen Sie uns auch auf www.facebook.com/blanvalet und www.twitter.com/BlanvaletVerlag.

Liz Trenow

Die Zeit der Mohn- blüten

Roman

Deutsch von Andrea Brandl

blanvalet

Die Originalausgabe erschien 2018 unter dem Titel
»In Love and War« bei Pan Books, London.

Sollte diese Publikation Links auf Webseiten Dritter enthalten,
so übernehmen wir für deren Inhalte keine Haftung, da wir uns
diese nicht zu eigen machen, sondern lediglich auf deren Stand zum
Zeitpunkt der Erstveröffentlichung verweisen.

Verlagsgruppe Random House FSC® N001967

1. Auflage
Copyright der Originalausgabe © 2018 Liz Trenow
Copyright der deutschsprachigen Ausgabe © 2020 by
Blanvalet in der Verlagsgruppe Random House GmbH,
Neumarkter Str. 28, 81673 München
Redaktion: Ulrike Nikel
Umschlaggestaltung: www.buerosued.de
Umschlagmotive: © Stephen Mulcahey/Trevillion Images
AF · Herstellung: sam
Satz: Buch-Werkstatt GmbH, Bad Aibling
Druck und Bindung: GGP Media GmbH, Pößneck
Printed in Germany
ISBN 978-3-7341-0720-7

www.blanvalet.de

Dieses Buch ist dem Gedenken an Lieutenant Geoffrey Foveaux Trenow von der London Rifle Brigade gewidmet, der für seine Tapferkeit mit dem Military Cross ausgezeichnet wurde und im September 1917 in Flandern fiel. Seine Leiche wurde nie gefunden.

When you are standing at your hero's grave,
Or near some homeless village, where he died,
Remember, through your heart's rekindling pride,
The German soldiers, who were loyal and brave.

Men fought like brutes; and hideous things were done;
And you have nourished hatred, harsh and blind.
But in that Golgotha perhaps you'll find
The mothers of the men who killed your son.

»Reconciliation«
Siegfried Sassoon, 1918

Wenn du an deines Helden Grabe stehst
Oder in den Ruinen, wo er starb,
Gedenke trotz des Stolzes, den du spürst,
Der deutschen Soldaten Treu und Mut.

Was geschah, war unmenschlich, schauderhaft.
Und dein Hass lodert, kalt und blind.
Doch vergiss sie nicht: die Mütter jener,
Die dir den Sohn entrissen haben.

»Versöhnung«
Siegfried Sassoon, 1918

Briefe an den Herausgeber

The Times, Juni 1919

Sehr geehrte Damen und Herren,

hiermit möchte ich meinem Entsetzen und meinem Abscheu angesichts der riesigen Anzeige eines angesehenen Reiseunternehmens Ausdruck verleihen, das »Touren zu den Schlachtfeldern« anbietet – fünftägige Fahrten nach Ypern und an die Somme im Norden Frankreichs und Belgiens.

Am nächsten Tag folgte ein Artikel über dasselbe Thema, in dem Sie berichteten, dass bereits mehrere Tausend Menschen die Gelegenheit genutzt und derartige Reisen unternommen haben. Bestandteil dieses Artikels war das Foto eines Grüppchens von Damen, die neben einem durch ein Schild ausgewiesenen Schlachtfeld ein Picknick veranstalteten.

Bin ich die Einzige, die es absolut abscheulich findet, dass jene heiligen Stätten, an denen so viele unserer tapferen Männer ihr Leben für König und Vaterland verloren, nun durch derlei kommerziellen Tourismus entweiht werden?

Hochachtungsvoll, N. N.

Sehr geehrte Herren,

Ihr Korrespondent behauptet, allein die Vorstellung, dass die Schlachtfelder an der Somme und im Ypernbogen durch kommerziellen Tourismus entweiht würden, sei ein wahrer Schock für ihn.

Soeben von einer solchen Tour zurückgekehrt, muss ich gegen diese Sichtweise protestieren und zum Ausdruck bringen, dass unser Besuch das genaue Gegenteil dessen war. Meine Gattin und ich haben die Reise mit größter Demut und dem alleinigen Ziel unternommen, das Gedenken an unsere beiden im Krieg gefallenen Söhne zu ehren, und es hat uns großen Trost gespendet, die Orte zu besuchen, an denen sie ihr Leben gelassen haben.

Darüber hinaus bringen Besucher wie wir dringend benötigte Devisen ins Land, mit deren Hilfe die schier unvorstellbaren Anstrengungen zum Wiederaufbau der zerstörten Städte und Dörfer rasch in Angriff genommen werden können.

Die Opfer unserer tapferen Soldaten werden niemals vergessen werden. Und wir glauben fest daran, dass Fahrten zu den Schlachtfeldern ein Weg sind, auch weiterhin daran zu erinnern, wie wichtig es ist, in den kommenden Jahrzehnten und Jahrhunderten nach Weltfrieden zu streben.

Hochachtungsvoll, N. N.

Kapitel 1

Ruby

Juli 1919

Es war wie ein seltsamer, unwirklicher Traum für sie, an Deck eines Dampfers zu stehen, über ihr der blaue Himmel, unter ihr das endlose Meer, das wie Millionen Diamanten glitzerte. Rechts sah sie die Stadt Dover, deren Häuser mit den grauen Schieferdächern sich fast entschuldigend unter den majestätischen Klippen zu ducken schienen, die so viel gewaltiger und weißer wirkten, als sie sie in Erinnerung hatte.

Sie konnte kaum glauben, dass sie im Begriff stand, England hinter sich zu lassen, zum allerersten Mal in ihrem Leben. Und das, obwohl sie sich dieses Abenteuer keineswegs selbst ausgesucht, geschweige denn es sich gewünscht hatte. Weshalb sollte sie auch den Ärmelkanal mit seinen hohen Wellen und tückischen Strömungen überqueren wollen, nur um ein Land zu besuchen, in dem vier Jahre lang ein barbarischer Krieg getobt hatte, der nichts als Ruinen, Schutt und Asche sowie unvorstellbares Elend zurückgelassen hatte? Sie war gerade mal einundzwanzig und hatte selbst einen bitteren Verlust hinnehmen müssen. Musste sie sich da wirklich neuen Kummer aufladen? Eigentlich nicht, fand sie, herzlichen Dank.

Nun, da endlich Frieden herrschte, wünschte sie sich lediglich eines: ein ruhiges, geordnetes Leben zu führen und sein Andenken zu wahren, indem sie in seinem Sinne weitermachte und all jenen mit Freundlichkeit begegnete, die ebenso trauerten wie sie selbst. Und von denen gab es weiß Gott eine Menge. Keine Familie war von der Tragödie verschont geblieben. Sie jedenfalls würde für sich bleiben und nie wieder jemanden in ihr Herz lassen, um es am Ende womöglich zu brechen.

Das ist das Beste, was ich tun kann, hatte sie in ihr Tagebuch geschrieben. *Und zudem das Einzige. Schließlich hat er seine Zukunft geopfert, um uns vor den Deutschen zu schützen. Welchen Sinn hätte all das denn sonst gehabt?*

Als seine Eltern sie also eines Nachmittags Anfang Juni nach dem Tee in einen der tiefen, üppig gepolsterten Wohnzimmersessel dirigiert und ihr die Reisebroschüre von Thomas Cook in die Hand gedrückt hatten, war sie im ersten Moment davon ausgegangen, dass das ein Scherz sein sollte.

Touren zu den Schlachtfeldern von Belgien und Frankreich, stand auf dem Umschlag.

»Weshalb um alles in der Welt sollte jemand dorthin fahren und sich diese Orte ansehen ...?«, fragte sie verwundert ihre Schwiegereltern.

Sie unterbrach sich, als sie sah, wie Ivy zusammenzuckte. Ihre Schwiegermutter war so zerbrechlich wie hauchfeines Glas und absolut nach wie vor nicht bereit zu akzeptieren, dass ihr einziges Kind tot war. Nun ja, Ruby kannte Ivy seit jeher als einen scheuen, in sich gekehrten Menschen, der dazu mit einer angegriffenen Gesundheit geschlagen und immer irgendwie leidend war. Zu Beginn ihrer Romanze mit Bertie hatte sie es sogar seltsam gefunden, dass er sie nie zu sich nach Hause einlud und immer seine Mutter vorschob, der alles zu viel wurde.

Inzwischen war Ivy bloß noch ein Schatten ihrer selbst, mehr tot als lebendig, bleich und schwach infolge eines Mangels an frischer Luft und Bewegung, denn sie verbrachte viel zu viel Zeit im Bett oder zumindest in ihrem Schlafzimmer.

Ruby und Bertie kannten sich aus der Schule und waren einfach Freunde gewesen, bis er eines Tages auf dem Heimweg seine Hand in die ihre schob. Keiner von ihnen sagte ein Wort, doch die Wärme seiner Berührung durchzuckte sie wie ein elektrischer Schlag. In diesem Moment wusste sie, dass sie den Rest ihres Lebens mit ihm verbringen würde.

Ich liebe Bertie Barton, vertraute sie an diesem Abend ihrem Tagebuch an und umrandete den Satz mit einer Ranke aus schiefen Herzchen. Wieder und wieder schrieb sie diese Worte nieder, auf ihr Federmäppchen, in ihr Schulheft, auf den Einkaufszettel, auf die Innenseite ihres Handgelenks. Niemand bezweifelte, dass Ruby Bertie liebte und er sie.

Kurz danach die Tragödie. Rubys Vater, Vorarbeiter eines Schiffbauunternehmens in ihrer Heimatstadt Ipswich, wurde von einem Schiffsmotor erschlagen, der von einem Kran fiel. Er war auf der Stelle tot. An die folgenden Tage erinnerte Ruby sich lediglich verschwommen – aber es blieb ihr deutlich in Erinnerung, dass ihre Mutter am Boden zerstört gewesen war. Eine leere Hülle in ihrer abgrundtiefen Trauer, die Ruby keinerlei Trost zu spenden vermochte.

Bertie dagegen war die ganze Zeit an ihrer Seite, hielt sie in den Armen, wenn sie weinte, bereitete zahllose Tassen Tee mit viel Zucker zu und unternahm ausgiebige Spaziergänge mit ihr, auf denen er sie dadurch auf andere Gedanken zu bringen versuchte, indem er sie auf die kleinen Begebenheiten in der Natur hinwies und ihr so manches erklärte: welcher Vogel gerade sang, welche Blumen an welchen Stellen wuchsen, wie perfekt die Blütezeit mancher Pflanzen auf den Zeitpunkt abgestimmt war, wenn bestimmte Insekten schlüpften, und welche Löcher im Erdreich auf einen Dachs-, Fuchs- oder Hasenbau hindeuteten. In ihren Augen reifte Bertie quasi über Nacht vom Schuljungen zum Mann.

Nicht lange, und aus Umarmungen und Händchenhalten wurden scheue Küsse und unbeholfene Schmusereien hinter dem Gartenhäuschen, gefolgt von dem Moment, als er ihr seine Liebe gestand. Eines Abends, sie waren allein im Haus, ging er auf die Knie und präsentierte ihr einen Verlobungsring mit einem Brillanten, wobei er beschämt gestand, dass er sich das Geld dafür von seinem Vater hatte leihen müssen.

Bertie wurde ihr Ein und Alles. Niemals schenkte sie einem anderen Jungen bloß einen Blick, und sie wusste, dass es für immer so bleiben würde. Zumal Bertie seinerseits versicherte, sie sei die Einzige für ihn. Für immer. *Bertie und Ruby. Für immer*, schrieb sie in riesigen

Lettern auf eine neue Seite ihres Tagebuchs und verzierte die Worte mit noch mehr Herzen.

Sie waren in jeglicher Hinsicht das perfekte Paar. Rein äußerlich sahen sie einander sogar ein wenig ähnlich mit ihren hellbraunen Locken und den sommersprossigen Gesichtern, wobei sie beide weder übermäßig gut aussehend noch unscheinbar waren. Mittelmaß eben, Durchschnitt, wie er gern betonte, und in dieser Normalität ergänzten sie einander. Ihn erinnerte die Farbe ihrer Augen an Ingwerwein, sie die seinen an Haselnüsse. Beide gingen gern tanzen, liebten Spaziergänge, erzählten sich gegenseitig alberne Geschichten oder trafen sich abends mit ihrer Clique zum Kartenspielen im Pub. Dass sie für den Rest ihres Lebens miteinander glücklich sein würden, daran bestand für Ruby kein Zweifel.

Als am Rathaus die Rekrutierungsplakate aufgehängt wurden, flehte sie ihn an, die Appelle zu ignorieren. Doch der Druck wuchs zusehends, immer mehr junge Männer meldeten sich freiwillig, und so stimmte sie schweren Herzens zu, dass er ebenfalls für König und Vaterland in den Krieg ziehen wollte. Allerdings erst nachdem er ihr hoch und heilig versprochen hatte, unversehrt zu ihr zurückzukehren. Ein absurdes Versprechen, das er aber zunächst zu halten schien, denn zweimal während der Grundausbildung bekam er Urlaub.

Überrascht musste sie feststellen, wie sehr er sich verändert hatte. Er schien ein paar Zentimeter gewachsen zu sein, war kräftiger geworden und ließ plötzlich Muskeln erkennen, die ihr nie zuvor aufgefallen waren. Darüber hinaus war sein Verhalten ein anderes geworden. Bertie, der ewige Spaßvogel, wirkte mit einem Mal ernster, nachdenklicher, reifer irgendwie. Was nicht hieß, dass ihm sein Vorrat an flotten Sprüchen völlig abhandengekommen wäre, doch es wirkte aufgesetzter, weniger echt. Ruby spürte, dass ihm die neue Situation zu schaffen machte, und zudem beunruhigte sie, dass er sich standhaft weigerte, ihr zu erzählen, was er bei der Ausbildung so alles erlebt hatte. Und erst im allerletzten Moment vor seiner Abreise gestand er ihr, dass dies sein letzter Urlaub auf unabsehbare Zeit sein werde. Er hatte den Stationierungsbefehl erhalten, durfte jedoch nicht verraten, wohin es gehen würde.

Sie heirateten in einer hastig vollzogenen Zeremonie auf dem Standesamt. Ihre Mutter, die jahrelang auf diesen Moment gewartet hatte, brach beim Anblick der Tochter im Brautkleid in Tränen aus.

»Krieg hin oder her, jetzt habt ihr wenigstens einen Tag, an den ihr euch für den Rest eures Lebens erinnern könnt«, schluchzte sie.

Und was für ein Tag ihnen vergönnt war: strahlender Sonnenschein, weiße Schäfchenwolken am Himmel, all ihre Freunde kamen, die sich mit ihnen freuten. Ruby glaubte vor Glück schier zerspringen zu müssen. Und die beiden Nächte im Mill Hotel, sozusagen ihre Flitterwochen, gehörten zu den schönsten in ihrem ganzen Leben. Anfangs noch scheu und zurückhaltend, entdeckte sie eine ungekannte Leidenschaft und Hingabe in sich, die offensichtlich jahrelang verborgen in ihr geschlummert hatte. Endlich fühlte sie sich erfüllt und vollständig.

Die Tage verbrachten sie mit Spaziergängen durch die Flussauen, wobei sie immer wieder stehen blieben, um den braunen, müßig gegen den Strom schwimmenden Fischen zuzusehen und dem Gesang der Lerchen zu lauschen. Einmal sahen sie sogar einen Eisvogel mit dem typisch leuchtend blauen Gefieder.

»Ach, könnte es für immer so bleiben«, rief sie voller Überschwang. »Bitte, geh nicht, Bertie! Ich ertrage es nicht, ohne dich sein zu müssen.«

»Bestimmt bin ich bald wieder zurück, versprochen«, erwiderte er. »Hand aufs Herz.«

Und sie glaubte ihm. Selbst als er endgültig in den Krieg zog, verbot Ruby es sich, ihre Sorgen wirklich an sich heranzulassen, war fest entschlossen, stark und guter Dinge zu bleiben, so wie er es sich von ihr gewünscht hatte. Ihr Glaube an sein Versprechen, auf sich aufzupassen und sich nicht in Gefahr zu bringen, war nahezu unbegrenzt. Natürlich würde sie ihn vermissen, und natürlich weinte sie sich abends in den Schlaf, aber schon bald wäre er wieder zu Hause, das wusste sie ganz genau. Bertie brach niemals sein Wort.

Fünf Monate später erhielt sie ein Telegramm, gefolgt von dem berüchtigten Militärformular B104-83, datiert vom September 1917: *Wir bedauern, Ihnen mitteilen zu müssen, dass Ihr Ehemann Albert Barton nach einer Schlacht in Passendale als derzeit vermisst gilt.* Dennoch klammerte sie sich eisern an den Gedanken, dass allenfalls vorübergehend der Kontakt zu ihm abgebrochen sei. Sie errichtete eine Mauer um ihr Herz und verdrängte jeden Gedanken daran, dass etwas Schlimmeres passiert sein könnte, weigerte sich schlicht, das Undenkbare nur in Erwägung zu ziehen.

Er hat versprochen, heil nach Hause zurückzukommen, und Bertie hält immer, was er verspricht, schrieb sie in ihr Tagebuch.

Bestimmt tauchte er bald wieder auf. Sie hörte förmlich seine Stimme: »Hey, ich war bloß kurz eine rauchen, Sergeant. Es hat mich hoffentlich keiner vermisst, oder?« Bereits in der Schule hatte er wegen seiner Späße ständig Ärger bekommen.

Also würde sie Ruhe bewahren und einfach weitermachen, wie es auf den Plakaten verlangt wurde, wenngleich sie sich jeden Morgen zwingen musste, aufzustehen, sich anzukleiden und etwas zu essen, obwohl für sie alles letztlich wie aufgeweichte Pappe schmeckte. Auf dem Weg zur Arbeit tauschte sie die gewohnten Banalitäten übers Wetter mit anderen Fahrgästen aus, die sie inzwischen gut kannte, und setzte für ihre Kolleginnen und Kunden ein freundliches Lächeln auf, wobei sie inbrünstig hoffte, dass ihr niemand lästige Fragen stellte.

Trotzdem sprach sich die Neuigkeit herum. Immerhin war Bertie der Sohn des Besitzers von Hopegoods, dem renommierten Damen- und Herrenausstatter in der High Street, in dessen Kurzwarenabteilung sie arbeitete. Doch nach den ersten mitfühlenden Bemerkungen ging man zum Glück rasch dazu über, seinen Namen nicht mehr zu erwähnen – mittlerweile war es fast an der Tagesordnung, dass Leute derartige Nachrichten erhielten.

Monate zogen ins Land, ohne dass sie etwas hörten, und zunehmend begann Rubys Schutzmauer zu bröckeln. Sie stürzte in einen Abgrund der Trauer, die sich in einem realen, körperlichen Schmerz manifestierte, vor dem es kein Entrinnen gab. Sie fühlte sich, als befände sie sich auf dem Boden eines endlos tiefen Brunnens, umgeben von pechschwarzer Nacht, durchbrochen lediglich von einem winzigen Lichtfunken, der irgendwo in der Ferne glomm und zu weit weg war, um ihn zu erreichen. Es gab Tage, an denen sie glaubte, nicht weitermachen zu können, und manchmal, bei einem ihrer einsamen Märsche am Fluss entlang, stellte sie sich vor, hineinzuwaten in den schlammigen Untergrund und sich der kalten, erbarmungslosen Flut zu überlassen, aber sie brachte nicht den Mut auf. Allein wegen ihrer Mutter nicht, die sich trotz des eigenen, erst wenige Jahre zurückliegenden Verlusts nach Kräften bemühte, der Tochter beizustehen und sie in ihrem Schmerz aufzufangen.

Hingegen zogen sich die Freunde mehr und mehr zurück, zumal Ruby es regelmäßig ablehnte, mit ihnen auszugehen. Irgendwann gaben sie es auf, sie einzuladen, und meldeten sich immer seltener bei ihr.

Ruby war es egal, sie verkroch sich in einem Schneckenhaus, führte nicht einmal mehr Tagebuch. Was sollte sie denn noch hineinschreiben? Sie fühlte sich wie eine leere Hülle, ähnlich den verwaisten Muscheln am Strand, ausgebleicht und verwittert vom Salz und von der Sonne, zu nichts mehr nutze. Dass sie vor gar nicht langer Zeit eine lebensprühende junge Frau gewesen war, vermochte man sich kaum noch vorzustellen. Wie auch, wenn sie selbst sich nicht einmal mehr erinnerte, wann sie das letzte Mal gelacht hatte?

Ohne Bertie fühlte sie sich wie ein halber Mensch, wie jemand, der nicht wirklich lebte. Ein seelenloser Zombie, das war sie geworden. Alles, was ihr einst Freude bereitet hatte, war mit einem Mal sinnlos geworden: Pub- und Kinobesuche, Tanzveranstaltungen, Spaziergänge im Wald. Ihre innere Verfassung trug sie demonstrativ durch ihre Kleidung zur Schau, die meist schwarz, gelegentlich dunkelgrau war. Bertie hatte schließlich das größte Opfer gebracht, das ein Mensch seinem Land bringen konnte: sein Leben. Wie konnte sie da bunte, fröhliche Farben tragen? Das musste sich ja anfühlen, als würde sie sein Andenken beschmutzen. Ruby hatte sich damit abgefunden, den langen Rest ihres noch jungen Lebens in solch trostloser Monotonie zu verbringen.

Die regelmäßigen Pflichtbesuche bei ihren Schwiegereltern deprimierten sie zusätzlich. Die Mutter war am Boden zerstört, der Vater in stoischem Schweigen versunken. Ein Anblick, der das Messer noch tiefer in ihr Herz trieb. Ruby litt inzwischen körperlich darunter, dass ihr zu ihrem eigenen Kummer regelmäßig der des untröstlichen Elternpaares aufgebürdet wurde. Jedes Mal wenn sie aus der erstickenden Atmosphäre des Hauses heraustrat, blickte sie gen Himmel und atmete tief durch, als könnte sie neue Kraft aus der frischen Luft ziehen. Ein Schritt nach dem anderen, sagte sie sich. Ein Tag nach dem anderen. Bestimmt würde es bald besser.

Leider stimmte das nicht. Trauer und Schmerz ebbten nicht ab, lasteten nach wie vor schwer auf ihrem Herzen und raubten ihr manchmal regelrecht den Atem. Bekam sie während der Arbeit einen solchen Anfall, schloss sie sich auf der Damentoilette ein, bis sie die Fassung wiedererlangte. So lernte sie im Laufe der Zeit, der Welt eine tapfere Fassade zu präsentieren, obwohl die Maske dünn und brüchig war und ihr beim ersten falschen Wort oder bei einer spontan heraufbeschworenen Erinnerung vom Gesicht zu gleiten drohte. Jetzt allerdings, nach zwei Jahren, hatte sie ihre Tarnung so weit perfektioniert, dass sie gewissermaßen ein Teil ihrer Persönlichkeit geworden war und sie sich im Grunde kaum mehr an ihr altes Ich erinnerte.

Eines aber vergaß sie nie: ihr Versprechen, sein Andenken in Ehren zu halten, ihre Liebe zu ihm nicht zu verraten. Ein einziges Mal hatte es eine flüchtige Affäre mit einem anderen Mann gegeben, den sie nie zuvor und auch danach nicht mehr gesehen hatte. Doch die Schuld brannte bis heute mit einer Schärfe in ihrem Herzen, die vermutlich niemals nachlassen würde.

Dass sie ihre Schwiegereltern zweimal pro Woche besuchte, geschah aus Pflichtgefühl gegenüber Bertie und weil sie selbst es als ihre Aufgabe betrachtete. Schließlich war sie nach wie vor Berties Ehefrau und würde es für immer und ewig bleiben. Insofern war sie diesen Dienst Mr. und Mrs. Barton einfach schuldig, die sie häufig sogar als »unsere Tochter« bezeichneten. Wer war ihnen nach Berties Tod sonst schon geblieben?

Dennoch verlief das Beisammensein stets steif und gezwungen. Die allgegenwärtige Trauer schien jede Spontaneität bereits im Keim zu ersticken. Vielleicht lag es daran, dass Ivy so fragil wirkte, als könnte sie der leiseste Lufthauch fortwehen wie eine Feder. Ruby kam sie bisweilen vor wie ein imaginäres Geistwesen, das aus einer anderen Welt stammte.

Zum Glück war Albert senior einigermaßen robust, auch wenn er seine Gefühle gerne hinter Schroffheit und Wortkargheit verbarg, aber zumindest hatte er etwas Verlässliches, Vorhersehbares. Eines allerdings hatte sie beim besten Willen nicht vorhergesehen: dass er ihr mit feierlichem, erwartungsvollem Gesicht diese dünne Thomas-Cook-Broschüre in die Hand drücken würde.

»Gute Freunde von uns haben diese Reise unternommen«, erklärte er. »Und sie haben sie uns wärmstens ans Herz gelegt. Stell dir vor, sie haben tatsächlich das Grab ihres Sohnes gefunden. Zwar war es sehr schwer für sie, hat ihnen jedoch gleichzeitig enormen Trost gespendet.«

»Und habt ihr vor, ebenfalls dorthin zu reisen?«, hakte Ruby vorsichtig nach.

»Wir haben darüber nachgedacht ...«, erwiderte Albert zögerlich und wies mit einem Nicken in Ivys Richtung, die sich mit ihrem Spitzentaschentuch still die Tränen abtupfte. »Bedauerlicherweise geht es nicht, wie du selbst siehst. Deshalb haben wir uns überlegt, ob ...«, er hielt einen Moment inne, »ob du nicht an unserer Stelle fahren könntest.«

Jetzt waren sie endgültig verrückt geworden, dachte Ruby. Ich soll mir die Schlachtfelder anschauen? Ganz allein? Soll zwischen den Schützengräben herumspazieren und nach Spuren Ausschau halten, gemeinsam mit einer Busladung glotzender Touristen? Die Vorstellung war nicht nur hirnrissig, sondern überdies ein wenig geschmacklos.

»Um ihm unseren Respekt zu zollen, als Familie, meine ich«, fuhr Albert fort. »Schließlich haben wir ja kein Grab, das wir besuchen können.«

Oh, das wusste sie selbst allzu gut. Dass Berties Leiche bislang nicht gefunden worden war, machte die Sache noch schwerer: Nicht zu wissen, wie und wo er umgekommen war, bescherte ihr bis heute Albträume, die zusätzlich befeuert wurden durch Fotografien aus den *Illustrated London News*. Darauf waren die verschlungenen Leiber toter Soldaten zu sehen gewesen, die irgendwo in einem Granattrichter nahe Ypern lagen und dort womöglich verrotteten.

Sich vorzustellen, dass sein Leben ebenfalls so geendet hatte, überforderte sie. Ebenso wie die Aussicht, diese Orte des Grauens selbst in Augenschein nehmen zu müssen. Bei aller Liebe, das ging einen Schritt zu weit, fand sie.

»Kind«, hörte sie Alberts Stimme, »wärst du denn grundsätzlich bereit, diese Reise zu unternehmen?«

»Ich glaube wirklich nicht, dass ...«, stotterte sie, bevor es ihr die Sprache verschlug. Erwartete ihr Schwiegervater etwa allen Ernstes, dass sie mutterseelenallein dort hinfuhr?

»Man hört immer wieder Berichte von ... du weißt schon«, flüsterte Ivy in die nachfolgende Stille hinein.

Ruby wusste, worauf die Schwiegermutter hinauswollte. Nach Einstellung der Kampfhandlungen im November 1918 hatte sie Ruby monatelang bei jedem ihrer Besuche einen Zeitungsartikel vor die Nase gehalten: Fotos von Männern, die wie durch ein Wunder wieder aufgetaucht waren, bis aufs Skelett abgemagert, aber am Leben. Entweder war ihnen die Flucht aus einem Kriegsgefangenenlager gelungen, oder sie hatten sich monate- oder gar jahrelang in den Wäldern Flanderns versteckt gehalten aus Angst, als Deserteure entlarvt zu werden.

Die Bartons verloren sich in wilden Spekulationen darüber, was mit Bertie passiert sein könnte: War er in Gefangenschaft geraten oder so schwer verwundet worden, dass er außerstande war, sich zu melden, oder war er gar von einer belgischen Familie aufgenommen worden, die ihn warum auch immer nach wie vor versteckt hielt? Egal welches Szenario sie sich ausmalten – immer gingen sie davon aus, dass er wie durch ein Wunder eines Tages wieder auftauchte.

Wohl wissend, wie unwahrscheinlich das war, materialisierte sich dennoch in Rubys Träumen manchmal ein Mann aus den Rauchschwaden der Gefechtsfeuer und kam auf sie zu. Barhäuptig, das Gesicht rußgeschwärzt, die Uniform zerrissen und verdreckt. Doch wenn sich dann das Lächeln auf seinem Gesicht ausbreitete, das sie so sehr liebte, stieß sie einen ungläubigen Schrei aus und stürzte sich geradewegs in seine Arme.

Es war ein kurzes Glück, denn weinend wachte sie stets auf, sobald das erste Licht des Tages durch die Vorhänge drang und die Vögel ihr frühmorgendliches Lied anstimmten: zuerst ein vorsichtiges Tschirpen, dann das vergnügte Zwitschern einer Amsel, in das alle anderen einstimmten und es zu einem ausgelassenen Chor anschwellen ließen. Ruby vermochte sich nicht darüber zu freuen – schließlich lauerte immer noch die grausame Welt dort draußen, immer noch war sie allein, und immer noch war Bertie tot.

Als irgendwann in den ersten Monaten nach Kriegsende die Berichte über auf wundersame Weise heimkehrende Soldaten seltener wurden, erfüllte sie das beinahe mit Erleichterung. Vielleicht, hoffte sie, würde auch Ivy endlich akzeptieren, dass Bertie nicht nach Hause zurückkam.

Das Gegenteil geschah, weil Berties Tante Flo nicht aufhörte, von der Séance zu reden, bei der sie angeblich Kontakt zu ihrem Neffen aufgenommen hatte. Das Medium habe, so deutete Rubys es, ein paar Plattheiten von sich gegeben – unter anderem, dass er stets bei ihnen sei, was das Medium wiederum in höchst fragwürdiger Weise dahingehend interpretierte, dass Bertie noch am Leben sei. Darüber hinaus hatte die selbst ernannte Geisterbeschwörerin von Verwundungen und langen Lazarettaufenthalten geschwafelt, die sein Verschwinden erklären sollten. Lauter Unsinn, von dem Ruby kein Wort glaubte. Selbst wenn er im Koma läge, wäre er schließlich anhand seiner Erkennungsmarke zu identifizieren, oder etwa nicht?

»Wir dachten, du schaffst es irgendwie, ihn zu finden oder zumindest eine Spur zu entdecken«, murmelte Ivy und griff nach Rubys Hand. »Es würde mir so viel bedeuten, mein liebes Kind. Ich glaube nicht, dass ich die Stärke besitze, mit dieser Ungewissheit weiterzuleben. Alles wäre besser als das …«

Welch absurde Idee. Ivy, die selbst nichts zustande brachte, verlangte Unmögliches von ihr. Nein, beschloss Ruby, nicht mit ihr. Unter keinen Umständen würde sie allein nach Flandern fahren. Fieberhaft begann sie sogleich zu überlegen, wie sie diesen Entschluss den Schwiegereltern möglichst schonend beibringen konnte. Um Zeit zu gewinnen und guten Willen zu heucheln, griff sie nach der Broschüre und blätterte scheinbar interessiert darin herum. Fatalerweise nahm Albert das als Zeichen ihres Entgegenkommens.

»Die Reise, wie wir sie uns vorstellen würden, ist auf Seite vierzehn beschrieben«, griff Albert das Thema erneut auf und beugte sich zu ihr herüber. »Hier. Eine Woche, das sollte reichen, um ein Gespür für die Orte zu bekommen und alle wichtigen Stätten zu besuchen.«

»Eine Woche in Ostende«, las sie laut. »Mit Ausflügen nach Ypern und zu den anderen belgischen

Schlachtfeldern. Abfahrt jeden Dienstag, Donnerstag und Samstag ab London. Im Reisepreis enthalten sind die Fahrkarten (dritte Klasse Zugabteil, zweite Klasse Schiffspassage), sieben Tage in einem Mittelklassehotel, Vollpension: Café complet, *Mittag- sowie Abendessen, dazu die Fahrten mit der elektrischen Bahn nach Zeebrugge und Nieuwpoort sowie sämtliche Exkursionen zu den Schlachtfeldern, die in Begleitung eines erfahrenen Reiseführers unternommen werden.«* Machte alles in allem dreizehn Guineen. »Das ist ja ein Vermögen«, stieß sie hervor. »Und all die Extras, die unterwegs dazukommen ...« Sie überlegte kurz und kam auf knapp drei Monatslöhne.

»Keine Sorge, Liebes, wir haben das alles bedacht«, unterbrach Albert sie, um ihr den Wind aus den Segeln zu nehmen. »Wir zahlen dir natürlich die Reise und steuern zusätzlich ein kleines Taschengeld bei.«

»Ich kann unmöglich ...«

Albert ignorierte ihren Protest. »Ich habe heute Morgen deine Mutter angerufen«, fuhr er fort. »Um sie zu informieren und eventuelle Bedenken zu zerstreuen.«

Einen Moment lang fühlte Ruby sich verraten oder zumindest entmündigt. Wieso hatte Mum kein Wort gesagt? Doch dann fiel ihr ein, dass sie ja direkt von der Arbeit hergekommen war und ihre Mutter nicht mehr gesprochen hatte.

»Aber ich war noch nie im Ausland, und schon gar nicht alleine«, warf sie verzagt ein. »Außerdem spreche ich kein Französisch oder was man in Flandern spricht.«

Barton senior richtete sich mit bedächtiger Miene in seinem Sessel auf. »Uns ist vollkommen klar, dass dieser Schritt enormen Mut verlangt, doch du bist eine verantwortungsbewusste junge Frau und wirst das locker bewältigen. Ganz davon abgesehen bist du nicht allein, da du in einer Gruppe mit eigenem Reiseleiter unterwegs sein wirst, an den du dich mit allen Problemen wenden kannst.«

Als sie von der Broschüre aufblickte, sah sie einen fast verzweifelten Ausdruck in seinen Augen, und erst in diesem Moment begriff sie, wie ernst es ihm war. Sie saß in der Falle, war fremdgesteuert. Eine Erkenntnis, die ihr gewaltiges Unbehagen verursachte.

»Ich habe mich bereits mit der Agentur in Verbindung gesetzt«, redete Albert Barton weiter auf sie ein. »Bis London werde ich dich begleiten, um sicherzugehen, dass dich ein Vertreter des Unternehmens in der Victoria Station in Empfang nimmt und sich um dich kümmert. Mein Liebes«, fuhr er fort und kam ihrem Gesicht so nahe, dass ihr sein nach Pfeifentabak riechender Atem entgegenschlug, »wir würden dir das niemals zumuten, wenn es eine andere Möglichkeit gäbe.«

»Darf ich es mir wenigstens ein paar Tage überlegen?«, bat sie und zwang sich zu einem Lächeln. Sie würde mit ihrer Mutter reden, sie auf ihre Seite ziehen und sie bitten, die Bartons von diesem verrückten Vorhaben abzubringen.

»Natürlich.« Albert stand auf und tätschelte ihre Hand, der erste körperliche Kontakt seit jenem Tag, als das Telegramm eingetroffen war und er ihr den Arm um die Schultern gelegt hatte.

»Sollen wir noch einmal frischen Tee kochen?«, wandte er sich daraufhin an Ivy. Ein Vorwand, damit er ungestört mit Ruby reden konnte.

»Ich würde ja mit dir kommen«, setzte er wieder an, sobald seine Frau den Raum verlassen hatte, »leider ist Ivy zu labil, um sie eine ganze Woche allein zu lassen. Andererseits braucht sie dringend konkrete Informationen, egal ob gute oder schlechte. Hauptsache, sie weiß endlich, was passiert ist. Sonst zerbricht sie völlig.«

»Vielleicht könnte ich ja bei Ivy bleiben, und du fährst an meiner Stelle«, schlug sie eher hoffnungs- als erwartungsvoll vor.

Resigniert schüttelte er den Kopf. »Selbst das habe ich ihr vorgeschlagen. Vergeblich, sie beharrt stur darauf, dass sie ohne mich nicht zurechtkommt. Vermutlich bin ich ihr einziger Halt ...« Er fuhr sich mit der Hand durchs Haar – eine Geste, die für einen flüchtigen Moment das Ausmaß seiner Erschöpfung und seiner Verzweiflung verriet. »Außerdem haben wir uns überlegt, dass dir die Reise ebenfalls ein wenig Trost spenden könnte«, flüsterte er verschwörerisch, um gleich darauf wieder ganz sachlich zu werden. »Unsere Freunde waren sich einig, dass es sich bei Thomas Cook um ein absolut seriöses Unternehmen handelt, bei dem auch eine junge, allein reisende Frau bestens aufgehoben ist. Bei dem Reiseführer handelt es sich um einen ehemaligen Major und laut ihrer Einschätzung um einen höchst vertrauenswürdigen Mann.«

Was er da tat, war emotionale Erpressung in Reinkultur, erkannte Ruby. Trotzdem war sie wie gelähmt und schaffte es nicht, sich ihm zu widersetzen.

»Du bist eine starke Frau«, bedrängte er sie weiter, »und Ivy bedeutet es so viel. Das verstehst du bestimmt, oder?«

Nein, das tat sie nicht, denn sie fühlte sich ganz und

gar nicht stark. Ihr gelang es gerade mit Mühe und Not, sich von einem Tag zum nächsten zu hangeln und ihren Alltag einigermaßen zu bewältigen. Wie sollte sie sich da einem solchen Unternehmen aussetzen? Nach wie vor schien es ihr völlig undenkbar, zwischen den ehemaligen Schützengräben und auf den Schlachtfeldern auf Spurensuche zu gehen.

Wären da nur nicht seine sanften braunen Augen gewesen, die sie an Berties erinnerten und die sie so flehend anblickten, dass sie schwankend wurde. Mit einem Mal beschlich sie das Gefühl, ihren Mann zu verraten, vielleicht sogar seine Existenz zu verleugnen, wenn sie sich weigerte, die inständigen Bitten seiner Eltern zu erfüllen. Immerhin hatten die alten Leutchen nach seinem Tod all ihre Hoffnungen in sie gesetzt, und ihnen zusätzlichen Kummer zu bereiten war das Letzte, was sie wollte.

»Keiner von uns wird das, was geschehen ist, jemals verwinden, so viel steht fest.« Albert ließ nicht locker, setzte sie zunehmend unter Druck. »Wir dachten einfach, wenn es dir vielleicht gelingt, irgendetwas nach Hause zu bringen, irgendein Erinnerungsstück, das ihm gehörte. Eine Postkarte womöglich, eine gepresste Blume, eine Information. Egal was. Hauptsache, es trägt dazu bei, ein wenig Licht ins Dunkel seiner letzten Lebenstage zu bringen – das könnte schon helfen, insbesondere Ivys Schmerz ein wenig zu lindern. Wir wären dir unendlich dankbar.«

»Und wann soll das Ganze stattfinden?«, fragte Ruby wenig begeistert. »Ich habe Mum versprochen, ein paar Tage mit ihr an die Küste zu fahren, in Tante Mays Strandhütte. Sie freut sich bereits darauf.«

»Ich dachte an eine Woche Anfang Juli, wenn die See ruhig ist und die Überfahrt nicht so rau wird.«

Für ihn schien alles abgemacht zu sein. Ruby hätte das gerne richtiggestellt, bloß fehlten ihr die passenden Worte. Und als Ivy mit der Teekanne zurückkam, ihr noch eine Tasse eingoss und sie mit einem gleichermaßen hoffnungsvollen wie verzweifelten Lächeln bedachte, war die Sache ohnehin gelaufen.

Abends besprach sie den Plan mit ihrer Mutter, der es inzwischen gelungen war, sich nach dem Tod ihres Mannes ein neues Leben aufzubauen und etwas zum Lebensunterhalt der kleinen Familie beizutragen. Sie übernahm Näharbeiten, war dem Women's Institute beigetreten, für das sie prächtige Kuchen buk, und pflanzte im Garten allerlei Obst und Gemüse an, um die Kosten für Lebensmittel zu reduzieren.

Darüber hinaus war sie im Laufe der Zeit zu Rubys engster Vertrauten geworden, ihrer besten Freundin und dem einzigen Menschen, der wirklich nachvollziehen konnte, was sie durchmachte, und die Schwere des erlittenen Verlusts in seiner vollen Tragweite begriff.

»Ich will diese Reise nicht machen, Mum. Es ist mir irgendwie zuwider, und ich habe Angst davor.«

»Bei den Bartons ist das zur fixen Idee geworden«, seufzte Mary und reichte der Tochter einen Becher heißen Kakao. »Dein Schwiegervater hat heute Morgen angerufen. Obwohl ich es eilig hatte, weil ich zum Bus musste, ließ er sich nicht abschütteln. Ivy sei felsenfest überzeugt, dass Bertie lebe und irgendwo sein müsse, behauptet er.«

»Daran ist allein ihre verrückte Schwester schuld mit

ihrem Besuch bei der Wahrsagerin«, erwiderte Ruby und schob mit dem Teelöffel die Milchhaut beiseite.

»Es ist deine Entscheidung, mein Kind. Und genau das habe ich deinem Schwiegervater gesagt.«

»Würdest du vielleicht mitkommen, falls ich fahren muss?«

»So viel Geld haben wir nicht«, kam Marys Antwort wie aus der Pistole geschossen.

»Wir könnten Albert fragen, ob er auch für dich bezahlt.«

»Auf keinen Fall.« Die Mutter schüttelte energisch den Kopf. »Ich will nicht, dass wir so tief in seine Schuld geraten. Davon mal abgesehen kann ich mir nicht zusätzliche freie Tage nehmen außer denen, die wir für unseren Urlaub am Meer brauchen.«

»Ich habe Angst, Mum. Vor dem Schlamm, den Schlachtfeldern, vor allem. Sogar davor, die Stelle zu finden, wo er liegt.«

Mary stellte ihren Becher hin und streichelte den Arm der Tochter. »Vielleicht hilft es dir ja tatsächlich, den Ort zu sehen, wo er seine letzten Monate verbracht hat, wo er gestorben ist. Man weiß nie …«

Wenngleich keineswegs überzeugt, begann Ruby zu akzeptieren, dass sie wohl keine andere Wahl hatte, als den Wünschen ihrer Schwiegereltern nachzugeben. Ihr Pflichtbewusstsein zwang sie dazu. Und sie konnte nur hoffen, dass der schützende Panzer, mit dem sie ihr Herz bei Bedarf verschloss, sie vor den schlimmsten Erschütterungen bewahrte und sie die Reise halbwegs unbeschadet überstehen ließ.

Seit ihrer Hochzeit arbeitete Ruby im Verkauf von Hopegoods, dem alteingesessenen Geschäft, das Albert von Ivys Vater übernommen hatte und das nach ihm an Bertie übergehen sollte. Um das Handwerk von der Pike auf zu lernen, wie er es auszudrücken pflegte, hatte der Sohn gleich nach Beendigung der Schulzeit dort zu arbeiten begonnen. Als dann seine Einberufung näher rückte, wollte sich auch Ruby irgendwie nützlich machen.

»Ich kann nicht die ganze Zeit zu Hause sitzen und mit den Zehen wackeln, während du auf dem Kontinent an der Front kämpfst«, hatte sie eines Tages zu ihm gesagt. »Es macht dir hoffentlich nichts aus, wenn ich mir eine Arbeit suche, oder? Ich muss das Gefühl haben, wenigstens einen kleinen Teil zum Sieg beizutragen.«

Bei diesen Worten war auf seinem Gesicht dieses herzerwärmende Lächeln erschienen, das seine Züge zum Leuchten brachte und die Haut in seinen Augenwinkeln lustig kräuselte. Daraufhin hatte er sie an sich gezogen und ihr einen Kuss auf die Stirn gedrückt, die sich genau auf Höhe seiner Lippen befand.

»Geliebte Ruby, du tust einfach, was du für richtig hältst. Wenn ich nach Hause komme und wir anfangen, über Kinder nachzudenken, ist immer noch genug Zeit für dich, wie eine Lady zu Hause zu sitzen.«

Zunächst bewarb sie sich um eine Stelle als Fahrkartenschaffnerin – vergeblich, denn alle offenen Plätze waren bereits vergeben. Und als ihr eine Arbeit in der Munitionsfabrik angeboten wurde, erhob ihre Mutter Einwände.

»Das ist zu gefährlich«, erklärte sie kategorisch. »Dich

womöglich ebenfalls zu verlieren würde ich nicht ertragen. Wieso fragst du nicht Mr. Barton?«

Und so kam es, dass sie seit nunmehr drei Jahren in der Kurzwarenabteilung unter der Leitung der allseits gefürchteten Ada Turner arbeitete, einer Witwe, die alle schlicht Mrs. T nannten.

Die strenge Dame schien in der Tat mit ihrer Arbeit verheiratet zu sein und ansonsten keine weiteren Interessen zu haben. Sie erwähnte nie eine Familie oder erzählte, wo sie wohnte und was sie an ihren freien Tagen unternahm. Dafür kannte sie die Nummern aller zweihundert Garnfarben und wusste, welches Garn für welchen Zweck verwendet werden musste: ob zum Absteppen, ob für besonders strapazierfähige Stoffe, komplizierte Stiche und die Verarbeitung von Serge, ob fürs Quilten und Patchworken, ganz zu schweigen von Stickereien, für die man besonders leuchtend bunte Seidengarne benötigte.

Sie beriet ihre Kunden bei der Wahl der richtigen Stoffe für ihre Kleidung, erklärte ihnen, welche Stäbchen sie für die Verstärkung benötigten oder welcher von den Dutzenden Reißverschlüssen der geeignete war, und half ihnen, aus dem Sortiment von bestimmt hundert unterschiedlichen Knöpfen den in Stil, Größe und Material passenden zu wählen. Die Kunden liebten sie. Wenn sie aus irgendeinem Grund einmal nicht hinter dem Verkaufstresen stand, beschäftigten sie sich so lange mit den Musterbüchern, bis sie zurück war. Ruby kam sich jedes Mal wie zweite Wahl vor, wenn Mrs. T auftauchte und den Kunden übernahm, mit dessen Beratung sie gerade erst begonnen hatte.

Anfangs begegneten Ada und die anderen Angestellten ihr, der Schwiegertochter des Besitzers, mit einigem Argwohn, teilweise sogar mit offener Feindseligkeit. Doch Ruby arbeitete fleißig, muckte niemals auf und gewann so binnen Kurzem das Vertrauen und den Respekt der gestrengen Vorgesetzten. Wozu nicht zuletzt beitrug, dass sie sich rasch einarbeitete, immer freundlich war und sich allmählich einen eigenen kleinen Kundenstamm aufbaute. Sie mochte ihre Arbeit. Vor allem die Bücher mit den Kleidermustern faszinierten sie dermaßen, dass sie sich selbst ans Nähen wagte.

Auf der alten Singer ihrer Mutter versuchte sie sich zunächst an einfacheren Sachen wie Schürzen und Unterröcken, aber schon bald wagte sie sich an Röcke und erst neulich an eine Jacke aus grünem Wollserge mit schmaler Taille und Abnähern auf Vorder- und Rückseite. Es war das erste Mal, dass sie wieder eine andere Farbe als Schwarz trug, wenngleich sie zumindest auf einen dunklen Grünton geachtet hatte.

Und genau diese Jacke trug sie jetzt an Bord des Dampfers, dazu einen schwarzen Rock und einen Glockenhut, den sie zum Angestelltenrabatt erstanden hatte. Ein leichter Sommermantel, den Albert ihr vor ein paar Tagen geschenkt hatte, hing über ihrem Arm.

»Den brauchst du vielleicht«, hatte er gesagt. »In Flandern regnet es häufiger.«

Das Etikett verriet, dass es sich um das neueste Modell eines renommierten Herstellers handelte – der Mantel aus dunkelgrauem Baumwolltwill war eindeutig teurer gewesen als jedes andere Kleidungsstück, das sie jemals besessen hatte. Bertie wäre bestimmt stolz auf sie, hatte sie auf dem Heimweg von der Arbeit gedacht, als sie sich in jedem Schaufenster betrachtete und zum ersten Mal ein Gefühl von Luxus empfand.

Paradoxerweise waren es genau jene kurzen Momente spontaner Freude und Glücks, die ihr regelmäßig einen Stich versetzten und den Schmerz über ihren Verlust neu entfachten. Die sie in ihren Grundfesten erschütterten, die ihre Maske bröckeln zu lassen drohten und Verzweiflung und Hoffnungslosigkeit erneut ins schier Unerträgliche steigerten.

Inzwischen war es mehr als zwei Jahre her, seit sie ihn das letzte Mal gesehen hatte, und obwohl sie jeden Abend das Foto von ihrem Nachttisch nahm, um einen Kuss auf sein Gesicht zu drücken, musste sie zu ihrem Entsetzen feststellen, dass er ihr zu entgleiten begann, dass viele unersetzliche Erinnerungen langsam verblassten: der saubere Duft seiner Rasierseife, das Timbre seiner tiefen Stimme, das seine Brust erbeben ließ, sein dröhnendes, von Herzen kommendes Lachen. Manchmal kam es ihr vor, als wäre diese Eintrübung, die ihn weniger real werden ließ, eine Art Selbstschutz. Gleichzeitig fraßen sie deswegen Schuldgefühle auf. Wie konnte der Mann, den sie einst geliebt hatte, aus ihrem Gedächtnis immer mehr entschwinden? Eine Frage, die sie umtrieb und nicht zur Ruhe kommen ließ.

Berties Vater hielt Wort und holte sie am Tag ihrer Abreise mit dem Taxi ab, fuhr mit ihr zum Bahnhof und löste für sie beide eine Zugfahrkarte zur Victoria Station. Seit Jahren hatte sie ihn nicht mehr so lebhaft gesehen: Er wies sie auf Sehenswürdigkeiten entlang der Strecke hin, er legte ihr seine Pläne für die weitere Entwicklung bei Hopegoods dar, die er jetzt, da der Krieg endlich vorüber war, in Angriff nehmen konnte, und er erteilte ihr Ratschläge für die Reise, wie sie jeder Vater seiner jungen Tochter geben würde. Albert Barton schien es eindeutig zu genießen, zur Abwechslung einmal nicht seinen gewohnten Verpflichtungen nachgehen zu müssen und seiner ständig verängstigten, ständig weinerlichen Frau zumindest für einen Tag den Rücken kehren zu dürfen.

Sofort nach ihrer Ankunft in der Londoner Victoria Station entdeckte er ein wartendes Reisegrüppchen samt Reiseleiter, der sie jovial begrüßte.

»Ich bin Major Wilson, aber bitte nennen Sie mich John. Es freut mich, dass Sie sich uns anschließen«, erklärte er ihr mit dröhnender Stimme und schüttelte Ruby so fest die Hand, dass sie schmerzte, bevor er sich an Albert wandte. »Keine Sorge, Sir. Ich werde mich nach bestem Wissen und Gewissen um Ihre Schwiegertochter kümmern.«

John Wilson war ein raubeiniger Mann mittleren Alters mit einem freundlichen Lächeln. Wenngleich er von seiner Statur her keinen besonders imposanten Eindruck erweckte, ließ sein gebieterisches Auftreten ahnen, dass er keine Alleingänge duldete. Zwanzig Jahre in der British Army, die er notgedrungen nach einer schweren Beinverletzung im Schützengraben verlassen musste, hatten ihre Spuren hinterlassen.

»Nichts ist mir je so schwergefallen«, erklärte er, während sie auf die anderen warteten. »Die Jungs allein gegen die Deutschen kämpfen zu lassen hat mir das Herz gebrochen. War verdammt hart einzusehen, dass man für nutzlose Krüppel wie mich keine Verwendung mehr hatte und ausgemustert wurde ...« Er schnitt eine

Grimasse und klopfte sich aufs Knie. »Als Thomas Cook dann einen Reiseleiter für Fahrten zu den Schlachtfeldern suchte, erkannte ich sofort meine Chance und bewarb mich. Mit Erfolg, wie Sie sehen. Leute wie Sie in die ehemaligen Kampfgebiete zu begleiten, damit sie sich dort von ihren toten oder vermissten Angehörigen verabschieden können, ist für mich eine großartige Gelegenheit, meinen alten Kameraden ebenfalls den Respekt zu zollen, den sie verdienen. Irgendeinen Sinn muss das Ganze ja gehabt haben.« Er hielt inne und sah Ruby an. »Es geht um Ihren Mann, stimmt's? Ist er bei Passendale gefallen? Er muss noch sehr jung gewesen sein, nicht wahr?«

»Zwanzig«, antwortete sie, sorgsam darauf bedacht, ihre Stimme unter Kontrolle zu halten. »Er war erst seit neun Monaten an der Front«, fuhr sie nach einer Weile mit belegter Stimme fort. »Wir waren ganz frisch verheiratet. Seine Leiche wurde nie gefunden.«

»Gott segne Sie«, erwiderte der Major. »Es ist wirklich tapfer von Ihnen, sich der Begegnung mit den Schlachtfeldern zu stellen. Ich bewundere Ihren Mut. Aber ich kann Ihnen versichern, dass die meisten, die ihn aufbringen, dadurch Frieden finden.«

Trotz ihres anfänglichen Argwohns ertappte Ruby sich dabei, dass ihr seine schlichte Bodenständigkeit gefiel. Sie war so damit beschäftigt gewesen, einen Schritt vor den anderen zu setzen, einen Tag nach dem anderen hinter sich zu bringen, dass sie völlig vergessen hatte, wie es sich anfühlte, den Kopf zu heben und zu sehen, was ringsherum passierte – immerhin hatte der Krieg ja nicht allein ihr Leben aus den gewohnten Bahnen geworfen.

Überall war das Leid nach wie vor allgegenwärtig. Mehr als siebenhunderttausend Männer kehrten nie wieder nach Hause zurück, doppelt so viele sahen die Heimat mit schwersten Verwundungen wieder, waren an Körper und Seele verkrüppelt und häufig nicht in der Lage, in ihr altes Leben zurückzufinden.

Die Zeitungen berichteten über Unruhen und Streiks, Lebensmittel waren immer noch rationiert. Wofür war all das gut gewesen? Zu nichts, doch vielleicht half ein offener Blick über den eigenen Tellerrand, mit dem erlittenen Verlust besser umzugehen. Wenn die Reise das bewirkte, dann war sie vielleicht wirklich den ganzen Aufwand wert, überlegte Ruby.

Bald darauf hatte sich die gesamte Gruppe versammelt – etwa zehn Personen, die meisten davon älter als sie –, und man bestieg den Zug nach Dover, in dem es durchdringend nach kaltem Zigarettenrauch und Orangenschalen roch. Sie ließ den Blick über die Mitreisenden schweifen. Bei der Mehrzahl handelte es sich um Paare, verwaiste Eltern, die leise miteinander redeten oder schweigend vor sich hin starrten. Alle waren sichtlich von Trauer und Leid gezeichnet, schienen sich in eine eigene kleine Welt zurückgezogen zu haben.

Ein Mann mit einer Augenklappe nahm neben einer blassen Frau Platz, die kaum mehr als ein Strich in der Landschaft war. Verstohlen musterte Ruby außerdem eine allein reisende junge Dame. Sie war groß und schlank und ziemlich glamourös, wirkte fast wie ein Filmstar mit ihrem glänzenden braunen Haar, das sie zu einem Bob geschnitten hatte. Was Ruby allerdings verwirrte, waren ihre leuchtend rote Jacke und der dazu passende Hut mit extravaganter Krempe. Rot für den Besuch einer Stätte, an der millionenfach gestorben worden war? Wie unangemessen. Zum Glück suchte sie sich einen Platz im Nachbarabteil.

Entgegen den Versicherungen von Albert und Major Wilson fühlte sie sich in ihrer Reisegruppe zunächst noch einsamer in ihrer Trauer als zuvor, und sie wünschte sich zum x-ten Mal, sie hätte den Mut aufgebracht, die Bitte des Schwiegervaters abzuschlagen. Eher gleichgültig ließ sie die Erzählungen eines Ehepaars über sich ergehen, das zwei Söhne im Abstand von einem Jahr auf den flandrischen Schlachtfeldern verloren hatte.

»Sie haben ihr Leben für den König und das Vaterland gelassen«, sagte der Mann. »Das ist unser einziger Trost.«

»Wir wollen ihre Gräber finden«, fügte die Frau mit kippender Stimme hinzu. »Damit wir ihnen sagen können, wie sehr wir ...« Sie verstummte und presste sich schluchzend das Taschentuch vors Gesicht.

»Beruhige dich bitte«, tadelte ihr Mann sie sanft und drückte ihren Arm. »Denk dran, dass wir ganz stark sein müssen.«

Für einen Moment glaubte Ruby, Albert und Ivy gegenübersitzen. Jedenfalls wusste sie am Ende der Fahrt alles über die beiden Jungs, hatte bloß schweigend zugehört und war froh, dass die Eltern so sehr auf ihre eigene Trauer fixiert gewesen waren, dass sie kein einziges Mal nach ihrem Schicksal gefragt hatten. Nach wie vor verlor sie nämlich die Fassung, wenn jemand sie darauf ansprach, und ließ deshalb derartige Gespräche lieber erst gar nicht aufkommen.

Plötzlich aber, als sie nach der Ankunft in Dover im Sonnenschein das Deck der Fähre betrat und aufs Meer und die berühmten Kreidefelsen blickte, spürte sie, wie neuer Mut sie durchströmte und die lähmende Angst vor dem, was kommen würde, mehr und mehr wich. Der Himmel war strahlend blau, und die Sonnenstrahlen ließen das von einer leichten Brise gekräuselte Meer glitzern. Tief atmete Ruby den belebenden Geruch nach Salz und Algen ein, eine wahre Wohltat nach der miefigen Luft im Zug.

Zum ersten Mal überhaupt stand sie auf einem großen Schiff. Ihre bisherigen Erfahrungen mit Wasserfahrzeugen beschränkten sich auf die Ruderboote, mit denen man auf dem künstlich angelegten See im Christchurch Park von Ipswich herumgondeln konnte, wobei ihr das Schwanken der kleinen Nussschalen stets suspekt gewesen war.

Insofern war sie gleichermaßen überrascht und erleichtert, wie solide und stabil sich die riesige Fähre anfühlte, die sie auf den Kontinent bringen sollte. Eigentlich merkte sie kaum, dass sie sich nicht länger an Land befand. Amüsiert beobachtete sie eine große grauweiße Möwe, die direkt vor ihr auf der Reling landete, den Kopf schief legte und sie fordernd aus ihren gelben Augen musterte.

»Hallo, Vogel«, sagte sie lächelnd. »Ich habe nichts, was ich dir geben könnte, fürchte ich.«

Weit unter ihr am Kai zogen Dockarbeiter bereits die hölzernen Gangways zurück. Gewaltige Taue, so dick wie die Oberarme eines Mannes, wurden von den Eisenpollern gelöst und in die Hände der wartenden Matrosen an der unteren Reling geworfen. Bald würde das

Schiff ablegen, denn schon übertönte das markerschüt-
ternde Tuten des Signalhorns alle Geräusche und ließ
Rubys ganzen Körper vibrieren. Selbst der Möwe war
das zu viel. Kreischend flog sie davon, nachdem sie sich
schnell noch mit einem dicken weißen Kotklecks auf
der Reling verewigt hatte.

Außerdem blieb eine einzelne Daunenfeder als Ab-
schiedsgeschenk auf dem Deck zurück. Ruby hob sie
auf, drehte sie hin und her und bewunderte ihre Perfek-
tion. Bis ihr mit einem Mal einfiel, zu welch schäbigem
Zweck weiße Federn im Krieg missbraucht worden waren. Der White-Feather-Orden, eine antipazifistische Organisation, hatte Frauen zu Kriegsbeginn losgeschickt,
damit sie kriegsunwilligen jungen Männern, die sich
nicht freiwillig melden wollten, weiße Federn anhefte-
ten, die damit zu einem Symbol der Schande wurden.
Erschauernd ließ sie das zarte Gebilde fallen. Wäre Bertie
bloß ein Feigling gewesen und mit der Feder und nicht
mit den Musterungspapieren nach Hause gekommen,
dachte sie kummervoll. Dann würde er jetzt noch leben.

Die Fähre löste sich von der Anlegestelle, anfangs
kaum merklich, doch bald immer schneller. Neben ihr
winkten Mitreisende ihren zurückbleibenden Freunden
zum Abschied und riefen ihnen ein Lebewohl zu. Sobald sie das Hafenbecken verließen und Kurs auf die
offene See nahmen, frischte der Wind so sehr auf, dass
die meisten Passagiere sich unter Deck flüchteten. Nicht
so Ruby. Sie wollte zusehen, wie England hinter ihr immer kleiner wurde. Vielleicht war das auch Berties letzter Blick auf die Heimat gewesen, allein deshalb würde
sie ausharren, bis die Insel vollends am Horizont verschwunden war.

Was mochte er damals wohl gedacht haben? Hatte er sich gefürchtet vor dem, was ihn erwartete? Hatte er sich bange gefragt, ob er diese Klippen je wiedersehen würde? Oder war er aufgeregt gewesen, gespannt auf die Reise, auf die neuen Eindrücke, die ihn erwarteten. Immerhin hatte er sich im Kreis junger Burschen befunden, die lieber die Angst weglachten, als sie sich einzugestehen, die scherzten und Witze rissen. Bestimmt war Bertie, der Klassenclown, hier in seinem Element gewesen und hatte sich mit besonders frechen Sprüchen hervorgetan, da war sie sich sicher. Ein wehmütiges Lächeln umspielte bei diesem Gedanken ihre Lippen. Warum hatte es nicht anders kommen können?

Blicklos starrte sie in die Ferne, wo das intensive Weiß der Kalkfelsen im strahlenden Sonnenschein ein breites Band bildete, das den blauen Himmel von der grauen See zu trennen schien.

»Was für ein Anblick, wie?«

Die Stimme mit unverkennbar amerikanischem Akzent ließ Ruby zusammenzucken. Sie hatte geglaubt, allein an Deck zu sein. Verwirrt hob sie den Kopf und sah geradewegs in die Augen der großen, schlanken Frau mit dem Filmstarflair, die ihr beim Einsteigen in den Zug aufgefallen war. Ihre leuchtend rot geschminkten Lippen waren zu einem breiten Lächeln verzogen, das den Blick auf zwei Reihen der weißesten Zähne freigab, die Ruby je gesehen hatte.

»Alice Palmer. Freut mich, Sie kennenzulernen.«

Kapitel 2

Alice

Alice war völlig erschöpft. Zwar war die Überfahrt über den Atlantik ruhig verlaufen, doch seit ihrer Ankunft in Southampton hatte sie sich bei ihrer Freundin Julia aufgehalten, der Tochter des amerikanischen Botschafters in London, und sie hatten jeden Abend bis in die Puppen geschwatzt und geplaudert.

Obwohl offiziell Frieden herrschte, wirkte London so trist und freudlos, dass es sogar ihre sonst unverwüstliche Laune trübte. Und das Wetter machte das nicht besser, denn der Londoner Hochsommer hatte sich von seiner schlechtesten Seite gezeigt und eher dem Winter in ihrer Heimatstadt Washington geglichen, so grau, kalt und regnerisch, wie er war. Dass zudem die Spanische Grippe um sich griff und das Meiden größerer Menschenansammlungen verlangte, war da nur das Tüpfelchen auf dem i.

Auch hatte sie nicht erwartet, dass sie mit ihrer leuchtend bunten Reisegarderobe wie ein Paradiesvogel und damit ziemlich deplatziert wirkte in dem eintönigen Straßenbild. Die meisten Frauen trugen abgenutzte Vorkriegskleidung, meist braun oder schwarz, Sachen ohne jeden Chic. Noch mehr schockierte Alice allerdings der Anblick der ausgemergelten Veteranen, die sich mit dem Verkauf von Streichhölzern über Wasser zu halten versuchten oder Schilder hochhielten, auf denen sie ein *Heim für einen Helden* forderten, wie es der britische Premierminister für alle Kriegsheimkehrer proklamiert hatte, ohne dieses Versprechen je einlösen zu können.

Wenngleich in der amerikanischen Botschaft kein Mangel an Speisen und Getränken herrschte, blieb Alice die drastische Rationierung der Lebensmittel für den Durchschnittsbürger nicht verborgen. Selbst jetzt noch, acht Monate nach dem Waffenstillstand, gab es wöchentlich lediglich ein kleines Stück Fleisch, ein bisschen Butter sowie ein sparsam bemessenes Stück von diesem grauenvollen, nach Pappe schmeckenden Weißbrot. Obst oder Gemüse wurde so gut wie nie zugeteilt.

Wir zu Hause haben keine Ahnung, wie sehr dieses kleine Land hier gelitten hat und immer noch leidet, schrieb Alice an ihre Eltern.

Da London sich so anders präsentierte als erwartet, konnte sie es kaum erwarten, nach Belgien weiterzureisen, wo ihr jüngerer Bruder Sam zuletzt gesehen worden war und wo sich seine Spur verlor. Die Familie hatte weder eine Bestätigung erhalten, dass er gefallen oder vermisst war, noch eine Mitteilung, wo genau er gekämpft hatte oder wohin er abkommandiert worden war.

Es schien, als wüsste niemand über seinen Verbleib Bescheid. Er war einfach vom Erdboden verschwunden. Und gerade das ließ in Alice die Überzeugung heranwachsen, dass er noch lebte. Womöglich war er desertiert und schämte sich, nach Hause zurückzukehren, zumal er sich ohne Wissen der Eltern freiwillig gemeldet hatte. Er hatte nicht einmal bis zum Kriegseintritt der Vereinigten Staaten gewartet, sondern sich dem kanadischen Expeditionskorps angeschlossen, das von Anfang an die britischen Truppen unterstützt hatte.

Zwei Jahre waren seit Sams mysteriösem Verschwinden vergangen, in denen ihr Vater Himmel und Hölle in Bewegung gesetzt hatte, um ihn zu finden, und nicht davor zurückgeschreckt war, massiv seine Beziehungen als Kongressabgeordneter spielen zu lassen. Aber bei den kanadischen Behörden behauptete man steif und fest, keine Unterlagen über einen Sam Palmer zu haben. Ob er sich vielleicht unter einem anderen Namen gemeldet habe? Er sei bestimmt nicht der erste Amerikaner, der versuche, seine Spuren zu verwischen, meinten sie, und Alice vermutete, dass sie recht haben könnten.

»Unsinn, zumindest bei der Einschreibung muss ihn schließlich jemand nach einem Ausweis gefragt haben. Die sind bloß schlampig«, hatte ihr Vater getobt.

Nachdem all seine Versuche, Sam aufzuspüren, ins Leere gelaufen waren, hatte er irgendwann resigniert und sich mit seiner politischen Arbeit abgelenkt, während ihre einst so gesellige und fröhliche Mutter in eine tiefe Depression gesunken war und sich seitdem weigerte, in der Öffentlichkeit zu erscheinen. Egal ob es sich um private Einladungen oder offizielle Anlässe handelte. Sie verschanzte sich in ihrem Haus, aß wie ein Spatz und war inzwischen ein Schatten ihrer selbst.

Alice war die Einzige, die die Angelegenheit nicht einfach auf sich beruhen ließ. Und das hatte einen Grund: Sie war über Sams Pläne informiert gewesen, denn der Bruder hatte sie am Abend vor seinem Aufbruch nach Kanada eingeweiht.

Zutiefst schockiert, hatte sie ihn angefleht, nicht zu gehen. »Du lieber Himmel, Sam, hast du völlig den Verstand verloren? Weißt du, wie es dort drüben aussieht? Du könntest getötet werden.«

»Ich muss es tun. Für Amelia«, hatte er entschlossen erwidert. »Keine Sorge, ich passe auf mich auf, versprochen. Die Kanadier kämpfen sowieso nicht an vorderster Front. Wie auch immer: Wenn ich hierbliebe, könnte ich mir das niemals verzeihen. Wir dürfen nicht zulassen, dass diese verdammten deutschen Krauts mit ihren Weltmachtgelüsten durchkommen.«

Stundenlang hatten sie über das Für und Wider des Krieges debattiert und darüber, ob die Vereinigten Staaten moralisch zum Eingreifen verpflichtet seien. Am Ende hatte Sam einfach dichtgemacht, und sie musste akzeptieren, dass er sich nicht umstimmen ließ. Bevor sie zu Bett gegangen waren, hatte er ihr das Versprechen abgenommen, den Eltern nichts zu verraten.

»Sie können sowieso nichts tun, weil ich achtzehn bin, aber sorg wenigstens dafür, dass ich ein bisschen Vorsprung habe, okay?«, bat er. »Ich schreibe dir, sobald ich ankomme.«

Am nächsten Morgen war er fort gewesen.

Sie hatte Wort gehalten, war jedoch unendlich erleichtert gewesen, als sein erster Brief, weitergeleitet von einer Adresse in Ottawa, sie von ihrem Versprechen entband. Es war der einzige Brief, den sie je bekommen sollten und den sie stets in einem Seitenfach ihrer Handtasche bei sich trug.

Ihr Lieben,

ich schreibe euch, um euch wissen zu lassen, dass ich in Sicherheit und wohlauf bin. Mittlerweile bin ich mit den Kanadiern in Flandern eingetroffen, wo ich mein Scherflein zum Kampf gegen die Deutschen beitragen werde.

Verzeiht mir den Schmerz, den ich euch allen zugefügt habe. Ich konnte euch in meine Pläne nicht einweihen, weil ihr sonst nur versucht hättet, mich aufzuhalten. Aber ihr hättet es nicht geschafft, weil ich diesen Schritt für meine geliebte Amelia tue, deren Tod ich nicht einfach hinnehmen kann.

Wie sollte ich weitermachen, als wäre nichts geschehen, solange dieser Idiot Wilson, der sich Präsident nennt, die Tatsachen verdreht. Die Briten, die Franzosen und die Belgier kämpfen zwar unglaublich tapfer – trotzdem werden sie es ohne die Unterstützung der Vereinigten Staaten nicht schaffen. Und sie brauchen sie bald. Bitte tu, was in deiner Macht steht, Dad, damit unsere Politiker endlich zur Vernunft kommen.

Im Augenblick bin ich auf Kurzurlaub hinter der Front in dem kleinen Ort namens Poperinge, den die britischen Soldaten Pops nennen. Hier gibt es sogar Brauereien, ob ihr es glaubt oder nicht! Die Leute sind sehr nett und hilfsbereit, wir haben Bier und genug zu essen. Es ist eine kleine Oase in dieser Hölle des Krieges. Macht euch keine Sorgen. Ich passe gut auf mich auf und tue alles, damit ich bald wieder zu Hause bin, versprochen.

Alles Liebe, Sam

Als der Krieg vorüber war und die Monate ins Land zogen, ohne dass er nach Hause zurückkehrte, quälte Alice zunehmend das Gefühl, schuld an seinem Verschwinden zu sein. Hätte sie bloß ihr Versprechen gebrochen und seine Pläne umgehend verraten, noch am selben Tag, warf sie sich vor. Bestimmt hätte der Vater Mittel und Wege gewusst, seinen Aufbruch nach Kanada zu verhindern. Irgendwie, trotz Sams wilder Entschlossenheit. Und weil sie es nicht getan hatte, haderte sie mit sich selbst und machte sich Vorwürfe. Für sie gab es lediglich einen Weg, ihr Gewissen halbwegs zu beruhigen, indem sie herausfand, was mit ihm geschehen war. Und das bedeutete, nach Flandern zu reisen.

»Nur über meine Leiche«, schäumte ihr Vater. »Wie stellst du dir das vor? Dass du ihm einfach auf der Straße in die Arme läufst? Dort ist es nicht wie in Washington, Alice. Der gesamte Norden Frankreichs und Belgiens ist ein einziger Matschhaufen. Du hast die Bilder schließlich selbst in den Zeitungen gesehen. Die Städte sind völlig zerstört, die Leute leiden Hunger, überall lungern Verbrecher herum, und das Transportnetz liegt brach. Ich werde ganz bestimmt nicht zulassen, dass meine Tochter sich in derartige Gefahren begibt. Das ist mein letztes Wort.«

Also wandte sie sich an ihre Mutter.

»Wenn dein Vater Nein sagt, ist es ein Nein«, erhielt sie zur Antwort. »Davon ganz abgesehen – was sagt Lloyd überhaupt zu dieser Schnapsidee?«

Ihre Verlobung mit Lloyd war Stadtgespräch gewesen. Der junge, blendend aussehende Pilot, der einer Eliteeinheit der US Air Force angehörte, würde als einziger

Sohn einer Bankiersfamilie eines Tages ein Millionen-
vermögen erben. Lloyd war definitiv einer der begehr-
testen Junggesellen der Stadt.

Schon seit Langem hatte sie ein Auge auf ihn geworfen. Damals, als sie im Teenageralter voller Ehrfurcht
zugesehen hatte, wie er den amtierenden Tennischam-
pion vom Platz gefegt hatte. Doch es waren weniger
seine kraftvollen Schläge und seine taktischen Fines-
sen gewesen, die sie beeindruckt hatten, sondern vielmehr sein durchtrainierter Körper, dessen Muskeln im
Sonnenschein glänzten.

Kurz nachdem sie von einem Aufenthalt in Frankreich zurückgekehrt war, begannen sie miteinander
auszugehen. Drei Jahre später, als sie bereits fürchtete,
er werde die alles entscheidende Frage niemals stellen, machte er ihr einen Antrag. Fotos des glücklichen
Paars erschienen in sämtlichen Zeitungen und Magazi-
nen, eine glanzvolle Hochzeit wurde geplant, und sie
war überzeugt, der größte Glückspilz im ganzen Land
zu sein.

Aber ein Unfall veränderte alles. Lloyds Maschine
überschlug sich bei einer Landung zweimal, schwer
verletzt überlebte er, verlor jedoch ein Bein. Das machte
ihn verbittert und pessimistisch. Sein Leben sei sowieso vorbei, beklagte er sich ständig. Er könne nie wieder Tennis spielen oder segeln, von seiner Pilotenkarri-
ere ganz zu schweigen. Lieber würde er sterben, als den
Rest seiner Tage im Rollstuhl an einem Schreibtisch in
der Bank seines Vaters zu verbringen.

Hilflos musste Alice mit ansehen, wie er immer tiefer in Selbstmitleid versank, und sie fragte sich, wo ihre
Liebe geblieben war. Wenngleich sie mehr als einmal

mit dem Gedanken spielte, kam eine Lösung der Verlobung letztlich für sie nicht infrage. Wie könnte sie einem gebrochenen Mann so etwas jemals antun? Wie ihren Eltern diesen Kummer zufügen, wo sie bereits genug unter dem Verlust ihres einzigen Sohnes litten? Abgesehen davon wäre ein Skandal vorprogrammiert, bei dem sie als herzloses Miststück dastehen würde, das einen tapferen Helden schmählich im Stich gelassen hatte. Was wiederum auf die Familie zurückfallen und insbesondere einen Schatten auf die ansonsten makellose Politikerkarriere ihres Vaters werfen würde.

Also biss sie die Zähne zusammen und stürzte sich auf die aussichtslos scheinende Aufgabe, Lloyd wieder ins Leben zurückzuholen. Entgegen allen Erwartungen schien es zu funktionieren: Im Laufe der nächsten Wochen wurde ihr Verlobter zunehmend fröhlicher, zugänglicher und optimistischer, wirkte sogar positiver als der Mann, in den sie sich ursprünglich verliebt hatte. Alles war gut, sagte sie sich. Sie liebte ihn, sie würden heiraten und für den Rest ihres Lebens glücklich sein.

Allerdings hatten sie den Termin verschoben. Lloyd wollte erst seine Prothese erhalten und damit so weit zurechtkommen, dass er sie auf zwei Beinen und ohne fremde Hilfe aus der Kirche führen konnte. Warum also sollte sie nicht vorher mal kurz nach Flandern reisen?

Lloyd fiel aus allen Wolken, als sie ihm ihre Idee unterbreitete, und blankes Entsetzen spiegelte sich in seinen grauen Augen. »Ganz allein? Nach Europa?«

Sie strich ihm übers Haar und massierte beruhigend seinen Nacken. »Ich liebe meinen Bruder beinahe so sehr wie dich. Dad hat alles in seiner Macht Stehende getan, aber wirklich erreicht hat er leider nichts. Deshalb will ich mich der Sache annehmen, muss es zumindest versuchen – je länger wir warten, umso schwieriger wird es, eine Spur von ihm zu entdecken.«

»Wieso fahren deine Eltern nicht selbst?«

»Weil Dad nicht mehr daran glaubt, etwas ausrichten zu können, und resigniert hat. Außerdem steht ihm nächstes Jahr eine Wahl ins Haus.«

Seit Roosevelts Tod Anfang des Jahres rannten die Republikaner wie ein Haufen kopfloser Hühner herum. Hinzu kamen Unruhen im Land aufgrund massiver wirtschaftlicher Probleme, die einen vollen Einsatz auch der Politiker in Kongress und Senat erforderten.

Lloyd machte eine wegwerfende Handbewegung. »Das gefällt mir ganz und gar nicht, Alice. Diese Idee ist völliger Irrsinn. Warte bitte, bis ich endlich aus dem verdammten Ding hier heraus bin«, er schlug auf die Armlehne des Rollstuhls, »dann begleite ich dich. Ich kann dich nicht ohne Schutz ins Ausland reisen lassen. Wer weiß, welchen Gefahren du dort ausgesetzt bist.«

»Du vergisst, dass ich Europa kenne, Lloyd. Schließlich habe ich ein paar Monate an der Sorbonne einen Sprachkurs belegt und bin von dort aus nach Brügge, Brüssel und Ostende gereist. Außerdem spreche ich mittlerweile perfekt Französisch, werde also nicht hilflos durch die Gegend irren. Anfangs will ich sowieso eine Weile in London mit meiner Freundin Julia verbringen. Und bestimmt wird mir ihr Vater, der Botschafter, bei der Planung dieses Unternehmens helfen, das im Übrigen, so viel zu deiner Beruhigung, von einer renommierten Reiseagentur organisiert und begleitet wird.«

Sie zeigte ihm die Broschüre, die Julia ihr geschickt hatte, und schlug die Seite mit der Beschreibung auf, die sie mittlerweile fast auswendig kannte. *Eine Woche in Ostende, mit Ausflügen nach Ypern und zu den anderen belgischen Schlachtfeldern ...* und so weiter.

Als er ein verächtliches Schnauben ausstieß, beschloss sie, die Angelegenheit vorläufig auf sich beruhen zu lassen. Besser, er dachte in Ruhe darüber nach, dann würde er sich bestimmt bald wieder beruhigen.

Eine Woche später saßen sie bei Kerzenschein an einem Tisch in seinem Lieblingsrestaurant, das er dank der breiten Türen und des ebenerdigen Zugangs bequem mit dem Rollstuhl besuchen konnte. Sie zeigte ihm das Telegramm, das Julia ihr inzwischen geschickt hatte und in dem sie ihr versicherte, dass Thomas Cook nach Ansicht des Botschafters eine renommierte Agentur sei.

»Willst du etwa immer noch nach Flandern?«, erkundigte er sich entgeistert.

Sie nickte. »Julias Vater würde mich warnen, falls das Ganze irgendwie gefährlich wäre.« Sie setzte ihr strahlendstes Lächeln auf, das sie ungezählte Male vor dem Spiegel geübt hatte und das eigentlich immer die gewünschte Wirkung zeigte. »Ich muss es einfach tun, Liebster, denn ich könnte es mir nicht verzeihen, wenn ich nicht alles Menschenmögliche unternähme, um Sam zu finden. Und dies scheint die letzte Chance zu sein.«

Als sie sah, wie seine Züge weich wurden, wusste sie, dass sie gewonnen hatte.

»Lloyd hat nichts dagegen, dass ich nach Flandern reise«, erklärte sie später ihren Eltern. »Er würde ja mitkommen, aber er ist noch nicht so weit mit seiner Verletzung.«

»Ich verstehe nicht, weshalb das nicht bis nach der Hochzeit warten kann«, wandte ihr Vater ungehalten ein. »Dann könntet ihr tatsächlich gemeinsam reisen.«

»Ich muss *jetzt* hinfahren, verstehst du das nicht? Je länger wir warten, umso …« Sie zögerte, mochte das Undenkbare in Gegenwart ihrer Mutter nicht offen aussprechen. »Davon abgesehen wollen wir anschließend erst mal Flitterwochen machen, in der Karibik oder in Florida. Irgendwo, wo es schön ist und die Sonne scheint und wir uns erholen und eine schöne Zeit verleben können.«

Sie drückte ihrem Vater die Broschüre in die Hand. »Hier, lies selbst. Die Touren sind alle sehr gut organisiert, sagt Julias Vater. Und er muss es eigentlich wissen.«

»Himmel, das kostet ja ein kleines Vermögen, und das für eine einzige Woche! Ganz zu schweigen von der Schiffspassage nach Europa und von deinem Aufenthalt in London, wo du sicher ebenfalls so einiges ausgeben wirst. Und dann deine Hochzeit im nächsten Jahr! Wie um Himmels willen kommst du auf die Idee, dass wir uns all das leisten können?«

»Ich erwarte nicht, dass ihr die Kosten übernehmt«, erwiderte Alice kühl. »Das bestreite ich von meinen eigenen Ersparnissen, und darüber hinaus hat Lloyd angeboten, etwas beizusteuern. Und was London betrifft, da kann ich bei Julia wohnen, sodass keine Hotelkosten anfallen.«

»Was sagst du dazu?«, wandte Mr. Palmer sich an seine Frau. »Wir können sie doch unmöglich mutterseelenallein fahren lassen, oder?«

Ihre Mutter zuckte gleichmütig mit den Schultern, sie war es gewohnt, dass Alice ihren Kopf stets durchsetzte, das hatte sie schon als kleines Mädchen getan.

»Wenn sie der Überzeugung ist, dass das die einzige Möglichkeit ist, etwas über unseren Jungen herauszufinden, soll sie es tun. Dann haben wir am Ende wenigstens die Gewissheit, nichts unversucht gelassen zu haben.«

»Tja, das sehe ich anders«, protestierte ihr Mann. »Meiner Ansicht nach wäre es eine geradezu skandalöse Zeit- und Geldverschwendung, weil du in dem Chaos, das in diesem Land herrscht, niemals etwas finden wirst. Es wäre weitaus klüger, Sam über diplomatische Kanäle ausfindig zu machen.«

»Hast du nicht selbst gesagt, dass man dabei nur mit dem Kopf gegen die Wand läuft?«

»Erspar dir deine Widerworte, junge Dame. Du bist zwar volljährig, weshalb ich dir nicht mehr vorschreiben kann, was du zu tun und zu lassen hast, aber ich will anschließend kein Gejammer hören, wenn das Ganze außer immensen Kosten nichts gebracht hat.«

Alice kümmerte es nicht, was er sagte. Sie würde nach Europa reisen, und wenn er sich auf den Kopf stellte. Immerhin hatte sie sich insgeheim nichts Geringeres vorgenommen, als ihren kleinen Bruder nach Hause zu bringen, falls das irgendwie möglich war.

Und das war noch nicht alles. Es gab einen weiteren Grund für diese Reise: etwas so Verrücktes, dass allein beim Gedanken daran ihr Herz zu rasen begann. Julia war die Einzige, der sie sich anvertraut hatte.

Hey, ich freue mich so sehr, dich bald zu sehen, hatte die Freundin geschrieben. *Brauche dringend eine kleine Aufmunterung. London ist so was von trist. Dass du glaubst, die Reise nach Flandern sei deine einzige Chance, Sam zu finden, verstehe ich. Alle sagen, dass dort nach wie vor das pure Chaos herrscht und jeden Tag Männer aus heiterem Himmel wieder auftauchen. Man weiß ja nie. Zumindest wirst du Gewissheit bekommen und kannst sicher sein, alles in deiner Macht Stehende getan zu haben.*

Ganz schön frech hingegen finde ich es, dich mit D. treffen zu wollen. Eigentlich müsste ich deshalb mit dir schimpfen, bloß bin ich, ehrlich gesagt, fast ein bisschen eifersüchtig. Zudem kann er dir bei der Suche bestimmt helfen. Doch verliebe dich um Himmels willen nicht noch einmal in ihn. Versprochen?

Alice hatte gedacht, allein zu reisen werde ihr ein Gefühl von Freiheit vermitteln, ihr erlauben, mit wildfremden Leuten zu plaudern oder in einem Liegestuhl an Deck zu sitzen und zu lesen, frei von irgendwelchen gesellschaftlichen oder familiären Erwartungen.

Ihr Leben in Washington wurde nämlich von einer Menge Verpflichtungen bestimmt: So verlangte ihre Mutter, dass sie sie bei ihrer Arbeit für mindestens ein Dutzend Wohltätigkeitsorganisationen unterstützte und mit ihr von Veranstaltung zu Veranstaltung zog. Wenigstens war das bis zu Sams Verschwinden der Fall gewesen, da hatte sie zu jeder Cocktailparty, zu Abendgesellschaften, Eröffnungen und Vernissagen mitgemusst. Jetzt nahm sie diese Termine meist allein wahr.

Anfangs hatte es ihr sogar Spaß gemacht: die exquisiten Häppchen, die exotischen Cocktails, die schicken Garderoben der betuchten Mäzene, aber irgendwann war der Reiz des Neuen verflogen, und sie begann sich nach anspruchsvolleren Dingen zu sehnen als derartigen Society-Vergnügen oder nach Tennis- und Bridgeturnieren. Einige ihrer Freundinnen hatten nach der Schule angefangen, als Lehrerinnen oder persönliche Assistentinnen in einem großen Unternehmen zu arbeiten, und Alice wurde regelmäßig neidisch, wenn sie sie reden hörte. Natürlich würden auch sie ihre Jobs an den Nagel hängen, sobald sie verheiratet wären, trotzdem wünschte Alice sich sehnlichst, wenigstens diese paar Jahre zu nutzen, um ihren Horizont zu erweitern. Einer sinnvollen Tätigkeit nachzugehen, Menschen mit interessanten Ideen und Weltanschauungen kennenzulernen, Geld zu verdienen, auf eigenen Füßen zu stehen.

»Kommt überhaupt nicht infrage«, hatte ihr Vater gepoltert. »Ich werde ganz bestimmt nicht zulassen, dass meine Tochter arbeiten geht. Die Leute würden ja denken, wir seien pleite.«

Was natürlich absurd war. Dank des beachtlichen Erbes ihrer Mutter residierte die Familie in einem luxuriösen Haus im historischen Washingtoner Stadtteil Georgetown und lebte insgesamt auf großem Fuß. Was den Hausherrn allerdings nicht daran hinderte, bei Bedarf ständig die Wer-soll-das-bezahlen-Karte zu ziehen wie etwa bei den Reiseplänen. Überhaupt war der Vater ziemlich altmodisch, fand Alice, denn verbissen hielt er an seiner Überzeugung fest, dass Frauen zu Hause bleiben und sich darauf beschränken sollten, Wohltätigkeitsarbeit zu leisten.

Immerhin hatte Alice es geschafft, sich ihre Europareise von ihm nicht ausreden zu lassen, doch entgegen ihren hochfliegenden Erwartungen entpuppte sich die Überfahrt über den Atlantik in der Realität als reichlich enttäuschend. Das Schiff war halb leer, ihre Mitreisenden setzten sich hauptsächlich aus langweiligen Ehepaaren und noch langweiligeren Geschäftsmännern zusammen, und Alice fühlte sich ziemlich einsam.

Wehmütig dachte sie an ihren ersten Trip in die Alte Welt vor sechs Jahren. Sie war achtzehn gewesen, hatte gerade die Highschool abgeschlossen und war auf dem Weg nach Paris, wo sie und Julia ein Semester an der Sorbonne Französisch lernen wollten.

»Bitte, bitte komm mit«, hatte die Freundin sie gedrängt. »Wir machen uns ein schönes Leben, das wird bestimmt ganz toll.«

Und in der Tat hatte das schöne Leben gleich am ersten Abend auf dem Ozeanliner begonnen, wo eine Handvoll gut aussehender junger Männer um ihre Aufmerksamkeit auf der Tanzfläche gebuhlt hatte. Das Ganze setzte sich nicht allein die nächsten Tage auf dem Schiff fort, sondern ebenfalls in London, der ersten Station ihrer Reise, wo eine Cocktailparty die nächste jagte und die Freundinnen zu dem Schluss gelangten, dass dies die glamouröseste Stadt der Welt sei – bis sie Paris kennenlernten.

An der Sorbonne verliebten sie sich beide in einen ihrer Lehrer, den attraktivsten Mann, der ihnen je begegnet sei, schwärmten sie. Dabei handelte es sich um einen unnahbaren, düsteren Kerl mit dichtem Haar, der sich nachlässig kleidete, notorisch zu spät kam und pausenlos filterlose Zigaretten rauchte. Seine Gewohn-

heit, sich mit aufreizender Sinnlichkeit winzige Tabak-
fasern von der vollen Unterlippe zu zupfen, brachte die
Mädchen vor Verzückung schier um den Verstand.

Glücklicherweise fanden sie wenig später bei einer Gruppe Gleichaltriger Anschluss, einer Clique aus
britischen, amerikanischen, französischen und deutschen Studenten. Bis spät in die Nacht saßen sie bei
völlig überteuerten heißen Schokoladen oder kaltem
Bier aus Halblitergläsern in irgendwelchen Straßenca-
fés, plauderten, diskutierten und flirteten. Die Mädchen
schwärmten fast alle für einen dunkeläugigen belgischen Architekturstudenten namens Daniel, der gebil-
deter und eloquenter als alle anderen zu sein schien.
Romanzen flackerten auf und vergingen wieder. Und
am Ende des Kurses lagen sie einander weinend in den
Armen und schworen sich, in Verbindung zu bleiben.

Alice kehrte in die Staaten zurück, und einige Monate später, im August 1914, erklärte Großbritannien
Deutschland den Krieg, was ihrem Briefkontakt ein jä-
hes Ende setzte. Zu dem geplanten Wiedersehen war es
nie gekommen.

Jetzt, Jahre später und um einiges erwachsener, stand
Alice an Deck einer Fähre, die sie von England nach
Belgien bringen sollte, und sah zu, wie die weißen Klippen von Dover allmählich kleiner wurden. Wie grund-
legend sich die Welt inzwischen verändert hatte, dachte
sie mit leiser Trauer.

Nahezu alle anderen Passagiere hatten sich vor der
steifen Brise inzwischen unter Deck geflüchtet, und
Alice, die in letzter Minute ihren Hut gerettet hatte,
wollte ihnen gerade folgen, als sie eine dunkel geklei-

dete Gestalt am anderen Ende des Decks bemerkte, wahrscheinlich das farblose Mädchen aus dem Zug und vermutlich die Tochter des älteren Ehepaars.

Wie auch immer. Fest stand, dass sie Britin war – das sah man auf den ersten Blick. Ihr langer Rock verriet es ebenso wie die blasse Haut und das mausbraune Haar unter dem altmodischen glockenförmigen Hut aus schwarzem Filz, wie man ihn allenfalls bei einem ältlichen Kindermädchen vermuten würde.

Dennoch reizte es Alice, die Fremde kennenzulernen. Vielleicht weil sie irgendwie schrecklich verloren und einsam wirkte und so fest die Reling umklammerte, dass ihre Fingerknöchel weiß hervortraten. Als sie sich ihr näherte und eine beiläufige Bemerkung über den atemberaubenden Anblick der Küste machte, drehte die junge Frau sich um und starrte sie aus großen Augen verwundert an.

»Alice Palmer. Freut mich, Sie kennenzulernen«, stellte sie sich daraufhin vor und streckte die Hand aus.

Im ersten Moment schien die Fremde irritiert zu sein, fing sich aber schnell.

»Hallo. Ich bin Ruby. Ruby Barton«, sagte sie und ergriff die ausgestreckte Hand, stieß jedoch zugleich einen spitzen Schrei aus, weil eine Bö ihr den Hut vom Kopf gerissen hatte und ihn über die Planken fegte.

»Heiliger Strohsack!«, rief Alice und lief hinter dem Hut her, während über ihr ein Schwarm Möwen sie mit ihrem Kreischen zu verhöhnen schien.

O Gott, hoffentlich flog er nicht über die Reling davon, schoss es ihr durch den Kopf, dann hätte das arme Mädchen für den Rest der Reise keine Kopfbedeckung. Gerade als sie die Hoffnung aufgeben wollte, wurde der

61

Hut gegen die Abdeckung eines Rettungsboots gewirbelt, und es gelang ihr, ihn mit einem beherzten Satz nach vorne zu fassen zu bekommen.

»Das war knapp«, brüllte sie gegen den Wind und schwenkte die schwarze Glocke wie ein Lasso über ihrem Kopf.

Ruby stand direkt hinter ihr. »Vielen Dank. Ich bin so ein Tollpatsch«, murmelte sie verlegen.

»Hier, nehmen Sie eine von meinen Hutnadeln«, bot Alice an und reichte ihr eine.

»Danke, sehr nett, aber das geht nicht.«

»Unsinn, Sie müssen sich nicht zieren – ich habe mehr als genug von den Dingern.«

Ruby lächelte zögerlich. »Wenn Sie darauf bestehen, danke vielmals. Ich selbst habe keinen Gedanken daran verschwendet, dass ich welche brauchen würde. Dies ist meine erste Seereise, müssen Sie wissen.«

»Dann ist es also das erste Mal, dass Sie England verlassen?«

»Ich fürchte, ja«, erwiderte Ruby und kam sich der weltläufigen Amerikanerin gegenüber sehr rückständig vor.

»Waren das Ihre Eltern im Zug?«

»O nein. Sie gehören bloß zur selben Reisegesellschaft wie ich.«

»Thomas Cook? Nach Ostende und dann zu den Schlachtfeldern? Du liebe Zeit, ich gehöre ebenfalls dazu. Und Sie reisen also allein?« Als keine Antwort kam, fügte sie hinzu: »Sollen wir nicht lieber runtergehen und einen Kaffee trinken, bevor wir am Ende wirklich unsere Hüte bei diesem stürmischen Wind verlieren?«

Alice wollte freundlich sein, obwohl sie im Grunde diese Ruby recht langweilig fand. Zumindest sprühte sie nicht gerade vor Witz, dachte sie, während sie vorsichtig die Stufen zum Salon der ersten Klasse hinabstiegen. Egal, immerhin war das Mädchen annähernd in ihrem Alter und wie sie allein reisend. Das war besser, als überhaupt niemanden zum Plaudern zu haben.

Am Eingang blieb Ruby abrupt stehen. »Ich kann da nicht rein«, flüsterte sie. »Ich habe keine Fahrkarte für die erste Klasse.«

»Keine Sorge«, beruhigte Alice sie. »Sie sind schließlich mit mir hier, oder? Außerdem kontrolliert das kein Mensch, und die anderen Salons sind nicht annähernd so gemütlich wie dieser. Kommen Sie schon, ich bin am Verhungern, es dauert noch Stunden, bis wir im Hotel sind und Abendessen bekommen. Worauf hätten Sie Lust?«

Alice bestand darauf, die Getränke, Kaffee für sie selbst, Tee für Ruby, sowie einen Teller getoasteten Teekuchen mit Butter zu bezahlen, und beobachtete amüsiert, wie sich ihre Reisegefährtin wie ein ausgehungertes Kind darauf stürzte. Und zum ersten Mal bemerkte sie, dass dieses junge Ding, das aussah, als hätte es gerade erst die Schule beendet, einen Ehering am Finger trug.

»Möchten Sie mir erzählen, weshalb Sie diese Reise unternehmen?«, fragte sie. »Ich nehme nicht an, Sie haben vor, die Schönheit Brügges zu bestaunen oder sich in Ostende an den Strand zu legen, richtig?«

Ihr Gegenüber senkte den Blick, und einen Moment lang herrschte eine unangenehme Stille. Offenbar war sie mal wieder mitten ins Fettnäpfchen getreten.

»Entschuldigen Sie, ich hätte nicht so neugierig sein dürfen. Meine englischen Freunde tadeln mich deswegen ständig und finden mich zu unverblümt.«

Grundgütiger, war das ein zähes Gespräch. Alice begann langsam zu bereuen, sich mit der Fremden eingelassen zu haben, die erneut beharrlich schwieg.

»Soll ich Ihnen verraten, weshalb ich die Reise unternehme?«, unternahm sie einen neuen Vorstoß.

Endlich eine Reaktion: Ruby blickte auf und ließ den Anflug eines Lächelns sehen, was Alice als ein Ja wertete. Daraufhin zog sie das Foto ihres Bruders aus der Tasche und betrachtete es kurz, bevor sie es weiterreichte. Es war an seinem achtzehnten Geburtstag vor fünf Jahren aufgenommen worden. Wie jung er aussah, so unbeschwert, mit Amelia an seiner Seite. Es schien eine Ewigkeit her zu sein und aus einer anderen Welt zu stammen, einer anderen Zeitrechnung.

»Er sieht sehr gut aus. War er Ihr ...« Ruby zögerte, und Röte stieg ihr in die Wangen. »Ich meine, ist er ...«

»O nein«, wiegelte Alice eilig ab. »Er ist mein kleiner Bruder. Sam. Mit seiner Freundin. Kurz nachdem das Foto aufgenommen wurde, ist sie nach Europa gereist, um Freunde zu besuchen. Obwohl der Krieg bereits ausgebrochen war und alle ihr abrieten. Aber sie hatte diesen Besuch in England seit mehr als einem Jahr geplant und war fest entschlossen, ihn allen Widrigkeiten zum Trotz durchzuziehen. Widerstrebend gaben ihre Eltern nach, buchten jedoch vorsorglich eine Passage auf dem angeblich sichersten Schiff. Ein schrecklicher Irrtum. Unmittelbar vor der irischen Küste wurde die *Lusitania* durch ein deutsches U-Boot versenkt ... Vielleicht haben Sie ja davon gehört?«

Ruby nickte.

»Wir alle dachten, dass die Vereinigten Staaten nach diesem Vorfall, bei dem hundertvierundzwanzig Amerikaner ums Leben gekommen waren, in den Krieg eintreten würden, aber unser wunderbarer Präsident hat sich gewunden und gezaudert und schließlich gekniffen. Sam war am Boden zerstört. Amelia, ein wunderschönes Mädchen im Übrigen, war seine große Liebe – er hat sie angebetet und kam über ihren Tod nicht hinweg. Irgendwann schmiss er sogar das College und redete nur noch davon, dass er gegen die Deutschen kämpfen müsse. Sonst habe sein Leben keinen Sinn mehr. Mein Vater war natürlich dagegen, und meine Mutter ... Nun ja, allein bei der Vorstellung bekam sie Zustände. Ich schätze, sie haben einfach gehofft, Sam werde sich wieder beruhigen, und ein, zwei Monate lang sah es auch so aus. Aber dann hat er sich, vermutlich unter falschem Namen, heimlich beim kanadischen Expeditionskorps gemeldet, das in Flandern an der Seite der britischen Armee kämpfte.«

»Wie grauenhaft.« Ruby war sichtlich erschüttert. »Wann haben Sie ihn das letzte Mal gesehen?«

»Weihnachten 1916.«

»Und seitdem haben Sie kein Wort mehr von ihm gehört?«

»Nein, nur das kam noch.« Alice zog den Brief hervor, den sie wie ihren Augapfel hütete. »Hier, Sie können ihn gern lesen.«

Die junge Frau zögerte. »Sind Sie sicher?«

»Je mehr Leute von ihm wissen, umso größer ist die Chance, dass ich ihn finde, ganz einfach.«

Ruby nahm den Umschlag, zog das dünne Blatt Papier heraus und begann zu lesen.

»Du meine Güte, er klingt so tapfer.« Vorsichtig faltete sie das Blatt zusammen und schob es wieder in den Umschlag. »Aber wenn er sich tatsächlich unter einem falschen Namen eingeschrieben hat, wo wollen Sie da überhaupt mit Ihrer Suche beginnen?«

Als sie in Rubys braune Augen blickte, in denen eine tiefe Traurigkeit lag, flackerte ein Anflug von Selbstzweifeln in Alice auf, und mit einem Mal dämmerte ihr, dass ihr Unterfangen nicht bloß ehrgeizig war, sondern womöglich schlichtweg hoffnungslos sein könnte.

»Er hat einen Ort namens Pops erwähnt. Mehr Anhaltspunkte habe ich nicht. Soviel ich weiß, ist das eine Verballhornung von Poperinge, einem Städtchen in der Nähe von Ypern. Es muss schließlich Leute geben, die ...«

Der Kloß in ihrem Hals hinderte sie daran weiterzusprechen.

»Bestimmt haben Sie recht«, versicherte Ruby schnell. »Immer wieder hört man von Männern, die heil und unversehrt plötzlich wieder auftauchen.«

»Selbst wenn ich ihn nicht lebend finden sollte«, fuhr Alice fort, »kann ich wenigstens sicher sein, dass ich alles Menschenmögliche getan habe.«

»Möchten Sie mir von ihm erzählen?«, fragte Ruby sanft und lauschte, sobald Alice zu reden begann, still und aufmerksam der Schilderung von ihrer und Sams Kindheit, von den Ferien am Meer, wo sie ihm Lesen und Fahrradfahren beibrachte, von ihren Abenteuern als Teenager. Über ihn zu sprechen tat gut; es war, als wäre er wieder real. Bestimmt war er irgendwo, war am Leben irgendwo in diesem Land, dem sie sich zügig näherten.

»Sie haben noch gar nichts von sich erzählt«, warf Alice schließlich ein. »Warum reisen Sie nach Flandern?«

In diesem Moment ertönte aus der Lautsprecheranlage die Mitteilung, dass sie ihr Ziel erreicht hätten und gleich anlegen würden.

»Ein andermal«, wich Ruby aus.

»Na gut, gehen wir nach oben an Deck und werfen einen ersten Blick auf Belgien.«

Das aufgeregte Geplapper der Passagiere wurde zuerst leiser und verstummte schließlich ganz, als sich das Schiff dem Kai näherte. Das einst feudale Seebad Ostende, wo sich die Reichen und Berühmten sowie der Adel ein Stelldichein gegeben hatten, wirkte beinahe verwaist. Stacheldraht, Betonklötze und bis zur Unkenntlichkeit verrostete Maschinenteile lagen überall auf dem breiten Sandstrand herum.

Ein verstörend anderes Bild als in jenem Sommer vor sechs Jahren, als Alice das erste Mal hier gewesen war. Damals hatten sich Familien beim Picknick am Strand getummelt, Kleinkinder unter Sonnenschirmen Sandburgen gebaut, alte Männer in Liegestühlen die Zeitung gelesen und junge Damen und Herren Strandtennis gespielt. Überall im seichten Wasser hatten sogenannte Badekarren gestanden, kleine Holzhäuschen auf Rädern mit Leitern, über die die Badegäste ins Wasser gelangten. Auf den Terrassen der Nobelhotels und Cafés, die die Strandpromenade säumten, hatten sich die Gäste unter bunt gestreiften Sonnenschirmen zu Kaffee, cremigen *Gateaux* und köstlichen *Glaces à la vanille* eingefunden, während sie das bunte Treiben beobachteten.

Jetzt erinnerte nichts mehr an diese goldenen Tage.

Zwar hatte die Uferpromenade aus der Ferne beinahe wie früher ausgesehen, doch viele Gebäude waren von Granateinschlägen gezeichnet und teilweise baufällig geworden. Auch das einst berühmte Casino mit seiner prachtvollen vorgewölbten, reich verzierten Fassade und den hohen Bogenfenstern war halb zerfallen.

»Du liebe Güte, das ist ja die reinste Geisterstadt«, flüsterte Alice entsetzt.

Ihr Hotel hingegen, ein im Vergleich zu den überladenen Fassaden an der Promenade fast schmuckloser, in einer Seitenstraße gelegener Bau, schien zum Glück unversehrt zu sein, wobei die mit dunkelbraunen Teppichen und schweren, alten Möbeln ausgestattete Lobby nicht gerade frisch und einladend wirkte.

Alice drückte dem Pagen ein Trinkgeld in die Hand und sah sich in ihrer Suite um. Die beiden Räume waren recht großzügig und gingen auf eine von Bäumen gesäumte Straße hinaus, aber das war's bereits mit den Vorzügen. Die Luft roch abgestanden und schal, die Polster, Gobelins und Vorhänge waren fadenscheinig, das Schlafzimmer mit dem riesigen Kleiderschrank aus dunklem geschnitztem Holz wirkte düster und überladen. Das Waschbecken im Bad war angeschlagen und wies eine braune Rostspur unter einem tropfenden Wasserhahn auf.

»Ich dachte, das sei ein Luxushotel«, murmelte sie.

Nach dem Essen versammelte Major Wilson seine Gruppe in der Lobby – zur Einführung, wie er es bezeichnete. Alle wirkten angespannt und äußerst reserviert, fand Alice. Die meisten waren mittleren Alters.

Ihrer Generation gehörte neben Ruby noch ein junger Mann von Anfang zwanzig an, der eine Augenklappe trug und über dessen Wange sich eine böse aussehende Narbe zog. Er hatte beim Essen ganz allein am Tisch gesessen.

Während sie auf die letzten Nachzügler warteten, warf sie ihm ein, wie sie hoffte, freundliches Lächeln zu. Er tat ihr leid, so bedrückt, wie er wirkte. Welch eine Tragik für einen jungen Mann, der unübersehbar einst ein attraktiver Bursche gewesen und nun so grauenvoll verstümmelt war.

In diesem Moment richtete sich sein Blick auf jemanden hinter ihr: eine junge Frau, die unter Entschuldigungen hereingeeilt kam und sich neben ihn setzte, woraufhin er leise mit ihr zu flüstern begann. Erleichtert, dass er jemanden zu haben schien, der ihn trotz seiner Entstellung liebte, musterte Alice die Frau. Sie war klein und zierlich, hatte schulterlanges rotblondes Haar und Sommersprossen auf Wange und Nase, dazu einen extrem hellen, durchscheinenden Teint, unter dem das zarte Geäst der Adern zu erkennen war.

Major Wilson stand mit durchgedrücktem Rücken vor ihnen und ließ seinen scharfen Blick über seine Schäfchen schweifen, so wie er das früher wohl bei einer Inspektion seiner Soldaten getan hatte.

»Willkommen zusammen«, begann er. »Ich gehe davon aus, dass Sie mit dem Abendessen zufrieden waren und Ihre Zimmer angenehm sind?« Zustimmendes Gemurmel erhob sich, in das allein Alice nicht einstimmte. »Wie Sie vermutlich bei unserer Ankunft festgestellt haben«, fuhr er fort, »wurde Ostende bei den Kämpfen schwer in Mitleidenschaft gezogen, weshalb auch die Auswahl an Hotels sehr eingeschränkt war, was ich nachzusehen bitte.« Er hielt kurz inne. »Da Sie bestimmt alle müde von der Reise sind, möchte ich Sie nicht mit zu vielen Details bezüglich unserer geplanten Reiseroute behelligen. Morgen geht es als Erstes nach Ypern und zu den dortigen Schlachtfeldern. Abfahrt ist um Punkt neun Uhr. Ich bitte um pünktliches Erscheinen. Obwohl das Wetter gut bleiben soll, denken Sie bitte für alle Fälle an Regenschutz und festes Schuhwerk. Wir werden unterwegs eine Kaffee- und eine Mittagspause einlegen und am späten Nachmittag rechtzeitig zum Abendessen zurückkehren. Natürlich wissen Sie alle, dass dies keine Vergnügungsreise ist und Sie keine gewöhnlichen Touristen sind. Einige der Stätten, die wir besuchen, könnten Ihre seelische Verfassung auf eine schwere Probe stellen – zögern Sie dann nicht, sich an mich zu wenden. Ich bin stets bereit, Ihnen zu helfen, Sie zu unterstützen und all Ihre Fragen zu beantworten. Wenn möglich, betrachten Sie sich als eine Art Pilger, die hergekommen sind, um die Opfer zu würdigen, die unsere Soldaten und die bedauernswerten Menschen dieses zerstörten Landstrichs gebracht haben. Es ist unsere Pflicht, Zeuge all dessen zu sein, und ich weiß, dass Sie zu jedem Zeitpunkt den nötigen Respekt an den Tag legen werden.« Er ließ den Blick durch den Raum schweifen. »Noch Fragen?«

Kapitel 3

Martha

Martha träumte vom Essen – von weichem, süßem Kuchenbrot, mit echtem Weißmehl gebacken. Sie konnte die köstliche aromatische Weichheit des Zopfes mit der glatten, vom Bestreichen mit Eiern glänzenden Oberfläche förmlich schmecken, der besonders gut war, wenn er frisch aus dem Ofen kam. Das war doch etwas ganz anderes als das staubtrockene Kriegsbrot, von dem man den Eindruck bekam, es werde mit Sägemehl gebacken. Und noch ein anderer Duft stieg ihr in die Nase: heißer Kaffee, richtiger Kaffee, nicht dieses Ersatzzeug aus Gerste, und auf dem Tisch stand ein Krug voll fetter Milch, frisch vom Bauernhof ihres Schwagers, dessen Kühe sie früher beim Namen gekannt hatte. Zudem spürte sie die beruhigende Gegenwart ihres Ehemanns neben sich, sah die breit grinsenden Gesichter ihrer Söhne, das von Heinrich und dem kleinen Otto.

In diesem Moment rüttelte sie jemand an der Schulter, und sie kehrte ins Hier und Jetzt zurück, wo Trauer, Hunger und Verzweiflung sie empfingen: keine Familie, wie sie sie gehabt hatte, kein süßes Brot, keinen Kaffee und auch kein behagliches Kerzenlicht.

»Mama, ich muss mal«, flüsterte der inzwischen zwölfjährige Otto.

»Kannst du es dir nicht verkneifen?«

»Nein, ich muss ganz dringend.«

Sie waren in einer winzigen, fensterlosen, von einer einzelnen trüben Glühbirne erhellten Zelle eingesperrt, gerade einmal drei auf drei Meter groß und vom Gestank nach kaltem Zigarettenrauch und feuchtem Beton erfüllt. Es gab keinerlei Mobiliar mit Ausnahme der harten Holzbank, auf der sie nach Stunden des Wartens in einen unruhigen Schlaf gefallen war.

Gegen sechs Uhr abends war der Zug an der belgischen Grenze angekommen; mit dem Anschlusszug würden sie allenfalls zwei Stunden bis Ypern benötigen, sodass ihnen ausreichend Zeit blieb, um sich eine Unterkunft zu suchen, etwas zu essen und die Vorkehrungen für den Besuch des Friedhofs am nächsten Tag zu treffen.

Aber offensichtlich hatte niemand die Grenzbeamten darüber in Kenntnis gesetzt, dass das Kriegsrecht durch den Versailler Vertrag vom Juni 1919 aufgehoben worden war und man wieder freizügig reisen konnte. Kaum hatten sie ihre deutschen Pässe vorgezeigt, waren sie von den Beamten gepackt und zu einem von Stacheldrahtzaun umgebenen und von bewaffneten Männern bewachten Betonbau gebracht worden. Dort, so wurde ihnen erklärt, müssten sie warten, bis der Chef dieser Grenzübergangsstelle sie befragen und ihnen ein Visum für Belgien ausstellen würde. Anschließend führte man sie in die Zelle und sperrte sie ein, wie das Klicken des Schlüssels im Schloss deutlich machte.

»Sind wir in einem Gefängnis, Mama?«, hatte Otto geflüstert.

Trotz seines noch kindlichen Alters waren die Härten

des Krieges nicht spurlos an ihm vorbeigegangen, und selbst wenn er sich um Tapferkeit bemühte, spürte Martha, wie sehr er in Wahrheit litt. Er brauchte sie, suchte ihren Schutz und ihren Trost, wann immer etwas passierte, das ihm unheimlich war. Und die fremden Männer in der fremden Uniform hatten ihm besonders große Angst eingejagt.

»Nein, wir werden bloß kontrolliert. Sobald die Grenzer sicher sind, dass wir die richtigen Papiere haben, können wir weiterreisen«, antwortete sie in einem bemüht beruhigenden Tonfall.

Eine halbe Stunde verging. Sie hörten ein Pfeifen und das leiser werdende Schnaufen eines Zuges, was ihnen verriet, dass sie soeben ihren Anschluss verpasst hatten. Wahrscheinlich würden sie jetzt bis zum nächsten Morgen hier ausharren müssen. Sie aßen ihren letzten Proviant auf: ein Stück Brot und ein gekochtes Ei. Schließlich schlief Otto an ihrer Schulter ein. Behutsam legte sie ihn auf die Holzbank, ehe sie es sich ebenfalls auf dem harten Ding bequem zu machen versuchte. Dass sie einschlafen würde, hatte sie allerdings nicht erwartet.

Als sie sich jetzt schlaftrunken aufsetzte, schmerzte jeder einzelne Knochen und jeder Muskel im Leib. Früher hatte sie praktisch überall schlafen können, inzwischen hingegen, mit fünfundvierzig, verzieh ihr der Körper einen mehrstündigen Schlaf auf einer harten Bank nicht mehr so ohne Weiteres.

»Ich muss wirklich furchtbar dringend, Mama.«

»Klopf an die Tür«, sagte sie.

Ihr Mund fühlte sich staubtrocken an. Was würde sie für eine Tasse von dem Kaffee geben, von dem sie gerade noch so schön geträumt hatte!

Otto klopfte und rüttelte laut jammernd am Riegel – vergeblich, es tat sich nichts.

Martha erhob sich mühsam, stakste steifbeinig ebenfalls zur Tür. »Bitte, Messieurs«, rief sie in einwandfreiem Französisch. »Bitte, lassen Sie meinen Sohn auf die Toilette gehen.«

Immer noch keine Reaktion. Sie zog ihren Schuh aus und hämmerte so fest gegen die Eisentür, dass es durch die Gänge hallte. Dennoch geschah nichts. Allmählich bekam sie es mit der Angst zu tun, dass man sie ganz allein hier zurückgelassen hatte.

Nach einer gefühlten Ewigkeit hörte sie endlich Schritte, dann wurde die Tür aufgeschlossen, und ein unfreundlicher Zollbeamter packte den Jungen unsanft und zerrte ihn nach draußen, wo er sich erleichtern durfte, ehe man ihn in die Zelle zurückbrachte. Nicht ohne ihr zu drohen, gefälligst still zu sein, sonst werde man andere Saiten aufziehen.

Was denn noch, dachte sie resigniert und wandte sich ihrem Sohn zu. »Konntest du etwas erkennen?«, fragte sie, weil sie in der fensterlosen Zelle jedes Zeitgefühl verloren und keine Ahnung hatte, ob es Tag oder Nacht war.

»Der Himmel war ganz rosa.«

»Dann dauert es nicht mehr lange, bis die Sonne aufgeht und wir unsere Papiere für die Weiterfahrt erhalten«, erklärte sie ihrem Sohn, wobei sie keineswegs so zuversichtlich war, wie sie sich anhörte.

Irgendwo dort draußen, jenseits der Grenze, musste ihr älterer Sohn Heinrich sein, ihr Goldjunge. Sie schob die Hand in die Tasche und umfasste die kleine grüne Le-

derschatulle mit der Tapferkeitsmedaille, die sein Ur-
großvater verliehen bekommen hatte. Ihr Ehemann Karl
hatte sie ihr in den letzten Stunden seines Lebens in die
Hand gedrückt – zu diesem Zeitpunkt hatte seine Haut
bereits jene dunkelviolette Färbung angenommen, die
ein eindeutiges Zeichen dafür war, dass auf eine Gene-
sung von der tödlichen Spanischen Grippe kaum mehr
zu hoffen war.

»Bring sie unserem Jungen«, hatte er mühsam her-
vorgebracht. »Wenn ich sterbe, ist das meine letzte Bitte
an dich. Er muss sie bekommen. Versprich mir, dass du
das tust, ja?«

Sie hatten vorgehabt, gemeinsam nach seinem Grab
zu suchen, wenn der Krieg erst vorbei wäre. Zwar hatten
sie nach wie vor keine offizielle Todesnachricht, aber
wie all die anderen Familien hatten sie das Schlimmste
vermutet, als ihre Briefe ungeöffnet und mit dem Ver-
merk *Zurück an Absender* wieder in der Heimat eingetroffen waren. Vermisst, vermutlich gefallen, hieß das.

Befeuert von jugendlicher Begeisterung und nationa-
listischer Inbrunst, hatte Heinrich wie seine Freunde
und Kommilitonen es kaum erwarten können, sich freiwillig für die Verteidigung des Vaterlands zu melden.
Sie waren alle so jung, so talentiert, hatten so vieles,
wofür es sich zu leben lohnte. Doch in ihrer Unerfah-
renheit waren sie für die französischen und britischen
Scharfschützen eine leichte Beute gewesen.

Viele von ihnen wurden gleich in der ersten großen
Schlacht getötet, in die man sie geschickt hatte. Da es
sich überwiegend um sehr junge Freiwillige, insbesondere viele Studenten, gehandelt hatte, kam in der Heimat das Schlagwort vom *Kindermord* auf.

Es war ein sinnloses Sterben auf beiden Seiten gewesen, das propagandistisch überhöht wurde, sowohl von den Alliierten als auch von der deutschen Heeresleitung. Dabei gab es, wenngleich die Alliierten den deutschen Vormarsch gestoppt hatten, im Grunde lediglich Verlierer, da nach dieser ersten großen Flandernschlacht der unbarmherzige Grabenkrieg begann, der ein millionenfaches Sterben zur Folge hatte.

Obwohl die offiziellen Stellen des Kaiserreichs die ungeheuren Verluste gerne totschwiegen oder beschönigten, drangen Berichte über das Grauen in die Heimat. Insbesondere diejenigen, die verletzt und verstümmelt und mit jenem leeren Blick der Traumatisierten in deutsche Lazarette gebracht wurden, schilderten dort, was sie erlebt hatten. Und das Personal wiederum erzählte es weiter, sodass immer mehr Menschen davon erfuhren.

Martha und Karl gehörten dazu. Zwar erfuhren sie von offizieller Seite nichts, reimten es sich aber zusammen, als plötzlich ein Name in aller Munde war, um den sich bald ein Heldenmythos rankte. Langemarck. An diesem Ort, hieß es, seien während der ersten großen militärischen Auseinandersetzung der feindlichen Truppen angeblich Tausende blutjunger deutscher Rekruten unter Absingen des Deutschlandlieds geradewegs in die feindlichen Linien gestürmt. Und Heinrichs Regiment hatte offenbar dazugehört. Ferner berichteten Überlebende, dass die bei Langemarck gefallenen Soldaten gleich in der Nähe des Schlachtfelds begraben worden seien, sodass es dort so was wie einen deutschen Friedhof gebe.

»Ich werde unseren Jungen finden«, hatte Martha ihrem Mann unter Tränen versprochen. »Er wird Großvaters Medaille bekommen.«

»Tausend Dank«, flüsterte Karl noch, ehe ihn ein neuerlicher Hustenanfall so heftig schüttelte, dass hellrote Blutspritzer das Laken besprenkelten. »Ich liebe dich.«

Das waren seine letzten Worte gewesen, bevor er in Bewusstlosigkeit versank und schließlich im Beisein seiner Frau und seines jüngeren Sohnes sein Leben aushauchte.

Im Oktober 1918 war das gewesen. Wenig später, am elften November, wurde ein Waffenstillstand geschlossen, der alle Kampfhandlungen beendete, was daheim kaum jemand verstand. Wieso waren die Generäle so schnell eingeknickt, hatten so vieles aufgegeben, wo doch sämtliche Zeitungen von den glorreichen Siegen Deutschlands berichteten? Niemand schien es sich erklären zu können. Oder zumindest sagte einem keiner etwas. Selbst der Kaiser, in den sie so lange ihre Hoffnungen gesetzt hatten, ließ sie im Stich. Wie sollte sich ihre einst so stolze Nation jemals von dem schweren Schlag erholen? Wofür hatten Millionen Männer, die sich pflichtbewusst gemeldet hatten, um Ehre und Bestand ihres Vaterlands zu verteidigen, ihr Leben gelassen, wenn am Ende nichts als eine schwache, geschlagene Nation übrig blieb? Wo lag da der Sinn?

Die Bedingungen des Friedensvertrags streuten zusätzlich Salz in die Wunden: Reparationszahlungen, Gebietsabtretungen und konsequente Abrüstung. Die reinsten Strafmaßnahmen. Laut den Alliierten war dies der Preis, den Deutschland zu bezahlen hatte, weil es diesen Krieg angezettelt hatte.

Unzufriedenheit regte sich allerorten. Die Leute

machten die Generäle, die Kommunisten und sogar die Juden für die missliche Lage des Landes verantwortlich. Lebensmittel und Treibstoff waren nach wie vor knapp, die Familien trauerten, und die Bürokratie schaffte es nicht, die Flut von Anträgen auf Abfindung und Versehrtenrente für die Soldaten zu bewältigen. Marthas geliebtes Berlin lag am Boden, die Bevölkerung der Hauptstadt litt unter Hunger und Kälte, und nach wie vor starben Menschen an der Spanischen Grippe.

Ungeachtet der widrigen Umstände wollte Martha es sich nicht nehmen lassen, als im Sommer 1919 die rigiden Reisebeschränkungen durch den Versailler Vertrag aufgehoben worden waren, den letzten Wunsch ihres Ehemanns zu erfüllen und nach ihrem Sohn zu suchen, damit wenigstens ein klein wenig Frieden in ihrem Herzen einkehrte.

Dass dies Karl so wichtig war, hatte mit seiner Großmutter Else zu tun, die ihr Leben lang darunter gelitten hatte, dass sie das Grab ihres im letzten großen Befreiungskrieg Preußens gegen Napoleon gefallenen Ehemanns, der posthum mit einer Tapferkeitsmedaille ausgezeichnet worden war, nie gesehen hatte. Bis zu ihrem Tod hatte Else fast täglich geklagt: »Hätte ich nur sein Grab besuchen können, um ihm zu sagen, wie sehr ich ihn geliebt habe.«

Und genau solche Vorwürfe hatte Karl sich nicht machen wollen. Und Martha ebenfalls nicht. Es reichte schon, dass sie den Sohn nicht daran hatten hindern können, sich freiwillig zu melden. Zumal sie beide seit Langem erkannt hatten, wie blind sich das ganze Land in einen falschen Hurrapatriotismus treiben ließ, der fast zwangsläufig in einem Krieg enden musste. Für Marthas Dafürhalten war die Ermordung des österreichischen Erzherzogs sogar eine willkommene Ausrede für die Kriegstreiber gewesen.

Ja, die Armee des deutschen Kaisers war gewaltig gewesen, hervorragend ausgebildet und bestens ausgerüstet, und bis zu den letzten Kriegsmonaten war ihnen vorgegaukelt worden, dass man am Ende siegen werde. Alles Augenwischerei, die Wirklichkeit sah anders aus. Und Karl kam nie darüber hinweg, dass er seinen Sohn nicht davor hatte bewahren können, in sein Unglück zu rennen.

Auch Otto traf Heinrichs Verlust schwer. Umso mehr, weil ihm der Krieg dadurch zusätzlich seine Kindheit stahl. Nichts war noch so, wie es mit dem großen Bruder, den er angebetet hatte, gewesen war. Erschwerend hinzu kamen bald Lebensmittelknappheit, Rationierungen, Hungersnöte. Und dann, als man glaubte, das Schlimmste überstanden zu haben, starb der Vater.

Zwar kehrten die überlebenden Soldaten heim, aber ein Leben war das nicht mehr. Schwer gezeichnet und traumatisiert, dazu arbeits- und oft wohnungslos saßen die verratenen Helden des Kaisers bettelnd auf den Gehsteigen oder zogen randalierend durch die Straßen Berlins, unterstützt von rechten oder linken politischen Gruppierungen, die um neue Gefolgsleute kämpften. Überall bildeten sich Schlangen vor den Geschäften, und es war fast an der Tagesordnung, dass normale Leute vor Kummer und Hunger den Verstand verloren.

Erst letzten Monat hatte Martha in der Straßenbahn eine Frau gesehen, die laut an den Fingern eins, zwei, drei, vier, fünf abzählte, wieder und wieder. Verlegen hatten die anderen Fahrgäste einander zugelächelt, bis der Mann auf dem Platz neben ihr sich verbittert einschaltete.

»Das ist kein Grund zum Lachen, Herrschaften. Ich bringe meine Schwester in die Nervenheilanstalt. Ihre fünf Söhne sind alle gefallen, und darüber hat sie den Verstand verloren.«

Manchmal wunderte Martha sich, dass sie nicht ebenfalls verrückt geworden war, denn jeder Tag war ein einziger Kampf ums Überleben gewesen. Seit nämlich die Briten beschlossen hatten, den Krieg mit einer Hungerblockade zu gewinnen, hatte in der Heimat große Not geherrscht, und besonders Kranke und Schwache waren verhungert. Selbst der Friedensvertrag hatte daran nichts geändert. Jetzt horteten die Bauern ihre Lebensmittel, und lediglich die Reichen konnten sich ihre horrenden Preise leisten. Hinzu kam, dass die Mark durch die galoppierende Inflation jeden Tag mehr an Wert verlor.

Sosehr sie ihr Vaterland liebte, war es im Augenblick schwer, in Deutschland zu leben, und auch die Zukunft schien keinen Anlass zum Optimismus zu geben. Die Mädchenprivatschule, an der sie als Französischlehrerin gearbeitet hatte, war während des Krieges geschlossen und nicht wieder geöffnet worden. Die Sprache des Feindes zu lernen war derzeit alles andere als erstrebenswert, was ihre Möglichkeiten auf dem Arbeitsmarkt zusätzlich einschränkte, und daran würde sich in absehbarer Zeit wohl nichts ändern.

Otto war alles, was ihr von ihrer Familie geblieben war. Gut, es gab noch eine Handvoll im Land verstreute Cousins und Cousinen, mit denen sie jedoch nie in enger Verbindung gestanden hatte. Ihre Eltern waren seit vielen Jahren tot, und ihr Bruder lebte bereits seit 1910 mit seiner Frau in Chicago, wo er für eine Maschinenbaufirma arbeitete. Damals hatte er sie und Karl angefleht, wie er die Auswanderung zu wagen. Wir kommen nach, hatten sie beteuert, später, sobald die Jungs die Schule abgeschlossen haben.

Mit Ausbruch des Krieges war die Verbindung zwischen ihnen abgebrochen. Dass seine neue Heimat ihrem eigenen Land den Krieg erklärt und zu Deutschlands Niederlage beigetragen, ihm dazu diesen schmählichen Verzichtfrieden aufgezwungen hatte, das schmerzte sie zutiefst. Dennoch bedauerte sie, dass der Kontakt irgendwann einfach abgebrochen war, und sehnte sich danach, von dem Bruder zu hören.

Einzig und allein ihre Sorge um Ottos Wohlergehen war der Motor, der sie antrieb, der sie jeden Morgen aufstehen ließ und sie zwang, sich dem neuen Tag zu stellen. Für ihren Jungen lohnte es sich weiterzumachen. Und für die geplante Reise nach Flandern. Die kleine Erbschaft ihres Vaters würde vermutlich genügen, um die Kosten zu decken, wenn sie sparsam mit dem Geld umgingen. Indem sie die Schlachtfelder und die Gräber der gefallenen Soldaten aufsuchten, würde sie nicht allein das ihrem geliebten Karl gegebene Versprechen einlösen, sondern darüber hinaus Otto hoffentlich ein klein wenig zu verstehen helfen, was geschehen war, und ihm etwas geben, woran er sich erinnern konnte.

Sie schrak zusammen, als das Klacken genagelter Stiefel sie aus ihren Gedanken riss. Dann folgte das metallische Scharren eines Schlüssels. Blinzelnd blickte sie auf den Streifen Tageslicht, der in den Raum drang, und auf die drei Männer in Uniform, die hereinkamen.

Die folgende halbe Stunde würde über ihr Schicksal entscheiden, darüber, ob sie nach Belgien einreisen konnte oder ihren Traum begraben und nach Berlin zurückfahren musste.

Kapitel 4

Ruby

Dankbar ließ Ruby sich auf die weiche Matratze in ihrem Hotelzimmer fallen. Endlich war sie allein.

Ihr schwirrte der Kopf. Eine wahre Kakofonie an Eindrücken und Geräuschen war an diesem Tag auf sie eingeprasselt, die sie nur mit Mühe verarbeiten konnte. Es war, als wäre sie mit einem Mal in die Rolle eines anderen Menschen geschlüpft, während die alte Ruby noch im engen Kinderzimmer ihres Elternhauses saß, wo ihr Rock und ihre Bluse frisch gewaschen und geplättet auf einem Bügel an der Tür darauf warteten, dass sie sie am nächsten Tag zur Arbeit trug.

Hier hingegen lag eine neue Ruby, die nach London gefahren, mit dem Schiff über den Ärmelkanal in dieses ehemals mondäne, jetzt vom Krieg schwer in Mitleidenschaft gezogene Seebad gereist war und in diesem altmodischen, ebenfalls heruntergekommenen Hotel wohnte, dessen seltsam förmliches Personal wie in den guten alten Zeiten um einen gewissen Standard bemüht war und voller Stolz die kargen Mahlzeiten servierte. Und diese neue Ruby hatte, kaum zu glauben, die Aufmerksamkeit einer Wildfremden auf sich gezogen, einer forschen, überfreundlichen und beängstigend resoluten Amerikanerin.

Das Doppelbett war riesig. In so einem breiten Bett hatte sie erst ein einziges Mal geschlafen, und zwar in den beiden Nächten ihrer Flitterwochen. Sie drehte sich um, versuchte, eine bequeme Position für ihren Nacken zu finden, doch das wurstförmige, über die gesamte Bettbreite reichende Polster schien ihren Kopf nicht richtig zu stützen.

War sie tatsächlich in Belgien, jenem Land, in dem Bertie die Interessen Großbritanniens gegen den Ansturm der Deutschen hatte verteidigen wollen? Wo er so tapfer gekämpft und vermutlich sein Leben gelassen hatte? Zu Hause erinnerte sie alles an ihn, egal wohin sie ging, was sie aß und wen sie traf. So viele Jahre hatten sie alles miteinander geteilt, deshalb war es kaum möglich gewesen, seine Gegenwart nicht zu spüren. Jetzt hingegen fiel ihr mit einem Mal auf, dass sie trotz John Wilsons Erklärung, sie sei hier, um Berties Opfer zu ehren, seit ihrer Abreise aus Dover so gut wie nicht an ihn gedacht hatte.

Schuldbewusst erhob sie sich und holte das Foto aus ihrem Koffer – es war an ihrem Hochzeitstag aufgenommen worden und stand sonst auf ihrem Nachttisch. Er sah so jung aus mit seinen zu einem militärischen Haarschnitt gekürzten Locken unter der Mütze; sie selbst trug ein helles Kleid mit Spitzenbesatz, das sie ein kleines Vermögen gekostet und das sie seitdem nie wieder getragen hatte. Es war wunderschön mit seinen einzelnen Lagen, die von den Schultern bis hinab zu den Waden ihren Körper umspielten. Ihre Haare waren zu einem Knoten im Nacken frisiert, und sie trug einen kecken Hut mit einem farblich zum Kleid passenden Band. Beide lächelten sie leicht verlegen in die Kamera.

Verloren. Alles verloren.

Der nächste Tag präsentierte sich grau und neblig. Zum Frühstück gab es einen so starken und bitteren Kaffee, dass Ruby das Gesicht verzog, dazu knusprige Brötchen, Butterscheiben in einer mit Eiswürfeln gefüllten Schüssel sowie eine Auswahl an rotorangefarbener Marmelade und gelbem Scheibenkäse.

»In Frankreich gibt es diese köstlichen Blätterteighörnchen namens Croissants, die man in den Milchkaffee taucht. Ich hatte ja gehofft, dass sie sie hier ebenfalls haben, doch nein, hier muss man sich mit einfachen Brötchen und Käse begnügen«, maulte Alice ein bisschen zu laut.

Wie auch immer, Ruby war froh, dass die temperamentvolle Amerikanerin sie als ihre Reisegefährtin auserwählt hatte. Alles war besser, als ganz allein am Tisch zu sitzen oder sich die endlosen Litaneien der verwaisten Elternpaare anzuhören.

»Mir schmeckt es ganz gut«, meinte Ruby nach den ersten vorsichtigen Bissen. Die Butter war cremig und ungesalzen, was wiederum perfekt mit der Würzigkeit des Käses harmonierte. »Das ist mal etwas anderes als das üppige Frühstück, wie man es bei uns kennt. Na ja, vor der Rationierung, meine ich«, fügte sie ein wenig wehmütig hinzu.

Sie hatte erstaunlich gut geschlafen. Die schweren Vorhänge hatten keinerlei Licht hereingelassen, und sie war erst aufgewacht, als Alice an ihre Tür geklopft und gerufen hatte: »Los, Schlafmütze, raus aus den Federn. Es ist schon acht, und ich will das Frühstück nicht verpassen.«

Als sie aus dem Hotel traten, um den Bus zu besteigen, wartete bereits ein Fotograf mit einer auf einem Sta-

tiv montierten Kamera und begann, die Gruppe einzu-
teilen. »Die Herren bitte nach hinten. Sie, Miss, kommen
bitte nach vorn. Dort hinten kann ich Sie nicht sehen.«

Wenn Thomas Cook sich sogar die Mühe machte,
eigens für diesen Zweck einen englischen Fotografen
über den Ärmelkanal zu schicken, musste das Ganze
ein durchaus lukratives Nebengeschäft sein, dachte
Ruby.

»So ist es gut«, hörte sie den Mann sagen. »Noch ein
Stück weiter nach vorn, Miss, bitte.« Widerstrebend
machte Ruby einen Schritt nach vorn, während Alice,
die ein gutes Stück größer war, an die Seite dirigiert
wurde. Alle zwangen sich, ganz ruhig dazustehen und
in die Kamera zu lächeln, bis die Quälerei ein Ende
hatte. Die Fotos konnten sie am Ende der Reise käuflich
erwerben. Damit würde Ruby ein erstes Andenken haben, das sie Berties Eltern mitbringen konnte.

Anschließend wurden sie von Major Wilson eilig
zum Bus bugsiert, wobei Alice sich in der Schlange
frech nach vorn schob und ihnen zwei Plätze in der ersten Reihe sicherte. Die Holzbänke waren für zwei Personen vorgesehen und mit flachen Kissen bestückt – eines
für die Sitzfläche und ein zweites für den Rücken.

»Hier hat man wenigstens eine gute Aussicht«, flüsterte sie Ruby zu, als diese sich zu ihr setzte.

Major Wilson nahm ihnen gegenüber Platz. »Ich
hoffe, die jungen Damen haben gut geschlafen?«, erkundigte er sich.

Alice murmelte eine höfliche Erwiderung, ehe sie
sich an Ruby wandte und gestand, dass sie kein Auge
zugetan habe.

»Wenn man dünne Matratzen und nach Schimmel stinkende Bettwäsche mag, ist das bestimmt ganz prima«, spottete sie. »Und das soll eine Suite sein? Der reinste Witz ist das.«

Ruby war die Äußerung peinlich, und sie fragte sich, ob alle Amerikaner so schwer zufriedenzustellen waren. Zum Glück blieb ihr eine Antwort erspart, weil der Major seine Truppe jetzt in einer Lautstärke begrüßte, dass selbst die Taubsten ihn verstanden hätten.

»Guten Morgen, meine Freunde. Ich hoffe, es geht Ihnen allen gut und Sie sind bereit für den ersten Tag unserer Reise, den Sie, unter uns gesagt, Ihr Lebtag nicht mehr vergessen werden. Heute Morgen fahren wir nach Ypern, nachmittags steht der Besuch eines Soldatenfriedhofs auf dem Programm, bei dem wir auch an den Schlachtfeldern vorbeikommen werden. Wie ich gestern Abend schon sagte, werden einige von Ihnen vielleicht Mühe haben, die Fassung zu bewahren. Aber ich hoffe, es hilft Ihnen, besser zu verstehen, was sich damals abgespielt hat, und besser damit zurechtzukommen. Eines ist jedenfalls gewiss – am Ende dieser Reise werden Sie den Mut und den Einsatz und das Opfer, das Ihre Angehörigen gebracht haben, noch mehr zu würdigen wissen und mit der festen Überzeugung diese Orte verlassen, dass so etwas nicht noch einmal passieren darf.«

»Schön wär's«, meldete sich eine knurrige Stimme hinter ihnen.

Zu Rubys Überraschung erwies sich die Landschaft zumindest zu Beginn als völlig normal: fruchtbares grünes Ackerland, sehr flach, auf den von Bewässerungskanälen begrenzten Feldern schwarz-weiße Kühe, die sie an die bunt bemalten Zinnfigürchen aus ihrer Kindheit erinnerten. Hier und da machte sie Bauernhöfe in der dunstigen Ferne aus, Häuser und Ställe mit roten Dachziegeln, umgeben von Weiden, die sie gegen den Wind schützten. Die schnurgeraden Straßen waren von hohen, schlanken Pappeln gesäumt, deren silbrige Blätter in der Brise schimmerten.

In einem kleinen Dorf, durch das sie kamen, sah sie vor einem Gemüsestand eine Schlange schwarz gekleideter Frauen stehen, alte Männer saßen auf einer Bank und pafften ihre Pfeifen, auf dem Schulhof spielten Kinder. Ruby entspannte sich ein wenig. Das Leben dort wirkte ganz normal.

Einige Meilen weiter veränderte sich alles.

Der Bus hielt bei einer Ansammlung halb zerfallener Gebäude und riesiger Schuttberge an, und der Major zeigte ein altes Foto des Platzes mit dem historischen Rathaus und der Kirche mit spitzem Turm herum.

»Ob Sie es glauben oder nicht, aber Dixmuide war einmal ein wunderschönes mittelalterliches Städtchen.« Entsetztes Raunen ging durch die Runde. »Es war einer der ersten Orte, der von der Invasion des deutschen Heeres im Oktober 1914 betroffen war. Der Name Dixmuide bedeutet Tor zum Damm. Um den Vormarsch des Gegners zu verhindern, öffneten die Verteidiger sogar die Schleusen der Yser und überfluteten die ganze Region. Der Fluss bildete daraufhin bis zum Ende des Krieges die Frontlinie.«

»Und was ist mit den Bewohnern passiert?«, fragte jemand.

»Sie sind geflohen wie so viele Tausend andere«, erwiderte der Major. »Wie Sie bald sehen werden, war dies das Schicksal von Dutzenden kleineren Orten entlang der Front, und selbst in größeren Städten wie Ypern mussten die Menschen flüchten. Doch die Belgier sind ein widerstandsfähiges Völkchen und kommen zunehmend in ihre Heimat zurück, um alles neu aufzubauen.«

Ja, erste Anzeichen waren bereits zu erkennen. Männer zogen Holzbalken und Bretter aus den Schuttbergen und stapelten sie sorgfältig der Länge und Form nach, andere sammelten intakte Ziegel und Fliesen, während ein weiteres Grüppchen nach Metallgittern, Toren und Geländern suchte. Es musste eine Herkulesaufgabe sein, inmitten dieser unvorstellbaren Zerstörung wieder so etwas wie Normalität herzustellen.

»Wo sind die Familien dieser Männer?«

»Vermutlich bleiben sie vorerst in den Dörfern, die hinter der Front lagen und in die sie geflohen sind. Manche fanden Unterschlupf bei anderen Familien, manche richteten sich in Scheunen ein. Hier ist man gerade dabei, Behelfsunterkünfte zu errichten, um den Menschen eine baldige Rückkehr zu ermöglichen.«

Er deutete auf eine Ecke, wo Hütten aus Holz und verrosteten Eisengittern zusammengezimmert wurden.

»Die armen Teufel. So leben zu müssen«, meinte Alice. »Ich hatte ja keine Ahnung …«

Sie verließen Dixmuide. Die Straße wurde zunehmend schlechter, war übersät mit tiefen Schlaglöchern, die den Busfahrer zwangen, immer wieder das Tempo zu drosseln. Inzwischen sah man keine Bäume mehr, lediglich rußgeschwärzte Stämme, die wie Ausrufungszeichen in die Höhe ragten. Desgleichen waren die Felder mit den Bewässerungskanälen und den friedlich grasenden Kühen verschwunden. Erschauernd zwang Ruby sich, diesen Anblick völliger Verwüstung auf sich wirken zu lassen. Zweifellos hatten sie jetzt das Gebiet erreicht, wo die Schlachten getobt hatten und wo so viele ihr Leben hatten lassen müssen.

Die Landschaft erstreckte sich in trostlosen Braun- und Grautönen vor ihnen, einzig Büschel von Wildblumen, die trotzig aus der geschundenen Erde sprossen, bildeten den ein oder anderen Farbklecks: gelber Löwenzahn und Butterblumen, rosa Lichtnelken und leuchtend roter Klatschmohn.

Alice stieß sie an. »Haben Sie dieses kleine Gedicht über den Mohn gelesen?«

Ruby konnte sich an den Wortlaut zwar nicht genau erinnern, aber sie hatte von dem Gedicht eines kanadischen Soldaten gehört, durch das der Klatschmohn zum Symbol für das Gedenken an die gefallenen Soldaten geworden war.

»*Auf Flanders Feldern weht der Mohn, zwischen den Kreuzen Reih' um Reih' ...*«, rezitierte Alice.

Ruby spürte, wie sich ihr vor Traurigkeit die Kehle zuschnürte.

»*Die unser Grab markier'n, und am Himmel ziehen immer noch die Lerchen, wacker singend ...*«

Schniefend zog Ruby ihr Taschentuch heraus.

»Tut mir leid, ich wollte Sie nicht aufwühlen«, flüsterte Alice. »Ich bin eine solche Närrin.«

»Nicht so schlimm«, versicherte Ruby. »Es geht schon wieder ...«

»Sie haben wohl jemanden verloren, der Ihnen sehr nahegestanden hat, oder?«

»Bitte. Ich kann nicht ... Nicht hier, nicht jetzt.«

Ruby schluckte. Sie hatte nicht damit gerechnet, dass jeder aus der Gruppe ihre Geschichte würde hören wollen, und die Vorstellung, sie preisgeben zu müssen, erfüllte sie mit Panik. Schließlich bedeutete es, dass sie ihre Maske lüften, den Panzer lösen musste, den sie zum Schutz um ihr Herz errichtet hatte.

Später gingen sie zerstörte Straßen entlang, während der Major die komplexen Strukturen der Schlachten darzulegen versuchte, die sich auf diesem gerade einmal zwanzig Meilen breiten Landstrich abgespielt hatten. Zum ersten Mal sahen sie die Realität der Schützengräben, die sich im Zickzack bis zum Horizont erstreckten, an manchen Stellen von den gegnerischen Linien bloß durch ein paar Hundert Meter sogenannten Niemandslands getrennt – einen Schlammstreifen, durchsetzt von mit Wasser gefüllten Kratern, bei deren Anblick man sich kaum vorzustellen vermochte, dass hier einst fruchtbares Ackerland bestellt worden war.

Wilson erzählte ihnen von Triumphen und Katastrophen, wie ein paar Meter gewonnen worden waren, um sofort wieder verloren zu gehen. Er nannte ihnen Opferzahlen der Toten und Verwundeten, zeigte ihnen Karten mit in Schlangenlinien eingezeichneten, von Norden nach Süden verlaufenden Frontlinien, die sich teilweise alle paar Monate geändert hatten. Unwichtige, minimale Gebietsgewinne, die keiner Seite je einen Vorteil brachten.

So aufmerksam Ruby auch zuzuhören versuchte, sah sie sich nicht imstande, all die Informationen wirklich aufzunehmen: die fremden Namen, die unfassbaren Opferzahlen, die Mengen an Granaten und Munition, die endlos langen Schützengräben und die tief unter der

Oberfläche angelegten Verbindungstunnel, das unbeschreibliche Grauen der Giftgaseinsätze.

In ihrer früheren Vorstellung hatte ein Krieg ganz anders ausgesehen: Die eine Seite rückte vor, nahm Dörfer und Städte ein, während sich die andere immer weiter zurückzog. Hier in Flandern hingegen hatten die feindlichen Truppen offenbar Monate, sogar Jahre damit zugebracht, Kugeln und Granaten aufeinander abzufeuern, hatten dieses entsetzliche Giftgas versprüht und sich wie Maulwürfe in feindliches Gebiet vorgegraben, um dort gewaltige Explosionen zu entfachen. Und all das mit einem kaum nennenswerten Resultat, abgesehen davon, dass Zigtausende Männer für ein paar Meter gewonnenen oder verlorenen Landes gelitten hatten und gestorben waren.

Wo lag da der Sinn? Als sie seinerzeit Bertie anflehte, sich nicht zu melden, hatte er erwidert, es sei seine Pflicht. Aber was bedeutete das? Seine Pflicht wem gegenüber?

Großbritannien gegenüber, das sich ebenfalls in die Pflicht genommen fühlte, weil es mehr als achtzig Jahre zuvor die Neutralität des kleinen Belgien garantiert hatte? So war's zumindest in den Zeitungen zu lesen gewesen. Nur was war so wichtig an diesem wenig bemerkenswerten Landstrich in Flandern, dass man ihn so erbittert verteidigt und so viele Menschenleben dafür geopfert hatte?

Ruby kannte sich nicht besonders aus in der großen Politik, hatte allerdings Berichte gelesen, dass Flandern strategisch so wichtig sei, weil die Deutschen es als Einfallstor nach Paris betrachteten. Denn nicht das politisch unbedeutende Belgien wollten die Deutschen niederringen, hieß es, sondern den Erzfeind Frankreich. Nach wie vor fürchte man nämlich in Berlin eine Revanche für die Niederlage im Waffengang von 1870/71 und für die anschließende demütigende Proklamation des deutschen Kaiserreichs im Spiegelsaal von Versailles, der Residenz so vieler glorreicher französischer Könige. Darunter der größte von allen: Ludwig XIV., der berühmte Sonnenkönig.

Ruby hätte gerne Major Wilson gefragt, ob das alles stimme und ob er wirklich einen Sinn in dem millionenfachen Opfertod sehe, doch sie traute sich nicht. Seine Erklärung, dass ihnen der Besuch helfen werde, für sich einen Sinn zu erkennen, musste ihr wohl reichen, wenngleich sie so ihre Zweifel hegte.

Nach einer weiteren halben Stunde erreichten sie die Vororte einer deutlich größeren Stadt mit einer mittelalterlichen Festungsanlage – oder zumindest was noch davon übrig war.

»Wipers«, erklärte der Major. Ruby brauchte einen Moment, bis der Groschen fiel – Wipers war der unter den britischen Soldaten gebräuchliche Name von Ypern.

Alice sog scharf den Atem ein. »Eine ganze Stadt, komplett in Schutt und Asche gelegt.«

Langsam fuhr der Bus durch die Straßen mit den völlig zerstörten Häusern und hielt auf einem großen Platz mit den Ruinen historischer Bürgerhäuser, die aussahen, als wäre ein unbeholfener Riese über sie hinweggestapft. Ruby sah sich mit zusammengekniffenen Augen ungläubig um – nicht einmal die zerstörten Dörfer, durch die sie gefahren waren, hatten sie auf diesen Anblick vorbereiten können. Keinen von ihnen. Mit eigenen Augen eine ganze Stadt zu sehen, die gewissenlose Militärs dem Erdboden hatten gleichmachen lassen, war eben noch mal etwas ganz anderes und vermittelte einen noch nachhaltigeren Eindruck von der zerstörerischen Kraft des Krieges.

»Hier befand sich einst die Grande Place, der Marktplatz«, erklärte der Major. »Sechshundert Jahre lang, seit dem Mittelalter, aber die elenden Deutschen haben nicht mehr als ein paar Monate gebraucht, um das alte Ypern auszulöschen. Und das, obwohl es ihnen nie gelang, die Stadt einzunehmen. Sie haben sie einfach von außen in die Luft gejagt.« Er hielt kurz inne. »Da drüben standen die berühmten gotischen Tuchhallen aus dem dreizehnten Jahrhundert, Wahrzeichen und Herzstück Yperns, das im Mittelalter ein bedeutendes Handelszentrum und Umschlagplatz vor allem für Stoffe war«, fuhr er fort. »Und dort stand die Sankt-Martins-Kathedrale, ebenfalls ein gotischer Bau.« Er deutete auf eine weitere Ruine, von der lediglich ein ehemals sicher beeindruckender Turm zu erkennen war, dessen steinerne Überreste trotzig gen Himmel ragten.

Auch auf diesem Platz kletterten Männer und Frauen auf den Schuttbergen herum, zogen allerlei Gegenstände heraus: Bratpfannen, Bücher, sogar Teppiche und Vorhänge, die sie auf Pferdewagen luden. Dampfwalzen rollten langsam die Straße entlang, während eine Handvoll offiziell aussehende Männer in Anzügen oder in Uniformen sich eifrig Notizen machte. Einer von ihnen stellte seine auf einem Stativ montierte Kamera an unterschiedlichen Stellen auf und verschwand mit dem Kopf unter dem schwarzen Tuch, um eine Aufnahme zu machen.

»Wir nehmen jetzt ein spätes Frühstück zu uns«, sagte der Major, »und dann machen wir gemeinsam einen Spaziergang, damit Sie sich vor der Weiterfahrt die Beine vertreten können und außerdem noch mehr vom traurigen Schicksal dieser Stadt erfahren.«

Ruby sah sich um. »Wo um alles in der Welt sollen wir in dieser Trümmerwüste überhaupt etwas zu essen bekommen?«

»Da drüben.« Alice deutete auf eine provisorisch aussehende Bude, wo Kaffee und Waffeln angeboten wurden und vor der bereits andere Schlachtfeldtouristen warteten. »Die Waffeln sind köstlich. Kommen Sie, ich spendiere Ihnen eine.«

Ruby wollte schon ablehnen, doch der köstliche Duft von schmelzendem Zucker war unwiderstehlich. Der Budenbesitzer gab Teig auf eine von einem kleinen Paraffinofen betriebene Heizplatte und schloss den Deckel. Sekunden später war die Waffel fertig – ein dicker Pfannkuchen mit Karostruktur in einer weißen Papiertüte und mit Puderzucker bestreut. Ruby nahm die dampfend heiße Süßspeise entgegen und biss vorsichtig hinein, um sich die Zunge nicht zu verbrennen.

Die Waffel schmeckte himmlisch, aber gleichzeitig fragte sie sich, was sie eigentlich hier tat. An einem Ort wie diesem zu stehen und genüsslich Waffeln zu essen bereitete ihr gewaltige Schuldgefühle. Schließlich hatten hier so viele Unschuldige ein unsägliches Grauen erleben müssen, waren für immer gezeichnet oder in den Schützengräben gestorben. Und einer von ihnen war Bertie.

Kapitel 5

Alice

Sowie Alice den Namen hörte, klingelte es in ihren Ohren.

»Wir werden in einer Kleinstadt ein paar Meilen von hier zu Mittag essen«, informierte sie der Major. »Sie war der Eisenbahn- und Transportknotenpunkt und diente den Alliierten nicht nur als Kommandozentrale für diesen Frontabschnitt, sondern auch als Rückzugsort für Ruhepausen hinter der Front. Weil Poperinge berühmt ist für sein Bier und es einige Brauereien gibt, wird es auch Hopfenstadt genannt. Bei uns allerdings hieß es immer nur Pops.«

Bei diesen Worten schrak Alice auf. »O Gott, ich werde heute den Ort sehen, wo Sam seinen Brief geschrieben hat. Erinnern Sie sich?«

Ruby nickte.

»Stellen Sie sich einmal vor, jemand würde sich an ihn erinnern«, rief sie aufgeregt und konnte für den Rest der kurzen Fahrt kaum still sitzen.

Im Vergleich zu dem völlig zerstörten Ypern und den anderen Dörfern wirkte Poperinge beinahe normal. Die meisten Gebäude waren intakt, und auf dem kleinen Marktplatz mit allerlei Geschäften und Cafés herrschte reges Treiben. Fahrräder, Karren, Autos und Busse holperten über das Kopfsteinpflaster, und vor den Ständen standen Frauen, um ihre Einkäufe zu erledigen.

Der Major führte sie zu einer Cafébar in einer Ecke des Platzes, unter deren ausgeblichener Markise schon mehrere Gäste Platz genommen hatten.

»Wenn Sie möchten, können Sie das hiesige Bier probieren«, erklärte er, »und dazu kann ich den Rindereintopf empfehlen, in dessen Sauce es ebenfalls reichlich Verwendung findet. Schnuppern Sie mal! Riechen Sie den bittersüßen Malzgeruch, der in der Luft hängt?«

Eine junge Kellnerin, fast noch ein Teenager, trat aus dem Gastraum und kam zu ihnen herüber. Sie war schlank und grazil mit dichten roten Locken.

Der Major begrüßte sie wie eine alte Freundin. »Ginger! *Ça va?*«

»Danke, das Geschäft läuft gut. Viele Touristen.«

»Es sind keine Touristen, Ginger, wir nennen sie lieber Pilger. Das ist respektvoller den Toten gegenüber.«

»Egal, Hauptsache, sie geben ihr Geld bei uns aus«, gab sie vergnügt zurück. »Das können wir nämlich weiß Gott brauchen.«

»Haben Sie Tubby in letzter Zeit mal gesehen?«

»Ich fürchte, nein. Er und sein Grinsen fehlen uns sehr, aber er musste aus dem Haus raus – der Besitzer verlangte es zurück.«

»Richten Sie ihm bitte meine Grüße aus, falls Sie ihn zufällig treffen.«

Die Kellnerin hatte inzwischen die Gruppe taxiert. »Zehn Personen?«

»Bitte. Und wir würden gerne auf der Terrasse sitzen. Ich glaube, die Sonne kommt gleich durch.«

»Was möchten Sie trinken, Major?«

»Das Übliche, bitte.«

Alice lauschte interessiert. Das Mädchen stammte eindeutig aus dem Ort und hatte vielleicht bereits während des Krieges hier gekellnert, womöglich sogar Sam bedient oder zumindest Leute, die ihn kannten. Und was hatte es mit diesem Tubby auf sich, von dem sie und der Major gesprochen hatten? Vielleicht konnte auch er ihr einen Hinweis geben, wo Sam abgeblieben war.

Da die Speisekarte ausschließlich auf Flämisch war, machte der Major einen Vorschlag: »Ich könnte ja einige meiner Lieblingsgerichte für uns alle bestellen, dann kann jeder die Spezialitäten der belgischen Küche probieren. Einverstanden?«

Köstliche Düfte strömten aus der Küche, und wenig später trug Ginger Teller mit unterschiedlichen Speisen herbei: Spargel mit gehacktem Ei, eine Käsetarte, gefüllte Tomaten, ein seltsam aussehendes salatartiges Gemüse namens Chicorée im Schinkenmantel mit Käsesauce, eine Art Fischeintopf und mehrere Körbe mit Weißbrot. Den Abschluss bildeten eine Aufschnittplatte und ein geräucherter Fisch, von dem John Wilson verkündete, es handle sich um Aal.

»Aal?«, flüsterte Ruby stirnrunzelnd. »Für mich nicht, danke.«

»Sie sollten ihn zumindest probieren. Vielleicht schmeckt er Ihnen ja«, drängte Alice, die sich daran erinnerte, wie sie während ihres Aufenthalts auf dem Kontinent viel zu spät die Köstlichkeiten der regionalen Küchen kennengelernt hatte. Doch Ruby ließ sich nicht überreden, sondern aß wie ein Spatz – etwas Brot mit Butter, ein paar Tomaten und eine einzelne Spargelstange.

Nach dem Essen bestellte Alice sich noch einen Kaffee, um eine Weile sitzen bleiben zu können. Sie werde nachkommen, sagte sie zu John Wilson, als die Gruppe zu einem Stadtrundgang aufbrach. Alice hatte nämlich beobachtet, dass Ginger und einige Angestellte sich unterdessen zum Mittagessen an einem Tisch im hinteren Teil des Gastraums niedergelassen hatten.

Sobald sie fertig waren, trat sie näher. »Mademoiselle? Entschuldigen Sie, könnte ich Sie kurz sprechen?«

Trotz ihrer Jugend zeigte sich sofort ein Anflug von Argwohn auf der Miene des Mädchens, eindeutig ein Resultat des Krieges, in dessen Verlauf man gelernt hatte, keinem Fremden zu trauen.

»Natürlich, Madame«, willigte sie dennoch ein.

»Ich heiße Alice Palmer und komme aus Amerika. Hätten Sie vielleicht einen Moment Zeit für mich?«

»Ich bin Eliane, aber alle nennen mich Ginger. Sie sprechen sehr gut Französisch. Bitte, setzen Sie sich.«

Alice zog ein Foto heraus. »Das ist mein Bruder. Ich weiß, dass er sich kurz in diesem Ort aufgehalten hat, das hat er in einem Brief erwähnt. Leider ist er nicht nach Hause zurückgekehrt, und ich frage mich ...«

Sie hielt inne, weil sie mit einem Mal die Angst packte. Ginger betrachtete das Foto eingehend, ehe sie es dem Schankkellner und dann ihrem Vater, dem Koch, reichte, der inzwischen aus der Küche gekommen war und wie zuvor die anderen den Kopf schüttelte.

»*Je suis désolée*, ich glaube nicht, dass wir helfen können. Wir haben so viele Soldaten gesehen«, erklärte Ginger. »Engländer, Franzosen, Kanadier, Amerikaner. War er Offizier?«

»Das weiß ich nicht, wahrscheinlich eher nicht, dazu war er zu jung …« Wie dumm von ihr zu glauben, dass sich die Leute hier an einen einzelnen Soldaten erinnern würden, schließlich hatten sich Tausende von ihnen hier aufgehalten. »Fällt Ihnen sonst jemand ein, den ich fragen könnte?«, hakte sie nach.

»Es gab damals vor allem eine Adresse, wo die Männer hingegangen sind, abgesehen natürlich von den Bars und den Bordellen.« Ginger lächelte entschuldigend. »Bitte verzeihen Sie mir, so war es im Krieg nun mal.«

»Ist schon in Ordnung, mein Bruder war bestimmt kein Heiliger.«

»Das war der Every Man's Club, so haben sie ihn genannt. In der Rue de l'Hôpital.« Sie deutete nach links. »Dort war fast jeder Soldat, der sich eine Zeit lang in Poperinge aufgehalten hat, mal zu Gast. Alle Ränge. Die könnten Ihnen möglicherweise was sagen, wenn sie nicht geschlossen hätten.«

»Und was war das für ein Etablissement?«

»Talbot House wurde von zwei Patern gegründet als Ort, wo sich die Soldaten treffen und sich ein wenig von den Strapazen des Kampfes erholen konnten. Es gab etwas zu essen, eine Bibliothek und allerlei Veranstaltungen, Konzerte und solche Dinge. Und einen Raum zum Beten.«

Alice hing förmlich an Gingers Lippen. Ihr schlug das Herz bis zum Hals. Dieses Haus musste Sam in seinem Brief gemeint haben. Was hatte er gleich geschrieben? *Die Leute sind sehr nett und hilfsbereit, wir haben Bier und genug zu essen.*

»Ist es möglich, dort Erkundigungen einzuziehen?«

Ginger schüttelte bedauernd den Kopf. »Der Priester, der es seinerzeit geleitet hat, ist nach England zurückgekehrt, und der eigentliche Besitzer wohnt inzwischen wieder dort.«

Gott, wie frustrierend. So nahe dran, eine Spur von Sam zu finden, und dann der Rückschlag. Sie wusste nicht, warum, doch eine innere Stimme sagte ihr, dass sie hier etwas erfahren konnte, das sein Verschwinden erklärte, und deshalb würde sie so schnell nicht aufgeben.

»Was könnte ich sonst tun? Würden Sie mich eventuell mit dem Besitzer bekannt machen?«

»Tut mir leid, er empfängt niemanden mehr, nachdem so viele an ihn herangetreten sind.«

»Und wie hieß dieser Priester? Vielleicht könnte ich ihm ja schreiben.«

»Philip Clayton, alle nennen ihn Tubby. Bestimmt bekommen Sie seine Adresse über die britische Armee.«

»Danke für Ihre Zeit«, sagte Alice.

»Gern geschehen. Viel Glück, Madame.«

Sie bemerkte das Schild an dem Eckhaus auf Anhieb, als sie das Café verließ und den Marktplatz überquerte. Wenig später stand sie vor einem schönen zweistöckigen Gebäude aus hellen Ziegeln, das zwar ein wenig heruntergekommen aussah, einst jedoch bestimmt ein echtes Schmuckstück gewesen war.

Über der Eingangstür hing immer noch ein handgemaltes Schild: *Talbot House, 1915 – Every Man's Club.*

Alice holte tief Luft und bediente den Klingelzug. Obwohl sie es drinnen läuten hörte, öffnete niemand die Tür. Sie zog noch einmal, forscher diesmal. Nach wie vor nichts. Ungeduldig seufzte sie. Könnte sie bloß einfach hineingehen, dachte sie, um Sam vielleicht auf wundersame Weise zu spüren, aber auch nach dem dritten Läuten geschah nichts.

Verärgert wandte sie sich ab und schlug den Weg zurück zum Platz ein, ohne ihrer Enttäuschung Herr zu werden. Da konnte sie sich noch so oft sagen, dass sie ohnehin vermutlich nichts erreicht hätte. Der Priester war fort, der Besitzer in sein Haus zurückgekehrt. Und davon abgesehen hatte sie keinerlei Beweis, dass Sam jemals hier gewesen war.

Sie überquerte den Marktplatz, um sich im Innenhof des Rathauses wieder ihrer Gruppe anzuschließen, die dort in ernstem, respektvollem Schweigen den Worten des Majors lauschte.

»Dieses Gebäude hatte während des Krieges eine recht unerfreuliche Funktion.« Er deutete auf ein vergittertes Fenster. »Hier befand sich das Gefängnis, in dem Deserteure eingesperrt wurden und auf ihr Schicksal warteten.«

Die Anwesenden nickten. Jeder wusste, dass Deserteure damals gnadenlos erschossen wurden – dennoch wollte niemand Einzelheiten über die Exekutionen hören, und entsprechend verzichtete Major Wilson darauf, zu sehr ins Detail zu gehen.

»Natürlich denken viele, diese unglücklichen jungen Burschen seien elende Feiglinge gewesen, doch aus Erfahrung weiß ich, dass die meisten schwer traumatisiert und nicht mehr voll zurechnungsfähig waren. Sehr viele litten unter dem sogenannten Kriegszittern, bestimmt haben Sie gelegentlich davon gehört. Leider blieb der Armeeführung in einem solchen Hexenkessel nicht viel anderes übrig. Disziplin ist nun mal der Schlüssel zum Sieg, und hätte sich herumgesprochen, dass Desertieren ein einfacher Ausweg war, der Hölle zu entkommen, hätten es viele andere ebenfalls versucht.«

Obwohl John Wilsons Stimme ruhig und gefasst klang, verriet seine Körperhaltung, die noch steifer als sonst war, dass er Mühe hatte, seine Gefühle im Zaum zu halten.

Alice nahm Ruby zur Seite. »Stellen Sie sich vor, Sie sitzen da drinnen und wissen die ganze Zeit, dass Sie erschossen werden. Das muss entsetzlich gewesen sein.«

Die junge Engländerin nickte zustimmend. »Allein die Vorstellung ist unerträglich.«

Widerstrebend und nach wie vor enttäuscht stieg Alice in den Bus. Sie hatte sich Sam in dieser kleinen Stadt so nah gefühlt wie seit Jahren nicht und brauchte dringend mehr Zeit, um herauszufinden, weshalb sie dieses Gefühl dort überkommen hatte. Gerade als sich der Bus in Bewegung setzte, kam eine vertraute rothaarige Gestalt winkend über den Platz gelaufen.

»Ist die amerikanische Dame bei Ihnen?«, fragte Ginger, als der Fahrer das Fenster herunterschob. »Ich habe Neuigkeiten. In zwei Tagen kommt Tubby Clayton her. Würden Sie ihr das bitte ausrichten?«

Der Fahrer wandte sich Alice zu. »Sie haben es gehört, nehme ich an? Nur fürchte ich, das dürfte zu spät sein, um ihn zu sehen, nicht wahr?«

Ja, das sah leider ganz so aus, denn Poperinge lag

nicht ein weiteres Mal auf der Route der Gruppe. Trotzdem: Es musste eine Lösung geben.

Zurück in Ostende, setzte Alice sich in die Hotelbar und bestellte einen großen Whisky. Die Vorzüge eines guten Tropfens hatte sie durch Julias Vater entdeckt. »Erst ein guter Malt macht ein Volk zu einer zivilisierten Nation«, pflegte der Botschafter zu sagen.

Jetzt grübelte sie bei einem belgischen Whisky, der nicht der allerbeste sein mochte, darüber nach, welche Optionen ihr blieben. Beim zweiten Glas dann kam ihr eine Idee, die so einfach in ihrer Durchführung war, dass sie beinahe laut aufgelacht hätte. Sie würde sich ein Taxi nach Poperinge nehmen, um diesen Militärgeistlichen zu treffen. Schließlich war die Stadt lediglich ein paar Autostunden entfernt.

Gewiss würde ihr Vorschlag auf wenig Gegenliebe bei Major Wilson stoßen – dass eine Frau allein reiste, war für jemanden wie ihn garantiert ein Unding –, doch dann dämmerte ihr, dass sie seine Einwände aushebeln könnte, indem sie Ruby bat, sie zu begleiten. Einem Ausflug zu zweit, bei dem sie sich gegenseitig als Anstandsdame dienten, sollte eigentlich nichts im Wege stehen, oder? Hatte die kleine Engländerin nicht ohnehin mehr Zeit in der Umgebung von Passendale verbringen wollen, um auf dem dortigen Friedhof nach ihrem toten Ehemann zu suchen? Bestimmt ließ sie sich überreden, vor allem wenn sie sich erbot, sämtliche Kosten zu übernehmen. Und falls nicht, würde sie einfach auf eigene Faust losziehen, egal was der Major dazu sagte.

Dabei, fiel ihr ein, könnte sie gleichzeitig ihren zweiten Plan in die Tat umsetzen und Kontakt zu Daniel aufnehmen, denn wenn sie ihre Geografiekenntnisse nicht trogen, lag Poperinge näher bei Lille als bei Ostende.

Kurz entschlossen ging sie zur Rezeption und gab ein Telegramm auf: Morgen in Poperinge. Treffen uns dort. A.

Kapitel 6

Ruby

Gefangen zwischen Schlafen und Wachen, war Ruby sich einen Moment lang nicht sicher, wie spät es war und wo sie sich überhaupt befand. Tageslicht drang durch einen Spalt zwischen den Vorhängen. Es konnte also nicht mitten in der Nacht sein. Außerdem war sie vollständig angezogen und lag auf der gesteppten Tagesdecke.

In diesem Moment schwappte eine Welle schmerzlicher Erinnerungen über sie hinweg und holte sie in die Wirklichkeit zurück. Sie war in ihrem Hotelzimmer in Ostende, und es war immer noch Montag – der Tag, an dem sie allein darauf hingelebt hatte, Berties Grab zu finden. Jetzt musste sie sich damit abfinden, dass ihre Hoffnungen vergeblich gewesen waren und es vermutlich bleiben würden. Denn niemals würde sie eine zweite Chance für eine gründlichere Suche bekommen.

Ihre Gedanken kehrten zum Nachmittag zurück, als der Bus Poperinge hinter sich gelassen hatte und durch die Schlachtfelder nach Ostende zurückgefahren war. Ihr Blick war über die endlose Einöde geschweift, über die klaffenden Granattrichter, die verrosteten Überbleibsel der Kriegsgeräte, über die verhedderten Stacheldrahtknäuel und die verkohlten Baumstämme, die sich wie schwarze Finger anklagend gen Himmel reckten. Düstere graue Wolken hatten schwer am Himmel gehangen, jederzeit bereit, ihre Last über dieser Landschaft des Grauens abzuladen. Am liebsten hätte sie die Augen abgewandt, zu sehr sehnte sie sich nach so etwas wie Normalität, nach friedlich grasenden Kühen und Schafen, nach Bauern, die Heu machten, und Frauen, die die Wäsche aufhängten.

Aber es war ihnen nicht gestattet zu vergessen. Noch nicht.

»Auf dem Weg zurück nach Ostende besuchen wir Tyne Cot, wo eine riesige Gedenkstätte für die Gefallenen der Flandernschlachten entstehen soll, der größte Soldatenfriedhof überhaupt«, hatte der Major erklärt. »Sie haben ja die vielen Kreuze am Wegesrand gesehen. In den Wirren der Kämpfe wurden viele Soldaten anfangs gleich dort begraben, wo sie gefallen waren. Doch später begann man, einen richtigen Friedhof anzulegen und die Toten der ersten Jahre umzubetten. Eine Aktion, die längst noch nicht abgeschlossen ist. Derzeit berät eine Kommission über die Gestaltung der Gräber und des Denkmals. Strittig ist, ob jedem Namen das christliche Symbol des Kreuzes hinzugefügt werden soll. Vielleicht haben Sie ja die in der Presse veröffentlichten Briefe gelesen, die Emotionen kochen gerade ziemlich hoch. Eines steht allerdings fest: Man wird die Leichen nicht nach Hause überführen, selbst wenn es für die Familien noch so schwer sein mag. Ich halte das für die richtige Entscheidung. Diese Männer sind hier gestorben, haben gemeinsam mit ihren Kameraden diesen Landstrich zu verteidigen versucht, daher sollten sie auch in dieser Erde zur letzten Ruhe gebettet werden. Im Übrigen ist dieser Friedhof nicht allein für Briten gedacht, sondern ebenfalls für die Gefallenen der verbündeten Nationen wie etwa Australier oder Kanadier. So viele tapfere Soldaten haben hier ihr Leben gelassen, denn die Schlacht von Passendale, die hier im Herbst 1917 tobte, gilt als eine der erbittertsten und verlustreichsten des gesamten Krieges.«

Passendale. Das Wort schnitt wie eine scharfe Klinge in Rubys Bewusstsein. Dort war Bertie als vermisst gemeldet worden. Gehörte er womöglich zu jenen, die hier ein erstes provisorisches Grab gefunden hatten, ohne registriert zu werden? Inzwischen war ihr klar geworden, dass längst nicht alle Gefallenen hatten identifiziert werden können. Tausende wurden nicht einmal gefunden, verschwanden in der von Granaten aufgewühlten Erde oder wurden von Kameraden notdürftig verscharrt. Und meist blieb keine Zeit, diese Behelfsgräber zu markieren oder gar mit Namen zu versehen. So jedenfalls hatte Ruby den Major verstanden, und mit jedem Kilometer, den sie sich dem Friedhof näherten, verkrampfte sie sich innerlich mehr.

»Obwohl auf ihrer Seite ebenfalls viele Männer gefallen sind«, dozierte Wilson weiter, »haben die Deutschen zurückgeschlagen und das ganze Gebiet bis September 1918 besetzt gehalten, einschließlich des Friedhofs. Erst dann gelang es uns, die Stellungen zurückzuerobern.«

Widerstreitende Gefühle hatten sich in Ruby geregt: Aufgeregtheit, gespannte Erwartung und vor allem Angst. Natürlich war ihr die ganze Zeit bewusst gewesen, wie wichtig es für sie und Berties Eltern war, sein

Grab zu finden, doch nun, da sie bald konkret danach suchen sollte, wusste sie nicht, wie sie damit umgehen sollte. Der Gedanke, wirklich an der Stelle zu stehen, wo seine sterblichen Überreste direkt unter ihren Füßen lagen, erfüllte sie mit Furcht und Entsetzen.

Auf der Fahrt nach Ypern hatte sie jede Menge Hinweise auf Gräber am Straßenrand gesehen, doch hatte sie nichts von alldem auf Tyne Cot vorbereiten können. Beim Anblick des Meeres aus Abertausenden wild durcheinander in den Boden gerammten provisorischen Kreuzen, Pfählen und Latten, die sich bis zum Horizont zu erstrecken schienen, stockte ihr der Atem. Zwischendrin standen bereits sorgsam mit Sand abgestrahlte Steine, die mit eingemeißelten Inschriften versehen waren oder mit Metallplaketten, auf denen ein Name oder ein Datum eingraviert war. Mit einer Mischung aus Entsetzen und Faszination nahm sie das Bild in sich auf und fragte sich, wer wohl die gelegentlich zu sehenden Blumengirlanden oder persönliche Dinge wie Gürtelschließen oder Helme auf die Gräber gelegt hatte. Familienangehörige oder Kameraden? Und bei den Blumen vielleicht sogar völlig Fremde?

Der Major führte sie einen Trampelpfad entlang, blieb immer wieder stehen, um behutsam und respektvoll ein schiefes Kreuz gerade zu rücken und tiefer in die Erde zu rammen.

»Ich weiß, dass einige von Ihnen gezielt nach dem Grab eines Angehörigen suchen möchten – wir haben eine Stunde Zeit, die Sie dafür nützen können. Bitte verlassen Sie die Wege nicht, fassen Sie nichts an und heben Sie nichts vom Boden auf. Es besteht nach wie vor die Gefahr, dass Sie nicht gezündete Munition auslösen. Und falls Sie etwas Persönliches entdecken, nehmen Sie es keinesfalls an sich, sondern informieren Sie mich. Es könnte schließlich zu einer späteren Identifizierung beitragen. Habe ich mich klar ausgedrückt?«

Ruby bekam kaum mit, wie die Zeit verging, während sie durch die Gräberreihen hastete, die Inschriften las und nach seinem Namen Ausschau hielt. Es schien keinerlei System zu geben: Offiziere lagen neben Infanteristen, die Regimenter waren vermischt, es gab französische, belgische, englische Namen. Sämtliche Unterschiede im Leben waren vom Tod ausgelöscht worden.

Smith, Merton, Bygrave, Freeman, Augustin, Travere, Marchant, Tailler, Brown, Peeters, Dubois, Janssens, Walter, Fellowes, Villeneuve.

Vielleicht hatten diese Männer Bertie ja gekannt, hatten gemeinsam mit ihm im Schützengraben gehockt, ihre Essensrationen mit ihm geteilt und sich über ihre Liebsten zu Hause unterhalten, ihren Schatz, ihre Ehefrauen, ihre Kinder. Eine eiserne Entschlossenheit wuchs in ihr: Sie würde ihren Geliebten, ihren Ehemann finden. Ihre Augen begannen bei jedem Namen, der mit B begann, zu flimmern. Als ihr Blick an einem mit dem Namen Barton versehenen Kreuz hängen blieb, drohten ihre Knie nachzugeben, doch der Vorname lautete Michael Peter, nicht Albert.

Wenn sie lange und eindringlich genug suchte, würde sie ihn finden, würde vor seinem Grab stehen und ihm sagen, dass sie ihn liebte, ihn um Verzeihung bitten und dann den Rest ihres Lebens in Frieden weiterleben. Sie spürte beinahe die Erleichterung, die sie durchströmen würde. Aber mit jedem Meter, den sie weiterging, geriet ihre Gewissheit ins Wanken. Auf so vielen Kreuzen stand lediglich *Ruhe in Frieden, Unbekannter Soldat* oder, was noch viel trauriger war, gar nichts. So viele persönliche Tragödien, für immer zur Anonymität verdammt – ein sichtbarer Beweis für die Massenvernichtung in diesem sinnlosen Krieg.

Hollander, Frost, Blundell, Taylor, Kelly, Schofield, Allen, Carter, Meredith, Brown, Pullen, Masters, Wade, Francis, McCauley, Titmuss, Archer ... Die Reihe war endlos. Und dann der Schock, als sie Dutzende von Kreuzen mit deutschen Namen entdeckte: *Müller, Schulz, Schmidt, Schneider, Fischer, Weber, Becker, Wagner, Hoffmann, Koch, Bauer, Klein, Wolf, Schröder, Neumann, Braun, Zimmermann, Krüger, Hartmann.*

Hatte eine von Berties Kugeln vielleicht den Mann getötet, der neben ihm begraben lag? Ruhten die Feinde von einst, die Granaten mit »Für König und Vaterland«- oder »Sieg dem Kaiser«-Rufen aufeinander abgefeuert und einander in Stücke gerissen hatten, im Tod plötzlich Seite an Seite? So viele Ehemänner, Brüder, Söhne, alle tot. Was für eine Absurdität, was für eine Verschwendung. Und wofür das alles? Welche Beweise für die Sinnlosigkeit des Krieges brauchte es denn noch? Mit jeder Stunde, die sie hier zubrachte, wuchs ihre Irritation, und die Hoffnung, endlich zu verstehen, rückte in immer weitere Ferne.

»Wir brechen bald auf, Ruby«, hörte sie Alice rufen.

Augenblicklich erfasste sie Panik. Sie konnten nicht aufbrechen, noch nicht. Erst wenn sie Bertie gefunden hatte. Dies hier war ihre einzige Chance, eine neue bekam sie vermutlich nie wieder, ihr ganzes Leben nicht. Schließlich handelte es sich um eine aufwendige, teure

Reise. Sie musste sein Grab sofort finden, heute noch, musste sich bei ihm entschuldigen, dass sie ihm keine bessere Ehefrau gewesen, ihm nicht treu gewesen war, während er Tag für Tag dem Tod ins Auge geschaut hatte. Sie musste um Vergebung bitten, dachte sie und beschleunigte ihre Schritte.

Tolbert, Frencham, Smith, Smith, Marks, Aaron, Middleton, Jacobs, Willems, Dupont ...

»Mrs. Barton? Ich fürchte, wir müssen gehen.«

Sie blieb abrupt stehen, als die Stimme des Majors irgendwo hinter ihr ertönte, und ließ den Blick über das Gräberfeld schweifen. Viel zu viele, um sie in einer einzigen Stunde zu überprüfen. Eine Erkenntnis, die sie mit tiefer Resignation erfüllte und sie mit einem Mal all ihrer Energie beraubte. Sie könnte ihn finden, wenn sie mehr Zeit gehabt hätte als die angesetzten ein oder zwei Stunden, redete sie sich wider alle Vernunft ein. Warum sonst hatte das Schicksal sie genau an diesen Ort geführt, wo er gestorben war? Und jetzt sollte ihr dieser Herzenswunsch allein deshalb verwehrt bleiben, weil es an Zeit fehlte?

Eine Hand legte sich um ihren Ellbogen. »Wir müssen aufbrechen«, sagte der Major sanft. »Außerdem fängt es an zu regnen.«

»Nein, ich muss erst sein Grab sehen. Weshalb bin ich sonst den ganzen Weg hergekommen?«

»Leider ist das nicht so einfach, Mrs. Barton. Sie müssen sich darüber im Klaren sein, dass jeder vierte Tote gar nicht identifiziert werden konnte.«

Ruby erstarrte. »Was meinen Sie damit? Was bedeutet das?«

Die Frage war ihr unwillkürlich herausgerutscht, obwohl sie die Wahrheit kannte: Viele waren bis zur Unkenntlichkeit verstümmelt oder zerfetzt worden, selbst die Erkennungsmarke war nicht erhalten geblieben. Aber jeder Vierte? Ein Viertel von Millionen Männern? Das war ein zusätzlicher Schock.

»Also werde ich ihn wahrscheinlich niemals finden?«, flüsterte sie erstickt.

»Man soll niemals nie sagen, Mrs. Barton. Und falls es so ist, finden Sie vielleicht ein klein wenig Trost in dem Wissen, dass die Leiche Ihres Mannes vermutlich hier irgendwo liegt, auch wenn sein Grab nicht namentlich gekennzeichnet ist. Womöglich sind Sie ihm näher, als Sie ahnen.«

Natürlich wollte er sie trösten, deshalb nickte sie aus reiner Höflichkeit. Als sich der Druck seiner Finger verstärkte, folgte sie ihm, ein wenig widerstrebend zwar, den Weg zurück, wenngleich ihr bei jedem Schritt das Herz zu zerspringen schien und es ihr vorkam, als wollte die eine Hälfte für immer an diesem trostlosen Ort bleiben.

Alice wartete vor dem Bus auf sie. »Sie sehen aus, als wären Sie einem Gespenst begegnet. Haben Sie etwas gefunden?«

Deprimiert schüttelte Ruby den Kopf. »In jedem dieser Gräber ohne Inschrift könnte mein Bertie liegen. Wie soll ich da herausfinden, in welchem?«

»Bertie? War er Ihr Bruder? Ihr Ehemann?«

»Mein Mann. Aus Passendale kam sein letztes Lebenszeichen. Seitdem gilt er als vermisst. Was soll ich ihnen jetzt bloß sagen?«, klagte sie.

»Wem?«

»Seinen Eltern. Ihretwegen bin ich hier. Sie wollten,

dass ich nach ihm suche. Oder zumindest nach seinem Grab. Doch wie soll ich das machen? Es ist unmöglich.«

Als Alice ihren Arm berührte und offenbar etwas sagen wollte, wich Ruby zurück aus Furcht, jegliches Mitleid würde sie vollends die Beherrschung verlieren lassen.

»Es tut mir leid, ich muss mich kurz setzen.«

»Kein Problem«, versicherte Alice. »Hier, nehmen Sie das als Andenken an diesen Friedhof.« Sie hielt ihr ein Sträußchen Wildblumen hin: Klatschmohn, Margeriten, Glockenblumen. »Sie können sie ja in einem Buch pressen, wenn wir wieder im Hotel sind, und sie seinen Eltern mitbringen. Allein zu wissen, woher Sie sie haben, wird ihnen ein kleiner Trost sein.«

Ein Klopfen an ihrer Zimmertür holte sie in die Gegenwart zurück. »Sind Sie fertig fürs Abendessen?«

Benommen setzte Ruby sich auf und blickte auf ihre Armbanduhr. Schon sieben. Sie hatte gar nicht bemerkt, dass so viel Zeit verstrichen war.

»Gehen Sie ruhig vor, ich komme gleich nach.«

Nach diesem entmutigenden Tag freute sie sich fast, eine vertraute Stimme zu hören. Als sie sich gestern von Alice in den Salon hatte mitschleppen lassen, war das von ihrer Seite reine Höflichkeit gewesen, denn eigentlich war das Verhalten der Amerikanerin ihr völlig fremd. Zu forsch, zu aufdringlich und zu bestimmend. Als würde die Welt ihr gehören. Und sie schien nicht wirklich nachvollziehen zu können, wie andere lebten, die nicht mit Reichtümern gesegnet waren.

Trotzdem hatte hier in der Fremde, fernab der Heimat, die Gewissheit, dass jemand im Speisesaal auf sie wartete, etwas überaus Beruhigendes. Zumal Alice immer gut gelaunt war und Optimismus verströmte. Außerdem war sie ihr dankbar, dass sie sie nicht weiter wegen Bertie auszuquetschen versucht hatte.

Als sie aufstand, fiel ihr Blick auf das Blumensträußchen auf dem Nachttisch. Es war in der Tat ein Trost, etwas von diesem Friedhof mit nach Hause nehmen zu können – etwas, das auf diesem geweihten Boden gewachsen war, in dem womöglich Bertie seine letzte Ruhe gefunden hatte. Sie würde die Blumen noch heute Abend pressen.

»Was für ein Tag. Sie waren wirklich sehr nett zu mir. Vielen Dank«, sagte sie zu Alice, während sie auf ihr Essen warteten.

»Gern geschehen. Sie müssen nicht darüber reden, wenn Sie nicht wollen. Falls Sie mir allerdings von Ihrem Bertie erzählen möchten, jederzeit. Ich bin eine gute Zuhörerin.«

Ruby nickte, wechselte jedoch das Thema. »Ich hoffe, Sie nehmen es mir nicht übel, wenn ich frage, ob die Nachricht dieser Kellnerin sehr wichtig für Sie war?«

»Möglicherweise«, antwortete Alice. »Es geht um einen Geistlichen, der während des Krieges in dem Ort einen Club für Soldaten betrieben hat.«

»Und Sie glauben, er erinnert sich vielleicht an Ihren Bruder?«

Rubys Herz machte einen Satz. Sollte es sich tatsächlich so verhalten, war es zumindest nicht völlig unwahrscheinlich, dass er auch Bertie gekannt hatte.

»Ja, gut möglich«, erwiderte Alice. »Obwohl er ein lebenslustiger Bursche war, hat Sam immer zur Kirche gehalten. Insofern halte ich es für wahrscheinlich, dass er diesen Club gelegentlich besucht hat.«

»Wie schade, dass Sie den Mann verpasst haben.«

»Na ja, also, die Sache ist die …« Alice rückte ihr Besteck zurecht.

»Welche Sache?«

»Ich habe mir überlegt, einfach noch einmal hinzufahren. Das ist mir wichtiger als ein Ausflug nach Brügge, das ich sowieso bereits kenne. Ist ja alles gut und schön, aber weshalb sind wir wirklich hier? Ganz bestimmt nicht wegen irgendwelcher Sehenswürdigkeiten.«

»Sie planen einen weiteren Besuch in Poperinge?«, hakte Ruby atemlos nach. »Und wie wollen Sie dort hinkommen?«

»Mit dem Taxi. Wahrscheinlich werde ich dort sogar übernachten. Wer weiß, vielleicht habe ich ja Glück und finde etwas heraus.«

»Und Sie würden ganz alleine fahren?«

»Wieso nicht? Wir leben immerhin im zwanzigsten Jahrhundert … Natürlich können Sie mich gerne begleiten.«

Ruby war völlig perplex, wusste nicht, was sie sagen sollte.

»Ich meinte nicht, dass Sie eine Anstandsdame brauchen«, stammelte sie schließlich, »sondern wie mutig ich es von Ihnen finde, mutterseelenallein in einem fremden Land herumzureisen.«

»Mein Angebot, ob Sie mitkommen wollen, war durchaus ernst gemeint.«

In diesem Moment trat der Kellner an ihren Tisch, stellte die Teller mit gegrillter Seezunge vor sie hin und entfaltete mit einer ruckartigen Bewegung die gestärkten Servietten, legte sie ihnen auf den Schoß und begann, goldgelbe Kartoffeln von einer Silberplatte auf ihre Teller zu heben, als wären es kostbare Juwelen.

»Wünschen die Damen etwas zu trinken?«, erkundigte er sich.

»Lassen Sie uns ein Glas Wein dazu trinken«, entschied Alice. »Sie sind eingeladen.«

Während der nächsten Minuten widmeten sie sich der heiklen Aufgabe, die buttrig zarten Filets des Fisches auszulösen, zu denen der trockene Weißwein die perfekte Ergänzung bildete.

Alice war als Erste fertig. »Also? Kommen Sie mit?«

Ruby, der die Idee reichlich tollkühn vorkam, schluckte ihren Bissen hinunter und nippte an ihrem Wein. »Nach Poperinge?« Als Alice nickte, fügte sie verlegen hinzu: »Wissen Sie, es ist einfach so, dass ich kein Geld für die Taxifahrt, das Hotel und alles andere habe.«

»Darüber brauchen Sie sich den Kopf nicht zu zerbrechen, betrachten Sie sich als mein Gast.«

»Ich kann unmöglich ...«

»Keine Angst, Sie schulden mir nichts. Ehrlich. Es wäre mir ein Vergnügen.«

Nach wie vor zögerte Ruby. »Ich halte das für keine gute Idee ...«

»Denken Sie einfach in Ruhe darüber nach und geben mir morgen früh Bescheid.«

Ruby kehrte in ihr Zimmer zurück, arrangierte die Wildblumen zwischen zwei Löschpapierblättern, die sie im Sekretär fand, und beschwerte sie mit der Bibel aus ihrem Nachtkästchen. Dann zog sie ihr Nachthemd

117

an, putzte sich die Zähne und kletterte ins Bett, ohne jedoch Schlaf zu finden. Ihre Gedanken kreisten unablässig um den Vorschlag der Reisegefährtin.

Weshalb sollte sie in dieses Städtchen zurückkehren, über dem noch immer der Geist der armen erschossenen Deserteure schwebte? Wollte sie allen Ernstes ein zweites Mal den Schlamm und die Verwüstung der Schlachtfelder sehen und in der von Trauer erfüllten Stille des Friedhofs den entsetzlichen Geheimnissen lauschen, die flüsternd aus den Gräbern zu dringen schienen?

Je länger sie aber darüber nachdachte, umso verführerischer wurde der Gedanke für sie. Immerhin wäre dies die zweite Chance, die sie sich so verzweifelt gewünscht hatte. Und vielleicht, ganz vielleicht würde sie ja zufällig sein Grab finden oder etwas Nützliches von dem Geistlichen erfahren, mit dem Alice sich treffen wollte. Jedenfalls fand sie das sinnvoller, als belgische Sehenswürdigkeiten abzuklappern, dazu in der Gesellschaft der trauernden Paare. Entschlossen richtete sie sich auf und knipste das Licht an.

Was trieb sie hier überhaupt wirklich?

Berties Eltern ein Sträußchen getrocknete Blumen von dem Friedhof mitzubringen, auf dem ihr Sohn vermutlich lag, schien ihr als Legitimation der von ihnen bezahlten Reise letztlich mehr als unzureichend. Eine Stimme meldete sich in ihrem Innern, anfangs ganz leise, dann immer fordernder: Es war ihre Pflicht, nichts unversucht zu lassen, sondern alles, wirklich alles zu geben, um nach Bertie zu suchen und irgendetwas Wichtiges über ihn herauszufinden, das seinen Eltern ein wenig Frieden bescherte.

Gleichzeitig klammerte sie sich an den Gedanken, mit einem Grab würde es ihr ebenfalls besser gehen. Weil es ihr die Möglichkeit böte, mit ihm zu reden, ihn um Verzeihung zu bitten. Vielleicht würde es ihr sogar helfen, endgültig zu akzeptieren, dass er für immer fort war. Erst dann würde sie ohne dieses entsetzliche Gefühl der Leere und Furcht in die Zukunft blicken können.

Alices Angebot anzunehmen war definitiv ihre allerletzte Chance.

So schrecklich es klang, dass jeder vierte Soldat nicht identifiziert wurde, bei dreien war es immerhin möglich gewesen. Folglich war es nicht völlig ausgeschlossen, dass Bertie zu dieser größeren Gruppe gehörte. Und dass man sie nicht benachrichtigt hatte, war in den Kriegswirren sicher öfter vorgekommen, oder? Das Problem war allerdings, den ganzen Friedhof zu durchkämmen. Ob dafür überhaupt ein Tag reichte?

Egal, sie würde es sich niemals verzeihen, wenn sie es nicht wenigstens versuchen würde.

Entschlossen schlüpfte Ruby in ihren Morgenrock, schlich auf Zehenspitzen zu Alices Zimmer und klopfte leise an die Tür. Kurz darauf stand diese verschlafen und mit wirrem Haar vor ihr.

»Ich habe mich entschieden mitzukommen.«

»Nach Poperinge?«

»Ja, Ich will noch einmal zu dem Friedhof, um nach Berties Grab zu suchen.«

Das ungeschminkt mädchenhaft wirkende Gesicht der jungen Amerikanerin verzog sich zu einem breiten Grinsen. »Das ist wunderbar, Ruby. Gleich morgen früh reden wir mit dem Major.«

O Gott, an den hatte Ruby gar nicht mehr gedacht. »Glauben Sie, er hat etwas dagegen?«

»Ja und nein. Ich hoffe, er zeigt Verständnis, wenn wir ihm erklären, weshalb wir noch einmal zurückmüssen. Außerdem haben wir ja für unsere Reise bezahlt und können tun und lassen, was wir wollen. Keine Sorge, ich kriege das schon hin.«

»Solange er nichts einzuwenden hat, bin ich einverstanden«, stimmte Ruby zu. »Dann also gute Nacht, Alice ... Und danke für alles, was Sie heute für mich getan haben.«

Sie kehrte in ihr Zimmer zurück und legte sich wieder ins Bett, fand aber keinen Schlaf. Zu groß war die Aufregung über die eigenmächtige Entscheidung, die sie soeben getroffen hatte. Mr. Barton bekäme zweifellos einen Anfall, wenn er wüsste, dass sie sich von der Gruppe entfernte, doch die Aussicht, diesen geheimnisvollen Geistlichen zu treffen und erneut den Friedhof durchkämmen zu können, überwog alle Bedenken und erschien ihr mit einem Mal geradezu zwingend und vollkommen logisch. Was für ein Abenteuer!

»Ich komme, Bertie«, flüsterte sie. »Ich werde dich finden, egal wie.«

Kapitel 7

Martha

Martha und ihr Sohn Otto wurden in das kleine Büro des Zollamts geführt, das sie bereits vom Abend zuvor kannten.

Am Schreibtisch saß derselbe schnauzbärtige Beamte und starrte sie so hasserfüllt an, dass sie Angst vor dem bekamen, was er sagen würde. Ein zweiter, etwas größerer Beamter, dessen autoritäre Haltung nahelegte, dass er in der Hierarchie weiter oben stand, marschierte im Raum auf und ab, ohne sie zur Kenntnis zu nehmen.

Niemand bot ihnen einen Platz an.

Martha spürte, wie ihre Beine nach einer Weile zu zittern begannen. Es herrschte völlige Stille. Wie hatte sie nur dem Auswärtigen Amt glauben können, dass sie ohne Probleme in ein Land einreisen konnten, das gerade noch ein erbitterter Feind gewesen war? Und wieso hatte sie Otto zu diesem verrückten Abenteuer mitgenommen? Mittlerweile war sie drauf und dran, ihren Plan aufzugeben und in den nächsten Zug zurück nach Berlin zu steigen.

Doch dann spürte sie, wie sich eine Hand an die ihre klammerte, und erkannte, dass sie nicht kapitulieren durfte. Sie musste stark sein, stark für ihn, musste sich vor Augen halten, dass es ihnen von Gesetzes wegen zustand, nach Belgien einzureisen. Nachdem sie so weit gekommen waren, musste sie sich einfach die Weiterfahrt erkämpfen.

Der Schnauzbärtige begann sie mit den ewig gleichen Fragen zu bestürmen: Woher sie kamen? Konnte sie ihre Heimatadresse nachweisen? Welchem Beruf war sie vor, während und nach dem Krieg nachgegangen? Wer konnte die Angaben bestätigen? Und schließlich: Weshalb wollten sie ausgerechnet jetzt, so kurz nach Kriegsende, Belgien besuchen?

Die letzte Frage ließ ihre mühsam beherrschte Fassade bröckeln. »Meine Güte, haben Sie denn keinerlei Mitleid?«, fuhr sie ihn an. »Was verlangen Sie noch alles von einer trauernden Mutter? Ich habe es Ihnen schließlich mehrmals gesagt: Wir sind hier, weil wir das Grab meines älteren Sohnes finden wollen, des Bruders dieses Jungen hier, der sein Leben für sein Vaterland geopfert hat.«

»Und der zu denen gehörte, die unsere Heimat überfallen haben«, zischte der Ranghöhere sie böse an.

»Wir sind ganz normale Leute, Monsieur, und der Krieg ist vorbei.«

»Spione gibt es immer und überall«, erwiderte er kalt.

»Sehen wir etwa wie Spione aus? Eine Frau mittleren Alters und ihr zwölfjähriger Sohn?«

Er trat auf sie zu, bis er wenige Zentimeter vor ihr stand. Ganz dicht, viel zu dicht. Sie straffte die Schultern und richtete sich zu voller Größe auf. Seine Augen schienen sie förmlich zu durchbohren, und lediglich unter Aufbietung all ihres Mutes gelang es ihr, seinem Blick standzuhalten.

»Die Tarnungen von Spionen können ganz unterschiedlich sein, Madame«, flüsterte er und wandte sich brüsk ab.

Damit war die Befragung zwar beendet, ihre Tortur hingegen noch lange nicht. Sie wurden aufgefordert, ihre Koffer auf den Tisch zu stellen, und mussten zusehen, wie die Männer jeden ihrer persönlichen Gegenstände inspizierten. Marthas Wangen wurden heiß, als der Schnauzbärtige mit spitzen Fingern ihre grau gewordene Unterwäsche herauszog, ihre wenigen Kleidungsstücke durchwühlte, die Flaschen und Tuben in ihrem Kulturbeutel in Augenschein nahm, ehe er nach ihrer Brieftasche griff und die mit jeder Stunde an Wert verlierenden Markscheine zählte, die ihr Vater ihr hinterlassen hatte.

Otto, der das Ganze mit zusammengebissenen Zähnen verfolgte, trat unruhig von einem Fuß auf den anderen, als sie sich seinen alten Schmusehasen schnappten, der beinahe kein Fell mehr besaß – das letzte Überbleibsel seiner Kindheit, das ihn überallhin begleitete und ihm Trost spendete. Seine Mutter hörte, wie er entsetzt nach Luft schnappte, als der Schnauzbärtige ein Messer herauszog, dem Plüschtier den Bauch aufschlitzte und die wenigen verbliebenen Reste der Füllung herauszerrte, bevor er seine feisten Finger hineinschob und die leere Stoffhülle umstülpte.

»Du liebe Güte, ist es wirklich nötig, ein harmloses Spielzeug kaputtzumachen?«, rief sie verzweifelt.

»Spione haben allerlei Tricks auf Lager«, warf der Hochgewachsene arrogant ein. »Wir können nie vorsichtig genug sein.«

Es sollte noch schlimmer kommen. Nachdem sie ihre Sachen wieder in die Koffer gepackt hatten, wies man sie an, sich bis auf die Unterwäsche auszuziehen und sämtliche Taschen umzustülpen. Martha und Otto schämten sich bis aufs Blut und waren heilfroh, als die peinliche Prozedur vorbei war.

Eine böse Überraschung erwartete sie trotzdem noch. Zwar setzte sich der ranghöhere Beamte an den Tisch, um die Papiere für die Einreise zu unterzeichnen, um sodann aber mit einem zynischen Grinsen zu erklären, dass die Fahrkarten vom Vortag nicht mehr gültig seien und sie neue kaufen müssten.

Obwohl es ein Loch in ihre Reisekasse schlagen würde, protestierte Martha nicht. Hauptsache, sie kamen von hier weg. Noch zwei Stunden, dann konnten sie in den Zug nach Ypern steigen.

»Bald haben wir es geschafft«, tröstete Martha ihren Sohn. »Ab jetzt sprechen wir in Gegenwart von Fremden kein Wort Deutsch mehr, denk daran.«

Er nickte, ohne den Blick vom Boden zu lösen. Für ihn würde das eine harte Bewährungsprobe werden, da er keine Fremdsprachen konnte und mehr oder weniger zum Schweigen verurteilt war. Am liebsten hätte Martha ihn umarmt, doch sie wusste, dass er das nicht mochte. Sie war so stolz auf ihn. Darauf, wie beherrscht er sich verhalten hatte, wie er die Ruhe bewahrt hatte trotz der Schikanen seitens der Grenzbeamten. Er war quasi vor ihren Augen schlagartig erwachsen geworden.

Eigentlich hatte er sie gar nicht begleiten sollen. Eine Freundin wollte ihn während ihrer Abwesenheit betreuen, aber Otto weigerte sich schlichtweg, in Berlin zu bleiben, und wischte alle ihre Argumente vom Tisch.

»Mir ist es genauso wichtig, Heinrich zu finden, wie dir«, erklärte er kategorisch. Was stimmte, denn er hatte seinen älteren Bruder geradezu vergöttert.

»Wir können uns keine zwei Fahrkarten leisten, mein Schatz«, gab sie zu bedenken und hoffte, ihm damit ein überzeugendes Argument zu liefern.

Leider gab er sich nicht geschlagen. »Hat Papa nicht gesagt, dass wir Großvaters Geld nehmen sollen?«

Irgendwann war Martha weich geworden und begann sich einzureden, dass es sogar von Vorteil sein könnte. Eine Mutter mit Sohn würde weniger Verdacht erregen als eine allein reisende Frau.

»Also gut, du kannst mitkommen, unter einer Bedingung. Bevor es losgeht, lernst du ein paar Brocken Französisch, damit wir, in Belgien angekommen, nicht sofort als Deutsche auffallen. Kann ich mich darauf verlassen?«

»Ich dachte, dass man wieder ganz frei reisen darf.«

»Was die Belgier kaum daran hindern dürfte, uns zu hassen. Und das ist durchaus verständlich, oder? Schließlich sind wir einfach so in ihr Land einmarschiert.«

»Um unser Land zu schützen«, konterte er. »Das haben wir in der Schule gelernt. Und um Gott, dem Kaiser und dem Vaterland zu dienen. Die wollten uns aushungern und haben unseren Soldaten die Augen aus den Höhlen geschnitten.«

Martha seufzte. Nicht zum ersten Mal erkannte sie,

was eine verlogene Propaganda besonders bei Kindern anzurichten vermochte.

»Und ihren Kindern hat man in der Schule erzählt, unsere Soldaten hätten unschuldige belgische Babys umgebracht und zum Abendessen auf ihren Bajonetten über dem Feuer geröstet.«

»Das sind doch alles Lügen, oder etwa nicht?«, fragte er mit leisem Zweifel, und sein Blick verdüsterte sich.

»Im Krieg erzählen alle Lügen, mein Junge. Die Wahrheit behalten die hohen Herren für sich, denn die ist meistens unbequem.«

Sie sah, wie er blass wurde, und schalt sich insgeheim für ihre Worte, die ihm alle Illusionen nahmen. Wie sollte sie ihm auch erklären, dass sein Bruder für ein bestenfalls zweifelhaftes, schlimmstenfalls sogar unmoralisches oder verbrecherisches Ziel gestorben war? Und dass Kriege nichts als Schrecken und Gräuel auf beiden Seiten heraufbeschworen? Am Ende gab es keine Gewinner, sondern immer bloß Verlierer. Die unermessliche Tragödie, die dieser Krieg heraufbeschworen hatte, lähmte sie, lastete auf ihrer Seele, jeden Tag aufs Neue, aber darüber mochte sie nicht mit ihrem Sohn sprechen.

»Das spielt jetzt alles zum Glück keine Rolle mehr«, wiegelte sie ab. »Der Krieg ist vorbei, und wir sollten uns glücklich schätzen, endlich nach Heinrichs Grab suchen zu können.«

Er murmelte etwas Unverständliches, fügte sich jedoch ihrem Wunsch, sich von ihr unterrichten zu lassen und jeden Tag mindestens zehn französische Vokabeln zu lernen.

Endlich standen sie auf belgischem Boden. Völlig erschöpft und ausgehungert hatten sie an der Grenze den Zug bestiegen und sich in ein völlig überfülltes Abteil der dritten Klasse mit harten Holzbänken gedrängt, in dem es nach verrottetem Kohl und ungewaschenen Körpern stank. Martha ließ den Blick umherschweifen und nahm ihre Mitreisenden in Augenschein, die lasen, strickten oder dösten. Als die Sonne langsam am strahlend blauen Himmel immer höher wanderte, wurde es zunehmend stickiger und heißer in dem Abteil, und erschöpft schloss die übermüdete Frau die Augen.

Erst Ottos Ellbogen, der sie in die Seite stieß, ließ sie hochschrecken. Seine Augen waren groß wie Untertassen, als er auf die Landschaft vor dem Zugfenster zeigte. Langsam wandte sie sich um und brauchte einige Sekunden, um den Anblick zu verarbeiten, der sich ihren Augen bot. Die Landschaft hatte sich innerhalb der letzten Stunde dramatisch verändert. Das Flickwerk aus grünen Wäldern und satten Weiden mit schwarz-weißen Kühen, aus mit Bewässerungsgräben umgebenen Feldern und Pappelhainen war verschwunden.

Stattdessen erstreckte sich hinter dem verschmierten Zugfenster eine scheinbar endlose Schlammwüste, lediglich durchbrochen von verkohlten Baumstämmen und wassergefüllten Granat- und Bombentrichtern. Ihr Herzschlag drohte auszusetzen, und ihr Mund fühlte sich ganz trocken an. Was sie vor sich sah, waren die Schlachtfelder. Sie befanden sich direkt auf diesem schmalen Streifen Land, um den das Kaiserreich vier lange Jahre erbittert gekämpft hatte und für das mehr als zwei Millionen deutsche Leben sinnlos geopfert worden waren. Eine tiefe Beklommenheit stieg in ihr auf.

Irgendwo dort draußen lag die Leiche ihres geliebten Sohnes.

»Wie lange dauert es noch?«, fragte Otto tonlos auf Deutsch, da sein Französisch nicht ausreichte, um vollständige Sätze zu bilden. »Sind wir bald da?«

Wie auf ein Stichwort ertönte das Quietschen der Bremsen, und der Zug wurde langsamer, während die braune Kraterlandschaft hinter ihnen zurückblieb und die Ruinen einer Stadt in Sichtweite kamen. Ypern. Sie hatte vorgehabt, sich für ein paar Nächte in einer kleinen Pension einzuquartieren, jetzt erkannte sie, wie illusorisch das war. Bislang hatte sie nämlich noch kein einziges intaktes Gebäude entdeckt.

Der Zug kam ruckelnd zum Stehen. »Ypern. Bahnhof Ypern. Endstation. Alle aussteigen«, rief der Schaffner zuerst auf Flämisch, dann auf Französisch.

Das Bahnhofsgebäude war ebenfalls fast völlig zerstört. Es grenzte an ein Wunder, dass hier überhaupt noch Züge fuhren.

»Ich dachte, du wolltest hier übernachten«, meinte Otto im Flüsterton. »Wo bitte, wenn es keine Häuser mehr gibt?«

»Wir gehen einfach in die Stadtmitte und fragen uns durch«, sagte sie in einem bemüht selbstsicheren Tonfall, wenngleich sie alles andere als zuversichtlich war.

Bis zum Hauptplatz war es lediglich ein kurzer Spaziergang an einer Straße entlang, in der die meisten Häuser bis auf die Grundmauern zerstört waren. Den restlichen fehlte das Dach, oder man sah durch gähnende Löcher in der Fassade, dass Decken und Fußböden eingestürzt waren.

Dann der große Marktplatz. Schuttberge erhoben sich,

wo früher feudale Bürgerhäuser sowie die berühmten Tuchhallen, das Rathaus, das Gerichtsgebäude und die Kathedrale gestanden hatten. Auch hier war kein einziges Gebäude verschont geblieben.

Minutenlang standen sie wortlos und versteinert da. Schließlich stieß Otto sie an. »Wo um alles in der Welt sollen wir schlafen, Mama? Und wann gibt es etwas zu essen? Ich habe schrecklichen Hunger.«

Martha sah sich um in der Hoffnung, jemanden zu entdecken, der freundlich, verlässlich und gebildet genug aussah, um neben Flämisch Französisch zu sprechen. Ihr Blick blieb an einem gut aussehenden Mann Anfang dreißig hängen, der mit gerunzelter Stirn die zerfallenen Gebäude betrachtete und Notizen und Skizzen in einem Buch festzuhalten schien.

Vorsichtig trat sie zu ihm und holte tief Luft. »Was für ein grauenvoller Anblick, nicht wahr, Monsieur?«

Er blickte sie lächelnd an. »*Oui, c'est terrible.* Allerdings muss ich zugeben, dass ich mich inzwischen daran gewöhnt habe, selbst wenn es noch so traurig sein mag. Ist dies Ihr erster Besuch hier?«

»*Oui.*« Sie hielt inne. »Wir sind gerade angekommen. Wissen Sie vielleicht, wo sich eine Unterkunft finden lässt?«

Die Vorstellung schien ihn zu amüsieren. »Madame, in Ypern können Sie nicht bleiben. Kein einziges Haus ist bewohnbar, fürchte ich.« Er hielt inne, ehe er hinzufügte: »Versuchen Sie es in Poperinge. Der Ort ist nicht weit entfernt, gerade mal sieben Kilometer. Dort gibt es zwei Hotels, das Grand Hotel und das Hotel de la Paix.«

»Vielen Dank für Ihren Rat, Monsieur. Sie haben mir sehr geholfen.«

Sie kehrte zu Otto zurück, der mit ihrem Gepäck neben einem Kaffeestand wartete. Sein Blick hing wie gebannt an dem Verkäufer, der Teig in ein Waffeleisen gab.

»Können wir eine kaufen, Mama? Bitte?«

Der köstliche Duft nach warmem Zucker und frischem Kaffee erinnerte sie daran, dass sie seit gestern Abend lediglich ein halbes Ei und ein kleines Stück Brot gegessen hatten. Sie bestellte zwei Waffeln, eine für jeden. Das goldbraune, knusprige, mit Puderzucker bestäubte Gebäck war noch viel köstlicher, als sie gedacht hatte – und zudem vermochte sie sich nicht zu erinnern, jemals einen so starken, aromatischen Kaffee getrunken zu haben.

»Ich bin im siebten Himmel«, murmelte Otto mit vollem Mund. »Solange wir hier sind, werde ich nichts anderes als Waffeln essen.«

Sein strahlendes Lächeln wärmte ihr Herz, fegte alles Unbehagen und alle Verzweiflung der letzten vierundzwanzig Stunden fort. Sie würde Gott weiß was ertragen, solange er glücklich war.

Eine Stunde später warteten sie nach wie vor vergeblich auf ein Taxi. Schließlich erklärte ihnen der Waffelverkäufer, dass es in ganz Ypern gerade mal acht funktionstüchtige Fahrzeuge gebe, die vermutlich gerade Touristen zu den Schlachtfeldern brachten. Man müsse früh zur Stelle sein, um eins zu erwischen, fügte er wenig hilfreich hinzu.

Martha war langsam am Rande der Verzweiflung, als sie mit einem Mal den Mann mit dem Notizbuch näher kommen sah.

»Sie sind ja immer noch da, Madame.«

»Wir wollen nach Poperinge, so wie Sie es uns emp-
fohlen haben, aber es scheint kein Taxi zur Verfügung
zu stehen«, erwiderte sie resigniert. »Der Waffelverkäufer meinte, sie brächten gerade allesamt Touristen zu
den Schlachtfeldern.«

»So ist es, derzeit machen die Taxifahrer gute Geschäfte. Ich werde daran denken, falls ich einmal Probleme haben sollte, Arbeit zu finden«, meinte er mit
einem verschmitzten Lächeln, das sie ein klein wenig
an Heinrich erinnerte. »Ich fahre bald selbst im eigenen
Wagen nach Poperinge zurück. Darf ich Ihnen vielleicht
anbieten, Sie mitzunehmen?«

Ihr erster Impuls war, sein Angebot abzulehnen, da
sie sich unsicher fühlte und unter keinen Umständen
durchschaut und als Deutsche erkannt werden wollte.
Doch er war charmant und nett, und außerdem dauerte
es womöglich noch Stunden, bis ein Taxi zur Verfügung
stand, und so willigte sie zögernd ein.

Zehn Minuten später tauchte er in einem ramponier-
ten, verdreckten Citroën auf, dem sowohl das Dach als
auch die Seitenfenster fehlten. Als er vor ihnen zum
Stehen kam, quoll eine dicke, ölige Wolke aus dem Aus-
puff.

»Ein Rolls-Royce ist es nicht gerade«, rief er über
das Knattern des Motors hinweg und sprang heraus,
um ihnen die Tür aufzumachen. »Nun ja, der Krieg …«
Er zuckte mit den Schultern. »Die Panzer waren eben
wichtiger. Immerhin bringt er mich dorthin, wohin ich
will.«

Otto kletterte auf die schmale Rückbank und zwängte
sich zwischen ihre Koffer. Er hatte die strikte Anwei-
sung, während der Fahrt kein einziges Wort zu sagen,

um sie nicht zu verraten. Sie selbst setzte sich möglichst graziös auf den niedrigen Beifahrersitz und schlang ihren Rock um die Beine.

Gewiss gab es nichts dagegen einzuwenden, sich von einem netten Gentleman mit so tadellosen Manieren ein Stück mitnehmen zu lassen, oder? Es war ein ungewohntes, wunderbares Gefühl, ausnahmsweise einmal die Verantwortung abzugeben, und sei es nur für eine kleine Weile. Zumal es nach den albtraumhaften Erlebnissen an der Grenze guttat, endlich zu entspannen.

»Bevor wir losfahren, sollte ich mich Ihnen erst einmal vorstellen. Daniel Martens, zu Ihren Diensten.«

»Martha Weber«, sagte sie und bemühte sich, ihrem Französisch jenen schweizerischen Anklang zu geben, den sie seit einem lange zurückliegenden Aufenthalt als Kindermädchen in der Schweiz noch draufhatte. »Und das ist mein Sohn Otto.«

»Höre ich da einen Schweizer Akzent heraus?«, hakte er prompt nach.

In den Wochen vor ihrer Abreise hatte sie diesen Moment wieder und wieder durchgespielt und spulte ihren Text jetzt fast automatisch ab.

»Wir sind aus Genf und wollen hier nach dem Grab meines Neffen suchen, der einem deutschen Bataillon angehörte – seine Mutter sieht sich dazu außerstande …«

»Mein Beileid. Wenn Sie einen Wagen nach oder von Poperinge benötigen, rate ich Ihnen, frühzeitig zu reservieren.« Es schien, als hätte er keine Zweifel an Marthas Geschichte, dass sie in der Schweiz lebte, denn er redete ganz zwanglos weiter. »Sollten Sie Probleme haben, hilft Ihnen Monsieur Vermeulen, der Besitzer des

Hotel de la Paix, bestimmt gern. Der Name passt zu ihm ... Wenn er sich aufregt, bewegen sich seine Arme wie Windmühlenflügel.«

Bei der Vorstellung musste Martha kichern. Auch dies ein ungewohntes Gefühl – in letzter Zeit hatte es in ihrem Leben nicht oft Grund zum Lachen gegeben.

»Es ist das behaglichste Hotel in Poperinge, familiärer als das Grand, und außerdem ist Madame Vermeulen eine erstklassige Köchin. Ich denke, für eine Dame mit Kind wäre es die richtige Wahl.«

»Sie sind sehr freundlich. Vielen herzlichen Dank.«

»Es ist mir ein Vergnügen, Madame.«

Poperinge, ein verschlafenes kleines Städtchen, entpuppte sich als beruhigend intakt. Lediglich an einer Handvoll Gebäuden waren die Spuren der Granatfeuer zu sehen. Auf dem Marktplatz herrschte reges Treiben – Menschen, die ihre Einkäufe erledigten oder an Tischen vor einem der Cafés saßen, dessen Sonnenschirme sie vor der gleißenden Sonne schützten. Es war ein heiterer Anblick, der sie ein wenig an das Berlin der guten alten Zeit vor dem Krieg erinnerte.

Monsieur Martens hielt direkt vor dem Hotel de la Paix am Rande des Platzes an.

»*Au revoir* und vielen lieben Dank«, sagte Martha. »Sie waren wirklich sehr freundlich.«

»*De rien*. Gern geschehen.«

Kapitel 8

Alice

Major Wilson fiel die Kinnlade herunter, als Alice ihn am nächsten Morgen auf dem Weg zum Frühstück beiseitenahm, um ihm ihr Vorhaben darzulegen, die Gruppe zu verlassen und noch einmal nach Poperinge zurückzukehren. Dieser Wunsch verstieß seiner Meinung nach eindeutig gegen die Regeln – soldatische wohlgemerkt, die für ihn allerdings Allgemeingültigkeit besaßen. Er betrachtete die Reisegesellschaft als seine Truppe, und von der wurde erwartet, dass sie Gehorsam zeigte und sich den Befehlen des kommandierenden Offiziers widerspruchslos unterordnete.

Es dauerte ein paar Sekunden, bis er sich gefangen hatte und ihr, jetzt mit väterlicher Miene, erklärte, dass es für eine junge Dame nicht klug sei, allein durch ein vom Krieg schwer gezeichnetes Land zu reisen, in dem sich sicherlich einiges Gesindel herumtrieb. Um ihn zu beschwichtigen, erwähnte Alice daraufhin, dass Ruby sie begleiten werde, was aber genau das Gegenteil zu bewirken schien.

Er presste die Lippen so fest aufeinander, dass seine Kiefermuskulatur verdächtig zu zucken begann.

»Tut mir leid, das kann ich unter keinen Umständen zulassen. Ich habe ihrem Schwiegervater versprochen, mich höchstpersönlich um sie zu kümmern. Das war eine ausdrückliche Bitte, die er an mich gestellt hat. Sie war noch nie im Ausland, müssen Sie wissen.«

»Bitte sorgen Sie sich nicht, Major«, schnurrte Alice, sah ihm fest in die Augen und war sorgsam darauf bedacht, so souverän wie möglich zu wirken. »Ich bin bereits vor dem Krieg in Europa herumgereist und spreche fließend Französisch. Und ich werde Ruby keine Sekunde aus den Augen lassen, versprochen. Sie können sicher sein, dass ich sie heil und unversehrt zurückbringe. Doch was ganz anderes: Könnten Sie uns vielleicht freundlicherweise ein geeignetes Hotel empfehlen?«

»Sie haben vor, über Nacht wegzubleiben?«, japste er. »Was ist dann mit Ihrem Zimmer hier, den Mahlzeiten und dergleichen? Ich fürchte, wir können Ihnen da preislich nicht entgegenkommen. Was Sie vorhaben, ist wirklich äußerst ungewöhnlich, Miss Palmer.«

»Major Wilson.« Sie legte ihre sorgfältig manikürte Hand auf seinen Unterarm und beugte sich näher zu ihm. »Ich habe genug Geld, um für alle anfallenden Kosten aufzukommen, sowohl für Miss Bartons als auch für meine«, beteuerte sie leise. »Sie können so viele Hinderungsgründe auffahren, wie Sie wollen – es dürfte Ihnen nicht gelingen, mich von meinem Plan abzubringen. Und machen Sie sich bitte keine Sorgen. Es wird uns beiden rein gar nichts passieren.«

Am Ende gab er ihrem Drängen widerstrebend nach. »Obwohl mir das alles ganz und gar nicht gefällt, Miss Palmer, kann ich es Ihnen nicht verbieten. Aber gestatten Sie mir wenigstens, ein seriöses Taxiunternehmen für Sie zu finden. Und wenn Sie schon darauf bestehen, in Poperinge zu übernachten, schlage ich vor, dass Sie im Grand Hotel absteigen, dem ersten Haus am Platz. Es diente während des Krieges als Offiziersmesse und verfügt über angemessene Zimmer. Um wie viel Uhr möchten Sie abgeholt werden?«

»So schnell wie möglich. Ich bin Ihnen wirklich sehr dankbar, Major. Wir werden Ihnen telegrafieren, sobald wir angekommen sind, und Sie später wissen lassen, wann wir nach Ostende zurückzukehren beabsichtigen.«

Er ergriff ihre ausgestreckte Hand und schüttelte sie so fest, dass es sich beinahe wie eine Bestrafung anfühlte.

Mit einer Mischung aus freudiger Erregung und Beklommenheit stieg Alice wenig später mit Ruby ins Taxi. Bald würde sie nicht bloß den geheimnisvollen Geistlichen kennenlernen, der Sam gekannt haben könnte, sondern ebenfalls eine Geschichte aus ihrer Vergangenheit neu beleben.

Die Antwort auf ihr Telegramm steckte in ihrer Handtasche: *Wunderbar. Dienstag zwei Uhr Grand Hotel.*

Sechs lange Jahre waren vergangen. Bestimmt hatten sie sich beide verändert, weshalb sie ihre Erwartungen tunlichst nicht allzu hoch schraubte. Inzwischen arbeitete Daniel als Architekt in Lille und hatte dort sogar ein eigenes Büro, über das Julia ihn mithilfe der Botschaft ausfindig gemacht hatte. Sie solle nur ja anständig bleiben, war Julias Preis für diese Hilfeleistung gewesen.

Alice hatte es hoch und heilig gelobt. Schließlich war sie nicht länger das unbedarfte Mädchen von damals, das an einem Abend so viel Wein getrunken hatte, dass sie nach Hause getragen werden musste. Allein bei der Erinnerung brannten ihre Wangen vor Scham.

Nein, inzwischen war sie eine junge Dame der Gesellschaft, bewegte sich souverän in den Salons der amerikanischen Hauptstadt, wusste zu repräsentieren, besaß eigene Treuhandfonds und würde demnächst in eine der wohlhabendsten Familien der Stadt einheiraten. Trotzdem brachte sie es nicht fertig, nach Belgien zu reisen, ohne die Gelegenheit zu nutzen, ihn ein letztes Mal zu sehen. Reine Neugier, hatte sie Julia gegenüber beteuert, mehr nicht. Um der alten Zeiten willen.

Die Kirchenglocken läuteten zwölf Uhr, als das Taxi auf dem Marktplatz von Poperinge anhielt, wo Ginger gerade die Markise herunterkurbelte. Wie am Tag zuvor hing der Geruch nach Gerstenmalz in der Luft, wenngleich ein klein wenig schwächer.

»Mademoiselle Palmer! Was für eine nette Überraschung«, rief sie und wischte sich den Schweiß von der Stirn.

»Wir sind zurückgekommen, um Ihren Reverend Clayton zu sprechen. Das ist meine Freundin Ruby Barton.«

»Bonjour Mesdames und herzlich willkommen.«

»Welches ist das beste Hotel der Stadt, wo wir für ein oder zwei Nächte unterkommen können?«, steuerte Alice geradewegs aufs Ziel zu. »Der Major meinte, wir sollten das Grand nehmen. Was sagen Sie?«

Das Mädchen zuckte mit den Schultern. »Im Grand geht es sehr geschäftsmäßig zu. Ich würde eher dort absteigen.« Sie deutete auf ein schmales Haus mit hohem Giebel. Hotel de la Paix stand auf dem Schild. Hotel des Friedens. Wie passend.

Von außen wirkte es nicht sonderlich einladend – an manchen Stellen blätterte der Putz ab, die Fensterläden waren teilweise geschlossen.

»Sind Sie sicher, dass man dort wohnen kann?«, fragte Alice zweifelnd.

»*Mais oui.* Sagen Sie Monsieur Vermeulen, ich hätte Sie geschickt, dann macht er Ihnen einen guten Preis. Seine Frau ist eine hervorragende Köchin«, versicherte Ginger und küsste ihre Fingerspitzen.

Die Eingangstür öffnete sich mit einem melodramatischen Quietschen, als Ruby und Alice das holzvertäfelte Foyer betraten. Im Halbdunkel erkannten sie die Rezeption mit einem unaufgeräumten Büro dahinter und am Ende des Korridors eine Treppe mit einem üppig geschnitzten Geländer. Gegenüber davon führte eine Tür in einen Speiseraum, dessen Tische mit gestärktem Leinen gedeckt waren. Die Küche musste sich im hinteren Teil des Hauses befinden, denn von dort wehte ihnen ein köstlicher Duft nach Knoblauch und heißer Butter entgegen. Ansonsten wirkte das Hotel verwaist.

Die beiden tauschten einen Blick und betätigten zögerlich das Glöckchen, das auf dem Empfangstresen stand. Einen Moment später tauchte aus einer weiteren Tür am Ende des Flurs, die dem Geruch nach zu urteilen in die Bar führte, ein Mann auf. Seine Augenbrauen und Wimpern waren so hell, dass man sie kaum erkennen konnte, und verliehen seinem Gesicht einen Ausdruck leichten Erstaunens. Rötlich blonde Bartstoppeln bedeckten Kinn und Wangen, was ihn aussehen ließ, als wäre er gerade erst aufgestanden.

»Guten Tag«, sagte er. »Was kann ich für zwei so hübsche junge Damen tun?«

Das konnte keinesfalls der Hotelbesitzer sein, dafür war sein Englisch viel zu fließend.

»Spreche ich mit Monsieur Vermeulen?«, erkundigte Alice sich.

»Du liebe Güte, nein, ich bin Freddie. Freddie Smith. Ein Überbleibsel aus dem Krieg.« Er wandte sich um. »Maurice! Komm, du hast Gäste!«, rief er.

»Stammen Sie aus England, Mr. Smith?«, wollte Ruby wissen.

»Ich bin waschechter Londoner. Hört man das etwa nicht?«

»Na, so was.«

»Tja, ich wurde verwundet und bin heimgeschickt worden.« Er deutete auf seinen schlaff herabhängenden Ärmel. »Leider wollte mich im guten alten England keiner mehr. Keine Arbeit, kein Zuhause, keine Familie, alles weg. Ich will mich nicht beschweren, so ist es nun mal. Also bin ich nach Belgien zurück. Ich mag die Leute hier. Ein nettes Völkchen, außerdem ist das Bier kräftig und schmeckt ... Nicht wie die Plörre, die sie heutzutage zu Hause ausschenken. Inzwischen führe ich Gruppen zu den Schlachtfeldern und Soldatenfriedhöfen. Sollten Sie mich brauchen, melden Sie sich einfach.«

Ein großer, hagerer Mann mittleren Alters mit einer Brille, die er sich in sein schütter werdendes Haar geschoben hatte, erschien aus dem Büro hinter der Rezeption und stellte sich als Monsieur Vermeulen vor. Er

139

sprach Französisch mit einem gutturalen Akzent, der Alice anfangs einige Schwierigkeiten bereitete.

»Wie kann ich Ihnen helfen?«

»Wir benötigen zwei Zimmer für zwei oder drei Nächte, Ihre schönsten, wenn möglich.«

Er nahm zwei Schlüssel von einem Brett und führte sie die Treppe hinauf in das erste Zimmer. Helles Sonnenlicht flutete herein, als er die Fensterläden öffnete. Der Raum war groß und mit behaglichem, wenngleich etwas in die Jahre gekommenem Mobiliar eingerichtet, das Alice ein wenig an die Hütte ihrer Familie erinnerte, in der sie jedes Jahr die Sommerferien verbracht hatten – sie mit einem Buch in ihrer Lieblingsecke mit Blick auf den See, Sam in seinem Kanu, ihr Vater mit der Angelrute am Ufer und ihre Mutter am Herd, um die frisch gefangenen Krebse zu kochen. Seit Sam verschwunden war, hatte keiner von ihnen je wieder einen Fuß hineingesetzt. Es wäre einfach zu schmerzlich gewesen.

Über dem Doppelbett lag eine Patchworkdecke, die Holzdielen bedeckten mehrere bunte Flickenteppiche. Vorsichtig testete sie die Festigkeit der Matratze, die erfreulicherweise unter dem Druck nachgab. Das hohe Fenster ging auf den Marktplatz hinaus, was ihr Gelegenheit geben würde, das stete Kommen und Gehen zu beobachten. Alice war hingerissen. Das Hotel mochte keine Luxusbleibe sein, aber es lag zentral und besaß eine behagliche Atmosphäre.

»Sind Sie zufrieden, Mesdames?«

»Es ist sehr schön«, meinte Ruby und fügte an Alice gewandt hinzu: »Viel freundlicher als dieses düstere Zimmer in Ostende.«

Der Hotelier führte sie zum zweiten Zimmer, das sich direkt nebenan befand und ebenfalls über ein Doppelbett, ein Waschbecken und den Ausblick auf den Platz verfügte.

»Wo haben Sie eigentlich so gut Französisch gelernt?«, erkundigte sich Ruby bei Alice, nachdem sich Monsieur Vermeulen entfernt hatte, um ihre Koffer zu holen.

»Vor dem Krieg habe ich ein paar Monate in Paris verbracht. Meine Sprachkenntnisse sind ein bisschen eingerostet, doch allmählich wird es besser.«

»Sie überraschen mich immer wieder.«

»Ist das nun gut oder schlecht? Bei euch Engländern weiß man nie, ob ihr scherzt oder es ernst meint.«

»Ich wollte damit zum Ausdruck bringen, dass ich ziemlich beeindruckt bin.«

»Ziemlich?«

»Sehr sogar.«

»Danke.« Alice lachte. »Dann werte ich es als Kompliment. Wollen wir auspacken und dann gegenüber zu Mittag essen?«

»Gute Idee«, meinte Ruby. »Ich habe einen Bärenhunger.«

Als sie eine halbe Stunde später herunterkamen, lungerte der Engländer immer noch an der Tür zur Bar herum. »Nette Zimmer, was, Ladys? Mit einem schönen Blick auf den Platz.«

»Sehr schön, ja«, gab Ruby zurück.

»Wie lange werden Sie bleiben?«

»Nicht lange«, antwortete Alice ausweichend.

»Wie gesagt, melden Sie sich, falls Sie Hilfe brauchen«, fuhr er, unbeeindruckt von ihrer knappen Erwiderung, fort. »Ich kenne mich gut in der Gegend aus und kann Ihnen zur Seite stehen, wenn Sie verstehen, was ich meine. Zum Beispiel bei der Suche nach Namen oder Gräbern und so weiter, indem ich mich umhöre oder Sie irgendwo hinbringe.«

»Danke. Wir melden uns gegebenenfalls«, beschied Alice ihn.

»Sollte ich nicht da sein, sagen Sie es einfach Maurice. Er weiß, wo er mich findet.«

»Finden Sie den Mann nicht auch ein wenig seltsam?«, flüsterte Alice und kniff die Augen gegen die Sonne zusammen, als sie sich anschickten, den Platz zu überqueren.

»Ich denke, er ist einfach ein bisschen verloren und einsam«, meinte Ruby. »In England habe ich viele von seiner Sorte gesehen, die an Straßenecken herumhängen und nicht wissen, wohin. Es ist eine Schande, dass man so mit ihnen umspringt ... Diese Leute können einem von ganzem Herzen leidtun.«

»Wahrscheinlich haben Sie recht.«

»Vielleicht hat er ja sogar eine Idee, wo wir nach Ihrem Bruder suchen könnten. Er scheint sich hier ja tatsächlich auszukennen und kann uns auf andere verweisen, die ebenfalls während des Krieges hier waren.«

Nachdenklich sah Alice sie an. »Ein kluger Gedanke und gewiss einen Versuch wert. Aber zuerst essen wir etwas.«

Sie setzten sich unter die gestreifte Markise der Cafébar, in der sie bereits am Vortag gewesen waren, und beobachteten die Ladenbesitzer, die ihre Waren nach drinnen brachten und die Rollläden ratternd herunterließen. Nicht wenige kamen in den Gastraum, um am

Tresen ihren Durst mit einem kalten Bier zu stillen. Offenbar war den Belgiern ihre Mittagspause ebenso heilig wie den Franzosen, wohingegen den Amerikanern diese Gewohnheit völlig fremd war.

»Wissen Sie, wann der Reverend hier erwartet wird?«, erkundigte Alice sich bei Ginger, nachdem diese ihre Bestellung aufgenommen hatte.

»Morgen, soweit ich weiß.«

»Glauben Sie, dass er bereit ist, mit uns zu reden?«

»Natürlich«, antwortete die junge Kellnerin. »Er ist ein sehr netter Mann. Meine Jungs haben ihn geliebt.«

»Ihre Jungs?«

Mit einem liebevollen Lächeln stützte sie die Hände in die Hüften. »So nenne ich die Soldaten. Manchmal vermisse ich sie. So stark sie draußen auf den Schlachtfeldern gewesen sein mögen, in Wahrheit waren sie alle kleine Jungs, die lediglich eins im Sinn hatten: Essen und Trinken. Und natürlich Frauen.«

»Wollen Sie etwa sagen ...?«

Ginger zuckte mit den Schultern. »*Bien sûr.* Die Frauen mussten schließlich ihre Kinder ernähren. Fünf Francs für zehn Minuten.«

Alice hörte, wie Ruby scharf den Atem einsog.

»Ich dagegen, ich habe nur gelächelt oder ihnen allenfalls einen Kuss auf die Wange gegeben. Um sie glücklich zu machen für einen Moment«, erklärte Ginger. »Es war eine Kleinigkeit, wenn man bedenkt, dass sie ihr Leben für ihre Heimat gaben. Und deshalb hat Monsieur Clayton auch das Talbot House gegründet. Um ihnen ein Zuhause zu geben.«

»Sagten Sie nicht, es habe eine Kapelle dort gegeben?«, fragte Alice.

»*Mais oui.* Unter dem Dach. Bei den Gottesdiensten sei der Raum fast aus allen Nähten geplatzt, hieß es.«

Vergeblich versuchte Alice, sich eine Kapelle in einem Dachgeschoss vorzustellen. Egal. Jedenfalls war es ihr ein Trost zu glauben, dass Sam diesen Ort so oft wie möglich aufgesucht hatte.

»Und wie war es hier? Während des Krieges, meine ich.«

Ginger blickte nachdenklich drein. »Ich war erst dreizehn, als die Deutschen kamen. Mein Vater und meine Mutter wollten mich wegschicken, doch ich wollte nicht. Als die Front immer näher rückte und überall Granaten einschlugen, veränderten sich die jungen Soldaten. Sie wurden immer trauriger und tranken zu viel. Deshalb hat mein Vater mich immer ins Bett geschickt. Dabei fand ich bloß diejenigen unheimlich, die so schlimm zitterten.«

»Zittern?«, hakte Alice nach.

Ginger streckte die Hände aus und bewegte sie unkontrolliert, zuckte dazu mit dem ganzen Körper und schnitt grauenhafte Grimassen.

»Kriegszittern nennt man das«, erklärte Ruby. »Das kommt von der langen Zeit im Schützengraben und dem ständigen Einschlag der Geschosse. Es ist eine psychische Krankheit. Sie können nichts dafür.«

»Viele liefen weg«, fuhr Ginger fort. »Versteckten sich im Wald, weil sie Angst hatten, erschossen zu werden. Abends kamen sie dann und baten meinen Vater um Hilfe. Aber was konnten wir schon tun?«, schloss sie und zog die Schultern hoch.

»Inzwischen sind sie bestimmt alle in die Heimat zurückgekehrt, oder?«

»Die meisten ja, lediglich ein paar gibt es noch.«

»Wie denken Sie darüber?«, fragte Ruby, als die Kellnerin verschwunden war.

»Worüber?«

»Über die entflohenen Deserteure, die nachts bis heute aus ihren Verstecken kommen.«

»Man weiß nie. Sie hoffen bestimmt immer noch, oder? Schließlich sagten Sie ja, Ihr Mann sei nie gefunden worden. Und für meinen Bruder gilt letztlich dasselbe.«

Ruby blickte auf ihre Hände. »Natürlich werde ich die Hoffnung niemals aufgeben. Wer würde das je tun?«, flüsterte sie. »Doch inzwischen ist so viel Zeit vergangen, deshalb denke ich inzwischen, dass Bertie Himmel und Hölle in Bewegung gesetzt haben müsste, um nach Hause zu kommen, wenn er noch am Leben wäre.«

»Bei mir ist es ähnlich. Trotzdem weigere ich mich nach wie vor zu glauben, dass er tot ist«, warf Alice ein. »Hier zu sein lässt alles so real wirken – es ist, als könnte Sam jederzeit quer über den Platz geschlendert kommen.« Sie seufzte. »Was für ein trübseliges Gesprächsthema. Überlegen wir uns lieber, was wir gern essen möchten.«

Während die meisten Gäste sich riesige Teller voll Fleisch und Kartoffeln servieren ließen, bevorzugte Alice die amerikanische Variante – ein leichtes Essen mittags und die reichhaltigere Mahlzeit abends. Sie entdeckte *Croque Monsieur* auf der Speisekarte, eine französische Spezialität, die sie in Paris als Snack zwischendurch gerne gegessen hatte. Eine dicke Scheibe Schinken zwischen zwei Weißbrotscheiben, im Ofen mit herzhaftem Käse überbacken. Beide bestellten es, dazu ein Glas Limonade.

Nach dem Essen kehrten sie ins Hotel zurück, um sich auf die Suche nach Freddie zu machen, der allerdings wie vom Erdboden verschluckt war. Mittlerweile war es kurz vor zwei Uhr.

»Ich gehe nach oben, um auszupacken und mich eine Weile auszuruhen«, erklärte Alice. »Wollen wir uns später zum Tee treffen? Anschließend können wir uns ja ein bisschen umsehen«, schlug sie vor. »Dann ist es hoffentlich nicht mehr ganz so heiß.«

Sie hatte beschlossen, sich Ruby lieber nicht anzu-vertrauen, zumindest noch nicht. Vielleicht würde das prüde Mädchen ihre Pläne ja total missbilligen, und falls sich diese erste Verabredung mit Daniel als völ-lige Katastrophe entpuppen sollte, war es ohnehin bes-ser so. In ihrem Zimmer angekommen, zog sie ihre rote Reisejacke aus, die viel zu warm war, und suchte einen wadenlangen grünen Bleistiftrock heraus, dazu eine weiße Baumwollbluse mit farblich passender Stickerei an Manschetten und Kragen. Zurückhaltend und den-noch schmeichelnd, nicht zu förmlich. Mit einem Wort: perfekt.

Anschließend frisierte sie ihren Bob, legte eine fri-sche Schicht Puder, Rouge und den leuchtend roten Lippenstift, ihr Markenzeichen, auf, drehte sich mit ei-nem verführerischen Lächeln vor dem Spiegel hin und her und neigte kokett den Kopf zuerst in die eine, dann in die andere Richtung.

Das hier war entweder die beste Idee der Welt oder die allerschlechteste, sagte sie sich. Das würde sie aber erst wissen, wenn sie es ausprobiert hatte. Leise schlich sie aus ihrem Zimmer und die Treppe hinunter.

Kapitel 9

Ruby

Ruby war dankbar für ein paar Stunden Abstand und Alleinsein, denn so nett Alice sein mochte, war sie zugleich anstrengend. Sie redete wie ein Wasserfall, und ständig fielen ihr neue Dinge ein, die sie unbedingt unternehmen sollten. Sie hingegen war an ein langsameres Tempo gewöhnt und brauchte zwischendurch Zeit für sich selbst, um ihre Gedanken zu ordnen.

Jetzt allerdings kam sie nicht zur Ruhe, weil die zahllosen Eindrücke der vergangenen Tage wie ein buntes Kaleidoskop vor ihrem inneren Auge herumwirbelten und verarbeitet werden wollten. Alles war so ganz anders gekommen als erwartet. Statt sich in einem unspektakulären Leben als Kriegerwitwe einzurichten und alles Belastende hinter einer Maske zu verstecken, hatte sie sich breitschlagen lassen, diese an sich schon verrückte Reise zu unternehmen. Und nun wollte sie zudem allen Ernstes auf einem riesigen Gräberfeld nach dem Namen ihres Mannes suchen. Schlimmer noch, sie klammerte sich mittlerweile wider besseres Wissen an ein winziges Fünkchen Hoffnung, das nach Gingers Bericht über die versteckten Deserteure neue Nahrung erhalten hatte.

Sie trat an das Fenster, blickte auf den mittäglich

menschenleeren Platz und versuchte sich vorzustellen, wie es während des Krieges hier wohl ausgesehen haben mochte. Truppen, die ankamen und wieder abzogen, Männer in Cafés und Bars, vorbeirumpelnde Laster, aufgeblasene Offiziere auf dem Weg zu wichtigen Terminen in ihrem Hauptquartier im Rathaus, dessen Turm stolz den Platz dominierte. Trotz des warmen Sonnenscheins erschauerte sie bei dem Gedanken an all die Männer, die durch das steinerne Tor geschleppt worden waren, hinter dem sie der Tod wegen Desertierens oder anderer Verfehlungen erwartet hatte.

Die haben verdammt dämliche Vorschriften hier, hatte Bertie in einem seiner Briefe geschrieben. *Keiner kennt sie, du findest es erst heraus, wenn du gegen eine verstoßen hast. Dann blasen sie dir den Marsch, und zwar nicht zu knapp.*

Bei der Erinnerung an diese Zeilen musste sie lächeln. Und dann meinte sie plötzlich seine Stimme zu hören, die sie schmerzlich vermisst hatte und deren Klang sie über ihrer Trauer beinahe vergessen hatte. Wie lange war es ihr nicht mehr gelungen, sie heraufzubeschwören.

»Du warst tatsächlich hier, Bertie, stimmt's? Ich kann dich hören, Liebster«, flüsterte sie.

Und dann tauchte mit einem Mal sogar ein Bild vor ihrem inneren Auge auf. Wie er mit seinen Kameraden am Tisch saß, sich ein großes kaltes Bier bestellte und sich eine Zigarette drehte. Sie anzündete und einen Witz riss, um daraufhin, wie er es gerne getan hatte, unter schallendem Gelächter mit dem Stuhl zu kippeln. Selbst die vertraute Bewegung, wenn er sich mit der Hand durch seine wirren Locken fuhr, die dem strengen Militärhaarschnitt getrotzt hatten, meinte sie zu sehen.

Von dem Tag an, als sie erfahren hatte, dass er als vermisst galt, hatte Ruby sich nicht mehr überwinden können, etwas in ihr Tagebuch zu schreiben. Weil Worte ihren Schmerz nicht auszudrücken vermochten. Selbst seine Briefe hatte sie nicht mehr angeschaut, sondern sie zusammen mit der Benachrichtigung der Armee in ihr Tagebuch gesteckt.

Jetzt öffnete sie ihren Koffer, der immer noch unausgepackt neben dem Bett stand, und nahm es heraus. Setzte sich an den kleinen Tisch vor dem Fenster, schlug die erste leere Seite auf, zückte mit zitternden Fingern ihren Bleistift und begann zu schreiben.

Du warst hier in Poperinge oder Pops, wie ihr es nanntet. Ich bin mir ganz sicher. Und jetzt bin ich ebenfalls hier, bei dir. Müsste ich dir beschreiben, was ich gerade erlebt habe, würde ich sagen, dass ich deine Gegenwart fühlen konnte. Aber es geht hier nicht um diesen spirituellen Humbug – du kennst mich gut genug, um zu wissen, dass ich mich von so etwas nicht beeindrucken lasse. Außerdem hatte ich nicht das Gefühl, deinen Geist oder deine Seele zu spüren oder sonst irgendwelchen Unsinn. Nein, ich habe mich dir einfach nahe gefühlt. Näher als seit Monaten.

Sie spürte, wie sich ihre Schultern entspannten und ihre Traurigkeit allmählich nachließ. Das Schreiben beruhigte sie wie ein kühles Bad im Fluss an einem heißen Tag oder ein Ampferblatt, das eine Nesselverbrennung linderte.

Bertie, mein Liebster. Ich gebe mir alle Mühe, dein Grab zu finden, um das Opfer zu würdigen, das du für dein Vaterland gebracht hast, und um einen Weg zu finden, wie wir ohne dich weiterleben können.

Seufzend schrieb sie weiter, langsam und Wort für Wort abwägend.

Ich war dir keine gute Ehefrau, liebster Bertie, und ich glaube, ich kann erst weiterleben, wenn ich es dir gestanden und dich um Verzeihung gebeten habe. Während du fort warst und so tapfer gekämpft hast, habe ich etwas Schlimmes getan ...

Sie verharrte mit dem Stift in der Hand. Wie hatte sie ihren geliebten Ehemann bloß mit diesem aalglatten Galan betrügen können? Heute verstand sie es nicht mehr, damals hatte sie sich so schrecklich einsam und verloren ohne Bertie gefühlt. Eines Abends, mehrere Monate nachdem er fortgegangen war, hatte sie sich mit Freunden getroffen, ein bisschen zu viel getrunken und mit einem großen, schlanken, gut gekleideten Kerl geflirtet, den sie praktisch gar nicht kannte. Er schmiss eine Runde nach der anderen und verteilte seine Edelzigaretten – ein sichtbares Zeichen für alle, dass er Geld besaß, und sie dumme Gans bewunderte ihn auch noch wegen seiner Großzügigkeit.

Am Ende, als die Freunde bereits gegangen waren, saßen sie noch da, plauderten und lachten. Und als er sich schließlich anbot, sie nach Hause zu begleiten, führte eines zum anderen: küssen, ein bisschen schmusen, ein Aufflackern von animalischer Begierde, eine kurze, hastige Vereinigung an einer Hauswand.

Sie hatte ihn nie wiedergesehen, doch selbst jetzt noch wurde ihr allein bei der Erinnerung übel. Galle stieg in ihrer Kehle auf. In jenem Moment hatte sie schlicht der Teufel geritten, und sie würde sich diese Verfehlung niemals verzeihen und ebenso wenig erwarten, dass jemand anders es tun würde. Sie ließ den Bleistift fallen und starrte zum Fenster, betrachtete die Staubflocken, die im einfallenden Sonnenlicht tanzten.

Ihr Blick fiel auf die Landkarte von Flandern, die in einem dunklen Holzrahmen an der Wand hing. Rings um die Karte befanden sich bunte Illustrationen der wichtigsten Sehenswürdigkeiten, von Kathedralen, historischen Gebäuden, berühmten Bauwerken, wie sie vor dem Krieg einmal ausgesehen hatten.

Ypern war mit seiner berühmten mittelalterlichen Tuchhalle und der Kathedrale vertreten, die sich dahinter erhob. Von Poperinge gab es eine Ansicht, auf der ein mit Bierfässern beladener Pferdewagen während des alljährlichen Hopfenfestes zu sehen war. Und dann entdeckte sie Passendale. Allein beim Anblick des Namens erfasste sie eine tiefe Ruhelosigkeit, und sie begann, im Raum auf und ab zu gehen.

Seit sie Berties Gegenwart gespürt hatte, war der Drang, sein Grab zu finden, noch viel stärker geworden. Ein paar weitere Stunden auf dem Friedhof Tyne Cot, das war alles, was sie brauchte. Dafür war sie immerhin hergekommen, oder? Sie musste ihm ihre Untreue beichten, sich anständig von ihm verabschieden und ihn um Verzeihung bitten. Erst dann gelang es ihr vielleicht, sich von der Bürde ihrer Schuld zu befreien. So etwas konnte man schließlich nicht schriftlich erledigen.

Sie ging hinaus und klopfte an der Tür des Nebenzimmers. Niemand antwortete. Unschlüssig stieg sie die Treppe hinab, um in der kleinen Bar nach Alice zu schauen. Auch dort war sie nicht.

»Suchen Sie nach Ihrer Freundin, Schätzchen?«, hörte sie jemanden sagen und zuckte vor Schreck zusammen. »Die Yankeelady mit dem knallroten Lippenstift?«

Der Cockney-Akzent war unverkennbar. Freddie. Als sich ihre Augen an das Halbdunkel gewöhnt hatten, entdeckte sie ihn in einer Ecke mit seinem wirren rotblonden Haar und diesen irritierend hellen Brauen und Wimpern.

»Ja, ich suche nach meiner Freundin«, antwortete sie so höflich, wie sie konnte. »Miss Palmer. Haben Sie sie zufällig gesehen?«

»Habe ich, sie ist in diese Richtung gegangen«, sagte er und machte eine vage Handbewegung. »Vor etwa einer halben Stunde. Ich warte eigentlich auf einen Kunden, der eine Tour gebucht hat, leider ist er nicht aufgetaucht. Dabei habe ich Wagen und Fahrer schon organisiert. Schöner Tag für eine Besichtigung, finden Sie nicht?« Er unterbrach sich. »Egal. Jedenfalls steht mir ein langweiliger Nachmittag bevor. Lust auf einen Drink?«

»Sehr nett, trotzdem nein danke.«

Sie kehrte in ihr Zimmer zurück, stellte sich ans Fenster und sah den Leuten zu, die über den Platz schlenderten. Die Kirchenglocke läutete. Halb vier. In diesem Moment kam ihr ein Gedanke, so einfach, dass sie sich wunderte, warum er ihr nicht früher in den Sinn gekommen war. Mr. Smith war von einem Kunden versetzt worden, ein Auto war bestellt, und sie wollte unbedingt nach Tyne Cot. Es war fast wie eine Fügung.

Sollte sie oder sollte sie nicht?

Entschlossen verdrängte sie aufkommende Zweifel. Freddie Smith wirkte auf sie wie ein einfacher Mann aus der Londoner Arbeiterschicht. Alices Zweifel an seinem Charakter teilte sie nicht. Außerdem war er selbst Soldat gewesen. Warum also sollte sie ihm nicht trauen? Bertie hätte das bestimmt genauso gesehen. Hastig lief sie die Treppe hinunter, bevor sie es sich anders überlegen konnte.

»Wie viel verlangen Sie für eine Fahrt nach Tyne Cot?«

»Zehn Francs, dazu kommen fünf für den Fahrer und den Wagen«, antwortete Freddie wie aus der Pistole geschossen. Seine Augen leuchteten. »Ich habe den Wagen für den ganzen Nachmittag gemietet. Was sagen Sie, Miss?«

Sie hatte einen noch unberührten Umschlag mit belgischen Francs in ihrem Koffer, den Berties Vater ihr in letzter Sekunde in die Hand gedrückt hatte.

»Wunderbar, das passt mir sehr gut, Mr. Smith«, erwiderte sie.

»Freddie, bitte.«

»Nur wenn Sie mich Ruby nennen.«

Eine halbe Stunde später saß sie auf dem Beifahrersitz eines uralten grünen Transporters mit einem stümperhaften *Pain-frais*-Schriftzug auf den Türen und einem hageren Belgier mittleren Alters am Steuer, den Freddie als Monsieur Vermeulen, den Bruder des Hoteliers vorstellte. »Alle nennen ihn Max«, fügte er erklärend hinzu.

Offenbar gehörte ihm die beste Bäckerei der Stadt, und im Wagen hing noch der verlockende Duft nach frischem Brot, vermischt mit dem Geruch einer Zigarette, die an seiner Unterlippe festgeklebt zu sein schien. Freddie kletterte nach hinten auf die Ladefläche und hockte sich auf ein paar hölzerne Brotkisten.

»Nach all den Monaten in den Schützengräben kann ich es mir so ziemlich überall bequem machen«, meinte er lapidar.

Lag es an seinem Cockney-Akzent oder an seinem unerschütterlichen Humor, der sie so sehr an Berties erinnerte, dass sie sich in seiner Gegenwart uneingeschränkt wohl und sicher fühlte?

Eine ungewohnte Leichtigkeit überkam sie, ein Gefühl, als würde ihr Herz in ihrer Brust tanzen, als wären alle Furcht und alle Düsternis wie von Zauberhand verschwunden. Sie, die sich früher kaum getraut hatte, in London eine Buslinie zu nehmen, die sie nicht kannte, saß mit zwei wildfremden Männern in einem Wagen und ließ sich durch ein fremdes Land kutschieren.

»Sieh dir das an, Bertie«, flüsterte sie tonlos. »Ich bin auf dem Weg zu dir, habe die Gelegenheit, dich zu finden, beim Schopf gepackt. Ran an den Speck, genau wie du früher immer gesagt hast.«

Obwohl Freddie weder Flämisch noch Französisch und Max kaum ein Wort Englisch sprach, gelang den beiden Männern eine sonderbare Unterhaltung aus Grunzlauten, Gesten und ein paar Brocken *Frenglisch*, das zur allgemeinen Belustigung beitrug und Ruby zudem von dem alarmierenden Rattern und Klappern des alten Transporters ablenkte.

Die Fahrt dauerte länger, als sie sie vom Vortag in Erinnerung hatte, und die Entfernung war definitiv größer, als die Landkarte suggerierte, aber irgendwann erreichten sie ihr Ziel: das scheinbar endlose Meer aus Gräbern, das sich in sämtliche Richtungen erstreckte. Max machte es sich bequem und schloss die Augen, während sie und Freddie steifbeinig aus dem Transporter kletterten.

»Ich habe das inzwischen x-mal gemacht, vertrauen Sie mir«, sagte er. »Ich würde vorschlagen, dass wir uns aufteilen und jeder einen Abschnitt abgeht, damit wir nichts übersehen. Dann nehmen wir uns den nächsten Teil vor und dann den nächsten. Ich habe schon Gräber gefunden, von denen die Army Stein und Bein geschworen hat, sie befänden sich nicht in ihren Unterlagen. Man weiß nie. Vielleicht haben wir ja Glück.«

Angestachelt von seinem Optimismus, folgte Ruby dem Pfad aus festgetretenem Schlamm und suchte im Zickzack die ihr zugewiesene Reihe ab, während Freddie ein Stück entfernt dasselbe tat, langsam und sorgsam darauf bedacht, jeden einzelnen Namen zu lesen.

Ihr Begleiter stieß auf einen Barton, sie selbst auf ein Kreuz mit einem stark verwitterten *A. Barton* darauf. Doch bei genauerem Hinsehen entdeckte sie, dass es sich um das Grab eines Sergeanten handelte, also nicht Berties sein konnte. Anfangs setzte bei jedem falschen Alarm ihr Herzschlag eine Sekunde lang aus, dann gewöhnte sie sich daran, wobei gleichzeitig ihre Zuversicht immer mehr sank. Weit und breit war kein Grab von Soldat Albert Barton zu entdecken.

»Und was nun?«, rief sie irgendwann resigniert.

Freddie deutete nach links und rechts. »Wir haben keineswegs alles abgesucht. Sie nehmen die eine Seite, ich die andere«, sagte er. »Allerdings müssen wir um fünf Uhr gehen, weil Max rechtzeitig in Pops sein muss, um den Teig für den nächsten Tag vorzubereiten. Manchmal helfe ich ihm. Mein Onkel war ebenfalls Bäcker, deshalb verstehe ich ein bisschen was davon.« Er lächelte wehmütig. »Das hält mich davon ab, in die Bar zu gehen, wofür meine Brieftasche mir dankbar ist.«

»Wie spät ist es jetzt?«

Er zog eine zerschrammte Uhr aus der Tasche. »Halb fünf.«

Nur noch eine halbe Stunde. Ruby ging weiter, schneller als zuvor, blieb nicht mehr ständig stehen, versuchte, die Namen im Vorübergehen zu lesen. Nirgends entdeckte sie die Inschrift *Private Albert Barton.*

»Nichts?«, fragte Freddie sanft, als sie wieder aufeinandertrafen.

»Nein.«

»Tut mir leid, Schätzchen – trotzdem glaube ich, dass er hier irgendwo liegt.«

Gut möglich, denn Hunderte Kreuze waren mit den Worten *Known only to God* beschriftet: *Allein Gott kennt seinen Namen.* Unter einem davon konnte ohne Weiteres Bertie begraben worden sein, doch wie sollte sie das jemals herausfinden?

Als sie schweigend zum Wagen zurückkehrten, fuhr gerade ein Laster vor und hielt am Straßenrand. Etwa zwanzig mit Spaten und Leinensäcken bewaffnete Männer sprangen von der Ladefläche und warteten auf Anweisungen. Sie sahen wie Chinesen aus. Was mochte sie wohl auf europäische Schlachtfelder geführt haben?

Ein Mann in Offiziersuniform rief auf Englisch: »Okay, Jungs, ihr wisst, was ihr zu tun habt? Uns bleiben lausige fünf Stunden Tageslicht, also an die Arbeit. Jeder bekommt einen Abschnitt zugewiesen. Vorsicht beim Graben. Nehmt alles, was ihr findet, und steckt es in den Sack. Solltet ihr Leichen oder Leichenteile finden, ruft mich.«

Mit Entsetzen begriff Ruby, was hier passieren würde. Das mit Pfählen und einem Seil abgesperrte Gebiet am hinteren Ende des Friedhofs war ein Areal, wo Gefallene unmittelbar nach den Kämpfen provisorisch verscharrt worden waren. Gebannt folgte ihr Blick den Männern, die ausschwärmten und zu graben begannen. Die leichte Brise trug einen säuerlichen Gestank nach Erde und Verwesung herüber. Den Geruch einer Tragödie.

»Kommen Sie, Ruby, das ist keine gute Idee«, drängte Freddie und nahm ihren Arm, wollte sie wegziehen.

Vergeblich, sie rührte sich nicht vom Fleck. »Nein, ich muss hierbleiben«, beharrte sie. »Bertie könnte darunter sein.«

Nach wenigen Spatenstichen hielt einer der Männer inne und rief nach dem Captain, der daraufhin den Spaten selbst in die Hand nahm und sorgsam jeden Erdklumpen auf dem Schaufelblatt beäugte, ehe er ihn zur Seite warf. Selbst aus der Ferne erkannte sie, was die Männer entdeckt hatten: einen Leichnam.

Wie angewurzelt stand sie da, war unfähig, den Blick abzuwenden. Was sie dann zu sehen bekam, war unvor-

157

stellbar: Es handelte sich nicht um einen vollständigen Leichnam, sondern lediglich um Kopf und Oberkörper, der noch immer in seiner Uniform steckte. Hin- und hergerissen zwischen dem Bedürfnis, die Augen zu schließen, und dem Drang, das Szenario weiter zu verfolgen, Zeugin zu werden, stand sie da und beobachtete, wie die Männer mit größtmöglicher Vorsicht die sterblichen Überreste aus der Erde hoben und sie behutsam, beinahe feierlich auf ein auf dem Boden ausgebreitetes weißes Laken betteten. Ein Leichentuch.

Diese blutigen, schlammverkrusteten, stinkenden Überreste waren einmal ein lebendiger, atmender Mensch gewesen. Ein Mann, der geliebt hatte und geliebt worden war, ein Ehemann, Vater, Sohn, Bruder.

In diesem Moment wurde ihr endgültig die Aussichtslosigkeit ihrer Suche in vollem Ausmaß bewusst. Überall lagen Leichen, denn die ganze Gegend war ein einziger Friedhof. Überall dort, wo die Männer gekämpft hatten, ruhten sie in fremder Erde. Engländer, Kanadier, Franzosen, Belgier, Deutsche.

Sie sah sie förmlich unter der schützenden braunen Kruste vor sich: einige vollständig, andere lediglich Klumpen zerfetzten Fleisches. Rubys Ohren begannen zu rauschen, Schwindel erfasste sie, und die Welt schien zu kippen, bevor sich ein Schleier über sie legte und alles schwarz um sie wurde.

Arme packten sie und hoben sie hoch, dann drang Freddies ruhige Stimme zu ihr durch. »Keine Angst, Schätzchen, es ist alles gut. Sie hatten bloß einen kleinen Schwächeanfall. Wir bringen Sie jetzt zum Wagen zurück, dann geht es Ihnen gleich viel besser.«

Als sie ein unkontrolliertes Zittern erfasste, legte er ihr seine Jacke um die Schultern. »Kommen Sie, hoch mit Ihnen«, ermunterte er sie und half ihr aufzustehen.

»Bitte entschuldigen Sie die Umstände«, flüsterte sie. »Es war …«

»Nicht der Rede wert«, erwiderte Freddie. »So ein Anblick ist ein echter Schock. Selbst ich kann mich nicht dran gewöhnen. Deshalb wollte ich eigentlich nicht, dass Sie es mitkriegen und Ihnen bewusst wird, wie viele noch dort unter der Erde liegen und ausgegraben werden müssen. Wenigstens können wir sicher sein, dass sie alles daransetzen, um die Männer zu bergen und ihnen ein anständiges Begräbnis zuteilwerden zu lassen.«

Es dauerte eine Weile und bedurfte einiger Schlucke Brandy aus Freddies Flachmann, bis Ruby in der Lage war, auf unsicheren Beinen zum Wagen zurückzugehen.

Max setzte sie vor dem Hotel ab. »Lust, mir bei einem Drink Gesellschaft zu leisten?«, fragte Freddie.

»Danke nein, ich sollte nach meiner Freundin schauen«, erwiderte sie. »Nochmals vielen Dank für Ihre Hilfe vorhin.«

»Es tut mir leid, dass wir Ihren Mann nicht gefunden haben.«

»Sie haben getan, was Sie konnten. Es war einfach zu viel …«

»Schlimm, dass Sie diese Chinesen bei ihrer Arbeit sehen mussten. War sicher ein ziemlicher Schock …«

Wie sollte sie ihm die Schwere in ihrem Herzen erklären? Sie war so zuversichtlich gewesen, ihren Mann zu finden, und nun blieb nichts als das grauenvolle Bild zerfetzter und sich zersetzender Körperteile, die aus dem Erdreich geborgen wurden. Jeder von ihnen könnte Bertie sein.

»Wie identifizieren sie die Toten?«

»Anhand von Dienstmarken, Namensschildern in Mützen, Brieftaschen. Es gibt viele Möglichkeiten«, antwortete er. »Sie finden ständig noch Personalien heraus.«

»Und informieren sie die Angehörigen?«

»Ich denke schon. Allerdings dürfte es Jahre dauern, bis alle gefunden worden sind.« Er sah sie an. »Geben Sie die Hoffnung nicht auf, Ruby.«

»Ich versuche es«, flüsterte sie mutlos.

Da sie Alice nicht in ihrem Zimmer antraf, kehrte sie in die Bar zurück. »Ich hoffe, Ihr Angebot, etwas mit Ihnen zu trinken, steht noch.«

»Es wäre mir eine echte Freude«, erwiderte er vergnügt und schenkte ihr ein Glas Bier ein. »Hier, das macht groß und stark.«

Sie nippte vorsichtig.

»Und? Gut?«

»Köstlich.« Trotz seiner hellen Farbe besaß das Bier ein verblüffend würziges Aroma, süß und bitter zugleich, und es war so kalt, dass das Glas beschlug. Bereits beim ersten Schluck stellte sie fest, dass es deutlich mehr Alkohol enthielt als die englischen Sorten.

»Ich zahle«, erklärte sie und öffnete ihre Handtasche.

»Nein, nein. Sie schulden mir nichts, meine Liebe. Außerdem spendiert Maurice mir das eine oder andere Glas quasi als Gegenleistung für die Kleinigkeiten, die ich für ihn erledige.« Er wählte einen Tisch an der Tür, die auf den Platz hinausging. »Hier ist es nett«, meinte er und setzte sich. »Es weht eine angenehme Brise, und man sieht, wer so alles vorbeigeht.«

Einen Moment lang beobachteten sie schweigend die Passanten: Männer auf dem Weg von der Arbeit, Frauen mit Einkäufen oder Wäschekörben oder Kindern an der Hand, größere Kinder auf dem Heimweg von der Schule oder beim Spielen. Alltag. Die Leute führten einfach ihr Leben weiter, machten das Beste aus der Situation trotz all der Gräuel, die sie hatten erleben müssen und die sich bis zum heutigen Tag direkt vor ihrer Haustür abspielten.

»Ist Ihre Freundin noch nicht zurück?«

»Nein. Doch ich bin sicher, sie taucht bald auf.«

»Das ist mir eine, was? Ich hoffe, Sie nehmen mir diese Bemerkung nicht übel.«

»Sie ist Amerikanerin.«

»Das erklärt einiges.« Er grinste ihr über den Rand seines Glases hinweg zu, und seine Augen unter den hellen Wimpern funkelten verschmitzt.

»Wir haben uns auf der Überfahrt kennengelernt und uns ein wenig angefreundet.«

»Und wo steckt sie den ganzen Nachmittag über?«

»Ehrlich gesagt weiß ich es nicht. Eigentlich wollten wir uns zum Tee treffen.« Sie warf einen Blick auf die Uhr über der Bar und zuckte mit den Schultern.

Er schnaubte. »Seit sie den Krieg für uns gewonnen haben, bilden sich diese Yankees ein, sie könnten sich alles erlauben. Nach wem sucht sie denn?«

»Nach ihrem Bruder. Soweit sie weiß, hat er sich unter falschem Namen gleich nach Kriegsausbruch den Kanadiern angeschlossen.«

»Du liebe Zeit. Und er ist nicht nach Hause gekommen?«

»Nein, bislang haben sie kein Wort von ihm gehört. Sie glaubt, dieser Geistliche, Reverend Clayton, könnte ihr helfen, ihn zu finden.«

Freddies Züge erhellten sich. »Der gute alte Tubby? Den kenne ich gut. Ein anständiger Kerl, obwohl er ein Betbruder ist. Ich dachte, er sei nach Hause zurückgekehrt.«

»Anscheinend soll er morgen herkommen. Sagt Ginger.« Sie nippte erneut an ihrem Glas, fand allmählich Geschmack an dem bitteren Getränk.

»Es ist schon eine üble Sache, was?« Freddie malte mit dem Finger ein Muster auf sein beschlagenes Glas. »Manchmal beneide ich diejenigen, die nicht mehr unter uns sind. Übrig zu bleiben ist eindeutig das schwerere Los. Zu wissen, dass man weiterlebt, vielleicht sogar alt wird, während ihr Leben vorbei war, bevor es richtig angefangen hatte …«

»Wie halten Sie das aus? Ständig zu diesen Friedhöfen zu fahren, meine ich.«

»Es ist nicht so leicht, es jemandem zu erklären, der nicht dabei war, der nicht am eigenen Leib erfahren hat, was für eine verdammt beschissene Sache der Krieg war … Der ganze Dreck, die Läuse, die Ratten, der elende Fraß, diese idiotischen, sinnlosen Befehle, die ständige Angst, dass jede Granate einen direkt in den Himmel katapultieren und jeder Atemzug der letzte sein könnte.« Er leerte sein Glas bis auf einen kleinen Rest. »Was einen dennoch tagein, tagaus bei der Stange hielt, waren die Kameraden. Man vertraute ihnen sein Leben an und umgekehrt. Und viele haben ihr Leben für andere gegeben. Keine Ahnung …«

Seine Stimme brach, und er schluckte. Ruby fürch-

162

tete fast, er werde in Tränen ausbrechen, aber er fing sich und sprach weiter. Die Worte sprudelten nur so aus ihm heraus.

»Es ist einfach so, dass ich diese Männer geliebt habe, verdammt noch mal. Mehr als irgendjemanden sonst, selbst mehr als meine eigene Mutter, Gott sei ihrer Seele gnädig. Natürlich war es eine andere Art von Liebe. Die Freundschaft, die einen mit den Kameraden im Angesicht des Feindes verbindet, ist ... Ich kann es nicht beschreiben, selbst wenn ich es wollte. Es ist ein Privileg, so etwas kennengelernt zu haben. Trotz allem, was wir durchleben mussten, möchte ich dieses Gefühl nicht missen.«

Seine Wagen röteten sich vor Verlegenheit über diese unverbrämte Zurschaustellung seiner Gefühle. Sie lächelte ihn an, verblüfft über die unerwartete Tröstlichkeit seiner Worte. Ähnliches musste Bertie empfunden haben: das starke Band der Kameradschaft, die tiefe Zuneigung, die einen jeden Tag aufs Neue antrieb und einen selbst im Angesicht von Tod und Zerstörung aufrecht hielt.

Für einige Momente schwiegen beide, bis Ruby das Wort ergriff. »Und haben Ihre Kameraden überlebt?«

»Einige von ihnen. Nach unserer Rückkehr auf die Insel gab es ein paar Treffen. Bloß war es nicht mehr dasselbe. Deshalb bin ich hier. Drüben in London wartet nichts auf mich, und das Leben dort kam mir so trostlos vor.«

»Haben Sie keine Familie?«

Er stieß einen Seufzer aus. »Wenige Monate nachdem ich heimgekehrt war, ist meine Frau an Krebs gestorben. Ich habe keine Arbeit gefunden und so viel getrunken, dass meine Schwester meinte, ich könnte mich nicht mehr um meine Kinder kümmern. Wahrscheinlich hatte sie recht, damals zumindest. Wenigstens haben sie bei ihr ein richtiges Familienleben, das ist mehr, als ich ihnen geben kann.«

»Was für eine traurige Geschichte, Freddie. Es tut mir so leid für Sie.«

»Ach, machen Sie sich wegen mir keine Gedanken, Kleine.« Wieder erschien dieses Grinsen auf seinem Gesicht. »Unkraut vergeht nicht. Ich habe neun Leben wie eine Katze.« Er drückte seine Zigarette aus und schob seinen Stuhl zurück. »Es war mir ein Vergnügen, doch jetzt sollte ich mich auf den Weg machen.«

»Nochmals danke für heute Nachmittag«, sagte sie. »Und für das Bier. Es schmeckt wirklich gut.«

»Das Vergnügen ist ganz meinerseits, Madame«, erwiderte er mit einer ironischen Verbeugung.

Zurück in ihrem Zimmer, schrieb Ruby weiter an ihrem Brief.

Lieber Bertie, vielleicht finde ich dein Grab nicht, aber eigentlich spielt es keine Rolle mehr. Dieses Schlachtfeld, auf dem du getan hast, was dir richtig erschien, und auf dem du dein Leben gelassen hast, wird für immer in meinem Herzen sein. Ich habe einen sehr netten Mann namens Freddie kennengelernt, der mir ein wenig darüber erzählt hat, wie es im Krieg war – wie ihr Seite an Seite mit euren Kameraden gekämpft, aufeinander gezählt habt. Und er vermittelte mir einen Eindruck von der tiefen Verbundenheit, ja sogar Liebe, die euch zusammengeschweißt hat. Die Vorstellung, dass auch du so etwas erleben durftest, tröstet mich ein klein wenig.

Ihre Beichte und ihre Bitte um Vergebung, beschloss sie, würde sie sich für einen anderen Tag aufheben.

Martha

Bei ihrer Ankunft in Poperinge schien das Städtchen in der heißen Mittagssonne zu dösen.

Martha hoffte, dass nun, da sie die Reise und die Befragung an der Grenze überstanden hatte, das Schlimmste hinter ihnen lag, doch als Monsieur Martens vor dem Hotel de la Paix anhielt, sank ihr Mut ein weiteres Mal. Mit seinen verrammelten Fensterläden und dem abblätternden Putz sah das Hotel alles andere als einladend und vielversprechend aus.

»Sind Sie sicher, dass es geöffnet ist?«, fragte sie.

»Aber ja. Seit Kriegsende war bloß noch keine Zeit, es wieder in Schuss zu bringen«, erwiderte er leichthin. »Von innen ist es sehr hübsch.«

Sie dankte ihm und wollte ihm ein paar Geldscheine reichen, was er jedoch rundweg ablehnte. Sie holte tief Luft, nahm allen Mut zusammen, der ihr noch geblieben war, und öffnete die Eingangstür. Augenblicklich stieg ihr ein köstlicher Duft von heißer Butter und Knoblauch in die Nase.

»Hm«, machte Otto und folgte ihr über die Schwelle.

Vor ihnen erstreckte sich ein breiter, schwach erleuchteter Korridor mit Holzvertäfelungen an den Wänden und bunten Flickenteppichen auf dem Fuß-

boden. Von innen wirkte das Hotel tatsächlich heime-
lig, allerdings war weit und breit niemand zu sehen.
Auch als sie die Glocke an der Rezeption bediente, geschah nichts. Zögernd ging sie den Korridor entlang
bis zu einer Tür mit einem Schild *Café/Bar*, aber außer einem jungen blonden Mann, der sein Mittagessen
in flüssiger Form einzunehmen schien, war der Raum
leer.

»Guten Tag«, sagte sie. »Könnten Sie mir sagen, wo
ich Monsieur Vermeulen finde? Ich würde gern ein
Zimmer mieten.«

»*Parlay no Frenchie*«, erwiderte er, was sie wiederum nicht verstand. War das Flämisch? Oder hatte ihr
Akzent ihn verwirrt?

Sie versuchte es noch einmal. »Monsieur Vermeulen?
Ich hätte gern ein Zimmer.«

Der Mann erhob sich, streckte den Kopf in den Flur
hinaus und rief nach jemandem namens Maurice. Erst
jetzt dämmerte ihr, dass er eine verballhornte Mixtur
aus Englisch und Französisch gesprochen hatte, was sie
spontan beunruhigte. Von allen Feinden ihres Heimat-
lands waren die Engländer schließlich die erbittertsten
gewesen und hatten die Deutschen am meisten gehasst.

Zu ihrer Erleichterung erschien Monsieur Vermeulen nach wenigen Augenblicken. Er schien sehr nett zu
sein, und zum Glück gab es mit ihm keine Verständi-
gungsschwierigkeiten. Nur überstieg der Zimmerpreis,
den er ihr nannte, ihr Budget ganz gewaltig. Nach einigem Hin und Her bemerkte er ihr Problem und bot ihr
ein »einfaches Zimmer«, wie er sagte, zu einem Preis
an, den sie sich leisten konnte.

Martha war es recht, und zudem war sie froh, dass

er bei den Diskussionen über ein bezahlbares Zimmer völlig vergessen zu haben schien, wie eigentlich üblich nach ihrem Ausweis zu fragen. In dem Fall hätte sie mit der Schweizergeschichte erst gar nicht anfangen müssen.

»Es ist nichts Besonderes«, erklärte der Hotelier und führte sie eine Treppe hinauf ins Obergeschoss.

Das Zimmer war klein und dunkel mit einer Dachschräge und verfügte über ein großes Doppelbett, war also völlig ausreichend für sie. Zu Hause kam Otto schließlich oft zu ihr ins Bett gekrochen, wenn er Wärme und Trost suchte. Desgleichen erfüllten Badezimmer und Toilette ihre Erwartungen. Zwar befanden sie sich außerhalb des Zimmers am Ende des Flurs, doch wurde beides von niemandem außer von ihnen benutzt.

»Das ist sehr angenehm, vielen Dank«, sagte sie. »Wenn möglich hätten wir das Zimmer gern für drei Nächte.«

Nachdem Monsieur Vermeulen gegangen war, stieß Martha einen erleichterten Seufzer aus. Endlich konnten sie sich ein wenig entspannen – sie waren in Sicherheit, weg von neugierigen Ohren, und Otto durfte wieder Deutsch sprechen, ohne dass sie ihn zur Vorsicht mahnen musste. Gemeinsam traten sie an das kleine Dachfenster und sahen hinaus. Als sie die Arme um ihren Sohn schlang, kam es ihr vor, als wäre er in den beiden Tagen, seit sie aufgebrochen waren, gewachsen. Oder lag es einfach daran, dass er mit einem Mal weniger kindlich wirkte?

»Irgendwo dort draußen ist unser Heinrich«, sagte er leise. »Ist es weit?«

»Nach Langemarck? Ich weiß es nicht genau. Vielleicht eine halbe Stunde.«

»Wann gehen wir ihn suchen?«

»Morgen, hoffe ich. Sobald wir jemanden gefunden haben, der uns hinbringt.« Schweigend standen sie einige Minuten lang da. »Ich war so stolz auf dich heute, Otto«, ergriff sie irgendwann das Wort. »An der Grenze.«

»Ach, das waren ja nichts als dumme, gemeine Männer, aber am Ende haben wir es ihnen gezeigt, oder?«

Sie nickte. »Ja, das haben wir, sonst wären wir vermutlich nicht hier. Und den Hasen werde ich flicken, sobald wir wieder zu Hause sind.«

»Schon gut, Mama, ich brauche ihn sowieso nicht mehr. Können wir jetzt etwas zu essen besorgen? Ich habe einen Bärenhunger.«

»In einer halben Stunde, versprochen«, sagte Martha, öffnete ihren Koffer, nahm ihren Kulturbeutel heraus und ging ins Badezimmer.

Das Waschbecken und die Wanne waren sauber und offenbar ganz neu, und aus dem Hahn floss herrlich warmes Wasser. Später würde sie ein schönes, langes Bad nehmen, doch für den Moment begnügte sie sich damit, sich das Gesicht zu waschen, die Zähne zu putzen und das Haar zu bürsten.

Anschließend schickte sie Otto ins Bad, machte sich ans Auspacken und sank, nachdem sie ihre bescheidenen Habseligkeiten in dem riesigen Kleiderschrank verstaut hatte, auf das weiche, weiß bezogene Bett. Binnen Sekunden war sie in einen Dämmerschlaf gesunken und bekam nicht einmal mit, wie Otto aus dem Badezimmer zurückkehrte. Erst als er sich neben ihr auf die Matratze plumpsen ließ, schreckte sie hoch.

»Können wir endlich gehen? Ich bin am Verhungern«, murrte er.

Der arme Junge. Fünf lange Jahre hatte er nichts als leere Dosen und Schachteln als Dekoration in den Schaufenstern der Geschäfte gesehen, ausgebleichte, staubige Erinnerungen an goldene Zeiten. Und nach der Schule musste er einen guten Teil seiner Zeit damit zubringen, sich in den Schlangen für Brot, Wurst, Kartoffeln und Eier, für praktisch alles anzustellen.

Sie selbst hatte sich im Laufe der Zeit an das konstante Grummeln ihres leeren Magens gewöhnt und überließ Otto meist den Löwenanteil dessen, was sie ergatterten, denn ihren Jungen hungrig zu sehen war unerträglich. Deshalb rappelte sie sich auch jetzt hoch und ging mit ihm nach unten.

Inzwischen herrschte größerer Trubel auf dem Marktplatz. Auf der Terrasse des gegenüberliegenden Cafés saßen die Gäste vor riesigen Aufschnittplatten und großen Biergläsern. Ein Anblick, der Martha das Wasser im Mund zusammenlaufen ließ.

»Genauso war es früher bei uns zu Hause«, flüsterte sie Otto zu. »Wahrscheinlich erinnerst du dich nicht mehr daran. Aber eines Tages wird alles wieder so sein.«

Vielleicht, fügte sie im Geiste hinzu. Der Gedanke an das Berlin von einst stimmte sie traurig. Damals hatten sie und Karl sich nach der Arbeit mit Freunden und Kollegen in Kneipen und Cafés getroffen, getrunken und gelacht und die radikalen Ideen diskutiert, die damals in Umlauf waren und auf gesellschaftliche Veränderungen abzielten.

Herrlich unbeschwerte Tage.

Vor ihnen schien eine goldene Zukunft zu liegen. Zumindest glaubten sie das. Eine Zukunft ohne bittere Armut auf dem Land und ohne Verelendung der Arbeiter in den Städten, eine Zukunft mit mehr Gleichheit und Gleichberechtigung, besonders für die Frauen, mit mehr Gerechtigkeit hinsichtlich Bildungschancen und politischer Mitbestimmung.

Was für ein Irrtum. Das Einzige, was sie bekamen, war ein verheerender Krieg, der alles zerstörte und in Schutt und Asche legte.

Ziellos schlenderten Mutter und Sohn über den Platz, wussten nicht, was sie tun sollten. So gern Martha sich an einen der Tische gesetzt und ein Bier probiert hätte, fürchtete sie sich davor, in ein Gespräch verwickelt zu werden. Die Art, wie man an der Grenze mit ihnen umgesprungen war, hatte ihr bewiesen, dass man sie nach wie vor als Feind betrachtete und sie im Grunde zum Teufel wünschte.

Bestimmt erkannte man auf den ersten Blick, dass sie keine Belgier waren. Und wohlhabende Schweizer, als die sie wirken wollten, erst recht nicht. Was mochten die Leute hier von der Frau mittleren Alters mit dem verhärmten Gesicht und dem mageren Jungen in einem zu kleinen Matrosenhemd und zu kurzer Hose denken? Marthas Sachen jedenfalls, die noch aus der Vorkriegszeit stammten, waren hoffnungslos veraltet. Kaum jemand, außer den alten Frauen, trug noch lange Röcke, denn die waren zunehmend verschwunden, seit die Frauen kriegsbedingt allerlei Arbeiten in den Fabriken hatten übernehmen müssen.

Sie betraten eine Bäckerei, wo sie von einer säuerlich dreinschauenden Frau begrüßt wurden. »Was darf es sein?«

»Könnte ich bitte etwas Brot und Gebäck bekommen?«

»Ich muss sehen, was ich noch habe.«

Die Frau verschwand und kehrte kurz darauf mit einem Korb voll gemischter Brötchen, einem Tablett voller Kuchen und einer Schachtel runder Biskuits mit Mandelscheiben zurück. Martha wählte vier Weißbrötchen, zwei Erdbeertörtchen und zwei Stück Butterkuchen mit kandierten Zitronenstückchen. Gebannt sahen sie zu, wie die Frau die Brötchen in Zeitungspapier wickelte und die Kuchen in eine Schachtel gab, auf deren Rand sie mit einem Bleistiftstummel den Preis notierte.

Martha hätte am liebsten befreit aufgelacht. Die ganze Transaktion war der reinste Klacks gewesen. Welch ein Unterschied zu der Situation in Berlin. Sie erinnerte sich kaum noch, wann sie das letzte Mal so mühelos Lebensmittel erstanden hatte. Überdies war sie erleichtert, dass die mürrische Bäckersfrau sie ohne jeden Argwohn bedient hatte. Im Vergleich zu den entnervten Verkäufern in Berlin, die sich ständig rechtfertigen mussten, weil sie nicht genug anzubieten hatten, wirkte sie sogar ausgesprochen freundlich.

Martha nahm die Brötchen, während Otto sogleich die Kuchenschachtel an sich riss, die für ihn ungeahnte, lange vermisste Schätze barg, und es kaum erwarten konnte, ins Hotel zurückzukehren und endlich, endlich davon essen zu dürfen. Sie fühlten sich wie früher an Weihnachten vor der Bescherung.

»Iss nicht zu viel, sonst verdirbst du dir noch den Appetit vor dem Abendessen.«

»Falls das ein Witz gewesen sein sollte, war er nicht mal ansatzweise lustig«, gab der Junge zurück.

Sein Protest entlockte Martha ein trauriges Lächeln. Es stimmte. Otto hatte seinen Appetit lediglich zweimal verloren: als er erfuhr, dass sein Bruder als vermisst galt, und als er später das Sterben des Vaters miterlebte.

Manchmal waren sie bereits froh gewesen, wenn sie trockenes Brot bekamen. Ab und zu waren sie zu Karls Bruder und dessen Frau aufs Land gefahren, die Gemüse anbauten und während des Krieges zudem einen Geheimvorrat an Eiern, Wurst und Fleisch angelegt hatten, um wenigstens einen Teil ihrer Erzeugnisse vor den neugierigen Augen der Offiziellen zu verstecken, die regelmäßig vorbeikamen, um alles zu beschlagnahmen, was sie in die Finger bekamen.

Schließlich mussten in erster Linie die hungrigen Soldaten versorgt werden, den Bauern blieb gerade mal das Notwendigste. Mit der Folge, dass sie immer weniger abzugeben hatten und das vor der Beschlagnahmung Gerettete zu immer höheren Preisen verkauften. Ihre Verwandten machten da keine Ausnahme. Ja, manchmal beschlich Martha sogar das Gefühl, schamlos von ihnen ausgenommen zu werden.

Eine wunderschöne Standuhr, ein Erbstück ihrer Mutter, wechselte auf diese Weise den Besitzer, ebenso ein kostbarer Perserteppich. Mit jedem ihrer Hamsterausflüge schwand die Ausstattung ihrer Wohnung ein Stück mehr dahin, dafür hatten sie für etwa eine Woche genug zu essen. Das ging so lange, bis Marthas Schwägerin sie eines Tages als »Stadtschmarotzer«

beschimpfte und sich weigerte, einen Karton Eier gegen eine um ein Vielfaches wertvollere Messinglampe einzutauschen.

Die Erinnerung an die früheren schönen Zeiten mit Karls Bruder und dessen Frau stimmte Martha traurig. Ihre Jungs waren so gerne auf den Bauernhof gefahren, hatten die Namen sämtlicher Kühe, Schweine und sogar Hühner gekannt. Das letzte Mal waren sie sich bei Karls Beerdigung begegnet; die gemurmelten Beileidsbekundungen hatten gleichgültig, ja geradezu frostig geklungen, als hätte sie Schuld an ihrem Zerwürfnis. Martha glaubte nicht, dass sie die Verwandten jemals wiedersehen würde.

Im Handumdrehen hatte Otto ein Brötchen und ein Gebäck verschlungen, ohne dass er satt zu werden schien.

»Darf ich noch ein Stück von dem Kuchen essen?«, fragte er mit flehendem Blick seine Mutter.

»In einer Stunde gibt es Abendessen. Wir teilen uns eines, und den Rest heben wir uns fürs Dessert oder für morgen auf.«

Nickend nahm er einen Bissen und verdrehte die Augen. »Da ist eine Füllung drin, Mama. Vanille. Eine Speise der Götter.«

»Wie kommt es, dass du auf einmal so poetisch wirst?«

»Die Vanillecreme ist wie eine Muse, sie regt mich an. Eines Tages werde ich bestimmt berühmt für meine Hymnen auf Gebäck und Kuchen.«

Martha schüttelte verwundert den Kopf: Wo hatte der Junge bloß diese Ausdrücke her? Ganz offensichtlich war ihr so einiges entgangen.

»Deine Bücher verkaufen sich sicherlich wie warme Semmeln«, meinte sie gutmütig.

»Und dann werde ich der Crème de la Crème der Gesellschaft angehören.«

»Die Mädchen werden dich umschwärmen wie Bienen einen Honigtopf«, ging die Mutter auf seine Späße ein, und aufgekratzt von dem ungewohnten Zuckerschub, ließen sie sich kichernd aufs Bett fallen. Seine Fröhlichkeit, eine Seltenheit in diesen schweren Zeiten, wärmte ihr das Herz. »Ich habe dich lieb, mein Junge«, sagte sie, zog ihn an sich und hauchte ihm einen Kuss auf die Stirn.

»Sei nicht so rührselig, Mama«, brummte er und löste sich aus ihrer Umarmung.

Kurz darauf holte Martha ihn aus seinen süßen Träumereien auf den Boden der nüchternen Tatsachen zurück: den Grund ihres Hierseins. »Wir sollten uns auf die Suche nach einem Taxiunternehmen oder einer Agentur machen, die Fahrten nach Langemarck organisiert«, schlug sie vor.

»Können wir das nicht morgen erledigen?«

»Es wäre besser, wenn wir uns noch heute darum kümmern. Außerdem ist das Wetter viel zu schön, um im Zimmer zu hocken.«

»Geh du allein. Ich bleibe hier und lese derweil«, meinte er und machte es sich auf dem Bett bequem.

Sie gab nach. Eigentlich war Otto kein Bücherwurm und Stubenhocker, doch dieser Roman, *Robinson Crusoe*, hatte es ihm scheinbar angetan.

»Also gut. Aber du sprichst mit niemandem und isst keinen Kuchen mehr.«

Nach dieser letzten mütterlichen Ermahnung ging sie nach unten und überquerte den Platz. Inzwischen war die Sonne halb hinter den Dächern verschwunden, und die Hitze hatte ein wenig nachgelassen. Sie bog in eine Seitenstraße ein, in der es einige Geschäfte gab, als ein kleiner grauhaariger Mann mit einer kecken Baskenmütze auf sie zutrat.

»Bonjour Madame«, begrüßte er sie auf Französisch mit einem ausgeprägten Akzent. »Sind Sie zu Besuch hier?«

Sie nickte vorsichtig, woraufhin er näher trat ... ein wenig zu nahe für ihren Geschmack, zumal ihr eine gewaltige Bierfahne entgegenwehte.

»Wollen Sie zu den Schlachtfeldern? Hier, das ist mein Angebot.« Er drückte ihr ein zerfleddertes, handgeschriebenes Blatt Papier in die Hand.

»Welches Fahrzeug haben Sie?«

»Ein Automobil oder einen Bus für Gruppen von mehr als zwei Personen«, erklärte er hochtrabend. »Wohin wollen Sie?«

»Wir sind zu zweit, ich und mein Sohn, und wollen nach Langemarck.«

Er fixierte sie aus blutunterlaufenen Augen. »Langemarck? Sind Sie sicher? Dort befinden sich die deutschen Soldatenfriedhöfe, Madame.«

Sie spürte, wie ihr der Schweiß ausbrach, zwang sich jedoch, Ruhe zu bewahren. Schließlich hatte sie ihre Geschichte oft genug geprobt.

»Wir selbst kommen aus der Schweiz, mein Neffe allerdings war Deutscher. Meine Schwester, die selbst nicht reisen kann, hat mich gebeten, sein Grab zu besuchen. Bestimmt verstehen Sie, dass ich ihr eine solche Bitte nicht abschlagen konnte.«

Seine Augen glitzerten. »Vierzig Francs.«

»Das ist zu teuer für mich, Monsieur.«

»Nach Langemarck. Deutscher Soldatenfriedhof. Vierzig Francs«, wiederholte er.

Eindeutig versuchte er, sie zu erpressen. »Das kann ich mir nicht leisten«, wiederholte sie und wandte sich entschlossen zum Gehen.

»Dreißig, Madame?«

Erneut schüttelte sie den Kopf und wandte sich zum Gehen. Bestimmt fand sich irgendwo jemand, der ihr einen günstigeren Preis machte.

Er schickte sich an, ihr zu folgen. »Zwanzig?«

Sie überlegte kurz. Zehn Francs pro Person, das klang angemessen. Sie hielt inne und drehte sich zu ihm um. »Morgen früh?«

Der Mann nickte. »Elf Uhr?«

Das Angebot klang verführerisch. »Das würde uns passen. Bis morgen also.«

Der Mann hielt sie zurück und streckte ihr die Handfläche entgegen. »Ich muss den Wagen mieten, deshalb müssen Sie die Hälfte anzahlen. Jetzt zehn und morgen noch mal zehn.«

Sie zog einen Geldschein aus ihrer Handtasche und reichte ihn ihm, bevor er es sich anders überlegen konnte. Er steckte das Geld in seine abgetragene Joppe. »Wo wohnen Sie?«

»Im Hotel de la Paix.«

»Dann bis morgen, Madame. Ich hole Sie um elf Uhr ab.« Er tippte an seine Mütze und entfernte sich.

Erst nachdem er verschwunden war, fiel Martha ein, dass sie nicht einmal eine Quittung erhalten hatte. Sie blickte auf das schmuddelige Papier in ihrer Hand.

Wenigstens stand ein Name drauf: Monsieur G. Peeters.

Sie konnte es kaum erwarten. Endlich, nach all dem Sparen und Planen, nach der langen Reise und der Tortur an der Grenze, befanden sie sich auf dem Weg nach Langemarck, auf dem Weg zu Heinrich.

»Nicht mehr lange, mein Schatz, dann sind wir bei dir«, flüsterte sie. »Bis morgen.«

Kapitel 11

Alice

Alice gab sich alle Mühe, die wissenden Blicke des höflich-steifen Empfangschefs im Grand Hotel zu ignorieren. Nein, Monsieur Martens sei noch nicht zurückgekehrt. Ob Madame bei einem Kaffee oder einem Drink in der Lounge warten wolle?

Das Hotel mochte auf seine typisch altmodische französische Art nobel sein, trotzdem war Alice froh, dass sie nicht hier abgestiegen waren. Im Vergleich zum eher rustikalen Charme des Hotel de la Paix fühlte sich dieses Haus mit den unechten Säulen, dem aufwendigen Stuck, den übertrieben gemusterten Tapeten, den schweren Vorhängen und den Stühlen mit den verschnörkelten Schnitzereien unangenehm pompös an. Der Major hatte ihnen erzählt, während des Krieges habe es als Offiziersmesse gedient. Das passte, sie meinte sogar, den Geruch nach Privilegien, Zigarren und edlem Whisky noch riechen zu können. Offenbar hatten die Generäle, Colonels, Lieutenants und Majore es sich hier gut gehen lassen, während die einfachen Soldaten unter unsäglichen Bedingungen in den Schützengräben dahinvegetierten. Ein stickiger Schlafsaal in einer Baracke hinter der Front, wenn sie für ein paar Tage abgelöst wurden, war das Äußerste an Komfort gewesen, was sie erwarten durften.

Alices Nerven waren gespannt wie Klaviersaiten, als Daniel eine geschlagene halbe Stunde später sichtlich außer Atem eintraf und irgendwas von einer orientierungslosen Schweizerin und ihrem wortkargen Sohn erzählte, die er auf dem Marktplatz von Ypern aufgegabelt und hierher mitgenommen hatte. Sie selbst brachte kaum ein Wort heraus, starrte ihn bloß an. Er hatte sich in den sechs Jahren kaum verändert, war nach wie vor ein Typ, der allein durch sein Auftreten aus der Menge herausstach.

Gut, vielleicht war er nicht mehr ganz so schlaksig, doch sein dunkles Haar war noch so wirr wie früher, und seine tiefbraunen, unergründlichen Augen funkelten noch genauso belustigt wie damals. Und wenn er das Gesicht zu seinem typischen Lächeln verzog, hatte man nicht anders als damals das Gefühl, für ihn der einzige Mensch im Raum zu sein.

Er ergriff ihre Hände und küsste sie dreimal auf die Wangen, ehe er sie ein Stück von sich weghielt und sie von oben bis unten musterte. »*Mon dieu!* So wunderschön wie eh und je, Alice«, sagte er in fließendem Englisch.

Die Art, wie er ihren Namen aussprach, versetzte sie augenblicklich zu jenem Tag zurück, als sie ihm das erste Mal begegnet war. Sie war völlig fasziniert gewesen, wenn er, begleitet von einer lebhaften Gestik, über Bücher und Ideen gesprochen hatte, über die Wichtigkeit eines ansprechenden Designs, egal ob bei Stühlen oder Automobilen, und darüber, welchen Einfluss Gebäude auf die Menschen hätten, die in ihnen oder in ihrer Nähe lebten. Nie zuvor war sie einem Mann begegnet, der sie derart in ihren Bann geschlagen hatte.

Jetzt winkte er den Kellner herbei, der an der Tür stand.

»Was möchtest du trinken? Tee? Oder lieber einen Cocktail *Citron pressé*?«

Sie erinnerte sich gut an das süßsaure Getränk, das sie in der Pariser Sommerhitze so oft getrunken hatten. »*Citron pressé* wäre perfekt.«

Erneut heftete sich sein Blick auf ihr Gesicht. »Die Jahre haben dir rein gar nichts anhaben können.«

»Schmeichler«, tadelte sie ihn.

Damals war sie achtzehn gewesen, ein junges Mädchen. Inzwischen war sie erwachsen, hatte zudem einige Schicksalsschläge erlebt, und noch dazu war die allgegenwärtige Trauer in ihrem Elternhaus nach dem rätselhaften Verschwinden ihres Bruders nicht spurlos an ihr vorbeigegangen. Das fröhliche, unbekümmerte Mädchen mit seinem fast naiven Optimismus und seiner schier unersättlichen Neugier war gezähmt worden; das Leben und die persönliche Tragödie hatten Alice härter werden lassen, skeptischer und vorsichtiger, klüger und beherrschter. Und wenn sie in den Spiegel schaute, meinte sie erste feine Linien in den Augenwinkeln zu sehen.

Das letzte Mal hatten sie sich bei ihrem Abschied in Paris gesehen, als sie sich unter Tränen ein baldiges Wiedersehen versprachen, das nie zustande kam. Ihre Romanze war kurz, aber intensiv, die gegenseitige körperliche Anziehungskraft gewaltig gewesen. Besonders der letzte Abend.

Ihre Clique war ausgegangen, hatte zahllose Karaffen gekühlten Rosé geleert, bis einer nach dem anderen aufgebrochen war, auch Julia. Deshalb versprach Daniel, Alice später nach Hause zu begleiten.

Zunächst jedoch hatten sie weitergetrunken und geredet und schließlich das Bistro verlassen, um an der Seine entlangzuspazieren, in der sich die Lichter der Straßenlaternen wie eine Million Diamanten spiegelten. Die Stadt war an diesem lauen Frühlingsabend von einer geradezu berauschenden Schönheit, die ihr den Atem verschlug und sie mit einem fast unwirklichen Glücksgefühl erfüllte. Es war wie ein Traum.

Vor ihrer Pension blieb Daniel stehen, hielt ihr Gesicht mit beiden Händen umfangen, als wäre es ein kostbarer Schatz, und küsste sie voller Leidenschaft. *»Chez moi?«*, murmelte er, als hätten sie sich bereits im Vorfeld geeinigt, die Nacht gemeinsam zu verbringen.

Das Verlangen machte sie leichtsinnig und abenteuerlustig, und das Blut rauschte durch ihre Adern wie der im Mondschein glitzernde Fluss.

Als er sie aber bei der Hand nahm und weitergehen wollte, meldete sich leise eine mahnende Stimme in ihrem Hinterkopf und erinnerte sie daran, dass anständige Mädchen sich für ihren künftigen Ehemann aufhoben. So verlangte es zumindest der geltende gesellschaftliche Kodex. Obwohl hoffnungslos und bis über beide Ohren in Daniel verliebt, war Alice klar, dass er keinesfalls als künftiger Ehemann taugte. Sie waren viel zu jung, Paris war viel zu romantisch, und Daniel flirtete mit zu vielen Mädchen, die ihm über den Weg liefen. Und was, wenn sie schwanger wurde? Ihr Ruf wäre für alle Zeiten ruiniert, und kein Mann würde sie mehr heiraten wollen.

Verlegen hatte sie sich von ihm gelöst. »Julia wartet sicher längst auf mich.«

Zurück in Amerika, begann sie diese Entscheidung zu bereuen. Zu sehr sehnte sie sich nach ihm, verzehrte sich körperlich nach ihm und haderte damit, dass sie sich ihm nicht hingegeben hatte. Nur dieses eine Mal. Immer wieder stellte sie sich vor, wie es wohl gewesen wäre. Und nun, da sie nach all den Jahren vor ihm stand, bekam sie plötzlich den Mund nicht auf.

Ihre Getränke wurden serviert: ein leicht trüber Saft mit Wasser und Eiswürfeln und einer Zitronenscheibe am Rand des Glases. Dazu wurden auf einem Silbertablett ein Schälchen mit feinstem Würfelzucker und zwei langstielige Löffel gebracht.

Sobald der Kellner verschwunden war, fingen beide gleichzeitig zu reden an.

»Erzähl, wie ist es dir ergangen ...«, forderte sie ihn auf.

»*Ladies first*«, gab er galant zurück.

Sie nippte an ihrem Glas und schilderte dann, wie sehr sich ihr Leben in den letzten Jahren verändert hatte, seit sie von der Mutter mehr und mehr in die Zwänge der konservativen Washingtoner Gesellschaft eingebunden wurde und sich zudem ständig mit einer fast krankhaften Erwartungshaltung des Vaters konfrontiert sah, der bei allem, was sie tat oder zu tun beabsichtigte, darauf pochte, dass nichts davon seinen Ruf gefährden dürfe.

»Es ist, als würde man mit einer Zwangsjacke leben«, schloss sie.

Er schürzte die Lippen und verzog sein Gesicht zu diesem hinreißenden Lächeln, dem die Fältchen um seine Augen und in seinen Mundwinkeln nichts anzuhaben vermochten. Sie spürte regelrecht, wie sie seinem Charme erneut zu erliegen drohte.

»Es ist so schön, dich wiederzusehen, meine liebe Alice, wenngleich ich fürchte, dieses Glück einem traurigen Ereignis zu verdanken. Das ist zumindest normalerweise der Grund, weshalb die Leute heutzutage herkommen.«

Sie erzählte ihm daraufhin vom spurlosen Verschwinden ihres Bruders und von ihrer Vermutung, dass er sich unter einem falschen Namen bei den kanadischen Truppen gemeldet haben könnte. Ferner davon, wie schwer es gewesen war, diese Reise gegen den Willen ihrer Eltern durchzusetzen, und von ihrer Hoffnung, von Tubby Clayton etwas über Sams Verbleib zu erfahren.

»Ich habe überlegt, ob du vielleicht jemanden kennst, den ich außerdem fragen könnte«, fragte sie am Ende ihres langen Berichts.

»Was möchtest du genau wissen?«

»Ob jemand sich an Sam erinnert oder eine Idee hat, wo ich nach ihm suchen könnte. Ich muss einfach herausfinden, was mit ihm passiert ist, ob er tot ist oder noch lebt. Könnte ja sein, dass es hier Leute gibt, die sich auf derartige Nachforschungen spezialisiert haben. Schließlich bin ich mit Sicherheit nicht die Einzige, die deswegen herkommt.«

Er zuckte skeptisch mit den Schultern. »So viele Männer werden vermisst und so wenige gefunden. Trotzdem kann ich mich natürlich gerne für dich erkundigen.«

»Ich wäre selbst für den kleinsten Hinweis dankbar, irgendeine Spur, der ich nachgehen kann, um dieser grauenvollen Ungewissheit ein Ende zu bereiten ...« Sie hielt inne, weil ihr plötzlich einfiel, dass sie unentwegt über ihre eigenen Sorgen sprach, ohne sich zu erkundigen, ob oder inwieweit der Krieg auch Daniels Leben betroffen hatte. »Entschuldige, ich rede immer nur von mir, dabei habt ihr die Hauptlast getragen.«

»Aber du hast einen geliebten Menschen verloren, das ist immer eine Katastrophe, die schlimmste überhaupt«, antwortete er recht vage und ließ Alice weiter im Ungewissen, was der Krieg mit ihm gemacht hatte.

»Und was ist mit dir?«, hakte sie nach. »Wie ist es dir ergangen? Ich habe mich so über deine Antwort auf meinen Brief gefreut, weil ich bereits befürchtet hatte …«

Er seufzte, und ein Schatten legte sich über sein Gesicht.

»Wenn du lieber nicht …«

»Nein, nein. Es ist vielmehr so, dass ich mich ein klein wenig schäme, weil ich nicht kämpfen musste«, gestand er leise. »Zwar habe ich mich freiwillig gemeldet, doch sie haben mich nach Paris geschickt, wo ich im Hauptquartier der Alliierten bei der Organisation der Infrastruktur und der Zuteilung von Materialien helfen sollte. Schätzungsweise dachten sie, dass ich als Architekt etwas davon verstehe.« Er stieß ein bitteres Lachen aus. »Tausende Betonblöcke, Sandsäcke und solche Sachen musste ich bestellen. Dafür musste man wohl kaum drei Jahre lang studieren.«

Er gab zwei Stück Würfelzucker in seine Zitronenlimonade und rührte um, bis sie sich aufgelöst hatten. Es erinnerte sie an ihre Besuche in dem kleinen Café in der Rue des Livres in der Nähe der Uni, wo sie mit angehaltenem Atem seinen Ausführungen gelauscht hatte, während er seine *Citron pressé* umrührte.

»Natürlich war ich wütend, weil ich nicht kämpfen

durfte«, fuhr er fort. »Es gab mir das Gefühl, kein vollwertiger Mann zu sein. Ich habe sie angefleht, mich an die Front zu schicken. Vergeblich. Dann fielen mein Bruder und zwei meiner Cousins. So ziemlich alle Jungs in meinem Alter sind entweder tot oder kehrten als gebrochene, traumatisierte Männer zurück mit fehlenden Gliedmaßen oder grauenhaft entstellt. Obwohl ich insofern Glück hatte, quälte mich mein Gewissen, und ich fühlte mich als Feigling.« Er schlug sich mit der Faust auf die Brust. »Meine Eltern haben das selbstverständlich anders gesehen – für sie war allein wichtig, dass wenigstens ich am Leben blieb.«

»Du bist kein Feigling, Daniel, davon bin ich fest überzeugt. Und das mit deinem Bruder tut mir aufrichtig leid.«

»Ich glaube nicht, dass meine Eltern seinen Tod jemals verwinden.«

»Uns geht es mit Sam genauso«, seufzte Alice. »Man fühlt sich so unzulänglich, weil man nichts tun kann, was die Situation irgendwie besser machen würde.«

Er nickte, und ein nachdenklicher Ausdruck erschien auf seinem Gesicht. Nach ein paar Sekunden stand er auf, holte tief Luft und blickte Alice direkt in die Augen.

»Ich habe unsere Zeit in Paris nie vergessen.«

Mit einem Mal wurde ihr schwindlig, als hätte die Intensität seines Blickes alle Luft aus ihrer Lunge gesogen.

»Ich auch nicht.«

»Und du bist immer noch so wunderschön«, murmelte er und umfasste ihre Hand.

Alice spürte, wie Hitze sie erfüllte, spürte seinen

186

verführerischen Sog wie damals in Paris. Das ging alles viel zu schnell, schoss es ihr durch den Kopf, und entschlossen entzog sie ihm ihre Hand, lehnte sich in ihrem Sessel zurück.

»Ich muss dir etwas sagen.«

Fragend zog er die Brauen hoch. »Nur zu.«

»Ich bin verlobt und werde heiraten.«

»Aha.« Er machte eine Pause. »Willst du mir von deinem Auserwählten erzählen?«

»Eigentlich nicht. Was ist mit dir? Bist du verheiratet oder irgendwie gebunden?«

»Ich habe eine Freundin und gehe davon aus, dass wir heiraten werden, sobald ich mich mit meinem Architekturbüro in Lille richtig etabliert habe.«

Einerseits war es eine Erleichterung, das zu hören, andererseits konnte sie einen Anflug von Enttäuschung nicht leugnen. Wie auch immer: Dies durfte auf keinen Fall ihre letzte Begegnung sein.

Als die Kirchturmuhr fünfmal schlug, schrak sie auf. »Oh, so spät schon? Ich muss gehen.«

»Wieso isst du nicht heute Abend mit mir zu Abend? Der Koch hat vor Kurzem mit den Vorbereitungen angefangen, riechst du es?«

Sie konnte es tatsächlich riechen. Aber so verlockend sein Angebot war, sie konnte Ruby nicht versetzen.

»Meine Freundin fragt sich bestimmt seit Stunden, wo ich bleibe«, brachte sie zögernd vor.

»Deine Freundin?«

»Na ja, eher eine Bekannte. Sie ist Engländerin, und wir haben uns auf der Fähre kennengelernt. Wieso kommst du nicht nach dem Essen auf einen Drink in mein Hotel? Dann lernst du sie kennen.«

Sogleich malte sie sich aus, wie sie die beiden einander vorstellte. Es würde bestimmt ein unterhaltsamer, lustiger Abend werden. Er war ein alter Freund, sonst nichts. Dagegen konnte wohl niemand etwas sagen, oder?

Er warf ihr einen fragenden Blick zu.

»Gegen acht?«

»Okay, okay, meine amerikanische Schönheit«, erwiderte er mit gespielt amerikanischem Akzent, nahm ihre Hand und küsste sie. *»See you later.«*

Kapitel 12

Martha

Gleich beim ersten Gong fürs Abendessen sprang Otto auf und schleuderte sein Buch beiseite. »Essen. Hurra. Los, lass uns gehen, Mama.«

Seit dem späten Nachmittag wehten bereits verheißungsvolle Düfte die Treppe herauf und drangen in ihr Zimmer. Es roch nach gebratenen Zwiebeln und Knoblauch, nach brutzelndem Fleisch in der Pfanne und knusprigem Gebäck im Ofen. All das erinnerte Martha an die Vorkriegszeiten zu Hause, als es noch jede Menge Fleisch, Butter und richtiges Mehl zum Backen gegeben hatte.

Vor ihrer Abreise hatte sie die Stadtbibliothek aufgesucht und sich einen Reiseführer von Belgien aus dem Jahr 1910 ausgeliehen. *Ganz egal, ob Sie nach Wallonien, Flandern oder Brüssel reisen, bietet sich Ihnen stets eine breite Auswahl an regionalen Spezialitäten, landestypischen Gerichten oder erstklassiger Gastronomie,* hatte sie dort gelesen.

Dass sie sich dennoch nicht uneingeschränkt auf das Essen zu freuen vermochte, ihr sogar mit jeder Minute der Appetit weiter zu vergehen schien, lag an ihrer wachsenden Angst, bei Tisch in ein Gespräch verwickelt und womöglich als Deutsche erkannt zu werden.

Zu sehr wirkten die an der Grenze erlebten Schikanen nach. Außer ihnen würden sicher lediglich Belgier, Briten, Franzosen und Gäste anderer befreundeter Nationalitäten im Speiseraum sitzen. Jedenfalls keine Erzfeinde. Wäre sie allein unterwegs, hätte sie sich ihr Abendessen aufs Zimmer bringen lassen, doch sie wusste, wie sehr Otto sich darauf freute, in einem richtigen Restaurant mit Silberbesteck und weißen Leinenservietten essen zu dürfen.

Ein letztes Mal trichterte sie ihm die unerlässlichen Verhaltensregeln ein. »Kein Wort auf Deutsch, kein einziges, nicht mal geflüstert. Und achte unbedingt auf deine Tischmanieren. Nicht dass wir irgendwie Aufmerksamkeit erregen.«

»Ja, ja«, brummte er, eine Hand auf der Türklinke. »Gehen wir.«

»Hör mir zu, Otto.« Sie packte ihn bei der Schulter. »Es ist unendlich wichtig, dass du meine Ermahnungen befolgst. Sag mir, weshalb.«

»Sie sollen nicht erfahren, dass wir Deutsche sind, weil sie uns hassen«, leierte er herunter und verzog finster sein Gesicht. »Aber ich hasse sie genauso wie sie uns«, fügte er trotzig hinzu.

»Falls dich jemand etwas fragen sollte, lächelst du nur und drehst dich zu mir um, damit ich für dich antworte. Hast du mich verstanden?«

»Ja, Mama.« Er setzte ein gezwungenes Lächeln auf. »Können wir jetzt endlich gehen? Ich bin am Verhungern.«

Im Speiseraum angekommen, stellte sie zu ihrer Erleichterung fest, dass sie die ersten Gäste waren. Offenbar ging man hier später essen. Es war ihr ganz recht, dadurch blieb ihnen vielleicht erspart, mit anderen Leuten reden zu müssen. In ihrem einwandfreien Französisch bat sie um einen Tisch in der Ecke.

Otto hingegen schien alle guten Vorsätze zu vergessen und stürzte sich wie ein ausgehungertes Tier auf den Brotkorb, den die Kellnerin vor ihnen hinstellte.

»Wo sind deine Manieren, Junge«, zischte Martha ungehalten.

»Sieh mal, Butter«, flüsterte er mit Augen so groß wie Untertassen. »Gibt's die hier jeden Tag?«

»Ich nehme es an, mittlerweile schon. Im Krieg haben sie sicher genauso Hunger gelitten wie wir – vielleicht nicht ganz so schlimm, falls sie die Alliierten unterstützt haben.«

»Mörderschweine, alle miteinander«, brummte er mit vollem Mund.

»Psst, still jetzt. Außer du bemühst dich, Französisch zu sprechen. Denk dran, was du mir versprochen hast.«

Ihr Essen wurde serviert, großzügige Portionen Fleischklöße in dunkler Biersauce und mit herrlichen goldgelben Kartoffeln. Gerührt sah sie zu, wie Otto sein Essen hinunterschlang. Es war so einfach, seine Bedürfnisse zu befriedigen, dachte sie. Ihr eigener Magen hingegen, der nach den langen Jahren der Entbehrungen geschrumpft war, konnte diese gewaltigen Mengen gar nicht mehr bewältigen, zumal sie erst kurz zuvor Kuchen gegessen hatte. Diskret zog sie Ottos leeren Teller zu sich heran und schob ihm ihre übrig gebliebene halbe Portion zu, die er sogleich in kürzester Zeit verputzte.

Inzwischen hatte sich der Speiseraum mit Paaren und kleinen Grüppchen gefüllt, die sich lebhaft über die

Erlebnisse des Tages austauschten. Sie grüßten Martha freundlich im Vorübergehen, und damit hatte es sich zum Glück. Wenngleich sie eigentlich hätte froh sein sollen, spürte sie unvermittelt Bitterkeit in sich aufsteigen, denn der Anblick der Menschen, die genüsslich an ihren Weingläsern nippten, sich scheinbar unbeschwert unterhielten und fröhlich lachten, erfüllte sie mit Neid.

Warum war ihr das nicht vergönnt?

Diese Gäste hatten keine Veranlassung, ihr Essen hinunterzuschlingen, um sich schnellstmöglich wieder in den Schutz ihres Zimmers zurückzuziehen. Verzückt sogen sie die Aromen ein, schoben sich probeweise kleine Bissen in die Münder, stießen spitze Begeisterungsrufe aus und hörten nicht auf, die Qualität der Speisen und die exzellente Zubereitung überschwänglich zu loben. Und wenn Monsieur Vermeulen in einer feierlichen Zeremonie – eine Serviette über dem einen Arm, den anderen auf dem Rücken abgewinkelt – den Wein einschenkte, hielten sie ihre Gläser ins Licht, ließen den Rebensaft im Glas kreisen und kosteten winzige Schlucke, um ihn anschließend mit einem zustimmenden Nicken für gut zu befinden. Wie gerne würde Martha dazugehören, so sein wie sie und sich genauso weltläufig geben können.

Lediglich der Tisch neben ihnen war bislang unbesetzt geblieben. Martha sandte ein Stoßgebet gen Himmel, dass er leer bleiben möge, doch wenige Minuten später betraten zwei junge Frauen den Speisesaal. Die eine, die voranging, war groß und schlank, trug eine todschicke, maßgeschneiderte Jacke, die perfekt zu ihrem scharlachroten Lippenstift passte, und hatte ihr Haar zu einem mondänen Bob geschnitten, wie man ihn von den Stars aus den Stummfilmen kannte. Ihre Begleiterin sah mädchenhafter aus, weniger souverän und wirkte dadurch jünger. Auf den ersten Blick hätte man sie für Marthas Tochter halten können. Sie war eher klein, ein wenig unscheinbar mit ihrem zu einem unbeholfenen Knoten frisierten fahlbraunen Haar und dem biederen, unvorteilhaften Kleid.

»Guten Abend«, grüßte die Hochgewachsene. »Wie geht es Ihnen?«

»*Excusez-moi, je ne parle pas Anglais*«, erwiderte Martha, was nicht ganz der Wahrheit entsprach, weil sie durchaus das notwendigste Englisch beherrschte, aber sie hielt es für klüger, sich gar nicht erst auf ein Gespräch einzulassen.

Vergeblich, denn die weltläufige junge Frau wechselte jetzt ins Französische, das sie einwandfrei und ohne fremden Akzent sprach.

»Ich bin Alice Palmer und komme aus Amerika. Freut mich, Ihre Bekanntschaft zu machen. Das ist meine Freundin Ruby Barton. Sie ist Britin.«

Martha geriet in Zugzwang. Wenn sie nicht unhöflich sein wollte, musste sie sich ebenfalls vorstellen. »Guten Abend, ich bin Martha Weber«, erwiderte sie knapp und neigte grüßend den Kopf.

»Und wer ist dieser hübsche Bursche?«

»Das ist mein Sohn. Begrüß die Damen, Otto.«

»Bonsoir Mesdames«, murmelte er mit zusammengebissenen Zähnen, während sich seine Wangen vor Verlegenheit röteten.

»Oh, guten Abend, junger Mann.« Die Frau mit dem roten Lippenstift lächelte ihn an, ehe sie sich erneut Martha zuwandte. »Bitte, Madame Weber, für welches

Gericht haben Sie sich entschieden? Und können Sie es empfehlen?«

»Wir hatten die Fleischklöße. Sie waren sehr gut«, antwortete sie und überlegte krampfhaft, wann sie vom Tisch aufstehen konnten, ohne unhöflich zu wirken.

»Fleischklöße. Eine gute Wahl. Danke für die Empfehlung. Und was haben Sie dazu getrunken? Bier oder Wein?«

»Lediglich Wasser. Nach der langen Reise.«

»Und woher genau kommen Sie?«

»Aus der Schweiz.«

»Die Schweiz, wie schön. Ich war einmal dort. Ich liebe die Alpen. Leben Sie in den Bergen?«

»Nicht weit davon entfernt. In Genf.«

»Genf? Oh, da gibt es diesen wunderschönen See ...«

Was für eine seltsame Angewohnheit, alles zu wiederholen, dachte Martha und überlegte, ob es sich vielleicht um eine typisch amerikanische Angewohnheit handelte. Genauso wie die unverblümte Neugier dieser Alice Palmer, von der sie sich irgendwie in die Mangel genommen fühlte.

»Entschuldigen Sie bitte, waren Sie mit Ihrem Essen zufrieden?« Unbemerkt war Madame Vermeulen an ihren Tisch getreten und blickte wohlwollend auf die beiden blank geputzten Teller und den leeren Brotkorb.

»Es war sehr gut, danke«, antwortete Martha. »Ganz köstlich.«

Die Wirtin strahlte vor Stolz. »Die Sauce bereiten wir mit unserem hiesigen Bier zu«, erklärte sie. »Dafür sind wir berühmt. Kann ich Sie noch zu einem Dessert verführen?«

Das war die perfekte Ausrede, erkannte Martha.

»Nein danke, wir sind ziemlich erschöpft von der Reise. Ich denke, wir ziehen uns auf unser Zimmer zurück und trinken dort noch einen Kaffee beziehungsweise eine heiße Schokolade.«

»Natürlich, Madame. Gerne.«

Sie spürte, wie Otto sie an ihrem Ärmel zupfte – er hätte lieber ein Dessert gehabt.

»Wir haben noch den Kuchen«, flüsterte sie ihm rasch auf Französisch zu, obwohl er es nicht verstand, und zerzauste ihm liebevoll das Haar. Dann schob sie ihren Stuhl zurück und stand auf. »Komm, Otto. Weiterhin einen schönen Abend, die Damen. Lassen Sie sich Ihr Essen schmecken.«

»Hat uns gefreut. Vielleicht sehen wir uns ja morgen«, meinte die Amerikanerin daraufhin.

Alles, bloß das nicht, dachte Martha, zwang sich jedoch zu einem Lächeln, bevor sie den Speiseraum verließen. Was für ein komisches Gespann die beiden waren: die eine modebewusst, forsch und ein wenig aufdringlich, die andere eine graue Maus, dazu schüchtern und verhuscht. Außerdem wirkte sie verhärmt, gezeichnet von tiefem Kummer und Schmerz, was Martha unangenehm an ihren eigenen Verlust erinnerte.

Ausgerechnet jetzt, da sie am Ziel ihrer Reise angelangt war und sie hoffentlich bald vor dem Grab ihres großen Sohnes stehen würde, um ihm die Tapferkeitsmedaille seines Urgroßvaters zu bringen und damit das ihrem Mann gegebene Versprechen einzulösen, fürchtete sie sich mit einem Mal davor, diesen Ort zu besuchen, wo er begraben lag.

Wie mochte überhaupt dieser Friedhof aussehen?

Gemessen an dem Chaos und den verheerenden Zerstörungen in dieser Region schien es ihr unvorstellbar, dass es hier ordentliche Friedhöfe gab mit gepflegten Rasenflächen, Büschen und blühenden Sträuchern zwischen den Gräberreihen. Nein, vermutlich musste sie ihre Erwartungen herunterschrauben und sich innerlich darauf gefasst machen, eine gänzlich andere und vermutlich eher verstörende Begräbnisstätte vorzufinden.

In ihrem Kopf begannen die Gedanken herumzuwirbeln.

Wie mochte sein Grab wohl aussehen, falls sich denn eines fand? War sein Name darauf eingraviert? Sie hoffte es, weil sie es sonst nicht entdecken konnte, und stellte sich den Schriftzug vor, in Holz oder Stein geritzt. *Kadett Heinrich Weber 1897–1915.* Tränen begannen sie zu würgen. Wie sollte eine Mutter empfinden, wenn sie auf dem Fleckchen Erde stand, wo ihr geliebter Sohn sein Leben gelassen hatte, ihr eigen Fleisch und Blut, um das sie sich achtzehn Jahre lang hingebungsvoll gekümmert hatte?

Im Dunkel des Zimmers meinte sie, ihn vor sich zu sehen, jenen gescheiten, gut aussehenden jungen Mann, in den sie so große Hoffnungen gesetzt hatten. Sie betete darum, ihre Fassung wahren zu können, tapfer zu sein, wenn der Moment der Begegnung mit seinem Grab gekommen war.

Aber was, wenn es ihnen trotz aller Anstrengungen nicht gelang, ein Grab zu finden, wenn es womöglich keines gab und die ganze Reise umsonst gewesen war? Immerhin hatten sie bislang keinerlei offizielle Nachricht über seinen Verbleib erhalten, sondern sich lediglich auf die Aussagen von überlebenden Kameraden verlassen. Würde sie am Ende mit der Medaille in der Tasche die Heimreise antreten müssen? Die Vorstellung war zu bedrückend, um sie überhaupt in Erwägung zu ziehen.

Seufzend rollte sie sich auf die andere Seite und schlang die Arme um den leise schnarchenden Otto. Wie üblich zeigte seine beruhigende Wärme schnell Wirkung, und innerhalb weniger Minuten war sie eingeschlafen.

Kapitel 13

Ruby

»Was für eine seltsame Familie«, sagte Alice und schüttelte den Kopf. »Sehr merkwürdig.«

Ruby hingegen empfand eher Mitleid mit ihnen. Man sah den beiden an, dass eine schwere Last sie bedrückte, und besonders das verhärmte Gesicht der Frau zeugte von einer tiefen Trauer, die wie ein düsterer Schleier über ihr lag und sie an ihre eigene Situation erinnerte.

»Habe ich richtig gehört, dass sie aus Genf stammen?«, erkundigte sie sich bei ihrer Reisebegleiterin.

»Ja. Daher wahrscheinlich auch der seltsame Akzent«, antwortete Alice. »Ich frage mich, was sie wohl hergeführt hat. Schließlich war die Schweiz gar nicht am Krieg beteiligt.«

Ruby strich Butter auf ihr Brot, während Alice weiterspekulierte.

»Ich weiß ja nicht, ob es klug ist, mit einem Kind hierherzukommen, was meinen Sie? Das stelle ich mir für den Jungen ziemlich belastend vor.«

»Vielleicht hat sie ja niemanden, der sich zu Hause um ihn kümmert.«

»Und haben Sie gesehen, was sie anhatte?«, sprang Alice zu einem neuen Punkt ihrer Beobachtungen. »Diese Tweedjacke, wie aus dem letzten Jahrhundert.

Und überdies: Wollstoff im Juli! Und der Junge sah genauso erbärmlich aus in seinem viel zu kleinen, abgetragenen Matrosenanzug. Der arme Junge. Außerdem finde ich es komisch, dass er so gut wie nicht redet.«

Ruby zuckte die Schultern. Ihr war nicht wohl dabei, sich über diese Frau und ihren Sohn das Maul zu zerreißen, und deshalb wechselte sie rasch das Thema.

»Wo haben Sie eigentlich den ganzen Nachmittag gesteckt? Als ich um drei Uhr nach Ihnen sehen wollte, waren Sie schon verschwunden.«

»Ach ja, Entschuldigung«, gab Alice leichthin zurück. »Ich habe einen Freund getroffen, und es hat ein bisschen länger gedauert als geplant.«

»Einen Freund? Hier in Poperinge?«, wunderte Ruby sich.

»So ist es. Eine alte Bekanntschaft. Wir haben uns vor langer Zeit in Frankreich kennengelernt.«

»Ich dachte, Sie sind hier, um nach Ihrem Bruder zu suchen?«

»Natürlich. Und genau deshalb habe ich mich mit diesem Freund in Verbindung gesetzt. Er lebt inzwischen in Lille, und ich dachte, er kennt vielleicht jemanden, der mir bei meiner Suche nach Sam weiterhelfen kann.«

»Und?«

»Nun, er wird für mich Erkundigungen einziehen.«

Zum ersten Mal bemerkte Ruby so etwas wie einen Riss in der perfekten Fassade der Amerikanerin. Ihr Lippenstift war verblasst, ihr Haar ein wenig zerzaust, und auf ihrer hübschen weißen Bluse prangte ein winziger Teefleck.

»Sie verschweigen mir etwas, oder?«, hakte sie lächelnd nach.

»Es ist nicht so, wie Sie denken. Ich wusste, dass Daniel in der Gegend ist, und dachte eben …«

Daniel? Sie sprach seinen Namen aus wie eine verbale Liebkosung. An der Geschichte mit dem Freund war eindeutig mehr dran, als Alice zugeben mochte.

Rubys Verdacht wurde bestärkt, als die junge Amerikanerin hastig ein Glas von dem tiefroten, vollmundigen Wein hinunterstürzte und kategorisch weitere Fragen nach diesem Daniel unterband.

»Genug von mir. Erzählen Sie lieber, wie Sie den Nachmittag verbracht haben.«

»Ich war in Tyne Cot.«

»Du liebe Güte. Tyne Cot? Wie um alles in der Welt sind Sie dort hingekommen?«

»Mit Freddie, Mr. Smith.«

»Dem Engländer? Wie kann er mit einem Arm ein Auto steuern?«

»Ein Mann namens Max hat uns in seinem Bäckerwagen hingebracht. Freddie hat mir geholfen, die Gräberreihen abzusuchen – leider ohne einen Hinweis auf Bertie zu entdecken. Dafür habe ich etwas ganz Schreckliches beobachtet: Plötzlich tauchte ein Trupp Chinesen auf, die außerhalb des eigentlichen Friedhofs Leichen ausgegraben haben, um sie umzubetten.«

»Wie grauenhaft. Sie hätten auf mich warten sollen. All das allein durchzustehen ist schließlich nicht so einfach …«

»Freddie war sehr nett zu mir, als ich am Verzweifeln war. Obwohl er nicht so aussehen mag, ist er ein echter Gentleman.«

»Sie Ärmste. Wollen wir vielleicht noch einmal hinfahren?«

Ruby schüttelte seufzend den Kopf. »Wir haben ziemlich gründlich gesucht, und ich muss mich wohl oder übel an den Gedanken gewöhnen, dass es kein Grab gibt. Zumindest keines mit seinem Namen. Er kann Gott weiß wo begraben liegen. Freddie hat mir erzählt, dass es in dieser Gegend Hunderte kleiner Gräberfelder gibt, die in der Nähe der Schützengräben entstanden sind.«

»Vielleicht lebt er ja noch«, wandte Alice ein.

»Das würde ich so gern glauben, aber ich muss realistisch sein. Wo soll er denn die ganze Zeit gesteckt haben?«

»Womöglich ist er irgendwo untergetaucht, hat sich versteckt. Viele Soldaten haben sich damals von der Truppe entfernt ... Und nach wie vor kommen welche zurück.«

»Glauben Sie ernsthaft, Ihr Bruder ...«

Alice seufzte. »Er muss. Ich weiß nicht, wie ich seinen Tod ertragen könnte. Allein deshalb klammere ich mich daran, dass er noch am Leben ist und dass ich ihn finden werde.« Eine Weile saßen sie schweigend da, jede ihren Gedanken nachhängend, bis Alice unvermittelt wieder ihre heitere Seite herauskehrte.

»Schluss mit den trüben Gedanken. Nach diesem Tag haben wir uns definitiv einen Schlummertrunk verdient, und bei dieser Gelegenheit könnten wir eigentlich endlich zum freundschaftlichen Du übergehen, okay? Ach ja, Daniel kommt später noch vorbei, um dich kennenzulernen«, fügte sie hinzu.

Mit dem Du war Ruby einverstanden, über das angekündigte Erscheinen des Freundes hingegen war sie al-

201

les andere als begeistert. Sie hatte sich bereits darauf gefreut, es sich auf ihrem breiten Bett bequem zu machen und vielleicht ein paar Seiten ihres Tagebuchs zu füllen, doch es wäre ihr angesichts von Alices Großzügigkeit unhöflich erschienen, den Freund nicht zu begrüßen.

Also setzten sie sich an die geöffneten Türen mit Blick auf den Platz, auf dem die Leute herumschlenderten oder im Freien ihr Essen oder einen Umtrunk genossen, während ein Schwarm Schwalben zwitschernd über den rosavioletten Abendhimmel flog. Es war kaum vorstellbar, dass nicht weit von hier vor gerade einmal acht Monaten noch erbittert gekämpft worden war.

Unweigerlich landeten Rubys Gedanken erneut bei Bertie. War er einmal hier gewesen? Hatte er auf diesem Platz gesessen und sich ein paar Bierchen genehmigt, ehe er in den Schmutz und das Chaos der Schützengräben zurückkehrte? Sie wusste es nicht und war bloß froh, dass er nicht geahnt hatte, was seine treulose Frau unterdessen zu Hause trieb.

»Ich würde etwas darum geben zu wissen, was du gerade denkst«, verkündete Alice, als sie mit einem Whisky für sich und einem Kaffee für Ruby von der Bar zurückkehrte.

»Nichts Besonderes. Wann wollte dein Freund denn kommen?«

Alice lachte. »Ach Ruby, sei bitte nicht so argwöhnisch.«

»Ehrlich gesagt, bin ich das ein wenig«, räumte sie ein.

»Hilft es, wenn ich dir mehr über die Geschichte erzähle? Wir hatten einen heißen Flirt vor sechs Jahren, als ich ein Semester lang einen Sprachkurs an der Sorbonne belegt hatte. Deshalb wollte ich ihn unbedingt sehen. Der Vater meiner Freundin Julia, seines Zeichens amerikanischer Botschafter in London, hat für mich seine aktuelle Adresse ausfindig gemacht, sodass ich mich mit ihm in Verbindung setzen konnte.«

»Eine alte Flamme also?«

»So könnte man es wohl bezeichnen.«

»So was kann ganz schön gefährlich sein«, platzte Ruby heraus. »In verschiedener Hinsicht.«

»Hoppla. Das klingt ja fast, als wüsstest du, wovon du sprichst.« Alice zog fragend eine Braue hoch. »Was ist dir passiert?«

Ruby zuckte mit den Schultern. »Ich habe mir mal gewaltig die Finger verbrannt, ist allerdings schon lange her.«

»Erzähl.«

»Niemand weiß davon.«

»Du musst nichts sagen, wenn du nicht willst.«

»Eigentlich gibt es nicht allzu viel zu erzählen. Es ist immer dieselbe Geschichte. Ein Abenteuer für ein paar Stunden. Zu viel Wein, und es passiert. Dumm gelaufen, aber völlig unbedeutend. Ich war einsam, und er war so charmant, hat mich zum Lachen gebracht … Als kurz darauf die Vermisstenmeldung kam, erschien es mir wie ein göttlicher Fingerzeig, wie eine Bestrafung. Bis heute habe ich ein schlechtes Gewissen. Die Schuld frisst einen innerlich auf und lässt einen nicht mehr los. Deshalb wollte ich unbedingt Berties Grab finden. Um reinen Tisch zu machen, um ihm meine Untreue zu gestehen und ihn um Verzeihung zu bitten.«

»Du liebe Güte, das hört sich ja dramatisch an.«

»Ich quäle mich die ganze Zeit mit der Frage, ob Bertie noch leben würde, wenn ich ihm nicht untreu gewesen wäre«, stammelte Ruby, inzwischen den Tränen nahe.

Alice beugte sich vor und berührte ihren Arm. »Unsinn, so ist das ganz bestimmt nicht.«

Ruby seufzte. »Ich denke es trotzdem, es geht mir einfach nicht aus dem Kopf.«

»Ich werde vorsichtig sein, damit ich mich nicht an meiner alten Flamme verbrenne«, versprach Alice.

Auf Anhieb erkannte Ruby, weshalb Alice sich zu diesem Daniel hingezogen fühlte. Wenngleich im klassischen Sinne nicht einmal übermäßig gut aussehend, verströmte er eine ungeheure Selbstsicherheit und einen lässigen Charme. Was Alice jedoch zu faszinieren schien, beschwor bei ihr Argwohn herauf.

Seine Augen funkelten, als er in hervorragendem Englisch voller Leidenschaft über seine Arbeit sprach und berichtete, wie erzürnt die Belgier über den Vorschlag der Briten seien, Ypern nicht wiederaufzubauen, sondern die Ruinen zur Gedenkstätte umzugestalten. Dafür habe die einheimische Bevölkerung keinerlei Verständnis, wünsche vielmehr eine möglichst originalgetreue Rekonstruktion des historischen Stadtbilds. Unvorstellbar für die Yperner, dass die mittelalterlichen Tuchhallen nicht eines Tages wieder in ihrem alten Glanz erstrahlen würden.

»Sie sind das Herz der Stadt«, erklärte Daniel. »Sie und die Kathedrale. Beides wiederaufzubauen wird ein riesiges Puzzle und stellt eine unglaubliche Herausforderung dar. Zumal es schwierig werden dürfte, genug Geld dafür aufzutreiben.«

In seiner Gegenwart wirkte Alice sehr viel weicher, femininer, weniger dominant, stellte Ruby fest. Dass die Chemie zwischen den beiden stimmte, war unübersehbar. Auch dass sich zwischen ihnen etwas anbahnte. Zunehmend kam sie sich wie das fünfte Rad am Wagen vor. Als Daniel eine zweite Runde Getränke bestellte, packte sie die Gelegenheit beim Schopf und täuschte ein herzhaftes Gähnen vor.

»Höchste Zeit, zu Bett zu gehen«, sagte sie. »Auf Wiedersehen, Monsieur Martens. Es hat mich sehr gefreut, Sie kennenzulernen. Wir sehen uns morgen beim Frühstück, Alice.«

Sehr viel später – sie hatte das Gefühl, bereits Stunden geschlafen zu haben – wurde Ruby vom Knarzen einer Bodendiele geweckt, von unterdrücktem Kichern und Getuschel.

Stocksteif und mit klopfendem Herzen lag sie im Bett und lauschte. War das etwa Alice, die ihren alten Schwarm mit aufs Zimmer nahm? Sie wusste es nicht eindeutig zu erkennen. Immerhin gab es in diesem Hotel noch andere verliebte Paare.

Egal, wer immer es sein mochte – jedenfalls riefen die Geräusche lange unterdrückte Gefühle in ihr wach, die sie erregten und dazu führten, dass sie sich lebhaften Fantasien hingab. Sie stellte sich leidenschaftliche Küsse vor, Kleider, die langsam ausgezogen wurden, Hände, die einander gierig betasteten. Kein Zweifel, dass sie das Paar um seine Intimität beneidete und ungewolltes Verlangen Besitz von ihr ergriff.

Für sie war das alles so lange her, dass sie sich nicht einmal mehr erinnerte, wie es sich anfühlte, von einem

Mann geküsst zu werden und seine Hände auf ihrem Körper zu spüren. Das letzte Mal war es mit diesem Fremden gewesen, aber daran mochte sie nicht zurückdenken. Es reichte, dass sie wochenlang in der Furcht gelebt hatte, schwanger zu sein, gepaart mit einem abgrundtiefen Selbstekel, weil sie Bertie betrogen hatte.

Und seit er vermisst wurde, war kein Tag vergangen, an dem sie sich nicht die Schuld dafür gab und sich einredete, dass dies die Strafe für ihre Untreue sei. Und obwohl sie eigentlich nicht an so etwas wie ein göttliches Strafgericht glaubte, war es ihr bis heute nicht gelungen, sich aus dieser zerstörerischen Selbstzerfleischung zu befreien.

Dieser Fehltritt stellte bis heute den absoluten Tiefpunkt in ihrem Leben dar. Damals hielt sie sich für völlig wertlos, für jemanden, der es nicht verdiente, am Leben zu sein. In ihrer Verzweiflung war sie eines Tages sogar in die Apotheke gegangen, hatte ein Fläschchen Aspirin gekauft und mit einer Flasche Brandy, die noch von ihrem Vater stammte, die Tabletten hinuntergewürgt.

Das Nächste, was sie wahrgenommen hatte, war die Stimme der Mutter gewesen, die ihren Namen rief und ihr versicherte, dass alles wieder gut werde. Was natürlich nicht wirklich stimmte, doch zumindest wurde sie ein paar Tage später aus dem Krankenhaus entlassen und konnte eine Woche später an ihren Arbeitsplatz zurückkehren. Eine schlimme Grippe habe sie erwischt, lautete die offizielle Erklärung. Weder sie noch ihre Mutter erwähnten den Vorfall jemals wieder, sondern taten einfach, als wäre nie etwas passiert.

Offenbar war Ruby über ihren grüblerischen Gedanken ein wenig weggedämmert, denn als sie in die Gegenwart zurückfand, herrschte Stille im Haus. Weil an Schlafen nicht mehr zu denken war, knipste sie das Licht an und griff nach dem Tagebuch auf ihrem Nachttisch, um den Eintrag zu lesen, den sie früher am Nachmittag geschrieben und hektisch wieder durchgestrichen hatte.

Liebster Bertie, ich muss dir etwas gestehen. Vor langer Zeit habe ich etwas sehr Schlimmes getan, als du noch gelebt hast. Du warst so weit weg, und ich habe mich so einsam gefühlt ohne dich, und dann habe ich jemanden kennengelernt, der mich zum Lachen gebracht hat, der mir das Gefühl gab, etwas Besonderes zu sein, hübsch und ...

Eine Viertelstunde später hielt sie inne und las noch einmal, was sie zu Papier gebracht hatte. *Und jetzt bist du tot, Bertie, und ich kann es nicht wiedergutmachen oder dich um Verzeihung bitten.*

Sie kaute auf dem Bleistift herum, ehe sie erneut ansetzte. *Aber ich muss mein Leben weiterleben, weil mir gar nichts anderes übrig bleibt. Daher gibt es nur einen Weg – ich muss mir selbst vergeben. Ich weiß zwar noch nicht, wie ich das anstellen soll, aber hierherzukommen war wenigstens ein erster Schritt.*

Alice

Mit einem Ruck fuhr Alice aus dem Schlaf hoch. Ihr Mund war staubtrocken, und ihr war ganz flau im Magen. Sie lag vollständig bekleidet und mit den Schuhen an den Füßen auf dem Bett. Die Sonne drang durch die Schlitze in den Fensterläden.

»Kommst du zum Frühstück?«, hörte sie Ruby durch die geschlossene Tür rufen. »Um zehn treffen wir den Reverend.«

»Geh schon mal nach unten, ich bin in einer Viertelstunde da.« Allein vom Sprechen dröhnte ihr der Schädel.

Daniel hatte sie überredet, den Abend mit einem Brandy zu beschließen – ein Getränk, das sie normalerweise eher selten zu sich nahm –, und ihr gleich einen doppelten geholt. Und das, obwohl sie zum Abendessen bereits zwei große Gläser Rotwein getrunken hatte und danach noch einen Whisky mit Ruby.

Der Brandy schmeckte süß und aromatisch und rann sanft ihre Kehle hinab. Sie bestellten einen zweiten. Inzwischen waren sie die einzigen Leute in der Bar bis auf Maurice, der hinter dem Tresen die Gläser abwusch.

»Ich sollte ins Bett gehen.«

Ihre Zunge fühlte sich viel zu groß und zu schwer an,

und als sie aufstand, merkte sie, dass sich alles drehte. In ihrer Euphorie über Daniels Gesellschaft, über all den ernsthaften Gesprächen und dem entspannten Geplänkel hatte sie gar nicht gemerkt, wie sehr ihr der Alkohol zu Kopf gestiegen war.

»Hoppla.« Seine Hand legte sich um ihren Ellbogen und dirigierte sie behutsam in Richtung Tür. »Wir sollten ein bisschen an die frische Luft gehen. Das hilft, einen klaren Kopf zu bekommen.«

Kaum waren sie ein paar Schritte gegangen, umfasste er mit beiden Händen ihr Gesicht, sah ihr tief in die Augen, als wäre sie ein unermesslich wertvoller Schatz, und zog sie an sich. Seine Lippen berührten die ihren. Für einen kurzen verzauberten Moment erwiderte sie seinen Kuss, spürte, wie sich ihre Lippen teilten und das Verlangen durch ihren Körper schoss.

Ausgerechnet in diesem Moment begann ein Hund zu bellen, und Alice sah ein großes, wolfsähnliches Tier, das mit gesträubtem Nackenfell in ihre Richtung stürmte. Zwar drehte es rechtzeitig ab und trollte sich, aber der Zauber war vorbei. Als Daniel sich ihr wieder zuwandte, um da weiterzumachen, wo sie aufgehört hatten, löste sie sich von ihm.

»Wenn wir das tun, werden wir es beide später bereuen.«

»Ich nicht«, beteuerte er und strich ihr behutsam über die Wange, ehe er seine Hand sinken ließ.

»Es war so schön, dich wiederzusehen«, flüsterte sie.

»Geht mir genauso«, raunte er. »Was wohl aus uns geworden wäre?«

Er begleitete sie zurück zum Hoteleingang und beobachtete, wie sie die Treppe hinaufwankte. Zum Glück hielt sie sich am Geländer fest, sonst wäre sie am Ende noch gestürzt. Oben angekommen, hörte er, wie sie kichernd ihre Tür aufsperrte, was ihr erst nach mehreren Versuchen gelang, und sie geräuschvoll hinter sich zuschlug. Was sie drinnen anstellte, entzog sich seiner Kenntnis.

Nachdem Ruby sie geweckt hatte, setzte Alice sich auf, trank einen Schluck aus dem Wasserglas auf dem Nachttisch und lauschte den Geräuschen ringsum. Trotz des verführerischen Kaffeedufts, der sie ein wenig aufmöbelte, war sie mies gestimmt und erwartete sich nichts Gutes. Ihr Enthusiasmus vom Vortag war tiefer Niedergeschlagenheit gewichen, und die Welt erschien ihr grau und trostlos. Woran nicht zuletzt Daniels Pessimismus in Sachen Sam schuld war, sondern ebenso, wenn nicht noch mehr, die Tatsache, dass er kein zweites Treffen erwähnt hatte.

Sie und Daniel. Einerseits dankte sie dem Himmel, dass sie rechtzeitig zur Vernunft gekommen war, andererseits fragte sie sich, was sie versäumt haben mochte. Würde sie es für den Rest ihres Lebens bereuen, es niemals zu erfahren? Wäre Julia hier gewesen, hätten sie bis tief in die Nacht hinein diskutiert und die Vor- und Nachteile ihrer Entscheidung gegeneinander abgewogen. Ruby war da kein Ersatz. Wie die graue Maus über das Ganze dachte, wusste sie ohnehin.

Seufzend erhob Alice sich, schleppte sich ins Bad und zog frische Sachen an, um sich nach unten zu begeben.

»Tut mir leid, dass ich so lange gebraucht habe. Ich fürchte, ich habe gestern Abend ein wenig zu tief ins

Glas geschaut«, meinte sie entschuldigend. »Und das rächt sich heute gewaltig«, fügte sie in der Hoffnung hinzu, der Freundin, die seltsam angespannt wirkte, ein Lächeln zu entlocken.

Ruby faltete ihre Serviette sorgfältig zusammen, bevor sie sie neben den Teller legte und den Mund zu einer Erwiderung öffnete.

»Er macht einen netten Eindruck, und ihr scheint ja ganz dicke Freunde zu sein«, äußerte sie steif.

»Es ist nichts passiert, wie du vielleicht denkst«, beeilte Alice sich zu versichern. »So dicke Freunde sind wir nun auch wieder nicht.«

Ruby zögerte einen Moment, bevor ein Lächeln auf ihre Züge trat. »Fein, da bin ich wirklich erleichtert. Die hätten uns am Ende mit Schimpf und Schande aus der Stadt gejagt. Konnte er dir wenigstens einen Hinweis geben, wer vielleicht etwas über Sam weiß?«

Alice schüttelte den Kopf. »Ehrlich gesagt, wirkte er überhaupt nicht zuversichtlich. Vermutlich ist Talbot House unsere größte, wenn nicht einzige Chance. Deshalb kann ich es kaum erwarten, mit diesem Tubby zu sprechen.«

Endlich war es so weit, dass Reverend Philip Clayton in der Hotelhalle auftauchte. Alice musste lächeln, als sie ihn sah, denn er trug seinen Spitznamen, kleiner Pummel, durchaus zu Recht und bot sogleich an, ihn so zu nennen.

»Sie können gern Tubby zu mir sagen. Das tun alle«, meinte er und brach in ein lautes, herzliches Gelächter aus.

Er war nicht allzu groß und ein wenig mollig, hatte

große Hände, die ständig in Bewegung zu sein schienen, einen für seinen Körper recht großen Kopf mit unschuldig dreinblickenden Augen. Sein kräftiges, ausgeprägtes Kinn allerdings ließ erahnen, dass er Durchsetzungsvermögen besaß. Unter seinem schwarzen Priesterrock lugten abgetragene braune Stiefel hervor, wodurch er wie eine etwas eigentümliche Mischung aus Gottesmann und Soldat wirkte. Das weit geschnittene Tweedjackett mit ledernen Flicken an den Ellbogen, das er über der Soutane angezogen hatte, entsprach hingegen der typischen Kleidung eines gebildeten Engländers.

Auf den ersten Blick erweckte der Reverend einen eher umtriebigen Eindruck, wirkte wie ein mühsam gezähmtes Energiebündel, doch als er sich zu ihnen setzte und sie über ihre Suche nach Sam zu sprechen begannen, versenkte er sich plötzlich ganz in sich selbst. Die Hände im Schoß gefaltet, trat auf sein Gesicht ein Ausdruck tiefer Nachdenklichkeit, der etwas durchaus Beruhigendes, Ermutigendes hatte. Alice spürte, wie ihr Optimismus neuerlich erwachte, und lauschte gebannt seinen Worten, die auf sie eine geradezu hypnotische Wirkung ausübten.

»Meiner Erfahrung nach ist es extrem schwierig, jemanden aufzustöbern, wenn er nicht gefunden werden will, daran müssen Sie immer denken. Womit ich beileibe nicht sagen will, dass Sie die Hoffnung aufgeben sollten. Viele Kanadier sind ins Talbot House gekommen ...« Tubby legte eine Pause ein, bevor er lächelnd weitersprach. »Allerdings muss ich zugeben, dass es mir nie wirklich gelungen ist, gebürtige Kanadier von jenen Amerikanern zu unterscheiden, die freiwillig unter der Ahornblattflagge kämpften. Ich werde versuchen, mir die Jungs noch einmal zu vergegenwärtigen, vielleicht fällt mir ja etwas ein, das Ihnen weiterhilft.« Eine Weile schwieg er, bevor er sich an Ruby wandte. »Und was ist mit Ihnen, meine Liebe? Erwarten Sie ebenfalls meine Hilfe?«

»Ich suche nach einem Grab«, erwiderte sie leise. »Mein Mann wird seit der Schlacht von Passendale vermisst. Zwar wurde seine Leiche nie gefunden, aber inzwischen glaube ich nicht mehr daran, dass er noch lebt.«

»Das tut mir leid«, sagte er. »Leider teilen Sie dieses Schicksal mit vielen. Wie hieß er denn?«

»Bertie. Albert Barton.«

Leise wiederholte der Reverend den Namen, während er auf seine leere Kaffeetasse blickte und sie fast beschwörend hin und her drehte, als wollte er aus dem Kaffeesatz lesen, dann schüttelte er den Kopf.

»Da klingelt gar nichts bei mir. Natürlich erinnere ich mich nicht an alle Soldaten, die ins Talbot House gekommen sind. Und mein Gedächtnis ist zudem nicht mehr das, was es mal war. Der Krieg hat einen vergesslich gemacht. War Ihr Ehemann denn ein gläubiger Mensch?« Als Ruby verlegen den Kopf schüttelte, fügte er hinzu: »Nicht dass es eine Rolle spielen würde. Alle waren willkommen. Nur kann ich mich an diejenigen besser erinnern, die sich mir zum Gebet angeschlossen haben.« Erneut wandte er sich an Alice. »Was ist in dieser Hinsicht mit Ihrem Bruder?«

»Meine Eltern haben seit jeher zur Kirche gehalten, und Sam war ursprünglich ebenfalls sehr gläubig. Das änderte sich jedoch, als seine Verlobte beim Untergang der *Lusitania* ums Leben kam. Ich erinnere mich noch, wie er Gott damals verfluchte, weil er das zugelassen hat. Seitdem war er von dem Gefühl besessen, sie rächen zu müssen, und schloss sich heimlich den Kanadiern an.«

»Das ist nicht weiter ungewöhnlich«, sagte Tubby. »Ich selbst kenne solche Gedanken. Und es ist sogar befreiend, jemanden verfluchen zu können – selbst wenn es der liebe Gott ist. Das ist besser, als nichts oder niemanden zu haben, denke ich.«

Die beiden jungen Frauen sahen sich verwundert an und fragten sich, was Tubby wohl erlebt haben mochte, dass er seinen eigenen Glauben als Last empfand.

Die Kirchenglocke läutete. »Du liebe Güte, ist es schon so spät? Ich muss mich sputen, fürchte ich. Im Talbot House liegen noch Sachen für mich, die wir bei unserer überstürzten Abreise nicht mitnehmen konnten. Ich will den Besitzer nicht warten lassen – es ist ohnehin ein Entgegenkommen von ihm, mich zu empfangen. Er ist nämlich den Rummel um sein Haus leid, müssen Sie wissen.«

Alices Herz machte einen Satz. »Bestünde vielleicht die Möglichkeit, dass wir mitkommen?«

»Nun, Monsieur van Damme ist ein bisschen eigen. Zu viele Leute, die nach vermissten Angehörigen suchten, haben ihm in den ersten Monaten nach Kriegsende das Haus eingerannt. Aber ich denke, wenn ich zwei reizende junge Damen mitbringe, wird er nichts dagegen haben. Obwohl es dort nicht mehr ist wie während des Krieges, bekommen Sie vielleicht trotzdem noch ein Gespür für die besondere Atmosphäre des Clubs. Und finden, wenn Sie die Luft von einst atmen, womöglich etwas, das Ihnen ein wenig Trost spendet. Wir könnten ja in den Dachstuhl hinaufklettern und in der Kapelle ein, zwei Gebete an den alten Mann dort oben schicken.«

Im Gegensatz zum Vortag stand das mit Schmiedeeisen reich verzierte Eingangsportal für sie bereits offen, und sie betraten eine große Eingangshalle. Das einst feudale Wohnhaus wirkte trist und verlassen, ungeliebt. Die Stuckverzierungen an den Wänden und Decken bröckelten, überall lag Staub.

Abgesehen von einem fadenscheinigen Perserteppich war die Halle leer, lediglich ein vergessenes schwarzes Brett mit handschriftlichen Informationen für die Gäste von früher hing noch an der Wand.

Ein herzliches Willkommen an alle Besucher.
Erdgeschoss: Speisesaal und Badezimmer
Erster Stock: Büro des Hausleiters (keine Angst, er
freut sich über deinen Besuch, Kamerad)
Ecke der Freundschaft
Zweiter Stock: Bibliothek und Schreibzimmer
Dritter Stock: Kapelle mit dem Altar

Monsieur van Damme, ein großer, imposanter Mann in einem eleganten Dreiteiler, erschien. Sein Auftreten ließ keinen Zweifel daran, dass er zu den Honoratioren der Stadt gehörte, und sein ausladender Bauch legte die Vermutung nahe, dass er in den Kriegsjahren keinen übermäßigen Hunger hatte leiden müssen.

Tubby stellte ihm Alice und Ruby vor, und er erlaubte ihm, sie ein wenig herumzuführen.

»Ich komme in einer Stunde zurück, Reverend. Genügt Ihnen das?«, erkundigte er sich und zog eine Taschenuhr heraus, die Alice an das Kaninchen aus *Alice im Wunderland* erinnerte, ihrem Lieblingsbuch.

»Wir haben Riesenglück«, raunte Tubby, als Monsieur van Damme sich zurückgezogen hatte. »Zwischendurch war er dermaßen verärgert, weil ständig irgendwelche Besucher sein Haus belagerten, dass er sich komplett quergestellt hat. Deshalb sollten wir sein Entgegenkommen nicht überstrapazieren.«

Obwohl ihre Schritte in den kahlen Räumen widerhallten, meinte Alice tatsächlich noch die Gegenwart der Soldaten zu spüren, die hier Ruhe, Freundschaft und Trost gesucht hatten. Nach wie vor zierten Sprüche die Wände, die vom Galgenhumor der jungen Gäste von damals zeugten. Direkt neben der Eingangstür hing ein Schild mit der Aufschrift: *Pessimisten! Hier geht's raus!* Und ein weiteres prangte an der Treppe: *Wegen eines Meteoriteneinschlags im Elektrizitätswerk wird Talbot House vorübergehend wie in alten Zeiten mit Öl und Tran beleuchtet.*

»Im Winter 1917 waren wir ein wenig vom Pech verfolgt«, erklärte Tubby. »Die Deutschen hatten uns unter Beschuss genommen, und wir konnten nicht mehr richtig heizen. Dort oben war mein Arbeitszimmer«, fügte er hinzu, als sie die Treppe hinaufstiegen.

Über der Tür hing ein weiteres Schild: *Wer über diese Schwelle tritt, sei Gleicher unter Gleichen.*

»Das gefällt mir«, sagte Ruby. »Als mein Bertie in der Ausbildung war, hat er es immer gehasst, dass er vor den Captains salutieren musste, und es ärgerte ihn, dass sie anders als er und seine Kameraden gutes Essen und ein gemütliches Bett bekamen. Nach ein paar Monaten schrieb er allerdings in seinen Briefen, dass die meisten feine Kerle seien, wenn man sie erst einmal ein bisschen besser kenne.«

Sie betraten das Büro, das leer war bis auf ein einziges Möbelstück, einen riesigen Schreibtisch aus dunkler Eiche.

»Wir mussten, wie gesagt, überstürzt aufbrechen, und in meiner Dummheit habe ich all meine Unterlagen in den Schubladen vergessen. Sie müssen es mir bitte verzeihen, wenn ich sie jetzt durchsehe, meine Damen. Es wird nicht lange dauern.«

Während Tubby eine Schublade nach der anderen durchwühlte, schauten Alice und Ruby sich in den restlichen Zimmern um. Die Bibliothek war bis auf die verstaubten Regale leer, während der angrenzende Salon noch recht bewohnt wirkte mit den Blümchentapeten, dem Mahagonisekretär und einem großen Emaillekessel, in dem vermutlich Tee zubereitet wurde.

»Wie schön es hier ist, findest du nicht?«, meinte Alice. »Die Vorstellung, dass die Männer für ein paar Stunden so etwas wie ein normales Leben führen konnten, bevor sie in die Schützengräben zurückmussten, freut mich ehrlich.« Sie sah es förmlich vor sich, wie Sam es sich auf dem breiten Sofa oder in einem der behaglichen Sessel gemütlich gemacht hatte, mit einem Buch in der einen Hand und einem Becher Tee in der anderen und dieser kleinen Falte zwischen seinen Brauen, die er schon als kleiner Junge gehabt hatte, wenn er sich konzentrierte.

Wenig später gesellte sich der Reverend wieder zu ihnen, unter dem Arm die lederne Aktentasche, deren Nähte unter der Fülle der hineingestopften Papiere fast zu platzen drohten. Der Anblick brachte Alice auf eine Idee.

»In Ihren Unterlagen befinden sich nicht zufällig Aufzeichnungen, wer das Haus aufgesucht hat, oder?«

»Aber natürlich!« Er schlug sich mit dem Handballen gegen die Stirn. »Was bin ich für ein Dummkopf. Wieso um alles in der Welt ist mir das nicht selbst eingefallen? Genau deswegen bin ich schließlich hier, wegen unserer Besucherbücher.«

Er stellte die Aktentasche auf den Boden und zog fünf in grünes Leder gebundene Bände heraus.

»O Gott. Stellt euch bloß vor. Was wäre, wenn …«, stieß Ruby atemlos hervor.

»Ich bin sicher«, sagte Tubby und begann zu kramen, »dass hier Anfragen von Leuten sein müssen, die nach Freunden und Verwandten gesucht haben.« Er deutete auf einen überquellenden Ordner. »Wusste ich's doch. Ich habe alles aufgehoben, weil ich mit all diesen Leuten in Kontakt treten will. Mir schwebt eine Organisation vor, die dieses wunderbare Kameradschaftsgefühl am Leben hält, das wir während des Krieges erleben durften und das nun, in Friedenszeiten, auf einmal verflogen zu sein scheint.« Er griff einzelne Blätter heraus, während sein Blick in die Ferne schweifte. »Und gleichzeitig soll an all jene erinnert werden, die nicht mehr nach Hause zurückgekehrt sind.«

Alice konnte es kaum erwarten. »Würden Sie uns einen Blick darauf werfen lassen, Reverend?«

»Natürlich! Und bitte nennen Sie mich Tubby. Ich kann mich einfach nicht daran gewöhnen, wenn jemand mich so förmlich anredet. Egal. Ich sollte nicht endlos über meine Pläne schwadronieren, während Sie darauf brennen, vielleicht etwas über Ihre vermissten Angehörigen zu erfahren. Ich mache Ihnen einen Vorschlag, meine Damen. Wieso gehen wir mit den Unterlagen nicht in ein Café? Wir könnten uns hinsetzen und bei einer Tasse Kaffee alles durchsehen. Außerdem könnte ich weiß Gott eine Dosis Koffein gebrauchen. Was halten Sie davon?«

»Das wäre wunderbar!«, rief Alice.

»Bevor ich aber diesem Haus endgültig den Rücken kehre, möchte ich in der Kapelle gern ein letztes Gebet sprechen. Wollen Sie mich begleiten?«

Als Alice und Ruby nickten, führte er sie zu einer steilen Treppe, die eher einer Leiter glich. »Vorsicht, meine Damen«, warnte er, als sie seiner fülligen Gestalt die Stufen hinauffolgten und den geräumigen, luftigen Dachboden betraten, in dem es intensiv nach Weihrauch und getrockneten Blättern roch. Durch die Fenster an beiden Enden fiel Licht herein und ließ die weiß verputzten Dachschrägen erstrahlen.

»Hier oben wurde ursprünglich Hopfen getrocknet«, wusste Tubby zu berichten. »Als wir vorschlugen, den Dachstuhl als Kapelle zu nutzen, riet man uns ab, weil man den Boden für nicht ausreichend tragfähig hielt. Mit der Hilfe des Herrn und ein paar zusätzlichen Balken konnten wir sie zum Glück eines Besseren belehren. Manchmal waren bis zu hundert Männer hier oben.«

Langsam ging er umher, inspizierte jede Ecke, strich mit dem Finger über die Glasscheibe eines der beiden halbrunden Fenster links und rechts des Kamins, die auf den Garten hinausgingen.

»Du meine Güte, es ist so wunderbar, wieder hier zu

sein«, seufzte er. »Sie hätten die Kapelle damals sehen sollen in ihrer ganzen schlichten Pracht und Schönheit. Wir haben so viele großzügige Geschenke für ihre Ausstattung bekommen. Von der Decke hing zum Beispiel ein riesiger vergoldeter Kronleuchter, und aus geschnitzten Bettpfosten wurden bildschöne Kerzenständer gemacht, die links und rechts vom Altar standen. Den Altar selbst haben wir aus einer alten Zimmermannsbank getischlert. Überaus passend, finden Sie nicht?«, meinte er. »Bitte, schließen Sie sich mir an, wenn Sie möchten.«

Er bekreuzigte sich und ließ sich auf ein Knie sinken. Reflexartig tat Alice es ihm nach. In der Stille des Raumes spürte sie, wie sich ein Gefühl des Friedens in ihr ausbreitete, sich wie ein hauchzarter Seidenschal über sie legte und die Angst vertrieb, die bis dahin beharrlich durch ihre Adern gerauscht war. Ruby kniete sich neben sie, stumm und konzentriert. Lediglich das Zwitschern der Vögel war zu hören.

Tubby hob zu einem Gebet an. Seine Stimme war so tröstlich und wohlklingend, wie die jungen Frauen es noch nie bei jemandem gehört hatten.

»Vater im Himmel. Segne dieses Haus, lass es in Sicherheit sein, bewahre es zur Erinnerung an die vielen, die hier Unterschlupf gefunden haben, und vor allem an jene, die ihr Leben gaben, damit wir Frieden finden. Segne dieses Land und seine Menschen, die so schweres Leid erdulden mussten, und hilf ihnen, Frieden in ihrem Herzen zu finden. Und segne diese beiden jungen Frauen, auf dass sie Trost nach ihrem schweren Verlust finden mögen. Amen.«

Alice stimmte sogleich ein, als er zum Vaterunser

anhob, während Ruby ein wenig zögerte, bevor sie die Worte sprach, die für sie von so großer Wichtigkeit waren.

»Vergib uns unsere Schuld, wie auch wir vergeben unseren Schuldigern ...«

»Ich bin so froh, dass du bei mir bist«, flüsterte Alice.

»Und ich bin froh, dass du mich mitgenommen hast«, wisperte Ruby.

Die Namen der Besucher durchzugehen entpuppte sich als mühselige Angelegenheit. Viele hatten ihre Namen so hastig hingekritzelt, dass sie kaum lesbar waren, andere waren durch irgendwelche Flecken verschmiert. Kaffee oder Tee, vermutete Alice, denn Alkohol war im Talbot House nicht ausgeschenkt worden. Davon hätten die Jungs anderswo genug bekommen, meinte Tubby augenzwinkernd. Alice glaubte darüber hinaus auch andere, dunklere Flecke auszumachen: Schlamm oder gar Blut. Selbst die Besucherbücher dieses friedlichen Ortes wiesen Zeichen des Krieges auf, vor dem die jungen Männer für einen kurzen Moment der Ruhe geflüchtet waren.

Wann immer ihr Blick auf eine Erwähnung des Canadian Corps fiel, drohte Alices Herzschlag auszusetzen, und sie schaute besonders gründlich hin. Selbst wenn keiner der Einträge von Sam stammte, konnten diese Kanadier ohne Weiteres seine Kameraden gewesen sein. Könnte sie bloß mit ihnen reden. Kurz überlegte sie, die Namen zu notieren, um sich später von zu Hause auf die Suche nach ihnen zu machen, doch die brutale Wahrheit war, dass die Mehrzahl von ihnen längst nicht mehr lebte. Wann immer sie auf ein Kreuz hinter dem Namen stieß, schwand ihre Zuversicht ein klein wenig mehr.

»Und? Wie sieht es bei dir aus?«, fragte sie Ruby, die über einem anderen Buch am Nebentisch saß.

»Nichts. Ich habe zwar ein paar Einträge von Männern gefunden, die Berties Regiment angehört haben, aber kein einziger Namen sagt mir etwas. Es ist, als würde man nach einer Nadel im Heuhaufen suchen.«

Alice hatte gerade das fünfte und letzte Buch aufgeschlagen, als ihr ein Name auf der ersten Seite ins Auge stach. *Lance Corp. Samuel Pilgrim, 3. Kanadische Division, 3. Februar 1917.* Doch erst der nachfolgende Spruch ließ sie vollends aufmerken. *Eine kleine Oase in dieser Hölle des Krieges.* Das waren exakt die Worte, die in Sams Brief gestanden hatten. Aufgeregt ging sie zu Tubby hinüber.

»Kann ich Ihnen etwas zeigen?«

»Natürlich, meine Liebe. Was haben Sie gefunden?«

Mit zitternden Fingern deutete sie auf den Eintrag, ehe sie Sams Brief herauszog. »Haben die Leute Talbot House immer so genannt? Ich habe diese Worte nirgendwo sonst gesehen.«

Tubby nahm seine Brille ab und rieb sich die Augen. »Ich habe diese Worte sowohl gehört als auch gelesen, soweit ich mich erinnere. Allerdings ist Sam Pilgrim vermutlich nicht der Name Ihres Bruders, nehme ich an?«

»Nein, er heißt Sam Palmer.«

Tubby setzte seine Brille wieder auf und betrachtete nachdenklich den Brief. »Welch seltsamer Zufall. Palmer, Pilgrim. Die beiden Namen haben dieselbe Bedeutung, wussten Sie das? Das englische *Palmer* bezeichnet einen Pilger, der Palmblätter aus dem Heiligen Land als Beweis für seine Pilgerreise mit nach Hause bringt.«

Die Erklärung verschlug Alice die Sprache. Es war so offensichtlich, plötzlich war alles ganz klar. Bis auf eines.

»Halten Sie es wirklich für möglich, dass Sam Pilgrim mein Bruder sein könnte«, hakte sie aufgeregt nach. »Mir scheint seine Unterschrift auf dem Brief nicht genauso auszusehen wie der Eintrag in dem Besucherbuch. Die Buchstaben sind größer, weiter nach vorn geneigt und weniger sorgfältig ausgeführt.«

Ruby beugte sich zu ihr herüber. »Darf ich mal sehen?« Sie betrachtete die Schriftzüge eingehend und verglich sie miteinander. »Ich sehe eindeutige Ähnlichkeiten«, erklärte sie schließlich. »Die Rundungen bei den Gs sind genau dieselben. Zwar sind die senkrechten Striche beim H nicht ganz parallel und sehen deshalb wie ein umgekehrtes V aus, aber wenn man bedenkt, unter welch seelischem Druck die Männer damals standen, sind derartige minimale Abweichungen nicht weiter verwunderlich.«

»Wow, Ruby, woher weißt du das alles?«

»Damit haben wir uns als Schulmädchen vergnügt und versucht, aus einer Handschrift der Jungs, die uns gefielen, seinen Charakter herauszulesen und daraus wiederum zu schließen, ob wir zusammenpassen. Es gibt sogar einen Fachbegriff dafür ...«

»Grafologie?«, warf Tubby ein.

»Genau«, stimmte Ruby zu, während Alice zärtlich mit dem Finger über die Schrift strich. Bei der Vorstellung, es könnte tatsächlich die Unterschrift ihres Bruders sein, durchlief ein Prickeln ihren Körper, und ihre Augen füllten sich mit Tränen.

»Glaubst du ernsthaft, mein Bruder könnte das geschrieben haben?«

»Na ja, es wäre schon ein ziemlicher Zufall. Trotzdem: Der Zeitrahmen stimmt, der Name hat dieselbe Bedeutung wie euer Nachname, er benutzt dieselben Worte wie in seinem Brief, und die Handschrift weist große Ähnlichkeiten auf. Eigentlich ziemlich unwahrscheinlich, dass alles purer Zufall ist.«

»Und wie kann ich mir jemals sicher sein?«

»Meine Liebe, um Gewissheit zu bekommen, müssen Sie sich mit den kanadischen Behörden in Verbindung setzen«, mischte sich Tubby ein und tätschelte begütigend ihren Arm.

»Dort haben wir mehrmals nachgefragt und wurden immer abgewimmelt. Ohne Namen, hieß es …« Sie hielt inne. »Du liebe Güte, jetzt habe ich ja einen Namen.« Aufgeregt schnappte sie ihre Jacke und ihre Handtasche. »Wo ist das Postamt? Ich muss sofort meinem Vater telegrafieren. Bin gleich zurück.«

Kapitel 15

Martha

Um Viertel vor elf standen sie in der Halle des Hotels, um auf Monsieur Peeters zu warten.

Trotz der Wärme von Ottos Körper, der weichen Matratze und den sauberen weißen Laken hatte Martha schlecht geschlafen. Ihr Magen war zu voll von dem ungewohnt schweren Essen gewesen und ihr Kopf zu voll von wirren, beängstigenden Gedanken.

In ihrer Handtasche, die sie fest an sich presste, befanden sich ein Hut für sich selbst und eine Mütze für Otto. Der Junge würde sich natürlich weigern, sie aufzusetzen, doch sie musste wenigstens versuchen, ihn vor der sengenden Sommersonne zu schützen. Außerdem hatte sie beim Frühstück zwei Brötchen und einen Apfel in einer Leinenserviette eingesteckt. Anschließend hatte sie noch einmal den Brief an ihren toten Sohn gelesen, den sie ihm vor Jahren geschrieben hatte.

Mein liebster Heinrich,
du warst und bist bis heute unser wunderbarer, von Herzen geliebter Erstgeborener. Du hieltest all unsere Hoffnungen, Träume, unsere Zukunft in deinen Händen.
Ohne dich ist die Welt ein trauriger, grauer Ort,

und wir können kaum glauben, dass wir dich erst wiedersehen, wenn wir mit Gottes Willen im Himmel vereint sein werden.

Aber wir wissen, dass du dein Leben gelassen hast, weil du tun wolltest, was du für richtig hieltest. Und das war, die Ehre unseres wunderbaren Landes hochzuhalten. Wir sind stolz auf deinen Mut und deine Entschlossenheit, für das einzustehen, was dir am Herzen lag. Ruhe sanft, mein lieber Junge.

Mama, Papa und dein kleiner Bruder Otto

Ungeduldig stieß Otto einen Seufzer aus. »Wann kommt der Mann denn endlich?«

»Er muss jeden Moment hier sein«, antwortete Martha, um ihn sowie sich selbst zu beruhigen.

Dabei würde sie sich am liebsten für ihre Vertrauensseligkeit ohrfeigen. Sie hatte sich weder eine Quittung für die zehn Francs Anzahlung geben lassen, noch kannte sie Monsieur Peeters' Adresse. Auf dem Zettel stand lediglich sein Name. Was, wenn er nicht auftauchte? Wie sollte sie dann nach Langemarck kommen? Sie hatte ja nicht einmal eine Ahnung, ob es sich um ein Dorf, eine Stadt oder einen Landstrich handelte, der der berüchtigten Schlacht seinen Namen gegeben hatte. Selbst dass es dort einen deutschen Soldatenfriedhof geben sollte, wusste sie nur vom Hörensagen. Wie hatte sie bloß so schlecht vorbereitet losfahren können?

Mit einem Mal schienen sich lauter Probleme vor ihr aufzutürmen. Vor allem kamen ihr Zweifel, ob sie überhaupt unter den Tausenden von Namen jenen einen finden würde, nach dem sie suchte. Schlimmer noch, sie wusste ja nicht einmal, ob Heinrich ordentlich begraben worden war.

Um halb zwölf warteten sie nach wie vor, und Marthas Hoffnung, dass der Mann noch auftauchte, schwand zusehends. Angstvoll begann sie in der schwülen, malzgeschwängerten Sommerluft zu schwitzen.

»Sind Sie immer noch hier?«, wunderte sich der einarmige Engländer, der soeben aus der Bar in die Halle kam. »Auf wen warten Sie denn?«

Sie zuckte die Achseln, als verstünde sie kein Wort. So war es einfacher.

»Ich hole Maurice«, meinte er.

Wenig später erklärte sie dem Hotelier, dass ein Mann sie auf dem Platz angesprochen habe, und zeigte ihm den Wisch, den er ihr in die Hand gedrückt hatte.

»Ich kenne Geert Peeters«, nickte Monsieur Vermeulen. »Er nimmt immer den Transporter meines Bruders Max, dem Bäcker. Ich kann mir nicht vorstellen, dass es da ein Problem gibt. Vielleicht waren sie heute mit der Auslieferung etwas später dran. Ich gehe gleich los und erkundige mich für Sie.«

Sie dankte ihm und setzte sich hin.

Zwanzig Minuten später kehrte er leicht atemlos mit drei großen, in Zeitungspapier eingeschlagenen Baguettebroten unter dem Arm zurück, die er in die Küche trug. Erschöpft wischte er sich mit einem Taschentuch den Schweiß ab. Sein Lächeln war einem düsteren, missbilligenden Ausdruck gewichen.

»Gibt es doch ein Problem?«, fragte Martha angstvoll.

»Können wir kurz in mein Büro gehen, Madame?«, bat er mit einem Blick auf Otto. »Der Junge soll lieber

227

hierbleiben, wenn es Ihnen nichts ausmacht. Ich halte es für das Beste, wenn wir uns unter vier Augen unterhalten. Es wird nicht lange dauern.«

»Was ist denn, Mama?«, flüsterte Otto und packte erschrocken ihre Hand.

Martha spürte den vertrauten metallischen Geschmack von Angst auf ihrer Zunge, der ihr das Sprechen schwer machte, bemühte sich aber, die aufsteigende Panik vor ihrem Sohn zu verbergen.

»Wahrscheinlich geht es um die Rechnung«, sagte sie und drückte seine Hand, ehe sie Monsieur Vermeulen den Gang hinunterfolgte.

In seinem Büro herrschte ein solches Durcheinander, dass sie sich fragte, wie es ihm gelang, den Überblick über die Buchungen und alles andere zu behalten. Es gab zwei Stühle und einen Tisch, auf dem sich jede Menge Bücher und Broschüren stapelten. Benommen sah sie zu, wie er in den Papieren kramte, ein Zigarettenpäckchen zutage förderte und sich eine anzündete.

Schließlich räusperte er sich. »Madame Weber, ich frage Sie höchst ungern, doch mein Bruder hat mir gesagt, Geert habe sich bereit erklärt, Sie nach Langemarck zu bringen.« Der Name kam wie ein dumpfes Knurren über seine Lippen. »Ist das richtig?«

»Das ist richtig, Monsieur. Wie Sie wissen, sollen wir auf Bitten meiner Schwester das Grab ihres Sohnes suchen«, erklärte sie mit belegter Stimme.

»Sind Sie sich eigentlich darüber im Klaren, dass sich in Langemarck die deutschen Gräberfelder befinden?«, erkundigte er sich, während Martha zusah, wie der Qualm seiner Zigarette in bläulichen Schlieren zur Zimmerdecke stieg.

»Ja, das ist mir bewusst, Monsieur.«

»Sie wollen also zu einem deutschen Soldatenfriedhof fahren, richtig?«

»Ja, das will ich. Ich habe auch Monsieur Peeters gegenüber kein Geheimnis daraus gemacht.«

Er nahm einen Zug von seiner Zigarette, deren Spitze sich orangerot verfärbte. Ascheflöckchen rieselten auf die Papiere vor ihm. Er schien es nicht zu bemerken, oder es kümmerte ihn nicht.

»Verstehen Sie nicht, dass Ihr Vorhaben eine Beleidigung für unser Land darstellt, Madame? Ihr Neffe hat immerhin für den Feind gekämpft, der in unser Land einmarschiert und für den Tod Zigtausender unserer Bürger verantwortlich ist.«

Martha holte tief Luft und richtete sich zu voller Größe auf. Sie straffte die Schultern, reckte das Kinn und blickte ihm geradewegs in die Augen, so wie sie es sich angewöhnt hatte, wenn ein uniformierter Ordnungshüter ihr während des Krieges unangenehme Fragen stellen wollte.

»Bestimmt werden Sie mir zustimmen, Monsieur, dass dieser arme junge Mann, mein Neffe, nicht persönlich für den Tod all dieser Menschen verantwortlich ist. Er hat einfach getan, was er für seine Pflicht hielt, nicht anders als die jungen belgischen, französischen und englischen Soldaten. Und in Ausübung dieser Pflicht hat er sein Leben verloren. Meine Schwester wünscht sich nun nichts sehnlicher, als dass ich ihm einen letzten Gruß von ihr aufs Grab lege, sofern ich es finde. Ist das ein so schlimmes Ansinnen?«

»Sie haben natürlich in gewisser Weise recht, Madame. Der Krieg macht alle Männer zu Schuldigen. Und

229

die Toten sollten in der Tat für ihr Opfer in Ehren gehalten werden, ganz egal auf welcher Seite sie gestanden haben.« Mit einem tiefen Seufzer fuhr er sich mit der Hand durch sein schütteres Haar. »Leider hilft uns das nicht, Ihr Problem zu lösen. Max will nämlich Geert seinen Transporter nicht geben. Zwar hätte er persönlich nichts dagegen einzuwenden, befürchtet aber, seine Kunden könnten im das übel nehmen und künftig nicht mehr bei ihm kaufen. Sein Name steht schließlich groß und breit auf dem Wagen. Wäre mit Sicherheit ungünstig, wenn ihn jemand vor dem deutschen Soldatenfriedhof stehen sieht.«

»Kann man das den Leuten denn nicht genau so erklären, wie ich es gerade bei Ihnen getan habe? Müsste das nicht jeder verstehen?«

Monsieur Vermeulen räusperte sich und senkte die Stimme. »Sie scheinen nicht zu begreifen, dass die Leute hier nach wie vor schreckliche Angst vor einer Infiltration durch die Deutschen haben – um es auf den Punkt zu bringen, sie fürchten sich vor deutschen Spionen.« Er spie das Wort wie einen Bissen Gift aus. »Diese Angst führt zu Getuschel, Getuschel führt zu Gerüchten, Gerüchte führen zu Verdächtigungen und Verdächtigungen zu Anschuldigungen.«

Wie eine unheilvolle Wolke hing die rauchgeschwängerte Luft im Raum.

Martha setzte ein weiteres Mal an. »Ich bin den ganzen Weg aus der Schweiz hergekommen, um den Wunsch meiner Schwester zu erfüllen, Monsieur«, wiederholte sie mit aller Energie, die sie aufzubringen vermochte. »Ihr Landsmann, Monsieur Peeters, hat versprochen, meiner Bitte nachzukommen, und zehn

Francs als Anzahlung von mir gefordert. Falls Ihr Bruder ihm den Transporter nicht leihen kann oder will, ist es im Grunde an Monsieur Peeters, für einen angemessenen Ersatz zu sorgen oder mir mein Geld zurückzugeben, so sehe ich das.«

Inzwischen hatte sich ihre Diskussion wenigstens auf neutrales Terrain verlagert, und der Hotelier schien sich zu entspannen. »Natürlich haben Sie vollkommen recht. Leider ist Geert offenbar nach der Auseinandersetzung aus der Bäckerei gestürmt und seitdem nicht mehr gesehen worden.«

»Dann gehe ich eben selbst zu ihm. Bestimmt haben Sie seine Adresse, oder nicht?«

Vermeulen verzog das Gesicht. »Auf dem Heimweg von der Bäckerei bin ich dort vorbeigegangen. Laut Madame Peeters ist ihr Mann noch nicht wieder aufgetaucht. Sie war – nun ja, wie soll ich sagen – nicht gerade in bester Stimmung und hat eine üble Schimpftirade über Geert losgelassen. An Ihrer Stelle würde ich ihr lieber aus dem Weg gehen.«

»Und was soll ich stattdessen tun? Ich wäre Ihnen für jeden Rat dankbar, Monsieur Vermeulen. Zumindest muss ich mein Geld von diesem Mann zurückbekommen. Und außerdem brauche ich ein anderes Auto, das mich nach Langemarck bringt.«

Er zuckte mit den Schultern. »Bedauere, dabei kann ich Ihnen nicht helfen. Hingegen werde ich alles daransetzen, Peeters zu finden. Ich bin sicher, morgen oder spätestens übermorgen taucht er wieder auf.«

»Morgen oder übermorgen!« Glühender, leidenschaftlicher Hass loderte in ihr auf, fraß sich durch ihre Eingeweide, und die Wut in ihrer Stimme war unüberhörbar. »Das nützt mir nichts, Monsieur. Ich brauche meine Anzahlung zurück, damit ich jemand anders engagieren kann, der mich morgen oder spätestens übermorgen fährt – am Freitag geht nämlich unser Zug.«

Seufzend drückte Monsieur Vermeulen seine Zigarette in dem überquellenden Aschenbecher aus. »Ich habe getan, was ich konnte, und bedaure die Unannehmlichkeiten«, erklärte er und deutete auf die Tür zum Zeichen, dass er das Gespräch als beendet betrachtete.

Tränen stiegen ihr in die Augen. Sie konnte unmöglich die lange Reise unternommen haben, um auf den letzten paar Kilometern zu scheitern, oder?

»Bitte, Sie müssen mir helfen, Monsieur«, begann sie, ließ sich zu ihrem eigenen Entsetzen auf die Knie sinken und streckte flehend die Hände aus. »Verlange ich wirklich zu viel? Ich habe kaum noch Geld und muss sein Grab einfach finden, bevor ich die Heimreise antrete. Wie soll ich sonst meiner Schwester unter die Augen treten?«

Einen Moment lang starrte sie der Hotelier verlegen und unsicher an, ehe er sie am Ellbogen packte und sie auf die Füße zog. »Bitte stehen Sie auf, Madame. Sie müssen sich zusammennehmen. Im Augenblick kann ich wirklich nichts für Sie tun.« Er wartete, während sie sich ein wenig sammelte, sich die Nase putzte und die Augen trocknete. »Und jetzt muss ich in die Küche und meiner Frau helfen. Möchten Sie eventuell zu Mittag essen?«

»Ich denke, unter diesen Umständen werde ich lieber darauf verzichten, Monsieur Vermeulen«, erklärte sie und verließ mit hoch erhobenem Kopf das enge Büro.

Nichts wie weg von hier, dachte sie und grübelte fieberhaft darüber nach, wo sie einen ruhigen Ort finden konnte, um sich zu sammeln und ihre Pläne neu zu überdenken. Wortlos und ohne die verwirrte Miene ihres Sohnes zu beachten, nahm sie ihn bei der Hand und trat mit ihm hinaus in die grelle Sonne.

»Du tust mir weh, Mama«, protestierte Otto und versuchte, sich aus ihrem Griff zu befreien. »Was ist denn passiert? Ich dachte, wir warten auf den Mann, der uns ...«

»Still«, unterbrach sie ihn barsch. »Wir setzen uns jetzt in das Café dort drüben und trinken etwas, und danach gehen wir zum Bäcker und fragen ihn, wo wir den Schuft finden, der uns versetzt hat. Wenn er nicht zu uns kommt, müssen wir eben zu ihm gehen.«

Kapitel 16

Ruby

Es war fast, als spränge einem Kummer und Leid auf den verschmutzten, zerfledderten Seiten des Besucherbuches von Talbot House regelrecht entgegen: krakelige Schriften, Tintenkleckse, undefinierbare Flecken und der Geruch nach verbranntem Holz, Schweiß und schimmeligen Teeblättern. Was war mit all den jungen Männern geschehen? Wie viele von ihnen hatten überlebt? Wie viele waren verwundet worden oder versuchten verzweifelt, im normalen Leben wieder Fuß zu fassen? Wo waren sie alle? Nur über vergleichsweise wenige gab das Buch Auskunft.

Nachdem Alice zum Postamt gegangen war, hatte Ruby sich ohne große Hoffnung wieder den Büchern zugewandt und ging systematisch die Reihen der Namen, Daten, Ränge und Regimenter durch. Ihr Bertie tauchte nirgendwo auf. Deshalb sah sie sich das halbe Dutzend Namen der Soldaten aus seiner Einheit genauer an. Obwohl sie keinen von ihnen je gehört hatte, konnte es sich um Freunde oder Kameraden handeln, die ihn gekannt hatten und womöglich sogar in den letzten Stunden seines Lebens an seiner Seite gewesen waren. Doch ob es so gewesen war, blieb ihrer Fantasie überlassen.

Am traurigsten stimmten sie die angestrengt fröhlichen Kommentare, die das Grauen Lügen straften, das die Männer empfunden haben mussten, wenn es zurückging auf die Schlachtfelder.

Los geht's, hauen wir dem Boche wieder mal eins aufs Maul, schrieb einer. *Zur Hölle soll er fahren.*

Andere waren betont witzig im Stil einer Parodie abgefasst: *Neues aus dem Schützengrabenblatt: Der große Bluff. Ein Stück über eine Farce, die ein großer Erfolg zu werden und noch lange gespielt zu werden verspricht.*

Daneben gab es welche, die ihr beinahe die Tränen in die Augen trieben: *Solange noch ein Tropfen Blut in meinen Adern fließt, werde ich kämpfen, um mein Land zu retten.*

Oder: *Wenn ich in den Himmel komme, lass ihn bitte wie Talbot House sein.*

Schließlich schlug sie die letzte Seite des letzten Buches auf und las den letzten Eintrag des Reverends, geschrieben am Tag des Waffenstillstands: *Endlich ist es vorbei. Beten wir zu Gott, dass wir niemals all jene vergessen werden, die tapfer gekämpft haben und gestorben sind. P. Clayton.*

Als sie das Buch schloss, kam er zu ihr herüber. »Nichts von Ihrem Bertie?«

Stumm schüttelte sie den Kopf, weil sie keinen Ton herausbekam.

»Ach Kind, ich verstehe, wie schwer das für Sie sein muss.«

Tubby zog sein großes weißes Taschentuch heraus und reichte es ihr. Allein seine Gegenwart zu spüren hatte etwas seltsam Beruhigendes, und seine bedächtige, geduldige Art löste endlich die Blockade in ihrem Innern, sodass die Worte nur so aus ihr heraussprudelten.

»Die Leute reden immer vom Heldentod und darüber, dass die Seelen der Gefallenen für immer bei uns sein werden, aber das bedeutet mir nichts. Ich muss die ganze Zeit daran denken, dass Bertie vielleicht ganz allein und unter entsetzlichen Schmerzen gestorben ist, inmitten dieser grauenvollen Zerstörung.« Ein Schluchzen kam über ihre Lippen. »O Gott, ich halte das einfach nicht mehr aus … Dieser Schlamm, die vielen Tausend Kreuze auf dem Friedhof. Ich habe gesehen, wie sie Leichenteile ausgegraben haben, doch ich werde nicht einmal einen Leichnam haben, den ich begraben und dessen Grab ich besuchen kann, um ihn richtig zu betrauern.« Schniefend wischte sie sich die Augen. »Ich muss mit ihm reden, Tubby. Es ist so wichtig, dass er mir vergibt. Sonst kann ich niemals unbeschwert weiterleben und könnte genauso gut tot sein.«

Verlegen hielt sie inne, fürchtete bereits, zu viel preisgegeben zu haben. Bestimmt würde der Reverend sie gleich fragen, wofür sie Berties Vergebung so dringend brauche, und dann musste sie ihm wohl oder übel ihr beschämendes Geheimnis offenbaren.

Nichts dergleichen geschah. Er nahm einfach ihre Hand und saß ganz still neben ihr, bis sich der Aufruhr in ihrem Innern ein wenig gelegt hatte.

»Meine Liebe, es gibt nicht viel, was ich vorbringen könnte, um Sie zu trösten, fürchte ich«, sagte er schließlich. »Wir sind alle Sünder, und uns selbst zu vergeben ist das Schwierigste, was es gibt. Trotzdem müssen wir es lernen. Was nun Ihren Bertie betrifft – aus meinen vielen Begegnungen mit all den tapferen Männern in den letzten Jahren weiß ich, dass es selbst unter den schwierigsten Umständen – unter Bedingungen, die kein Tier erleiden sollte, ganz zu schweigen von einem menschlichen Wesen – zwei Dinge gab, die ihnen stets Trost gespendet haben.«

Sie blickte auf, lechzte förmlich nach Balsam für ihre Seele. »Und was war das?«

»Erstens die Kameradschaft. Sie spielte eine große Rolle. Die Männer haben schnell gelernt, sich in einer Art und Weise aufeinander zu verlassen, die niemand, der nicht an vorderster Front gekämpft hat, je verstehen wird. Die dort geknüpften Freundschaften waren ein sehr starkes Band. Solch eine wahre Kameradschaft zu erfahren, solch absolutes Vertrauen zu erleben und die Gewissheit zu haben, dass jeder für den anderen sein Leben geben würde, das war ein seltenes und kostbares Gut. Ich habe es im Talbot House und bei meinen Sonntagspredigten im Schützengraben gesehen und die Jungs fast ein wenig darum beneidet.«

»Darüber hat auch Freddie gesprochen. Über die Kameradschaft«, warf sie ein. »Dass der Krieg zwar die Hölle war, er ihn jedoch um keinen Preis missen möchte. Wegen dieser Verbundenheit, die er Liebe genannt hat.«

Tubby nickte lächelnd. »So wurde es mir oft geschildert. Aber das war nicht das Einzige, was sie angetrieben hat. Mindestens genauso wichtig war es für die jungen Männer zu wissen, dass jemand zu Hause sie von ganzem Herzen liebte. Und sie waren stolz darauf, ihren Teil dazu beizutragen, jene in der Heimat zu beschützen, die sie geliebt haben und von denen sie geliebt wurden.«

Als Rubys Tränen neuerlich zu fließen begannen, setzte er sich neben sie und wartete still, bis sie sich wieder gefangen hatte.

»Ich wünschte, ich könnte mehr für Sie tun«, sagte er voll echtem Mitgefühl.

Seine Worte waren ebenso Balsam für ihre Seele wie seine ehrliche Anteilnahme. Seufzend ließ Ruby den Blick durch das Café schweifen, das sich langsam mit Mittagsgästen füllte. Die Welt drehte sich nach wie vor weiter, doch aus irgendeinem Grund fühlte sie selbst sich anders als zuvor: ruhiger, ein wenig zuversichtlicher, geborgener.

»Ich hoffe, Ihre Freundin hat es noch rechtzeitig zum Postamt geschafft, bevor sie über Mittag schließen«, meinte er. »Apropos Mittag. Ich habe ein wenig Hunger. Wie geht es Ihnen?«

»Ganz genauso«, gestand sie mit einem zaghaften Lächeln.

»Wollen wir ein Sandwich essen? Und eine Limonade dazu trinken? Ich liebe Limonade mit frischer Zitrone. Allerdings kann ich nicht lange bleiben, weil ich im Krankenhaus erwartet werde. Ich soll dort einen englischen Patienten besuchen, der kürzlich ohne Papiere eingeliefert wurde.«

»Ein englischer Patient?« Rubys Herz machte einen Satz. »Ist es ein ehemaliger Soldat?«

Tubby nickte. »Ich glaube, ja. Offenbar ist er ziemlich durcheinander und macht keinerlei Angaben zu seiner Person ... Oder er will keine Auskunft geben, weil er vor irgendetwas Angst hat«, fügte der Reverend bedeutungsvoll hinzu.

»Würden Sie mir Bescheid geben, wenn Sie Näheres

in Erfahrung gebracht haben?«, bat sie mit kleiner, fast flehender Stimme.

»Mein liebes Kind«, sagte er und ergriff ihre Hand. »Natürlich, das mache ich gerne.«

Während Tubby an die Bar ging, um Sandwiches zu bestellen, bemühte sie sich, ihre wirbelnden Gedanken zu ordnen. Was, wenn es sich bei dem Engländer wie durch ein Wunder um Bertie handelte? Immerhin hatte sie hier in Poperinge zum allerersten Mal seit Monaten, ja seit Jahren seine Gegenwart wirklich gespürt. Das musste schließlich irgendetwas bedeuten, oder nicht?

Gleichzeitig wusste sie natürlich, dass es absurd war, sich einer Hoffnung hinzugeben, deren Chance, realistisch betrachtet, praktisch gleich null war. Dennoch hatte Tubbys beiläufige Bemerkung eine Flamme in ihr entzündet, die sich nicht einfach durch Vernunft löschen ließ. Zumal ihr eine Äußerung von Tante Flo erneut in den Sinn gekommen war. Das von ihr befragte Medium habe, so die geistergläubige Dame, steif und fest behauptet, dass der verschollene Neffe sich noch in einem Krankenhaus erhole. Ruby, wenngleich normalerweise spiritistischen Dingen nicht zugeneigt, beschloss, der Sache auf den Grund zu gehen.

Bereits drauf und dran, Tubby um Unterstützung zu bitten, wurden ihre Gedanken vorübergehend abgelenkt, als sie die Schweizerin mit ihrem Jungen an der Hand das Café betreten sah. Das Gesicht kreidebleich, irrte ihr Blick ziellos umher, und die sonst so beherrschte Frau machte einen völlig verwirrten Eindruck. Entweder bemerkte sie Ruby nicht oder hatte beschlossen, sie nicht zu grüßen. Als Ginger ihr einen Tisch am Fenster anbieten wollte, wehrte sie ab und steuerte auf einen Tisch im hinteren Teil des Cafés zu.

Verstohlen beobachtete Ruby sie. Martha, so hieß sie wohl, redete mit leiser Stimme eindringlich auf den Jungen ein, flüsterte ihm etwas ins Ohr und legte mahnend einen Finger erst auf ihre, dann auf seine Lippen. Offenbar fürchtete sie sich davor, belauscht zu werden. Dazu passte der gehetzte Ausdruck auf ihrem Gesicht, der sie an ein in die Enge getriebenes Tier erinnerte.

Als sie das nächste Mal zu ihr hinübersah, saß sie stocksteif da und starrte die Wand an. Auf ihrer Wange glitzerte eine einzelne Träne – es war beinahe unerträglich, diesen stummen Schmerz mit ansehen zu müssen.

»Stimmt etwas nicht, meine Liebe?«, fragte Tubby, als er mit den Sandwiches an ihren Tisch zurückkehrte.

»Hinter Ihnen sitzt eine Frau mit ihrem Sohn. Sie kommen angeblich aus der Schweiz. Wir haben sie gestern Abend im Hotel kennengelernt. Sie wirkt so verzweifelt, dass ich helfen möchte, aber ich bin mir meiner Sache nicht sicher.«

Der Reverend zögerte nicht lange. Er rückte seinen Priesterkragen zurecht, warf einen Blick über die Schulter, schob seinen Stuhl zurück und marschierte entschlossen auf Mutter und Sohn zu.

Ruby bekam mit, wie er die Frau zuerst auf Englisch, dann auf Französisch ansprach und ihr die Hand hinstreckte, die sie jedoch nicht ergriff. Erst als Tubby weiter auf sie einredete, signalisierte sie Entgegenkommen und bedeutete ihm mit einer Handbewegung, dass er sich zu ihnen setzen dürfe. Vermutlich hatte sein Priesterrock ihr die Angst genommen.

Was weiter geschah, bekam sie zu ihrem großen Bedauern nicht mit, weil Alice unvermittelt auftauchte.

»Hi! Wie sieht es aus? Bist du auf etwas gestoßen?« Sie deutete auf die Besucherbücher, die aufgestapelt auf dem Tisch lagen.

Ruby schüttelte den Kopf. »Nichts.«

»Hat Tubby neue Freunde gefunden?«, erkundigte sie sich mit einem Nicken in Richtung des Tisches.

»Irgendetwas ist da nicht in Ordnung – er versucht, ihnen zu helfen«, flüsterte sie. »Hast du dein Telegramm abgeschickt?«

»Ja, allerdings war es ein ziemlicher Hickhack. Ich musste ein Formular ausfüllen und die passenden Münzen vorlegen und so weiter. Zum Glück ist es jetzt weg, und ich muss darauf hoffen, dass es Dad gelingt, die Kanadier zum Reden zu bringen.«

Tubby, der in diesem Augenblick an ihren Tisch zurückkehrte, unterbrach ihr Gespräch, indem er Ginger herbeiwinkte. »Ich denke, wir brauchen Ihre Hilfe, meine Liebe«, sagte er leise. »Ich habe gerade mit Mrs. Weber dort drüben gesprochen. Soweit ich es mit meinem grauenhaften Französisch verstanden habe, will sie das Grab ihres Neffen suchen, der womöglich in Langemarck liegt. Sie hatte bereits einen Fremdenführer namens Geert Peeters engagiert, der dann nicht erschienen ist. Angeblich weil der hiesige Bäcker seinen Transporter nicht für Fahrten zu deutschen Friedhöfen ausleiht. Hinzu kommt, dass dieser Mr. Peeters mit ihrer Anzahlung verschwunden ist. Jetzt sucht die Ärmste verzweifelt nach einer anderen Möglichkeit, wie sie nach Langemarck kommt. Übermorgen geht ihr Zug zurück in die Schweiz. Kennen Sie oder Ihr Vater zufällig jemanden, der ihr helfen kann?«

»Sie will einen deutschen Soldatenfriedhof besuchen?«, erkundigte sich Ginger ungläubig.

»Wenn ich es richtig verstanden habe, ja.«

Das Mädchen runzelte die Stirn. »Dann wird es schwierig.«

»Sie ist den ganzen Weg hergereist, wir müssen ihr irgendwie helfen.« Tubby kratzte sich am Kopf. »Hat jemand eine Idee?«

»Wir könnten ein Taxi aus Ypern kommen lassen«, schlug Ruby vor.

»Normalerweise sind sie Tage im Voraus reserviert«, gab der Reverend zu bedenken. »Mrs. Weber hat einen Mann erwähnt, der sie aus Ypern hergebracht hat. Einen Monsieur Martens. Kennt ihn eine von Ihnen zufällig?«

Ruby stieß Alice an. »Ist das nicht ...«

Alice runzelte kopfschüttelnd die Stirn. »Lass das«, herrschte sie die Freundin an. »Misch dich da bloß nicht ein.«

»Warum denn nicht. Er würde schließlich ...«

Eine Hand legte sich wie ein Schraubstock um ihren Oberarm, und ehe sie sichs versah, wurde sie vom Tisch weg und aus dem Café ins Freie gezogen.

»Du tust mir weh«, protestierte Ruby und riss sich los. »Was hast du denn plötzlich?«

»Misch dich da nicht ein, Ruby.«

»Wieso nicht. Die arme Frau braucht schließlich Hilfe.«

»Du kapierst es nicht, oder?«, zischte Alice. »Sie will

das Grab eines Deutschen besuchen, Herrgott noch mal! Natürlich ist keiner bereit, ihr zu helfen. Und wenn du glaubst, ich würde Daniel bitten ...« Sie schüttelte den Kopf, machte auf dem Absatz kehrt und marschierte in Richtung Hotel davon.

Ruby holte ein paarmal tief Luft und versuchte, ihre Gedanken zu ordnen. Mittlerweile war Ginger an Mrs. Webers Tisch getreten und servierte einen Kaffee und eine Limonade, während Tubby ein paar Münzen aus der Tasche zog. Er sagte etwas zu dem Jungen, der daraufhin schüchtern lächelte. Der Reverend war ein wahrhaft barmherziger Samariter, genau wie der aus der Bibel. Und das hier hatte ja wirklich nichts mit dem Krieg zu tun, mit falsch oder richtig, mit schuldig oder unschuldig, nicht einmal mit christlicher Nächstenliebe und Vergebung. Es war ein Gebot der Menschlichkeit, einer Frau zu helfen, die Hilfe brauchte. Nicht mehr und nicht weniger. Genau dies war die Liebe, von der Tubby gesprochen hatte – die Liebe, welche die Soldaten in den Schützengräben verbunden hatte und von der sie hoffte, dass Bertie sie ebenfalls erleben durfte.

Woher dieses neue Gefühl der Stärke auf einmal gekommen war, vermochte Ruby nicht zu sagen, aber sie spürte es ganz deutlich, berauschend und befreiend zugleich. Und wenn der Neffe der Frau Deutscher war, na und? Es war ein geliebter Mensch gewesen, nicht anders als Bertie und Sam. Weder der einfache Engländer noch der einfache Deutsche trug irgendeine Schuld daran, dass ihre Länder gegeneinander in den Krieg gezogen waren, sie hatten lediglich ihre Pflicht erfüllt. Zum Teufel mit Alice und all denen, die Hass predigten. War es nicht vielmehr Christenpflicht, einander zu vergeben?

Sie lief ins Café zurück. »Ich möchte der Frau helfen«, sagte sie zu Ginger. »Wie weit ist der Friedhof von hier entfernt?«

»Etwa fünfzehn Kilometer. Er liegt in der Nähe eines Ortes namens Poelcapelle.«

Die Schweizerin starrte sie ungläubig aus großen Augen an. Offensichtlich verstand sie mehr Englisch, als sie gestern Abend zugegeben hatte.

»Würden Sie ihr bitte erklären, dass ich Freddie um Hilfe bitten werde?«, bat Ruby die Kellnerin. »Er ist gestern mit mir nach Tyne Cot gefahren und weiß vielleicht, wer sonst noch einen Wagen haben könnte. Und versichern Sie Mrs. Weber, dass ich mein Möglichstes tun werde.«

Freddie war dort, wo er immer war: an der Hotelbar.

»Ah, darum ging es also«, sagte er, nachdem Ruby ihm von Marthas Schwierigkeiten erzählt hatte. »Ich habe mich schon gefragt, was los ist. Sie hat mit Maurice geredet, der gleich darauf verschwand und mit einem Gesicht wie drei Tage Regenwetter zurückkam.«

»Können Sie mir helfen, Freddie? Sie will das Grab ihres Neffen besuchen.«

»Na ja.« Er grinste. »Wenn Sie mich nett darum bitten, könnte ich vielleicht einen Wagen und einen Fahrer besorgen. Wo genau soll es denn hingehen?«

»Irgendwas mit Lange… Es ist angeblich bloß ein paar Kilometer von hier entfernt.«

»Langemarck?«

»Genau.«

Seine Züge verdüsterten sich. »Ein deutscher Soldatenfriedhof? Das hätten Sie gleich erwähnen sollen. Ich
dachte, es ginge bloß darum, dass dieser Peeters sie versetzt hat. Nein, Sie können nicht allen Ernstes verlangen, dass ich sie zu einem deutschen Friedhof fahre.«

»Die Ärmste wirkt so verzweifelt. Ich bezahle auch
dafür.«

Er blickte sie aus seinen blassen Augen an, dann
wandte er den Blick ab. »Ehrlich, Ruby, ich würde Ihnen wirklich gerne helfen. Weil Sie so ein nettes Mädchen sind. Doch das geht zu weit. Ich bin einmal dort
vorbeigefahren und konnte nicht anders, als auszustei-
gen und auf den Boden zu spucken. Ein Fritz ist immer noch am besten in einem Grab aufgehoben, haben
wir immer gesagt, und der Meinung bin ich nach wie
vor.«

Die Intensität seines Hasses war ein echter Schock
für Ruby. Ihn zu überreden dürfte schwieriger werden,
als sie vermutet hatte.

»Was hat diese Martha, so heißt sie, denn getan? Sie
sollten mal sehen, wie verzweifelt sie ist.«

Erneut schüttelte Freddie den Kopf. »Könnte sie sich
kein Taxi aus Ypern kommen lassen?«

»Wie es aussieht, sind sie alle im Voraus reserviert.
Ach bitte, Freddie!«, bettelte sie. »Der arme Junge ist
den ganzen Weg hergekommen, um das Grab seines
Cousins zu besuchen. Denken Sie an Ihren Sohn. Würden Sie sich nicht wünschen, dass ihm in einer schwie-
rigen Situation ebenfalls geholfen wird?«

Freddie verdrehte die Augen. »Sie haben sich das
ernsthaft in den Kopf gesetzt, was? Na gut, ich über-
leg's mir.«

Sie beugte sich vor und drückte ihm einen Kuss auf die Wange.

»Oho, Mädchen, immer schön langsam.« Seine Wangen röteten sich unter den Bartstoppeln. »Sonst komme ich womöglich noch auf falsche Ideen.«

Kapitel 17

Martha

Angesichts der Hilfsbereitschaft dieser jungen Engländerin spürte Martha, wie ihre Zuversicht wieder zu wachsen begann. Wozu natürlich ebenfalls dieser Geistliche beigetragen hatte. Statt fromme Phrasen zu dreschen und ständig Gottes Willen zu bemühen, hatte er aufmerksam gelauscht, ehe er mit seiner ruhigen Stimme tröstende Worte sagte und ihr auf diese Weise half, sich zu fangen und die Hoffnung nicht aufzugeben, doch noch nach Langemarck zu kommen.

Otto war empört gewesen, als Martha ihm die Misere geschildert hatte. »Was? Die wollen nicht mal, dass wir deutsche Soldatengräber besuchen? Wie gemein von denen! Wenn es kein anderes Transportmittel gibt, nehmen wir uns einfach einen Esel, davon stehen genug auf den Weiden herum, Mama«, war sein Kommentar gewesen.

Obwohl sie über seinen Vorschlag gelacht hatte, war es so einfach nicht. Vor allem durfte sie sich nicht völlig auf den englischen Geistlichen und seine Landsmännin mit dem traurigen Gesicht verlassen. Zumindest die Sache mit dem einbehaltenen Geld musste sie selbst in die Hand nehmen.

Nachdem sie sich noch einmal bei allen bedankt

hatte, verließen sie das Café. Im Schatten der Gebäude am südlichen Ende des Platzes gab es einige Marktstände, vor denen Hausfrauen mit ihren Einkaufskörben und Taschen anstanden. Beim Anblick des Metzgers blieb Otto mit offenem Mund stehen, und auch Martha blickte gebannt auf die Auslage. Einen solchen Überfluss an Waren hatte sie seit Langem nicht mehr gesehen. Es gab genug Fleisch, um eine ganze Armee zu versorgen: gewaltige Hammelkeulen, Schweine-, Rind- und Kalbfleisch, glänzend rot und mit gelbem Fett durchsetzt. Von der Markise baumelten Hühner, Enten und kleinere Vögel, die sie nicht kannte. Neben dem Metzger lockte ein weiterer Stand mit schimmernden Fischen: mit Aalen, frischen braunen Garnelen und einem großen Eimer voll feucht glänzender schwarzer Muscheln.

Auf den restlichen Ständen war Obst und Gemüse in allen Farben und Formen zu kunstvollen Pyramiden aufgestapelt: Salate in den sattesten Grüntönen, leuchtend orangefarbene Karotten, hellgrüner Chicorée, dunkelviolette Rote Bete, aromatische Selleriestangen, Frühkartoffeln, an denen noch Klümpchen staubig brauner Erde klebten, lila Pflaumen, rostrote Äpfel. Erneut blieben sie stehen und blickten fasziniert auf all die Köstlichkeiten.

Otto zupfte sie am Ärmel. »Können wir ein paar Äpfel kaufen, Mama?«, flüsterte er. »Oder Pflaumen?«

Martha hatte bestimmt seit drei oder gar vier Jahren keine Pflaume mehr im Mund gehabt, und allein bei der Vorstellung, wie sie die Zähne in das weiche Fruchtfleisch grub und ihr der süße, klebrige Saft übers Kinn rann, lief ihr das Wasser im Mund zusammen.

Kaum hatten sie sich in der Schlange angestellt, bemerkte sie die verstohlenen Blicke, das Tuscheln hinter vorgehaltener Hand. Tapfer versuchte sie, es zu ignorieren, schließlich hatte sie dasselbe Recht, hier zu stehen, wie alle anderen auch, aber einige Frauen schienen das anders zu sehen und drängelten sich an ihr vorbei. Anfangs ließ sie es geduldig geschehen, doch nach ein paar Minuten des Schubsens und Schiebens beschloss sie, es sich nicht länger gefallen zu lassen, und streckte ihre Hand mit den Münzen dem Standbesitzer entgegen.

»Entschuldigung«, sagte sie mit fester Stimme in ihrem besten Französisch. »Könnte ich bitte ein Kilo Pflaumen haben?«

Köpfe fuhren herum, das Stimmengewirr verstummte. Eine gefühlte Ewigkeit lang zögerte der Händler, suchte verunsichert den Blick der anderen Kundinnen. Dann gab er nach, packte einige Früchte in einen Trichter aus Zeitungspapier ein und reichte sie ihr.

»Zwanzig Centimes«, sagte er knapp.

Die wartenden Hausfrauen traten zur Seite, um sie durchzulassen, und kaum hatten sie sich ein paar Meter entfernt, wurden die Unterhaltungen wieder aufgenommen. Martha beschleunigte ihre Schritte, um sich nicht anhören zu müssen, was sie sagten.

Als sie sich der Bäckerei näherten, sank ihr Mut erneut. Durchs Fenster beobachtete sie die kleine Schlange und beschloss zu warten, bis alle gegangen waren.

Bei ihrem letzten Besuch hier waren die Regale leer gewesen, jetzt konnte sie über die Auswahl an Laiben und Brötchen nur staunen: rund und rechteckig, lang und kurz, klein und schmal, Weißmehl, Vollkorn, Pumpernickel, Roggen, mit Mehl bestäubt, mit Haferflocken, Sesamkörnern oder Mohnsamen bestreut.

Auf einem niedrigen Marmorgestell lagen die Gebäckstücke, die sie noch mehr verlockten als die Brote. Waffeln, Blätterteig, Apfeltaschen, Kirschkuchen, Rosinenbrötchen, mit Creme gefüllte Hörnchen, bunte Makronen und Kekse in allen möglichen Größen und Formen.

»Kaufen wir was von dem Kuchen, Mama?« Otto sah sie mit großen Augen flehend an. »Bitte!«

»Warte hier draußen«, flüsterte sie und betrat den jetzt leeren Verkaufsraum.

Die Ähnlichkeit des Bäckers mit seinem Bruder war frappierend – beide waren groß und hager, hatten schütteres Haar –, und unwillkürlich verkrampfte sich ihr Magen bei der Erinnerung, wie sie vor gerade einmal einer Stunde in Tränen aufgelöst vor dem Hotelier auf die Knie gesunken war und ohne jede Würde um Hilfe gebettelt hatte.

»Guten Morgen, was darf's sein?«, fragte der Bruder freundlich.

»Ich hätte gerne zwei Mohnbrötchen und ein Gebäckstück«, erwiderte sie und rang sich ein Lächeln ab.

»Das macht dann fünfzehn Centimes.«

Sie nahm ihr Päckchen entgegen, reichte ihm die Münzen und wappnete sich innerlich. »Monsieur Vermeulen?«

Er nickte und blickte sie fragend an.

»Mein Name ist Martha Weber, und ich suche nach einem Mann namens Geert Peeters. Er schuldet mir zehn Francs, meine Anzahlung für einen Besuch auf dem Soldatenfriedhof Langemarck.«

Schlagartig erlosch das Lächeln. »Ich weiß nichts darüber«, murmelte er.

»O doch, das tun Sie. Immerhin wollte dieser Mann Ihren Transporter für die Fahrt ausleihen. Da müssten Sie ihn eigentlich kennen«, insistierte Martha kampfbereit und nicht willens, den Laden ohne eine Antwort zu verlassen.

Der Bäcker schüttelte den Kopf. »Ich habe ihn seit drei Tagen nicht gesehen.«

»Dann geben Sie mir bitte wenigstens seine Adresse!«

»Tut mir leid, die kenne ich nicht.«

»Ich glaube, Sie kennen seine Anschrift sehr wohl, Monsieur.«

Martha holte tief Luft und fixierte ihn eindringlich, doch er wandte sich ab und tat so, als würde er etwas unter dem Tresen suchen.

»Monsieur Vermeulen«, sagte sie daraufhin in einem energischen, harten Ton. »Ich halte Sie für einen ehrenhaften Mann, und ich weiß, dass Sie mir helfen können. Ich brauche dringend mein Geld zurück, sonst kann ich keine Fahrt zu dem Friedhof bezahlen, also sagen Sie mir bitte, wo ich diesen Monsieur Peeters finde.«

Anders als erhofft, trat ein abweisender Ausdruck auf die Züge des Bäckers, und er brummte auf Flämisch Unverständliches vor sich hin, vermutlich eine Aufforderung an sie, endlich zu verschwinden. Trotzdem wich Martha nicht, sondern verlegte sich aufs Schmeicheln.

»Wie können Sie plötzlich so hartherzig sein? Ein freundlicher Mann wie Sie? Im Übrigen sind Ihr Brot und Ihr Gebäck absolut köstlich. Etwas Besseres habe ich noch nie im Leben gegessen. Sie wissen ja, dass ich aus der Schweiz komme, die für ihre Backkunst weltberühmt ist. Ihre Waren allerdings sind eindeutig noch besser.«

Ihre Worte zeigten Wirkung, denn seine Miene wurde eine Spur weicher. Mit angehaltenem Atem sah sie zu, wie sein Blick zögernd umherschweifte. Schließlich vergewisserte er sich mit einem letzten besorgten Blick, dass ihn niemand beobachtete, schnappte sich einen Bleistift und kritzelte etwas auf die Ecke der Zeitung, riss sie ab und reichte sie ihr.

»Verraten Sie niemandem, dass ich Ihnen die Adresse gegeben habe«, raunte er. »Vor allem Peeters nicht. Und jetzt muss ich Sie bitten zu gehen.«

Nachdem Martha einen kleinen Sieg errungen hatte, kehrte sie erschöpft mit Otto ins Hotel zurück, wo ihr Sohn sich sogleich die eingekauften Köstlichkeiten einverleibte, während seine Mutter sich innerlich für die anstehende Auseinandersetzung mit Geert Peeters zu wappnen suchte.

Um zwei Uhr nachmittags machten sie sich auf den Weg zu der angegebenen Adresse. Eigentlich hatte sie den Jungen nicht mitnehmen wollen, aber als sie im Gewirr der Gassen öfter die Orientierung verlor, war sie froh, ihn an ihrer Seite zu haben.

Das Viertel, in dem Peeters wohnte, war deutlich schlimmer vom Granatbeschuss in Mitleidenschaft gezogen worden als der Rest der Stadt. Viele Häuser waren zumindest teilweise unbewohnt, so auch das, vor dem sie gerade standen. Zaghaft klopfte sie an die Tür, befürchtete, der Bäcker könnte ihr womöglich eine falsche Adresse gegeben haben. Erst als niemand sich rührte, machte sie sich nachdrücklicher bemerkbar. Lauter, beharrlicher.

Nach einer Weile ertönte von drinnen die Stimme einer Frau, die etwas Unverständliches rief, das jedoch ziemlich wütend klang. Kurz darauf wurde ein Riegel zurückgeschoben, die Tür schwang auf und gab den Blick auf eine untersetzte, rotgesichtige Frau in einem Overall frei, die sich stirnrunzelnd die Hände an einem schmutzigen Geschirrtuch abwischte und ausgesprochen übellaunig wirkte.

»Was gibt's?«, blaffte sie Martha auf Flämisch an, und es war nicht schwer zu erraten, was sie meinte.

»Ich suche nach Ihrem Ehemann Geert Peeters«, erklärte Martha auf Französisch.

Das Gesicht der Frau verfinsterte sich noch mehr. »Er ist nicht da.«

Otto stieß seine Mutter an. »Er ist zu Hause, Mama. Da oben«, flüsterte er und deutete auf ein Fenster im oberen Stock. »Ich habe dort ein Gesicht gesehen.«

Er hatte recht. Martha hob gerade rechtzeitig genug den Kopf, um zu sehen, wie die Fensterläden geschlossen und verriegelt wurden.

»Ich glaube sehr wohl, dass Ihr Mann zu Hause ist, Madame Peeters«, sagte sie daraufhin. »Er war oben am Fenster.«

Die Frau schüttelte den Kopf und behauptete beharrlich, das stimme nicht, aber ein raues Husten strafte sie Lügen. Und ein paar Minuten später erschien die stämmige Gestalt von Geert Peeters im Türrahmen. Er schob seine Frau zur Seite und trat auf die Straße. Martha bemerkte, dass er ein klein wenig schwankte.

»Was wollen Sie?«, nuschelte er. Selbst aus zwei Metern Entfernung roch Martha die ekelhafte Mischung aus Alkohol und säuerlichem Schweiß.

»Sie haben versprochen, mich nach Langemarck zu bringen, und eine Anzahlung von mir genommen, Monsieur.« Sie zog das zerfledderte Blatt aus ihrer Tasche. »Trotzdem sind Sie nicht wie verabredet um elf ins Hotel gekommen, und deshalb verlange ich auf der Stelle mein Geld zurück.«

Geert schnappte sich das schmuddelige Papier und warf Martha einen verschlagenen Blick zu. »Dieser Wisch ist nicht von mir, den habe ich nie gesehen.«

»Ach nein? Und warum steht dann Ihr Name drauf? Ihr Angebot sei das, haben Sie gesagt, auf dem Ihre Preise stünden. Zehn Francs als Anzahlung, zehn nach der Fahrt. So war es vereinbart.«

Er sah sie an, wobei er Mühe zu haben schien, seinen Blick auf sie zu fokussieren. »Das war ich nicht, Madame.«

»Warum behaupten Sie das? Hier ...« Sie deutete auf die Liste. »Da steht Ihr Name. Geert Peeters.«

»Ich bin nicht Geert.«

»Sie lügen, Monsieur«, rief sie außer sich über so viel Dreistigkeit. »Ich erkenne Ihr Gesicht. Zweifelsfrei sind Sie der Mann, der gestern auf mich zugekommen ist und mir angeboten hat, mich zum Friedhof zu bringen. Sie haben mein Geld genommen, und wenn Sie es nicht zurückgeben, gehe ich zur Polizei.«

In diesem Moment kam seine Frau mit puterrotem, wutverzerrtem Gesicht herausgeschossen. Sie schrie etwas obszön Klingendes und verpasste ihm eine schallende Ohrfeige, ehe sie ihn zur Seite stieß und drohend auf Martha losging.

»Hauen Sie ab«, fauchte sie. »Elende Krauts. Verdammtes Mörderpack!«

Martha rang nach Luft angesichts dieser entfesselten Attacke und hatte sichtlich Mühe, die Fassung nicht völlig zu verlieren.

»Ich bin Schweizerin, nicht Deutsche«, gab sie mühsam beherrscht zurück.

»Wer einen Fritz besucht, selbst wenn es ein toter ist, ist selber einer. Verschwinden Sie, sonst bringen wir Sie noch um. Genauso wie Ihre Leute unseren Sohn umgebracht haben.«

Aus dem Augenwinkel sah Martha, wie Otto mit erhobenen Fäusten einen Schritt vortrat und zugleich etwas Metallisches in der Hand der Frau aufblitzte.

»Nein, Otto! Sie hat ein Messer«, schrie sie, packte seinen Arm ganz fest und zerrte ihn mit sich, um ihn auf der anderen Straßenseite in Sicherheit zu bringen.

»Hauen Sie ab und lassen Sie sich hier nie mehr blicken«, zeterte die Frau und stieß ihren betrunkenen Mann ins Haus, ehe sie die Tür mit solcher Wucht zuschlug, dass das ganze Haus zu wackeln schien und ein zerbrochener Ziegel vom Dach rutschte, um mit einem lauten Knall auf der Straße zu zerbersten.

Jetzt, da die unmittelbare Bedrohung gebannt war, begannen Marthas Beine unkontrolliert zu zittern, bis sie schließlich gänzlich nachgaben. Ohne auf den Staub und den Schutt zu achten, ließ sie sich gegen die Wand sinken, vergrub das Gesicht in ihren Armen und begann zu weinen. Otto kauerte sich neben sie und legte ihr den Arm um die Schultern.

»Ist ja gut, Mama«, versuchte er sie zu beruhigen, und mit einem Mal schien er alles Kindliche verloren zu haben. »Diese Leute sind einfach verrückt und wissen nicht, was sie tun. Lassen wir es gut sein. Es sind ja nur zehn Francs, das ist es nicht wert, deswegen Scherereien zu riskieren. Und wenn wir morgen nicht mehr genug Geld haben, um etwas zu essen zu kaufen, halb so schlimm. Schließlich sind wir daran gewöhnt, oder? Wir schaffen das schon.« Er legte das Kinn auf ihren Kopf. »Bitte, weine nicht mehr, Mama, lass uns lieber gehen.«

Kapitel 18

Alice

Alice schäumte immer noch vor Wut.

Dieses Mädchen war derart naiv. Wieso steckte sie ihre Nase in anderer Leute Angelegenheit, ohne darüber nachzudenken, welchen Ärger man sich damit einhandeln konnte? Anfangs hatte sie wie ein verschüchtertes, unschuldiges Ding gewirkt, das keinem zur Last fallen wollte, doch inzwischen entwickelte sie sich zusehends zur Plage. Allein ihre Idee, dieser Schweizerin helfen zu wollen, das Grab eines deutschen Soldaten zu besuchen. Du lieber Himmel! Und dann besaß sie auch noch die Stirn, ihr, Alice, Vorträge über Menschlichkeit und Hilfsbereitschaft zu halten.

Um ihre Nerven ein wenig zu beruhigen, beschloss sie, einen kleinen Spaziergang zu machen – ein Entschluss, den sie allerdings schnell bereute. Auf Kopfsteinpflaster zu gehen war ziemlich anstrengend, zumal mit leichten, eleganten Schühchen, außerdem war es staubig und heiß auf den Straßen, weshalb ihr innerhalb kurzer Zeit nicht allein die Füße wehtaten, sondern sie sich am ganzen Körper verschwitzt und schmutzig vorkam.

Erschöpft setzte sie sich auf eine Mauer und schaute sich um. Das Viertel hinter dem Marktplatz war um diese Zeit ziemlich ruhig, wirkte fast ausgestorben. Wie mochte es hier wohl ausgesehen haben, als die Soldaten noch nicht abgezogen waren?

Als Nächstes fiel ihr Blick auf drei ältere Frauen, die, allesamt in Schwarz gekleidet, vor einem Haus auf Hockern saßen und sich über kleine Kissen beugten, von denen weiße Fäden mit bunten Holzstäbchen herunterbaumelten. Und die bewegten sie so schnell hin und her, dass ihre Finger kaum mehr zu erkennen waren. Neugierig erhob Alice sich und ging zu ihnen hinüber.

»Bonjour«, sagte sie. »Die Spitzen, die Sie da klöppeln, sind wirklich wunderschön. Echt kunstvoll.«

Drei von Falten zerfurchte Gesichter hoben sich ihr entgegen, die Finger hielten einen kurzen Moment inne und verharrten über den Kissen. Eine Mischung aus Verwirrung und Argwohn lag in ihrem Blick. Die extravagante Amerikanerin kam ihnen wohl wie ein Paradiesvogel vor, mit dem sie nichts anzufangen wussten und den sie vermutlich nicht einmal verstanden, weshalb Alice sich mit einem kurzen Gruß verabschiedete und die Klöpplerinnen wieder sich selbst überließ.

Ein Stück die Straße hinunter kam sie an einem Geschäft vorbei, das belgische Spezialitäten im Schaufenster anbot: Gänseleberpastete in Dosen, Bierflaschen in einem Schmuckkorb, Waffeln in Zellophan und mit rotem Geschenkband versehen sowie eine kleine Flasche Brandy. Alles war mit einer dünnen Staubschicht bedeckt, ein Zeichen, wie lange die Delikatessen bereits auf einen Käufer warteten. Bei ihrem Anblick kam Alice die Idee, ein paar Mitbringsel für Julias Familie zu kaufen. Quasi als Dankeschön für die oft gewährte Gastfreundschaft.

Eine alte Frau mit krummem Rücken erhob sich, als sie den kleinen, düsteren Laden betrat. Alice kaufte eine Dose Pastete, ein Päckchen Waffeln und, nach kurzem Überlegen, den Brandy, bevor sie zu einem von einem schmalen Flusslauf durchzogenen winzigen Park kam. Die Rasenflächen waren völlig vertrocknet, die Blumen- beete von Unkraut überwuchert und die Holzplanken der einzigen Bank herausgerissen. Wahrscheinlich um sie als Brennholz zu verwenden. Immerhin fand Alice unter einer Weide wenigstens etwas Schatten und ließ sich auf dem Boden nieder, um ihren schmerzenden Füßen eine kleine Pause zu gönnen und ein wenig zu verschnaufen. Nach ein paar Minuten spürte sie, wie eine bleierne Schwere sie erfasste – die Auswirkungen ihres Katers vom Vorabend –, und so streckte sie sich auf dem Rasen aus und schloss die Augen.

Sie musste eingenickt sein, denn als sie sie wieder aufschlug und auf die Uhr sah, war eine ganze Stunde vergangen. Zeit, sich auf den Rückweg zu machen, dachte sie und erhob sich. Aber statt sofort zum Ho- tel zurückzufinden, verlief sie sich, nahm irgendwo eine falsche Abzweigung und landete in einer Gegend, die ihr völlig unbekannt vorkam, einem herunter- gekommenen Viertel mit vielen halb zerfallenen oder zerstörten Gebäuden. Weder der Kirch- noch der Rat- hausturm, ihre Orientierungspunkte, waren von hier aus zu sehen.

Ratlos stand sie da, als sie an einer Kreuzung laute Stimmen hörte. In einer Seitenstraße, soweit es sich aus der Entfernung ausmachen ließ, beschimpfte eine ge- drungene, grobschlächtige Frau gerade einen Mann, der schwere Schlagseite hatte, und stieß ihn grob zur Seite, bevor sie sich zeternd zwei anderen Personen zuwandte und ihnen dem Anschein nach wilde Flüche an den Kopf warf. Die Szene hatte eindeutig etwas Bedrohliches, weshalb Alice nicht zögerte, ihre Schritte dorthin zu lenken.

Plötzlich fiel das Wort »Kraut«, und jetzt erkannte Alice endlich, was da genau ablief und wen sie vor sich hatte. Es waren die Schweizerin und ihr Sohn. Unschlüssig, ob sie sich wirklich einmischen sollte, blieb sie stehen. Immerhin handelte es sich um eine Sympathisantin der Deutschen, und mit dieser Sorte Mensch mochte sie eigentlich nichts zu tun haben. Die Frau war hergekommen, um das Grab eines deutschen Soldaten zu besuchen.

Doch als sie mit wachsender Bestürzung erkannte, dass die Auseinandersetzung zu eskalieren drohte und die Einheimische mit hocherhobener Hand, in der etwas blitzte, das verdächtig nach einem Messer aussah, auf die Fremden losgehen wollte, warf sie alle Bedenken über Bord und eilte zu Mutter und Sohn, die inzwischen an einer Hauswand Schutz gesucht hatten vor den Angriffen der flämischen Furie. Der Junge kauerte neben seiner Mutter und streichelte tröstend ihre Wange.

Ein Bild, das sie rührte und das sie nicht länger ignorieren konnte. »Ist alles in Ordnung?«, rief sie.

»Sie haben mein Geld gestohlen«, schluchzte die Schweizerin. »Und die Frau hat ein Messer.«

»Haut ab, ihr elenden Krauts! Mörderpack!«, klang es wie zur Bestätigung von der anderen Straßenseite in schlechtem Französisch herüber.

»Kommen Sie, gehen wir einen Kaffee trinken«, sagte

Alice und half der völlig verängstigten Martha auf die Füße.

»Pack du ihren anderen Arm, damit wir sie von hier wegbringen können«, bedeutete sie dem Jungen. »Nicht dass sie uns noch umfällt.«

Alice war gottfroh, als der Kirchturm in Sicht kam und ihr verriet, dass sie wieder zivilisiertere Gegenden erreichten.

Ginger, die das armselige Grüppchen bereits von Weitem erspäht hatte, kam ihnen entgegengelaufen und führte sie umgehend zu dem Tisch im hinteren Teil, den Martha und Otto erst kurz zuvor verlassen hatten.

»Sie sehen aus, als hätte man Ihnen einen mächtigen Schrecken eingejagt«, stellte sie nüchtern fest. »Was möchten Sie trinken?«

»Zwei Tassen Kaffee und eine Limonade«, antwortete Alice. »Und vielleicht ein paar Kekse oder Gebäck. Etwas Süßes.« Sie wandte sich der Frau zu. »Mrs. Weber? Martha, richtig? Und Otto? Sie sollten mir vielleicht erzählen, was passiert ist.«

»Ich wollte mir mein Geld zurückholen«, klagte Martha, die nach wie vor kreidebleich war. »Und plötzlich hat diese schreckliche Frau uns mit einem Messer bedroht. Ich hatte solche Angst.«

»Worum genau ging es? Das Ganze muss ja einen Grund gehabt haben? Einen Auslöser?«

Stockend begann Martha daraufhin von der Abmachung wegen der Fahrt nach Langemarck zu berichten, von den plötzlich aufgetretenen Problemen und Peeters Weigerung, ihr die Anzahlung zurückzuerstatten. Sie war so traumatisiert, dass sie sich zwischendurch immer wieder sammeln musste.

Ihr Sohn hingegen schien besser damit fertigzuwerden – er interessierte sich momentan einzig und allein für das üppige Gebäcksortiment, das Ginger auf den Tisch gestellt hatte. Alice, die ihn unauffällig beobachtete, fand ihn irgendwie seltsam, vielleicht sogar ein wenig dümmlich. Warum sonst sprach er so gut wie gar nicht? Nicht einmal Französisch, das für einen Jungen aus Genf eigentlich die Muttersprache sein müsste. Irgendetwas stimmte da nicht, denn wenn er sich unbeobachtet fühlte, wirkte er hellwach und redete lebhaft mit seiner Mutter.

Sie waren in der Tat ein seltsames Gespann, so geheimnistuerisch.

Mittlerweile glaubte Alice fest daran, dass die beiden etwas verbargen, und zudem wuchsen ihre Zweifel, ob es sich überhaupt um Schweizer handelte. Geschult durch Sprachschüler aus aller Herren Länder, die mit ihr in Paris Französisch gelernt hatten, meinte sie bei Martha Weber noch einen anderen Akzent herauszuhören als den schweizerischen. Etwas, das sie an die Studenten aus Deutschland erinnerte, die sie an der Sorbonne getroffen hatte. Ja, das würde endlich einen Sinn ergeben. Denn dass Deutsche so kurz nach dem Krieg im Ausland ihre Herkunft nicht preisgeben mochten, war allzu verständlich in Anbetracht des Hasses, der nach wie vor auf beiden Seiten herrschte.

Sie hatte es sogar in den Staaten erlebt. Selbst Deutsche, die lange vor dem Krieg in die Neue Welt gekommen und inzwischen amerikanische Staatsbürger waren, wurden zu Tausenden diskriminiert und wie gefährliche Verbrecher interniert, darunter die Hälfte der

Musiker des berühmten Bostoner Sinfonieorchesters. Einfach skandalös, fand Alice.

Und erst vor ein paar Wochen hatte sich eine Frau, die sich als Haushälterin bei den Palmers bewerben wollte, als Schweizerin ausgegeben. Eine Behauptung, die einer Überprüfung nicht standgehalten hatte.

»Ich werde ganz bestimmt keine Deutschen in meinem Haus beschäftigen«, hatte ihr Vater kategorisch erklärt und trotz bester Qualifikationen eine Einstellung der Bewerberin abgelehnt.

Alice selbst war nicht ganz frei von solchen Vorurteilen, seit Amelia durch ein unentschuldbares Verbrechen der Deutschen, die Versenkung der *Lusitania*, ums Leben gekommen war und Sam sich freiwillig zum kanadischen Militär gemeldet hatte, weil er ihren Tod rächen wollte. Trotzdem half sie dieser Frau, die sie im Verdacht hatte, in Wahrheit Deutsche zu sein. Vermutlich war sie selbst ein Opfer dieses Krieges geworden, nicht anders als die einfachen Leute in allen Ländern. Was konnte sie dafür, dass der Kaiser sich gewissenlos in einen Waffengang gestürzt hatte, um seinem Land mehr Weltgeltung zu verschaffen?

Wie auch immer, diese bedauernswerte Frau brauchte Hilfe, und die würde sie ihr geben. Alice griff nach ihrer Handtasche, zog einen Geldschein aus ihrem Portemonnaie und legte ihn auf den Tisch.

»Hier, nehmen Sie, statt sich wegen zehn Francs in Lebensgefahr zu bringen.« Und als die Frau den Kopf schüttelte, fügte sie hinzu: »Bitte. Das Geld hilft Ihnen hoffentlich, Ihren Neffen zu finden. Und jetzt muss ich gehen.«

Verstohlen legte Martha die Hand auf den Geldschein. »Gott segne Sie«, sagte sie.

Während sie ein weiteres Mal in der Schlange auf dem Postamt anstand, um nachzufragen, ob ihr Vater bereits auf ihr Telegramm reagiert hatte, lauschte sie den Unterhaltungen der Umstehenden. Alle schienen irgendwelche Neuigkeiten zu haben, die sie sich gegenseitig und dem Postangestellten hinter dem Tresen zu erzählen hatten. Mit dem Erfolg, dass alles noch länger dauerte als gewöhnlich – und selbst das brauchte eine Menge Zeit. Unter normalen Umständen hätte sie einen kleinen Aufstand gemacht und sich über den miesen Service und die mangelnde Effizienz beschwert, jetzt hingegen ließ sie sich von den Gesprächen ablenken.

»Haben Sie gesehen, wie viel die Händler neuerdings für die Tomaten verlangen?«

»Die kommen aus Spanien, deshalb sind sie so teuer.«

»Ich würde sagen, wir sollten schleunigst neue Gewächshäuser bauen, damit wir unser eigenes Gemüse ernten können.«

»Aber zuerst sind die Häuser an der Reihe.«

»Habt ihr mitbekommen, dass Churchill vorgeschlagen hat, Ypern als Mahnmal und Gedenkstätte so zu lassen, wie es ist?«

Alice horchte auf.

»Was, sollen die Tuchhallen etwa nicht wiederaufgebaut werden?«

»Genau. Gar nichts wird wiederaufgebaut, wenn's nach denen geht. Ypern soll für ewig und drei Tage eine Ruinenstadt bleiben. Ein einziger großer Friedhof.«

»Und wo bitte sollen die Leute wohnen?«

»Wenn ihr mich fragt, ist das Ganze vollkommen lächerlich.«

»Da kann man bloß hoffen, dass unsere Regierung das nicht zulässt.«

Ausgerechnet als sie in der Schlange ziemlich weit nach vorn gerückt war, wandte sich der Klatsch einem anderen Thema zu. Der Name Vermeulen fiel, doch es ging nicht um den Hotelier, sondern um seinen Bruder, den Bäcker. Als sie außerdem den Namen Peeters hörte, spitzte Alice die Ohren. War das nicht der Bursche, der die arme Martha bestohlen hatte? Soviel sie mitbekam, schien er ein echter Widerling zu sein, der ständig das Geld versoff, das er als Fremdenführer verdiente. Warum seine Frau ihm dann die Stange hielt, war ihr rätselhaft. Offenbar hielt man gegen den Feind auf Gedeih und Verderb zusammen.

»Was kann ich für Sie tun?«, riss der Schalterbeamte sie zuerst auf Flämisch, dann auf Französisch aus ihren Gedanken. Sie hatte gar nicht mitbekommen, dass sie an der Reihe war.

»Ist ein Telegramm für Alice Palmer eingetroffen?«

Eigentlich rechnete sie nicht ernstlich damit, aber zu ihrer Verblüffung griff der Schalterbeamte in ein mit dem Buchstaben »P« versehenes Fach und zog einen gelben Umschlag heraus.

»Bitte unterschreiben Sie hier.«

Alice nahm den Umschlag entgegen und trat ins Freie hinaus, wo sie ihn mit zitternden Fingern aufriss. Da sie mit einer negativen oder zumindest hinhaltenden Antwort gerechnet hatte, traute sie ihren Augen kaum, als sie las, was da stand.

Samuel Pilgrims Anschrift ist laut Kanadiern unbekannt, Geburtsdatum hingegen identisch. Ver-

mutlich ist unser Sam am 30. Oktober 1917 gefallen. Sind am Boden zerstört, bestätigen morgen Begräbnisort. Dad

Ihr wurde schwindlig. Was hatte das zu bedeuten? Allem Anschein nach hatte Sam zwar eine falsche Adresse, jedoch sein korrektes Geburtsdatum angegeben. Es *musste* sich um ihn handeln. Dieselbe Handschrift, dasselbe Geburtsdatum, ein Name mit derselben Bedeutung wie ihr Familienname. Endlich hatte sie ihn gefunden.

Schon wollte sie jubeln, bis sie merkte, dass sie die beiden letzten Sätze gar nicht richtig zur Kenntnis genommen hatte. Sollte es sich bei Samuel Pilgrim tatsächlich um ihren Bruder handeln, war er tot, bedeuteten sie im Klartext. Sie stieß einen leisen Schrei aus und bekam mit einem Mal keine Luft mehr. Solange sein Schicksal im Unklaren geblieben war, hatte sie sich an den Gedanken klammern können, dass er noch lebte, vielleicht unter dem Schock der Erlebnisse litt oder sich schlicht schämte, nach Hause zu kommen, oder kein Geld für die Überfahrt besaß. Oder, oder, oder …

Zahllose Male hatte sie in den letzten Monaten im Geiste die verschiedenen Szenarien durchgespielt – diese letzte Möglichkeit allerdings, dass er wirklich tot war, hatte sie nicht wirklich in Betracht gezogen. Jetzt würde sie all ihre Hoffnungen für immer begraben müssen, denn dass Sam Palmer und Sam Pilgrim nicht identisch waren, schien ihr eher unwahrscheinlich.

Halt suchend klammerte sie sich an einen Laternenpfahl und lehnte gleichermaßen wütend wie verzweifelt den Kopf gegen das kühle Metall. Wie hatte er so egoistisch sein können, einfach in den Krieg zu ziehen und sein Leben wegzuwerfen? Noch dazu, ohne sich anständig zu verabschieden. Stattdessen hatte er sich unter einem falschen Namen bei dem kanadischen Expeditionskorps eingeschrieben und seine Spuren sorgfältig verwischt. Offenbar wollte er nicht entdeckt werden.

Wie sollte sie ihm das je vergeben?

Eine sinnlose Frage, da er nun endgültig verloren war. Niemals mehr würde sie ihn wiedersehen, nie mehr mit ihm Gespräche bis weit in die Nacht führen, nie mehr mit ihm zu viel von Dads Portwein trinken und ihm Geheimnisse anvertrauen, um es am nächsten Tag bitter zu bereuen. Sie würde nicht miterleben, wie er ein erwachsener Mann wurde, sich ein weiteres Mal verliebte, Kinder und sogar Enkelkinder bekam. Ein Leben ohne ihn schien unvorstellbar, ohne ihren kleinen Bruder, der stets ein Teil von ihr gewesen war.

Vorerst saß der Schock zu tief, um zu weinen. Eher verspürte sie das Bedürfnis, sich irgendwo zu verkriechen wie ein verwundetes Tier. Alice beschloss, ins Hotel zurückkehren, sich in ihr Zimmer zurückzuziehen und sich mit dem Brandy so lange ihrer Trauer hinzugeben, bis sie bereit und imstande war, der Welt erneut gegenüberzutreten.

Mit einem Mal war nichts mehr wichtig, nichts mehr von Bedeutung. Jetzt, wo Sam tot war.

Kapitel 19

Ruby

Seit Tubby den geheimnisvollen Engländer im Krankenhaus erwähnt hatte, der möglicherweise unter Gedächtnisverlust litt, saß Ruby wie auf glühenden Kohlen.

Heute würde sie ihn zu sehen bekommen, der Reverend war bereit, sie mitzunehmen. Die Chancen standen eins zu einer Million, das wusste sie und zwang sich deshalb, ihre Hoffnungen nahezu auf null runterzuschrauben. Aber eben nicht ganz. Und wenn er nicht Bertie war – nun ja, dann hatte sie wenigstens Gewissheit und musste es später nie bereuen, nicht genauer nachgeforscht zu haben.

Wie musste es sich wohl anfühlen, in einem Krankenhaus zu liegen, eingesperrt im eigenen Körper, ohne sich mitteilen zu können. Dazu vielleicht halb wahnsinnig vor Angst, was passieren könnte, falls seine Identität entdeckt wurde? Welche entsetzlichen Dinge musste der Mann gesehen, was für Torturen musste er erlebt haben? Falls er ein Deserteur war, hatte ihn bestimmt unablässig die Furcht vor Entdeckung gequält. Davor, erwischt und bestraft oder gar von seinen eigenen Leuten standrechtlich erschossen zu werden.

Dann wieder versuchte sie, sich die Leute auszumalen, die ihn aufgenommen, sich um ihn gekümmert, ihm Unterschlupf gewährt, ihre eigenen knappen Vorräte mit ihm geteilt und dabei sogar ihre eigene Sicherheit aufs Spiel gesetzt hatten. Diese Unbekannten mussten wahre Heilige sein, die ihre uneingeschränkte Bewunderung verdienten.

Als Tubby, verschwitzt und mit gerötetem Gesicht, in der Hotellobby auftauchte, sah sie ihm erwartungsvoll entgegen.

»Sind Sie bereit, meinen bärtigen Freund kennenzulernen? Schön. Sie wissen ja bereits, dass er nicht redet. Entweder weil er nicht kann oder nicht will. Machen Sie sich außerdem darauf gefasst, dass er ein schweres körperliches Handicap hat. Er ist Kriegszitterer, wenn Sie verstehen, was ich meine«, erklärte er, als sie sich zum Gehen anschickten.

»Ich traue mich fast nicht zu fragen«, stieß sie atemlos hervor. »Wie sieht er überhaupt aus?«

»Ich fürchte, wegen des Barts ist das schwer zu sagen, zudem ist er stark abgemagert.«

»Hat er irgendeine Verwundung?«

»Es hat nicht den Anschein«, antwortete Tubby. »Verbände trägt er jedenfalls nicht. Ihm fehlt eine Fingerspitze, wobei es sich jedoch um eine alte Verletzung zu handeln scheint.«

Eine Fingerspitze! Ruby stockte der Atem, und sie blieb abrupt stehen.

Tubby wandte sich zu ihr um. »Meine Liebe, Sie sind ja auf einmal kreidebleich.« Er legte ihr die Hand um den Ellbogen. »Tief durchatmen. So ist es gut. Ganz langsam. Habe ich irgendetwas Falsches gesagt?«

»Welcher Finger?«, stieß sie hervor.

Er sah sie verwirrt an. »Das weiß ich nicht mehr. Warum fragen Sie?«

»Mein Mann, Bertie, er hat beim Sturz vom Motorrad eine Fingerspitze verloren. Vom linken Zeigefinger. Glauben Sie, es könnte ...«

»Es gibt nur eine Möglichkeit, das herauszufinden«, meinte Tubby. »Sie müssen es sich selbst ansehen. Kommen Sie, wir sind gleich da. Bleiben Sie ganz ruhig.«

Wie sollte sie ruhig bleiben? Sofort begann sie sich die Wiedersehensszene auszumalen. Er musste es sein. Seine Züge würden sich erhellen, wenn er sie zwischen den Betten auf sich zukommen sah und sie einander weinend in die Arme sanken.

Mit seinen dicken grauen Steinmauern und den gotischen Fenstern verströmte das Kloster, denn um ein solches handelte es sich bei dem Gebäude, die strenge Atmosphäre eines viktorianischen Konvents. Sie stiegen eine Treppe zur Pforte hinauf und zogen an einer rostigen Klingelkette.

Nach einigen schier unerträglich langen Minuten wurde die Tür von einer alten Nonne geöffnet, deren Rücken gebeugt war und die sich schwer auf einen Stock stützte. Als sie Tubby erkannte, begannen die dunklen Augen in dem kleinen Gesicht unter der blütenweißen Haube zu leuchten. Sie begrüßte die Ankömmlinge und führte sie durch endlose Korridore, bevor es über eine Steintreppe in den ersten Stock ging.

Rubys Ungeduld wuchs, sie schwankte zwischen Hoffen und Bangen. War er's, oder war er's nicht?

Abgesehen von dem durchdringenden Geruch nach Teerseife und Desinfektionsmittel erinnerte nicht viel daran, dass sie sich in einem Krankenhaus befanden. Vermutlich hatte man hier während des Krieges ein Militärlazarett errichtet, das mehr oder weniger überflüssig geworden war. Nirgendwo sah man Schwestern mit abgedeckten Emailleschüsseln die Gänge entlanghasten, keine Ärzte in weißen Kitteln, die geschäftig zum nächsten Notfall eilten, keine besorgt dreinblickenden Verwandten auf den Fluren. Weit und breit war kein Personal zu entdecken, und sie und Tubby schienen die einzigen Besucher zu sein. Einzige Zeugen, dass es hier früher anders ausgesehen hatte, waren die leeren Betten, die sich in den Korridoren aneinanderreihten.

»Im Krieg haben die Nonnen wunderbare Arbeit geleistet«, flüsterte Tubby. »Oben gibt es noch drei weitere Stationen, sodass insgesamt fast dreihundert Soldaten hier gepflegt und versorgt werden konnten. Davon ist lediglich eine Handvoll übrig geblieben, die noch der Pflege bedürfen wie unser Mann. Hier entlang.«

Rubys Füße schienen sich wie von selbst zu bewegen; es war fast, als würde sie schweben. Ihr Kopf war vollkommen leer. Am Ende eines scheinbar endlos langen Flurs betraten sie schließlich ein Zimmer, in dem ein einzelnes Bett stand.

Noch bevor sie sein Gesicht ausmachen konnte, spürte sie, wie sich Enttäuschung in ihr ausbreitete. Der Engländer, inzwischen rasiert und ordentlich gekämmt, saß reglos mit gefalteten Händen im Bett. Das war nicht Bertie, das erkannte sie schon von Weitem. Es war ein völlig Fremder.

Die Erkenntnis traf sie wie ein Schlag. Einen Moment lang war ihr schwindlig und übel, und am liebsten hätte

sie kehrtgemacht und wäre geflohen, aus dem Krankenzimmer, von der Station, aus dem Kloster, aus Poperinge – geflohen vor ihren albernen Hoffnungen und ihren lächerlichen Hirngespinsten. Es war so unfair. Sie
hatte sich so fest daran geklammert, Bertie lebend zu
finden. Und nun saß dieser Unbekannte vor ihr, und sie
hatte keine Ahnung, was sie zu ihm sagen sollte.

Er schien sie kaum zu bemerken, als sie an sein Bett
traten, starrte mit unnatürlich aufgerissenen Augen
weiter ins Leere, und seine Züge wirkten verzerrt.

»Guten Morgen, mein Lieber, wie geht es Ihnen
heute?«, erkundigte sich Tubby väterlich.

Der Veteran fuhr zusammen, blinzelte hektisch, und
die Muskeln in seinem Kiefer hüpften auf und ab, als
er zu sprechen versuchte. Bald zuckte sein ganzer Körper vor lauter Anstrengung, und seine Hände verkrall-
ten sich im Laken. Ruby sah, dass die Kuppe am kleinen Finger seiner rechten Hand fehlte.

Tubby setzte sich auf die Bettkante und legte seine
fleischige Hand auf die geballte Faust des Mannes.
»Schon gut, mein Freund. Sie müssen nichts sagen. Nicken Sie einfach, wenn Sie können, oder schütteln Sie
den Kopf. Bald können Sie bestimmt wieder sprechen.«

Nach einem Moment begann sich der Mann zu entspannen, seine Hände lösten sich, und sein Blick war
erneut in eine unbestimmte Ferne gerichtet. Doch sein
Blick war nicht stumpf oder leer, sondern hell und klar,
und seine Augen waren von einem leuchtenden Korn-
blumenblau.

Er würde gut aussehen ohne das Zittern, das seine
Züge entstellte, schoss es Ruby durch den Kopf, und
trotz ihrer Enttäuschung empfand sie tiefes Mitgefühl

mit diesem Unglücklichen, den der Krieg zu einem menschlichen Wrack gemacht hatte.

Dieser Mann mochte nicht Bertie sein, aber er war immerhin ein Sohn, ein Bruder oder ein Ehemann, Teil einer Familie, die ihn vermisst und betrauert hatte. Wie glücklich mussten sie sein, wenn sie erfuhren, dass er noch lebte. Das Wichtigste war jetzt, die Angehörigen ausfindig zu machen und ihn so schnell wie möglich heimzubringen.

»Hallo«, sagte sie mit sanfter Stimme. »Können Sie uns Ihren Namen sagen?«

Er schien sich zu sammeln, holte tief Luft und versuchte vergeblich, Worte zu formen. Heraus kam nicht mehr als etwas, das sich wie ein unartikuliertes »Jeejee« anhörte. Ein paar Minuten rang er mit sich, ehe er mit einem frustrierten Stöhnen aufgab. Ruby lächelte ihn an.

»Haben Sie Familie? Jemanden, den wir informieren können?«, mischte Tubby sich ein.

Der Mann schüttelte heftig den Kopf, wobei sein Körper aufs Neue unkontrolliert zuckte, bis er auf einmal still wurde und an Tubby vorbei in Richtung Tür blickte, wo soeben ein älterer, stämmiger Herr und eine ganz in Schwarz gekleidete Frau in Begleitung der winzigen Nonne den Raum betraten.

Tubby erhob sich und ging auf sie zu, redete kurz mit ihnen und führte das Paar zum Bett.

»Diese prächtigen Menschen sind Bauern, die unserem Freund bei sich Unterschlupf gewährt haben«, erklärte er. »Als er vor ein paar Wochen plötzlich verschwand, haben sie aus Angst um ihre eigene Sicherheit beschlossen, nicht nach ihm zu suchen. Ich habe ihnen versprochen, dass ihnen ebenso wenig passiert wie dem armen Jungen. Das hier haben sie mitgebracht.« Tubby reichte ihr ein kleines, achteckiges Metallschild, dessen Gravur kaum mehr zu erkennen war. »Ihr Sehvermögen ist vermutlich besser als meines, versuchen Sie, es zu entziffern.«

Sie beugte sich über die grob eingestanzten Buchstaben. *Pvt J. Catchpole.* Sfk Rgt. Ihr Herzschlag drohte auszusetzen: Das war Berties Regiment.

»Das ist Ihr Name? James Catchpole?«, erkundigte sie sich mit zittriger Stimme. »Und Sie waren bei den Suffolks?«

Der Soldat legte lediglich den Kopf schief, was sie als Zustimmung nahm.

»Ich bin ebenfalls in Suffolk zu Hause«, fuhr sie fort, woraufhin der Anflug eines Lächelns auf seinem Gesicht erschien.

»Sie sind jetzt in Sicherheit, Private Catchpole«, warf Tubby ein. »Wir werden Kontakt zu Ihrer Familie aufnehmen und versuchen, Sie nach Hause zurückzubringen.«

Schlagartig verflog das Lächeln, und er begann wild den Kopf zu schütteln, während seine Arme und Beine erneut zu zucken begannen.

»Nnn, nnn, nnn«, stammelte er und presste das Namensschild so fest an die Brust, dass seine Fingerknöchel weiß hervortraten.

»Deserteur«, formte Tubby lautlos mit den Lippen und fügte an den Soldaten gewandt laut hinzu: »Keine Sorge. Wir werden nichts tun, was Sie nicht wollen. Versprochen.«

Er unterhielt sich kurz mit den Bauern, ehe er sich wieder an Ruby wandte. »Offenbar ist Private Catchpole letztes Jahr im Oktober bei ihnen aufgetaucht. Er war lediglich leicht verletzt, aber völlig erschöpft und ausgehungert. Sie haben ihn bei sich aufgenommen, seine Wunden versorgt, ihm etwas zu essen gegeben und ihn in ihrer Scheune schlafen lassen. Dennoch hat er sich hartnäckig geweigert, ihnen seinen Namen zu nennen. Vor zwei, drei Wochen fiel ihnen dann auf, dass er verschwunden war. Er hatte einen Zettel hinterlassen, auf dem er ihnen dankte und ihnen mitteilte, dass er versuchen werde, sich nach England durchzuschlagen. Erst danach haben sie das Namensschild gefunden. Sie ahnten, dass er desertiert war, und hatten große Angst um ihn. Sie sind auf Verdacht hergekommen, um sich zu vergewissern, dass er in guten Händen ist.«

»Was für liebe Leute.«

»Ihr eigener Sohn ist gefallen«, flüsterte Tubby ihr zu.

Sie traten wieder ans Bett des Soldaten. »Wofür steht das J auf Ihrem Namensschild? Für John?«, riet sie. Er schüttelte den Kopf, desgleichen bei »Joseph«, wenngleich merkwürdig zögernd. Bei »James« endlich nickte er. Ruby und Tubby tauschten ein triumphierendes Lächeln.

»Und alle nennen Sie Jimmy?« Tränen glitzerten in seinen Augenwinkeln, als Ruby seine zitternden Hände nahm. »Bestimmt wollen Sie nach Hause, oder, Jimmy? Zu Ihrer Familie. Wir organisieren das für Sie, wenn Sie uns Ihre Adresse verraten. Können Sie versuchen, sie zu nennen?«

Er holte tief Luft. »Umb, umb, huh«, presste er hervor und atmete aus.

»Immer mit der Ruhe. Versuchen Sie es noch einmal«, ermutigte sie ihn.

»Umb, umb, baa. Umb baa.« Resigniert schüttelte er den Kopf, schloss die Augen und ließ den Kopf in die Kissen sinken. Es war zu anstrengend.

Tubby zog einen Bleistift und einen alten Umschlag aus seiner Innentasche. »Vielleicht könnten Sie es ja für uns aufzuschreiben.«

Er nickte, und wenngleich es eine unglaubliche Anstrengung für ihn darzustellen schien, den Bleistift überhaupt zu halten, gelang es ihm am Ende, halbwegs lesbare Worte und Zahlen zu Papier zu bringen.

Humber Lane 134? Ipswich.

»Ist das die Anschrift Ihrer Eltern?«, hakte Tubby nach und fügte hinzu, als Jimmy nickte: »Wir treten umgehend mit ihnen in Verbindung, damit Sie so schnell wie möglich nach Hause kommen, Junge.«

Zum ersten Mal reagierte er mit einem Lächeln, und das belgische Ehepaar war sichtlich gerührt, dass sich alles zum Guten zu wenden schien. Überschwänglich bedankten sie sich auf Flämisch bei dem Reverend und der jungen Engländerin, obwohl die sie nicht verstanden, bevor sie sich umwandten und langsam den langen Korridor entlang zum Ausgang gingen.

»Und was machen wir jetzt?«, erkundigte Ruby sich, die mal wieder Mühe hatte, mit Tubby Schritt zu halten.

»Wir werden in Ipswich beim Meldeamt nachfragen und darum bitten, nach dem Namen und der Adresse zu suchen. Falls die Leute kein eigenes Telefon haben, schicken wir eben ein Telegramm. Telefonieren wäre mir allerdings lieber, denn beim Depeschieren lesen gerne die Behörden mit.«

»Wir können allen Ernstes telefonieren? Über den Ärmelkanal hinweg?«

»Im Krieg wurden Kabel auf dem Meeresboden verlegt, denn man brauchte schließlich Verbindungen zu den einzelnen Truppenteilen. Davon hat Poperinge profitiert, weil sich hier ein großer Standort der Alliierten befand. Seitdem kann man vom Kontinent auf die Insel telefonieren. Ich werde den Bürgermeister bitten, ob wir seinen Anschluss benutzen dürfen, er ist mir noch den einen oder anderen Gefallen schuldig.«

»Glauben Sie wirklich, dass dieser Jimmy ein Deserteur ist?«

»Seine Reaktion sprach jedenfalls Bände«, erwiderte Tubby. »Wäre er erwischt worden, hätte man vermutlich kurzen Prozess mit ihm gemacht. Dabei war er wie viele andere durch die Erlebnisse in den Schützengräben nicht mehr er selbst, wie allein schon das Kriegszittern zeigt. Die meisten Offiziere haben darauf leider keine Rücksicht genommen, sondern die armen Kerle einfach in die Schlacht zurückgeschickt, bis sie vollends durchgedreht sind. Ich habe mich für viele einzusetzen versucht, leider wollten die Oberen meist nichts davon hören.«

Die Bewegung, mit der er sprach, ließ Schlimmes ahnen. »Sie haben sich also gegen die Erschießungsbefehle ausgesprochen?«

Ohne zu antworten, ging der Reverend sichtlich erregt mit mahlendem Kiefer weiter.

»Ich hätte nicht fragen sollen. Bitte entschuldigen Sie.«

Eine Zeit lang schwieg Tubby, dann blieb er erneut stehen und wandte sich zu ihr um. »Es war die

schlimmste Aufgabe als Armeepriester überhaupt, die
Deserteure vor der Exekution zu betreuen. Ich habe immer gebetet, dass ich verschont bleibe, aber einmal hat
es mich erwischt. Bloß dieses eine Mal, dem Himmel
sei Dank dafür, denn das hat mir schon gereicht.« Er
wischte sich den Schweiß von der Stirn. »Die Vorschriften besagten, dass ein Geistlicher in der letzten Nacht
vor der Hinrichtung in der Zelle des Delinquenten an-
wesend sein musste. Ich hatte eine Flasche Brandy hi-
neingeschmuggelt, um es leichter für ihn zu machen.
Die Nacht hat sich endlos lange hingezogen, das kann
ich Ihnen sagen. Manche haben angeblich Kirchenlie-
der gesungen, doch der Junge, den ich betreuen sollte,
hat immerzu geweint und nach seiner Mutter gerufen.
An ihm sollte ein Exempel statuiert werden, hieß es.
Das war typisch für die verdammte Engstirnigkeit der
Militärs ... Bitte entschuldigen Sie meine Ausdrucks-
weise. Für mich war es das schlimmste Beispiel von
Brutalität. Es war geradezu unmenschlich. Wie konnte
man einem Menschen so etwas antun?« Seufzend sah er
sie an. »Der Krieg ist etwas Grausames, Ruby, ganz egal
aus welcher Perspektive man ihn betrachtet. Er stellt
den eigenen Glauben auf eine härtere Probe, als man
sich jemals vorgestellt hätte, und lässt einen durch die
Hölle gehen.«

Glaube und Religiosität hatten keine große Bedeutung für Ruby, mit der Hölle und schweren Proben hingegen kannte sie sich aus. »Irgendeinen Sinn habe all
das bestimmt gehabt, heißt es immer wieder, um Hinter-
bliebene zu trösten«, flüsterte sie und dachte an Major
Wilsons pathetische Versprechungen. »Ich habe ihn bislang nicht entdecken können«, fügte sie trostlos hinzu.

Der Bürgermeister empfing Tubby wie einen lang vermissten Freund. Die beiden plauderten eine Weile, ehe sie in ein winziges Kabuff geführt wurden, das gerade einmal genug Platz für zwei Stühle und einen Schreibtisch bot, auf dem ein großes schwarzes Bakelittelefon stand. An der Wand hing eine leere Pinnwand, an der man vor gar nicht langer Zeit vermutlich noch kriegsentscheidende Mitteilungen angebracht hatte.

Es dauerte einige wenige Minuten, bis die Telefonistin des Bürgermeisters eine Verbindung nach London hergestellt hatte, von wo man sie nach Ipswich weiterverband.

»Machen Sie das«, sagte er zu Ruby und bedeutete ihr, den Hörer zu nehmen.

Als es in der Leitung knackte und rauschte, stellte sie sich die Kabel vor, die sich durch Schlamm und Schlinggewächse auf dem Boden des grauen Ärmelkanals dahinzogen. Wie viele wichtige Informationen mochten wohl während des Krieges tagtäglich von hüben nach drüben gegangen sein?

Plötzlich ertönte eine sanfte Stimme mit dem vertrauten Suffolk-Akzent, deren Klang einen Anflug von Heimweh in ihr heraufbeschwor. Es war ein echtes Wunder, mit jemandem aus der weit entfernten Heimatstadt zu sprechen.

»Hier ist die Vermittlung Ipswich. Was kann ich für Sie tun?«

Sie sammelte sich. »Wir suchen nach einer Telefonnummer. Es handelt sich um einen James Catchpole in der Humber Lane 134.«

Erneut entstand eine Pause, erneut knackte und rauschte es, ehe sich die Telefonistin wieder meldete.

»Wir haben im Melderegister tatsächlich einen J. Catchpole unter dieser Adresse. Ist das derjenige, den Sie suchen?«

Ruby konnte ihre Begeisterung, dass sie Jimmys Zuhause gefunden hatten, nicht verbergen und reckte triumphierend den Daumen. »Ja, genau das ist er.«

»Leider gibt es keine Telefonnummer, Miss.«

»Könnten Sie dann bitte ein Telegramm an diese Adresse schicken?«

Tubby reichte ihr ein Blatt Papier, auf das er hastig den Text gekritzelt hatte. *Pvt J. Catchpole sicher im Krankenhaus Poperinge. Schnellstens Familienmitglied schicken. Rev. P. Clayton.*

Während sie der Vermittlung langsam die Worte diktierte, malte sie sich aus, wie seine Familie wohl reagieren würde: Schock, Verblüffung, Ungläubigkeit, gefolgt von allmählichem Begreifen und schließlich unermesslicher Erleichterung und Freude.

Es war nicht ihr Bertie, um den es hier ging, aber wenngleich es ein wenig schmerzte, freute sie sich für Jimmy und seine Familie.

»Ich finde, darauf sollten wir mit einem Bier anstoßen«, schlug Tubby vor, als sie das Rathaus verließen. »Ich glaube, heute haben wir eine Familie sehr glücklich gemacht.«

»Die ganze Zeit versuche ich, mir vorzustellen, wie es für seine Familie sein muss, wenn das Telegramm ankommt und sie die wunderbare Neuigkeit erfährt. Ehrlich gesagt, bin ich ein bisschen neidisch.« Nachdenklich hielt sie inne. »Wie wird es Jimmy überhaupt damit ergehen? Wie kommt er damit klar, wenn er nach so langer Zeit im Versteck in sein altes Leben zurückkehren soll?«

»Seine Familie wird ihn mit offenen Armen empfangen, ihm Liebe schenken und Trost spenden und ihm bei der Eingewöhnung helfen. Allerdings geht das nicht von heute auf morgen, und er wird auf jeden Fall neben der medizinischen Behandlung auch psychologische Unterstützung brauchen. Jedenfalls bekommt er eine zweite Chance.«

»Kann er eigentlich noch wegen Desertierens vor ein Militärgericht gestellt werden?«

»Theoretisch schon. Allerdings rechne ich nicht damit. Die Armee hat mit der Demobilisierung, der Rückführung, der Organisation von Pensionszahlungen und dergleichen andere Sorgen und keine Zeit, um Jagd auf Deserteure zu machen. Ich nehme an, wenn er ein Jahr lang oder so die Füße still hält, haben sie ihn ohnehin vergessen. Natürlich entgeht ihm auf diese Weise die Soldatenrente, was jedoch ein geringer Preis im Vergleich zu der Freiheit ist, die er gewonnen hat.«

»Wie schön es wäre, wenn er wieder ein normales Leben führen und eine Familie gründen könnte.«

In einträchtigem Schweigen steuerten sie auf Gingers Café zu und genossen die letzten Strahlen der untergehenden Sonne, während ringsum ein Licht nach dem anderen anging. Unwillkürlich dachte Ruby an ihr Zuhause, erleuchtete Fenster waren für sie ein Sinnbild für Heimat, Familie, Sicherheit.

So weit weg von daheim und allein auf sich gestellt, lernte sie all die Dinge wieder schätzen, die sie in ihrer alles verzehrenden Trauer gar nicht mehr wahrgenommen hatte: die Liebe und Großzügigkeit ihrer Mutter, die Unterstützung von Berties Familie, von Freunden und Arbeitskollegen.

Sie wusste nicht wirklich, woher die Frage auf einmal kam – die Frage, die im Nachhinein betrachtet ihr ganzes Leben verändern sollte. Ohne darüber nachzudenken, kam sie ihr plötzlich über die Lippen.

»Sie haben vorhin von einer Organisation gesprochen, die Sie gründen wollen, um Soldaten bei der Rückkehr in ihr altes Leben zu unterstützen und den Geist der Kameradschaft wachzuhalten«, begann sie. »Glauben Sie, ich könnte Ihnen dabei helfen? Wenn wir wieder zu Hause sind? Natürlich muss ich arbeiten, aber in meiner Freizeit …«

Ein strahlendes Lächeln überzog Tubbys Gesicht. »Mein liebes Kind, wir würden Sie mit offenen Armen empfangen. Ich bin zutiefst davon überzeugt, dass wir denen helfen müssen, die überlebt haben, dass wir sie zusammenbringen und sie anleiten müssen, ihr Leben wieder in den Griff zu bekommen. Das sind wir all jenen schuldig, die es nicht geschafft haben. Dieser Aufgabe möchte ich mein Leben künftig widmen, und ich bin für jede Hilfe dankbar. Es gibt so viel zu tun: Briefe schreiben, bei den Leuten anklopfen, Spenden sammeln, Veranstaltungen organisieren. Klingt das reizvoll für Sie?«

»Sogar überaus reizvoll, vielen Dank.« Freude durchströmte sie, gepaart mit einer Entschlossenheit, die sie nach Berties Tod für immer verloren zu haben glaubte.

»Überaus reizvoll? Hier geht es wohl gerade um mich«, hörten sie eine Stimme und sahen, wie sich eine Gestalt aus den Schatten löste.

Ruby lachte. »Nein, Sie neugieriger Schnüffler. Sie haben lediglich die Hälfte gehört.«

Freddies Augen funkelten verschmitzt. »Schade. Ich dachte schon, ich hätte Chancen.«

»Kommen Sie, setzen Sie sich zu uns«, lud Tubby ihn ein.

»Mit Vergnügen. Ich hole mir bloß schnell ein Bier. Noch eins für Sie beide?«

»Erzählen Sie lieber nichts von Jimmy, ja?«, flüsterte Tubby, als Freddie in den Gastraum gegangen war. »Je weniger Leute Bescheid wissen, umso besser.«

Als er mit den Getränken zurückkam, hoben sie die Gläser und prosteten einander zu.

»Auf den Frieden«, sagte Ruby.

»Wird verdammt noch mal Zeit«, meinte Freddie und nahm einen großen Schluck.

»Und darauf, dass wir in unseren Herzen Vergebung finden mögen«, fügte Tubby hinzu.

Als Ruby dem einarmigen Veteranen erzählte, dass sie den Reverend beim Aufbau einer neuen Organisation unterstützen wolle, erklärte Freddie ebenfalls seine Bereitschaft mitzumachen. »Zumindest solange ich nicht in der Kirche antanzen muss«, fügte er im Scherz hinzu.

»Ich frage mich, was aus der armen Schweizerin geworden sein mag«, wechselte Tubby unvermittelt das Thema und sah die beiden anderen eindringlich an.

Ruby wäre ihm am liebsten um den Hals gefallen, denn dieses Problem lag ihr selbst auf der Seele. Freddie dagegen senkte verlegen den Blick und fühlte sich sichtlich unwohl.

»Schätzungsweise will niemand in der Nähe eines

deutschen Soldatenfriedhofs gesehen werden ... Aus Angst, er könnte für einen Sympathisanten gehalten werden«, warf Ruby ein und fühlte sich wie des Teufels Advokatin.

»Oder sie weigern sich, weil sie die Deutschen bis auf den Tod hassen«, murmelte Freddie.

Tubby faltete die Hände, schloss die Augen und legte das Kinn auf seine Fingerspitzen. »Eigentlich sollte jetzt die Zeit der Versöhnung kommen«, sagte er leise, aber bestimmt. »Wenn wir nicht anfangen, einander zu vergeben, werden wir niemals inneren Frieden finden.«

In der langen, bedeutungsschwangeren Stille begegnete sie Freddies Blick. Er errötete ein wenig und lächelte zögernd, dann räusperte er sich.

»Vielleicht ... Es gibt da ...« Ruby und Tubby warteten schweigend, während er sich sammelte und neuerlich ansetzte. »Es gibt da einen Wagen, den ich unter Umständen ausleihen könnte. Bloß will ich noch nichts versprechen«, wiegelte er ab. »Kann ich morgen Bescheid geben?«

Ruby beugte sich vor und nahm seine Hand. »Danke, Freddie. Sie sind ein echter ...« Sie suchte nach dem richtigen Wort.

»Goldschatz?«, warf Tubby ein.

»Allerdings, und zwar mit allem Drum und Dran«, bestätigte sie.

Kapitel 20

Martha

Völlig erschöpft und niedergeschlagen ließ Martha sich aufs Bett fallen und schloss die Augen, während die Worte von Monsieur Vermeulen in ihr widerhallten: Angst würde zu Getuschel führen, Getuschel zu Gerüchten, Gerüchte zu Verdächtigungen und Verdächtigungen zu Anschuldigungen. Sie sah Madame Peeters rotes, wutverzerrtes Gesicht vor sich, hörte ihre Stimme: Krauts. Elendes Mörderpack!

Natürlich verstand sie voll und ganz, warum sie so zornig waren, vor allem da sie jetzt mit eigenen Augen gesehen hatte, in welchem Zustand sich dieses einst wunderschöne Land befand. Zerstörte Städte, überall Schlamm, zahllose Soldatengräber. Trotzdem hatte sie den Eindruck, dass es hier allmählich aufwärtsging. Lebensmittel wurden importiert, die Geschäfte füllten ihre Regale auf, die Bauern begannen wieder, ihre Felder zu bestellen, und man sah erste Zeichen für den Wiederaufbau der Dörfer und Städte. Diese Menschen hatten wenigstens eine Zukunft.

Sich für Deutschland eine Zukunft vorzustellen war hingegen deutlich schwieriger, denn das Land würde noch jahrzehntelang unter der Last der ihm in Versailles aufgezwungenen Reparationszahlungen ächzen. In was für einem Land würde Otto aufwachsen? Die Menschen waren am Boden zerstört, ausgehungert und bettelarm, gefangen zwischen Restauration und Revolution. Die alte Ordnung war zerstört, über die neue, die in der Weimarer Verfassung verankert war, wurde nach wie vor heftig gestritten zwischen konservativen und fortschrittlichen Kräften. Auf den Straßen der Hauptstadt lieferten sich rechte und linke Schlägertrupps erbitterte Kämpfe.

Das Leben in Deutschland war so unerträglich schwer und deprimierend, so ohne jede Hoffnung und Perspektive. Vielleicht hatte sie deshalb diese Reise unternommen, um zumindest ein Kapitel ihres Lebens am Grab des Sohnes zu einem einigermaßen versöhnlichen Abschluss zu bringen.

So schwierig sich die Reise auch gestaltete, Martha bereute es nicht, sie auf sich genommen zu haben, denn neben Hass und Misstrauen hatte sie auch große Freundlichkeit von Menschen erfahren, die unter den Deutschen gelitten hatten. Der Geistliche, das englische Mädchen und sogar die anfangs so feindselig wirkende Amerikanerin hatten ihnen selbstlos geholfen.

Sie warf einen Blick zu Otto hinüber, der in sein Buch vertieft auf dem Stuhl saß und die Beine baumeln ließ. Wie reif und erwachsen er sich heute Nachmittag verhalten hatte, so ruhig und überlegt, als sie in dieser Gasse zusammengebrochen war. Sie betete, dass ihn der Anblick seiner zutiefst gedemütigten und hilflosen Mutter nicht völlig traumatisiert hatte.

Ihr Herz drohte vor Liebe für ihn zu platzen, gleichzeitig verspürte sie große Angst. Schon bald würde aus dem Jungen ein erwachsener Mann geworden sein, der es kaum erwarten konnte, sein Elternhaus zu verlassen und seinen eigenen Lebensweg zu gehen. Gott sei Dank, dass der Krieg vorüber war und er nicht miterleben musste, wie es war, kämpfen zu müssen wie sein Bruder.

Als es an der Tür klopfte, verkrampfte sich ihr Magen. War es der Hotelier mit weiteren schlechten Nachrichten? Oder, schlimmer noch, die Polizei, die sie des Landes verweisen wollte? Otto blickte auf. Sein Gesicht war ganz blass im Halbdunkel des Raumes, und seine Augen waren furchtsam geweitet. Sie legte einen Zeigefinger auf ihre Lippen.

Es klopfte ein zweites Mal, diesmal lauter, dann ertönte eine Frauenstimme. »Mrs. Weber?«

Martha schlüpfte in ihre Schuhe und strich sich das Haar glatt, ehe sie zur Tür ging und sie vorsichtig einen Spaltbreit öffnete. Es war die junge Engländerin.

»Darf ich einen Moment hereinkommen?«, fragte sie.

Martha zögerte und bedeutete Ruby, dass sie einen Moment warten solle. Selbst jetzt noch, nachdem das Mädchen so freundlich zu ihr gewesen war, fiel es ihr schwer, einer Fremden zu trauen.

»Beeil dich, Otto«, sagte sie. »Leg das Buch weg und räum deine Sachen auf.« Sie strich die Bettdecke glatt, rückte das Kissen gerade, warf ihre herumliegenden Schuhe und Kleider in den großen Schrank und kehrte an die Tür zurück, um die Besucherin hereinzulassen.

»Ich glaube, ich habe jemanden gefunden, der Sie nach Langemarck bringt«, sagte Ruby ganz langsam und betont auf Englisch.

Dem Himmel sei Dank, dachte Martha. »Langemarck?«

»Ja. Damit Sie nach Ihrem Neffen suchen können.«

»*Mais* ...« Martha breitete die Hände aus.

»Kennen Sie Mr. Smith? Freddie?«

Die Frau schüttelte verunsichert den Kopf.

»Den Engländer. Unten in der Bar?« Ruby tat so, als höbe sie ein imaginäres Bierglas an ihre Lippen.

Aha. Jetzt begriff Martha. Die Engländerin sprach von dem reichlich ungepflegten Mann mit den hellen Wimpern, der in der Hotelbar zu wohnen schien und gegen den Otto vom ersten Moment an eine tiefe Abneigung gehegt hatte. Sie deutete auf ihren linken Arm.

»Genau, es ist der Einarmige. Er versucht, einen Wagen für Sie organisieren.«

Da Ruby nicht wusste, wie viel Englisch ihr Gegenüber verstand, tat sie so, als hätte sie die Hände am Lenkrad eines Wagens. Martha hingegen interessierte etwas anderes viel mehr. »Wie viel?«

»Keine Sorge. Ich glaube nicht, dass Freddie Geld haben möchte. Höchstens fürs Benzin.«

Spontan streckte die Schweizerin oder was immer sie sein mochte, dem Mädchen, das viel zu jung war, um schon Witwe zu sein, die Hand hin. Für einen kurzen Moment begegneten sich ihre Blicke. Erneut fiel ihr die Trauer in Rubys haselnussbraun gesprenkelten Augen auf. Bestimmt hatte sie jemanden verloren, einen Ehemann, einen Bruder, einen Vater oder einen Geliebten, dessen Grab sie hier aufsuchen wollte. Niemand sonst würde eine derart absurde Reise unternehmen.

Am liebsten hätte sie sie gefragt, ihr Mitgefühl bekundet und mit ihr über ihren Kummer gesprochen. Sie wirkte noch so jung, so schutzbedürftig. Unwillkürlich stieg ein mütterliches Gefühl in Martha auf, und um ein Haar hätte sie das unglückliche Mädchen tröstend umarmt, beschränkte sich jedoch auf ein warmherziges Lächeln, das Ruby zaghaft erwiderte.

Für einen kurzen Moment der Freundschaft und des gegenseitigen Verstehens, in dem alles Trennende überwunden schien, verflüchtigte sich der Ausdruck von Traurigkeit. Genau wie sie war dieses junge Ding durch den Krieg aus der Bahn geworfen worden, musste mit der Tragödie ihres Lebens fertigwerden und würde hoffentlich irgendwann ihr Glück finden.

Dann war der Augenblick vorüber, und ihre Hände lösten sich voneinander. »Gut. Dann sehen wir uns morgen«, verabschiedete Ruby sich, während Martha mit einem letzten Dank die Tür hinter ihr schloss und sich von innen dagegensinken ließ. Ihr war beinahe schwindlig vor Erleichterung.

»Worum ging es eigentlich bei eurem Gespräch, Mama?«, fragte Otto.

»Sie hilft uns, nach Langemarck zu kommen.«

»Zu Heinrichs Grab?«

»Ja, zu seinem Grab. Endlich.«

»Und wie? Wer fährt uns hin?«

»Ist das denn wichtig, Otto? Hauptsache, wir kommen zu diesem Friedhof.«

»Sie hat von einem Freddie gesprochen. Ist das dieser Engländer mit den komischen Augen aus der Bar?«

»Ja, aber was haben seine Augen damit zu tun? Bestimmt sorgt die nette junge Frau dafür, dass alles reibungslos abläuft.«

»Was schwierig werden dürfte, wenn er mit einem Arm Auto fährt.«

»Du liebe Güte, Otto, warten wir bitte erst einmal ab, was passiert«, erwiderte sie barsch. »Wir fahren hin, das ist das Wichtigste.«

Sie legte sich aufs Bett und versuchte, ihre Gedanken zu ordnen. Nach ein paar Minuten setzte Otto sich neben sie und bettete den Kopf auf ihre Schulter. Die Intimität dieser Geste traf sie unvorbereitet. Er suchte inzwischen so selten ihre Nähe.

»Was ist los, mein Liebling?«

»Ich habe Angst, Mama.«

»Wovor denn, mein Junge?« Sie legte beide Hände um sein Gesicht. Dass er Angst hatte, war nach den Ereignissen des heutigen Tages kaum verwunderlich, und sie nahm an, dass er antworten werde, er fürchte sich vor solch bösen Menschen wie den Peeters oder davor, von einem Einarmigen zu den Schlachtfeldern gefahren zu werden. Damit könnte sie umgehen. Doch die Antwort, die er gab, erschütterte sie bis ins Mark.

»Davor, wie der Rest meines Lebens aussehen wird.«

»Was meinst du damit? Es herrscht schließlich Frieden, und es gibt so vieles, worauf du dich freuen kannst.«

»Ohne meinen Bruder?«

Martha konnte nicht anders, als hemmungslos zu weinen. Ebenso um ihren toten Sohn wie um den, der noch am Leben war. Sie war so mit ihrer Sorge wegen der Reise beschäftigt gewesen, dass sie nicht darüber nachgedacht hatte, was das alles für Otto bedeutete.

»Hast du Angst davor, sein Grab zu sehen?«

Er nickte.

»Ich ebenfalls, mein Schatz. Dennoch müssen wir es tun, verstehst du? Damit wir ihm ein letztes Mal sagen, dass wir ihn liebhaben, bevor wir uns von ihm verabschieden.«

»Ich *will* mich aber nicht verabschieden.« Seine Stimme brach. »Weil ich Angst davor habe, endgültig zu erkennen, dass er nicht mehr wiederkommt, sondern für immer fort ist.«

Vergeblich rang sie nach Worten. Sie konnte nur darauf hoffen, dass der Besuch an seinem Grab ihnen trotz aller Befürchtungen helfen würde, einen Weg zu finden, um den Rest ihres Lebens ohne ihn zu ertragen.

Kapitel 21

Alice

Cécile Vermeulen trat aus der Küche des Hotel de la Paix in die Halle, griff nach dem Holzklöppel und schlug auf den Gong, der neben der Rezeption hing. Fünf Schläge in rascher Folge, die das Messing vibrieren ließen, tief und laut genug, dass ihn die Gäste selbst im hintersten Winkel des Hotels hörten. Allerdings war es ihr am liebsten, wenn sie hübsch der Reihe nach zum Abendessen erschienen: nicht alle gleichzeitig, weil die Küche sonst überfordert war, doch unter keinen Umständen zu spät, sonst könnte das Essen womöglich verkochen.

Cécile war schrecklich stolz auf »ihr Hotel«. Sie war in diesem Haus, ursprünglich ein Café, aufgewachsen und hatte ihren Eltern geholfen, es vor dem Krieg mit Gästezimmern auszustatten. Und jetzt verfolgte sie das ehrgeizige Ziel, es zum ersten Haus am Platz für die vielen Menschen zu machen, die nach Poperinge kamen, um die nahe gelegenen Friedhöfe und Schlachtfelder zu besuchen. Sie und Maurice würden mit diesem besonderen Tourismus ein Vermögen verdienen, daran bestand für sie kein Zweifel.

Oben in ihrem Zimmer hatte Alice sich derweil die gesteppte Tagesdecke um die Schultern geschlungen, nippte an dem Brandy, den sie eigentlich Julias Familie als Geschenk hatte mitbringen wollen, und versuchte ihre Enttäuschung niederzuringen. Schließlich war es trotz aller Illusionen, die sie genährt hatte, immer wahrscheinlicher gewesen, dass Sam tot war, oder etwa nicht? Sonst wäre er längst nach Hause zurückgekehrt. Trotzdem war sie beim Erhalt des Telegramms in ein tiefes Loch gefallen. Nun blieb ihr nichts mehr, als sein Grab zu suchen und ihm zu sagen, dass sie ihn liebte und wie sehr sie unter Gewissensbissen litt, weil sie ihn damals nicht zurückgehalten hatte. Nicht einmal das Wissen, dass es ihm ein Herzensanliegen gewesen war, vermochte ihr Trost zu spenden.

Der Gong unterbrach ihre Grübeleien und erinnerte sie daran, dass sie hungrig war. Eilig wickelte sie sich aus der Decke und trat ans Waschbecken, um sich frisch zu machen. Stirnrunzelnd betrachtete sie ihr Gesicht, das sie so sehr an Sams erinnerte. Die Ähnlichkeit zwischen ihnen war schon immer frappierend gewesen, von Kindheit an.

»Du wirst für immer ein Teil von mir sein«, flüsterte sie ihrem Spiegelbild zu. »Und immer bei mir bleiben für den Rest meines Lebens.«

Schluss damit, sie musste sich zusammenreißen. Ein herzhaftes Abendessen und ein bisschen nette Gesellschaft, das war es, was sie jetzt brauchte. Sie klopfte an Rubys Tür, erhielt jedoch keine Antwort und begab sich nach unten in die Bar. Nichts. Einen Moment lang stand sie im Türrahmen und blickte über den Platz hinweg zu Gingers Café, ohne eine Spur von Ruby zu entdecken. Gerade als sie beschloss, allein zum Abendessen zu gehen, hörte sie das Quietschen von Bremsen.

»Alice?« Es war Daniel, ihr unfassbar attraktiv aussehender Flirt aus Studententagen, der lässig am Steuer seines rostigen grünen Coupés saß. »Möchtest du mich nach Lille begleiten? Ich muss dort ein paar Sachen erledigen.«

»Nach Lille? Ist das nicht ewig weit weg?« Sie zögerte, weil sie noch zu durcheinander war nach den Ereignissen des Nachmittags.

»Ach komm, es sind fünfzig Kilometer. Anderthalb Stunden. Wir kämen gerade rechtzeitig zum Abendessen dort an.« Einladend klopfte er auf den Beifahrersitz. »Es ist kein Rolls-Royce, aber er fährt tadellos, und wenn man die Schlachtfelder erst einmal hinter sich hat, ist die Straße völlig intakt. Ich muss kurz im Büro vorbei, dann können wir in meinem Lieblingsrestaurant zu Abend essen. Was sagst du zu meinem Vorschlag?«

Das Knurren ihres Magens ließ die Einwände, die ihr auf der Zunge lagen, verstummen. Eine kleine Spritztour und die Aussicht auf ein Essen mit Daniel waren vielleicht sogar die perfekte Abwechslung, die sie brauchte.

»Gut, dann warte einen Moment«, willigte sie ein.

Sie lief hinauf in ihr Zimmer, schlüpfte in ihr hübschestes Kleid aus geblümter grüner Seide mit einem Spitzenbesatz an Kragen und Manschetten und streifte vorsichtig neue Seidenstrümpfe über. Dann legte sie Lippenstift auf, puderte sich die Nase, tupfte sich etwas Parfum hinter die Ohren und auf den Hals und bürstete sich das Haar. Das musste reichen, dachte sie und zog den Bauch ein, während sie sich ein letztes Mal vor dem ovalen Spiegel hin und her drehte. Klar, sie war keine achtzehn mehr, doch er hatte seine Jugendjahre ebenfalls hinter sich.

Sie nahm einen Schal und die hellgrüne Leinenjacke, die so schön zu ihrem Kleid passte, und wollte gerade die Treppe hinunterlaufen, als ihr Ruby einfiel. Auf einem Bogen Hotelbriefpapier schrieb sie ihr eine kurze Nachricht und schob sie unter ihrer Tür durch. *Bin mit Daniel unterwegs. Bis später. A.*

Mitfühlend lauschte er ihren Schilderungen, als sie ihm ihr Herz ausschüttete, von dem Telegramm ihres Vaters erzählte und davon, wie ihre letzten Hoffnungen, ihren Bruder noch lebend zu finden, jäh zerstört worden waren. Er war mit an Sicherheit grenzender Wahrscheinlichkeit tot und lag Gott weiß wo begraben.

Irgendwann konnte sie die Tränen nicht länger zurückhalten, woraufhin Daniel an den Straßenrand fuhr und den Arm um sie legte. »Meine liebste, süße Alice«, murmelte er. »Es war so mutig von dir hierherzukommen, und es tut mir so leid, dass deine Suche nicht glücklicher ausgegangen ist. Vielleicht findest du ja wenigstens sein Grab und kannst ein klein wenig Trost daraus ziehen.«

Daniel schien wild entschlossen zu sein, sie ein bisschen aufzumuntern, denn sobald sie sich wieder gefasst hatte, unterhielt er sie mit Anekdoten aus ihrer Pariser Zeit, kramte Erinnerungen an gemeinsame Freunde hervor und setzte alles daran, sie nicht wieder in Trübsinn verfallen zu lassen. Auch von seiner Arbeit erzählte er, von seinem Leben in Lille hingegen eher wenig und von seiner Freundin gar nicht. Alice stellte sie sich als eine glamouröse Frau vor, eine reifere Version jener Mädchen, mit denen er sich damals in der Pariser Zeit vergnügt hatte: bildschön, lässig, immer nach der neuesten

Mode gekleidet und blitzgescheit. Frauen, die zu ihm passten, die seinem Ego schmeichelten.

Was immer sich Alice unter Lille vorgestellt haben mochte – eine kleinere Ausgabe von Brüssel oder gar von Paris –, wurde von der knallharten Realität revidiert.

»Die armen Teufel hatten es im Krieg sehr schwer«, erklärte Daniel, als er den Wagen durch die Straßen mit den von Granaten zerfetzten und von Bränden zerstörten Gebäuden lenkte. »Gott sei Dank, dass ich in Paris war, als die Deutschen einmarschierten. Sie sind hiergeblieben bis zur Befreiung letztes Jahr im November.«

Selbst in den kleinen, nicht ganz so sehr von den Trommelfeuern zerstörten Straßenzügen drohten viele Gebäude jeden Moment einzustürzen, und die vereinzelten Zeichen, dass hier noch Menschen lebten, wie Geranien in einem Blumenkasten auf einem Fensterbrett oder eine quer über die Straße gespannte Wäscheleine, machten das alltägliche Leid umso deutlicher.

»Es muss schlimm gewesen sein, unter der deutschen Besatzung leben zu müssen«, sagte sie.

»Allerdings. Sie haben den Bewohnern alles weggenommen, die Lebensmittel, die Möbel und so ziemlich alles aus den Fabriken und Geschäften, was sie für ihre Truppen gebrauchen konnten. Überall wimmelte es von Soldaten. Die meisten Leute mussten sogar Deutsche in ihren Häusern aufnehmen und sie durchfüttern, obwohl sie selbst kaum etwas hatten. Und dann all die Vorschriften, *mon dieu*! Mein Nachbar hat erzählt, er habe für alles irgendein Formular ausfüllen müssen, selbst um in einen anderen Stadtteil zu fahren.«

»Ich hatte ja keine Ahnung«, flüsterte Alice.

»Für die Frauen war es besonders schlimm. Wie in allen Kriegen waren sie Freiwild – die Waisenhäuser sind voll von deutschen Bastarden.«

Sie schwieg und war froh, als sie das Zentrum der Stadt, die Grande Place, erreichten, die weniger in Mitleidenschaft gezogen zu sein schien und auf der ein reges abendliches Treiben herrschte. Die Geschäfte waren noch geöffnet, und in den Cafés und Restaurants saßen jede Menge Gäste.

»Das ist die Colonne de la Déesse.« Daniel deutete auf eine steinerne Säule, auf der eine Frauenskulptur thronte. »Sie wurde errichtet zur Erinnerung an die Belagerung durch die Österreicher 1792. Der Bildhauer hatte sie eigentlich als allegorische Darstellung gedacht, aber überall heißt sie nur Säule der Göttin.«

Er bog in eine Seitengasse ein, hielt an und machte den Motor aus. »Mein Büro ist um die Ecke. Ich bin gleich wieder da.«

Liebevoll kniff er sie in die Wange, stieg aus und verschwand. Alice nutzte die Zeit, um ihr Make-up in Ordnung zu bringen. Wenig später war Daniel zurück.

»Das war's. Wie sieht es mit Abendessen aus? Ich habe einen Bärenhunger.«

Das Restaurant befand sich in einem Gewölbe mit niedrigen Decken aus Ziegelstein, die von Säulen gestützt wurden. Daniel wählte einen Tisch in der hinteren Ecke aus, wo sie von anderen Gästen nicht gesehen werden konnten. Der Oberkellner begrüßte ihn wie einen alten Freund und bedachte Alice mit einem vielsagenden Blick, als wüsste er die Art ihrer Beziehung genau einzuschätzen.

Anschließend vertieften sie sich in die Speisekarte, der man die nicht lange zurückliegende Hungersnot nicht mehr im Geringsten ansah.

»Das haben wir einzig und allein deinem Land zu verdanken«, meinte Daniel und erklärte ihr, dass viele amerikanische Kredite in die Förderung der landwirtschaftlichen Produktion und Fischwirtschaft geflossen seien.

»Such du für mich aus. Alles außer Rindereintopf«, bat sie lachend. »Davon habe ich so viel gegessen, dass es für den Rest meines Lebens reicht.«

»Unsere *Carbonnade* hat dich nicht in Verzückung versetzt?«, rief er und verzog in gespieltem Entsetzen das Gesicht. »*Quel dommage.*«

Schwarz gekleidete Kellner mit gestärkten Leinenschürzen bedienten sie mit jener landestypischen Förmlichkeit, die sie inzwischen zu schätzen gelernt hatte. Daniel bestellte Muscheln für sie beide, gefolgt von geschmortem Rindfleisch für ihn und einer Portion Kaninchen mit Biersauce für sie.

»Ich weiß nicht recht, ob ich guten Gewissens ein flauschiges Häschen essen kann.«

»Es ist köstlich, du wirst sehen.«

Daniel kostete den Wein, den der Sommelier würdevoll präsentierte. Nachdem er ihn für gut befunden hatte, wurden ihre Gläser gefüllt, und er hob ihr das seine entgegen. »Auf deinen Bruder, auf die Erinnerung an ihn.«

»Auf Sam«, stimmte sie mit zittriger Stimme zu und nahm einen Schluck. Der Wein war köstlich, und sie nahm einen zweiten Schluck.

»Und jetzt lass uns das Essen genießen. Ich bin sicher, danach fühlst du dich gleich viel besser«, murmelte er und warf ihr ein verführerisches Lächeln zu.

Nach ein paar vorsichtigen Bissen stellte sie fest, dass die Muscheln hervorragend schmeckten, vor allem die cremige Sahne-Wein-Sauce, in der sie schwammen. Daniel zeigte ihr, wie man mit einer leeren Muschelschale das orangefarbene Fleisch heraushob. Was für eine herrlich sinnliche Art zu essen – trotzdem war sie dankbar für die kleine Schüssel Wasser mit dem Zitronenschnitz, in dem sie sich anschließend die Hände säubern konnte.

Er schenkte ihr mehrere Male nach und bestellte eine zweite Flasche, als der Hauptgang serviert wurde. Fasziniert beobachtete sie, mit welcher Konzentration er sich seinem Essen widmete, und sie wünschte sich, der Abend möge niemals enden.

Als könnte er Gedanken lesen, beugte er sich über den Tisch und griff nach ihrer Hand. »Es ist schön, dass du dich mir anvertraut hast«, sagte er. »Es fühlt sich alles so natürlich zwischen uns an, *n'est-ce pas?*«

Er spreizte ihre Finger und streichelte die zarte Haut dazwischen – ein leicht erotisches Gefühl, das durch ihren Arm in den ganzen Körper zu strömen schien. Zudem hatte der Wein sie beschwingt und das Essen sie angenehm von innen gewärmt. Mit einem Mal war sie es leid, ihrem Kummer noch länger nachzuhängen.

Sam würde sie nicht mehr zurückholen können. Ihre Trauer nützte ihm nichts. Bloß musste sie deshalb ebenfalls auf jedes Vergnügen verzichten? Schließlich hatte sie nur dieses eine Leben, sagte sie sich. Also konnte sie sich genauso gut kopfüber hineinstürzen und es in vollen Zügen genießen.

»Wir sollten demnächst aufbrechen. Ich muss kurz bei mir zu Hause vorbei und ein paar frische Sachen holen«, meinte er nach dem Kaffee. »Vielleicht möchtest du meine Wohnung ja sehen?«, fügte er beiläufig hinzu.

Sie ging auf die Toilette, puderte ihre glänzende Nase und frischte ihren Lippenstift auf. Für den Bruchteil einer Sekunde sah sie Lloyd neben sich, der wie ein treuer Spaniel von seinem Rollstuhl aus zu ihr hochblickte. So gut aussehend er sein mochte, war er kein Mann, der häufig flirtete, ganz zu schweigen davon, dass er zum Verführer taugte. Sie war fast sicher, dass er ebenso wie sie selbst bislang über keine sexuellen Erfahrungen verfügte. Sie dachte an ihre zögerlichen Berührungen, das Fummeln auf dem Sofa, nachdem ihre Eltern zu Bett gegangen waren, an die atemlosen Küsse, die intimen Liebkosungen. Nach seinem Unfall allerdings hatte die Scham wegen des fehlenden Beins ihn gehemmt. Und was ihre Gefühle für ihn betraf, so ließen sie sich nicht einmal ansatzweise mit dem Verlangen vergleichen, das sie für Daniel empfand, mit dieser überwältigenden Begierde, die sie schwindeln ließ und ihr den Atem raubte.

Sie blinzelte gegen das Trugbild an und kehrte dem Spiegel den Rücken zu.

Kapitel 22

Ruby

Ruby klopfte an Alices Zimmertür, horchte und klopfte noch einmal.

Schließlich kam von drinnen ein leises Stöhnen zurück. »Ich habe mich hingelegt. Geh ruhig ohne mich.«

Es war Ruby recht, Alice erst mal nicht zu sehen. Ihr scharfer Ton war ihr noch deutlich in Erinnerung: »Misch dich da bloß nicht ein, Ruby.« Tja, jetzt war es zu spät; sie hatte sich mit der Schweizerin und ihrem Sohn eingelassen. Und selbst wenn sich herausstellen sollte, dass das ein Fehler gewesen war, hatte sie wenigstens zu helfen versucht.

Außerdem war da noch die Sache mit diesem Daniel, die einen bitteren Nachgeschmack bei ihr hinterlassen hatte – oder zumindest das ungute Gefühl, dass sie als Alibi missbraucht wurde. Obwohl sie ihn nur flüchtig kennengelernt hatte, erinnerte er sie auf fatale Weise an den Mann, der sie an jenem fernen Abend an der Bar angesprochen hatte: gut aussehend, eloquent und so charmant, dass man sich wie die begehrteste Frau auf der ganzen Welt fühlte. Sie fürchtete, dass Alice, genau wie sie, dafür einen hohen Preis würde bezahlen müssen.

Auf ihrem Weg in den Speiseraum überreichte ihr

Monsieur Vermeulen einen Briefumschlag. »Für Sie, Madame.« Sie riss ihn auf und zog ein zerfleddertes Stück Papier heraus, auf das jemand eine Skizze gekritzelt hatte – das Zentrum von Poperinge. Ein Pfeil zeigte auf eine Straßenkreuzung. Unter der Zeichnung stand in kindlichen Großbuchstaben: *Hierherkommen mit den Schweizern, morgen 14 Uhr. Fred.*

Schlagartig besserte sich ihre Laune. Der Goldschatz hatte sein Versprechen gehalten.

Mutter und Sohn saßen an ihrem gewohnten Tisch. »Guten Morgen«, grüßte sie. »Ich hoffe, Sie haben gut geschlafen.«

Martha schenkte ihr ein zögerliches Lächeln, der Junge starrte auf seinen Teller.

»Ich habe gute Neuigkeiten«, flüsterte Ruby geheimnisvoll und simulierte das Lenken eines Fahrzeugs.

Die Augen der Frau weiteten sich. »Heute?«, fragte sie mit gesenkter Stimme. »Langemarck?«

Ruby deutete auf die Uhr an der Wand und hielt zwei Finger hoch. »Wir treffen uns hier. Kurz vor zwei.«

Martha nickte und wisperte dem Jungen etwas zu. Einen Augenblick lang gab ein scheues Lächeln die Jungenhaftigkeit unter seiner sonst so verdrossenen Miene preis.

Nach dem Frühstück wartete Ruby wie vereinbart im Foyer auf Tubby. Er kam fünf Minuten zu spät, rot im Gesicht und leicht außer Atem. Wie immer hatte er seine Aktentasche dabei, und über seiner Schulter hing eine Leinentasche.

»Bin heute knapp dran«, keuchte er. »Ich muss um elf los, um die Abendfähre in Ostende zu kriegen. Am besten machen wir uns sofort auf dem Weg zum Kloster, wenn Sie nichts dagegen haben.«

Als sie dort ankamen, saß Jimmy, frisch gewaschen und rasiert, wartend auf einem Stuhl neben dem Bett.

»Hier, mein Freund.« Tubby reichte ihm die Leinentasche. »Ich habe Ihnen ein paar saubere Kleidungsstücke mitgebracht, damit Sie was anderes haben als Ihr Krankenhaushemd.«

»Da-da-da-danke.« Jimmy presste die Tasche an seine Brust.

»Aber das bleibt unter uns«, flüsterte Tubby verschwörerisch, »sonst wollen plötzlich alle neue Klamotten. Übrigens, etwas Schokolade habe ich ebenfalls eingepackt.« Zufrieden betrachtete er den Anflug eines Lächelns auf dem Gesicht des jungen Mannes, wodurch das Muskelzucken für einen Moment überlagert wurde. »Wir haben Ihre Familie per Telegramm informiert. Bestimmt werden Sie bald von einem Verwandten abgeholt.«

»Ah, ah, ah.« Jimmys Augenbrauen zogen sich enttäuscht zusammen.

»Oh, beinahe hätte ich es vergessen.« Tubby kramte ein kleines Notizbuch aus der Tasche, an dem ein Bleistift angebunden war. »Nehmen Sie das, um sich besser verständigen zu können.«

Jimmy griff sogleich danach und begann mit zitternder Hand ungelenke Buchstaben zu schreiben. *Wichtig. Bitte sagen Sie niemandem, dass ich hier bin.*

»Keine Sorge.« Tubby legte ihm die Hand auf die Schulter. »Wir haben auch Ihre Familie gebeten, über Ihren Aufenthaltsort zu schweigen.«

Danke. Ich will nach Hause, kritzelte Jimmy daraufhin.

»Hier sind Sie bestens aufgehoben und in Sicherheit, bis Sie abgeholt werden«, versicherte ihm Tubby. »Noch ein paar Tage vielleicht, und Sie haben es hinter sich.«

Jimmy nickte und vergrub das Gesicht in den Händen, sodass Ruby bereits fürchtete, er werde zu weinen anfangen.

»Wie wär's, wenn Sie sich erst mal umziehen, mein Lieber?«, schlug Tubby vor, um die rührselige Stimmung zu durchbrechen. »Damit Sie ein bisschen was hermachen. Na ja, die Hose ist nicht der letzte Schrei – Hauptsache, Sie sehen damit nicht wie ein englischer Soldat aus.«

Während sie einen Paravent vor das Bett rückten und diskret zur Seite traten, warf Tubby einen Blick auf die Wanduhr. »Du liebe Güte, ist es wirklich schon so spät? Jetzt muss ich mich wirklich sputen.«

»Sie werden mir fehlen, Tubby. Vergessen Sie nicht, mir Ihre Adresse zu hinterlassen. Sie wissen hoffentlich noch, worüber wir gesprochen haben, oder?«

»Ja, natürlich.« Er kramte einen Zettel aus der Tasche und notierte seine Adresse. »Und Sie schreiben mir, wie Ihre Freundin mit ihren Nachforschungen vorankommt und was sie über das Schicksal des Bruders herausfindet. Es tut mir wirklich leid, dass wir Ihren Bertie nicht ausfindig machen konnten.«

»Vielleicht darf man nichts Unmögliches erwarten.« Ruby hielt einen Moment inne. »Immerhin habe ich das Gefühl, hier in Poperinge etwas anderes gefunden zu haben. Ich weiß nicht, warum, aber plötzlich blicke ich wieder zuversichtlicher in die Zukunft. Als ich herkam, war ich total deprimiert und so sehr mit meinem eige-

nen Unglück beschäftigt, dass ich nichts anderes mehr
wahrnahm und an meiner Verzweiflung zu ersticken
drohte.«

All das hatte sie sich selbst nie in dieser Form einge-
standen, und da stand sie nun, schüttete jemandem ihr
Herz aus, den sie gerade erst kennengelernt hatte. Nur
dass Tubby ihr gar nicht wie ein Fremder vorkam – eher
wie ein väterlicher Freund, dem sie sogar ihr Leben anvertrauen würde.

»Mein liebes Kind, ich bin fest davon überzeugt, dass
Sie bald ein neues Leben beginnen werden. Sie sind
viel stärker, als Sie glauben. Schreiben Sie mir, sobald
Sie wieder zu Hause sind, dann sehen wir, wie wir Sie
in mein neues Projekt einbinden können.«

»Versprochen. Und noch mal vielen Dank für alles,
Tubby.«

»Möge der Herr auf all Ihren Wegen mit Ihnen sein,
meine Liebe«, sagte er und legte ihr segnend die Hand
auf den Kopf.

Da Rubys Eltern mit der Religion wenig im Sinn gehabt hatten, waren ihr die kirchlichen Rituale, die Predigten und das ganze Drumherum eher wie blanker
Zinnober erschienen. Diese schlichte Geste hingegen,
Tubbys warme Hand auf ihrem Haar, beruhigte sie, gab
ihr das Gefühl, wahrhaft gesegnet zu sein.

Im selben Moment hörten sie das Klappern des Pa-
ravents, und Jimmy trat verlegen lächelnd hervor. Das
Hemd war ein paar Nummern zu groß, die Hose um einiges zu weit und zu kurz, unübersehbar entsprach alles Tubbys Maßen. Und trotzdem erkannte man jetzt
wieder den großen, gut aussehenden Burschen, der er
einmal gewesen war. Dunkles Haar, wenngleich von

einer unerfahrenen Nonne miserabel geschnitten, umrahmte ein Gesicht mit hohen Wangenknochen, einem energischen Kinn und strahlend blauen Augen.

»Großartig sehen Sie aus«, stieß Ruby überwältigt hervor.

Jimmy setzte sich auf die Bettkante, schrieb etwas in das Notizbuch und reichte es ihr. *Hoffe, meine Verlobte sieht das genauso!*

»Also, mein Lieber«, sagte Tubby. »Ich muss schleunigst los, damit ich meine Fähre erwische. Finden Sie allein zum Hotel zurück, Ruby?« Als sie nickte, wandte er sich erneut an den jungen Mann. »Ruby bleibt noch ein Weilchen bei Ihnen, und mit etwas Glück kriegen Sie bald noch mehr Besuch. Möge Gottes Segen Sie für den Rest Ihres Lebens begleiten.«

Sobald Tubby gegangen war, ließ Jimmy den Kopf auf das Kissen sinken – offenbar strengte es ihn ziemlich an, wieder in so etwas wie einen Alltag zurückzukehren.

»Wollen Sie ein wenig schlafen?«, erkundigte sich Ruby.

Er schüttelte den Kopf, schloss aber dennoch die Augen.

Ein Gefühl von Zärtlichkeit ergriff Besitz von ihr, und sie dachte an die Familie, die vermutlich in den nächsten Tagen hier eintreffen würde. Vielleicht hatten sie im ersten Moment gedacht, es müsse sich bei dem Telegramm um einen Schwindel oder eine Verwechslung handeln. Oder um einen Trick der Militärpolizei, die Wind von seinem Wiederauftauchen bekommen hatte. Der Gedanke ließ sie aufschrecken: Sie musste den

Nonnen unbedingt einschärfen, niemanden außer seinen Angehörigen zu ihm zu lassen.

Gerade als sie das Ende des Gangs erreicht hatte, hörte sie Stimmen aus dem Erdgeschoss. Sie spähte über das Geländer und sah die Haube einer Nonne, die mit jemandem sprach, der außerhalb ihres Sichtfelds blieb. Eindeutig war es ein Engländer, der in seiner Sprache, durchsetzt von ein paar Brocken Französisch, auf die Ordensschwester einredete.

Wer war das? Aus Jimmys Familie konnte es niemand sein, dafür war es viel zu früh. O Gott, hoffentlich war es niemand von der Army, der Jagd auf Deserteure machte. Ruby beschloss zu handeln, eilte zurück zu Jimmy, rüttelte an seiner Schulter und legte den Zeigefinger auf seine Lippen.

»Kommen Sie mit, wir müssen schnellstens verschwinden«, flüsterte sie, half ihm auf die Beine und zog ihn mit sich zum anderen Ende der Station, von wo aus es in einen anderen Gebäudetrakt ging. Obwohl Jimmy lediglich quälend langsam vorankam, erreichten sie den Durchgang, bevor der Engländer und die Nonne auftauchten. Jimmy war inzwischen leichenblass, seine Gesichtsmuskeln zuckten unentwegt, und er zitterte so sehr, dass sie fürchtete, seine Beine würden jeden Moment unter ihm nachgeben.

»Atmen Sie tief durch. Die sind bestimmt gleich wieder weg.«

Waren sie nicht. Vielmehr drangen durch die Tür jetzt vernehmlich Stimmen an ihre Ohren: ein tiefer Bariton und ein aufgeregtes Kreischen, das ständig zu kippen drohte. Urplötzlich entwand Jimmy ihr seine Hand, taumelte, Unverständliches murmelnd, auf die

Tür zu und öffnete sie. Im selben Moment stürzte ihm eine junge Frau mit Tränen in den Augen entgegen und breitete ihre Arme aus, um ihn zu umfangen.

Ihr Gesicht kam Ruby vage bekannt vor, aber es war der Mann mit der Augenklappe und der entstellenden Narbe auf der Wange, den sie auf Anhieb wiedererkannte. Er gehörte zu ihrer Reisegruppe und war ihr am ersten Tag abends im Hotel aufgefallen, als Major Wilson alle zu einem kurzen Vortrag zusammengetrommelt hatte. Und das Mädchen mit den rotblonden Haaren, das jetzt schluchzend in Jimmys Armen lag, hatte sie für seine Frau gehalten.

»Du liebe Güte, bist du es wirklich?« Dem Mann brach fast die Stimme, als er die Arme um das Paar schlang. »Großer Gott, du bist es! Das ist ein Wunder, ein verdammtes Wunder, dass du noch lebst!«

Ruby hatte unwillkürlich den Atem angehalten. Was sich da vor ihren Augen abspielte, war tatsächlich ein Wunder – so eines, auf das sie ebenfalls gehofft hatte.

Schließlich ließ der Mann die beiden los und streckte Ruby die Hand entgegen. »Hallo, ich bin Joseph, Jimmys Bruder. Wir gehören derselben Reisegruppe an, nur dass Sie nach der ersten Besichtigung gleich verschwunden sind.«

Sie schätzte ihn auf etwa zwei, drei Jahre älter als Jimmy, dem er ansonsten verblüffend ähnlich sah. Auch er war vom Krieg gezeichnet: Die Augenklappe und die fahle Narbe sowie sein leicht hinkender Gang, der ihr in Ostende noch nicht aufgefallen war, sprachen Bände.

»Und das ist Edith, seine Verlobte. Wenn die beiden je aufhören, sich zu küssen, kann ich sie Ihnen vielleicht richtig vorstellen.«

»Sehr erfreut, Mr. Catchpole. Ruby Barton. Ich freue mich sehr für Sie.«

»Ja, es ist nicht zu fassen. Jimmy galt als verschollen, und die Reise haben wir in der Hoffnung unternommen, vielleicht sein Grab zu finden. Und jetzt …«

»Wie haben Sie überhaupt von der Sache erfahren? Das Telegramm ist schließlich nach Ipswich gegangen.«

»Mein Vater hat es sofort an das Hotel in Ostende weitergeleitet. Verrückt, nicht? Heute Morgen beim Frühstück lag es auf unserem Tisch. Und dass wir uns daraufhin sofort auf den Weg gemacht haben, ist wohl klar. Allerdings haben wir, wie ich zugeben muss, kurz an einen grausamen Scherz gedacht. Erst als ich den Namen Clayton sah, wusste ich, dass Jimmy wirklich überlebt hatte.«

»Sie haben den Reverend lediglich um ein paar Minuten verpasst. Mittlerweile ist er auf dem Weg nach Ostende.«

»Und wie sind Sie …?«

»Das ist eine lange Geschichte. Eigentlich war ich selbst auf der Suche nach jemandem.«

»Da Sie in der Vergangenheitsform sprechen, vermute ich, dass Sie die Hoffnung aufgegeben haben. Das tut mir sehr leid.«

»Es ist bitter, ja. Trotzdem freue ich mich für Sie, dass Sie Jimmy gefunden haben.« Sie holte tief Luft. »Er hat anscheinend Schlimmes durchgemacht, denn er hat nach wie vor eine Heidenangst vor den Militärbehörden.«

»Ja, und das nicht ohne Grund, denke ich. Jedenfalls sollten wir lieber Vorsicht walten lassen.«

Inzwischen hatte die junge Frau sich aus Jimmys

Umarmung gelöst. »Du liebe Güte, ich sehe bestimmt schrecklich aus«, sagte sie lachend und rückte ihr Hütchen zurecht. Auf ihrem Gesicht spiegelte sich ein unvorstellbar beseligter Ausdruck, der Ruby anrührte und gleichzeitig wehmütig stimmte. Auch Jimmy war wie ausgewechselt, sein ständiges Stirnrunzeln war ebenso verschwunden wie die Zuckungen.

»Kommen Sie, wir sollten ihn nicht überanstrengen.« Ruby nahm den Arm der jungen Frau, die sich ihr als Edith vorgestellt hatte, und gefolgt von den beiden Brüdern, gingen sie alle zu Jimmys Krankenzimmer zurück. »Ihm fällt das Sprechen noch ziemlich schwer. Am besten schreibt er auf, was er sagen will. Und jetzt lasse ich Sie erst mal allein und begebe mich in mein Hotel. Hotel de la Paix, direkt an dem großen Platz im Zentrum. Falls Sie irgendetwas benötigen, können Sie mich dort erreichen.«

»Wir wissen gar nicht, wie wir Ihnen danken sollen«, sagte Joseph.

»Es war mir eine Freude, Sie kennenzulernen. Bis bald, Jimmy. Wir sehen uns bestimmt noch mal, bevor Sie nach Hause fahren.« Sie nahm seine Hand, und lächelnd erwiderte er ihren Händedruck.

»Das ist der schönste Tag meines Lebens«, flüsterte Edith. »Das werde ich Ihnen nie vergessen.«

Während Ruby die Treppe zur Straße hinunterging, versuchte sie, sich ihre Freude über den glücklichen Ausgang von Jimmys Geschichte zu bewahren und das bittere Gefühl des Neids zu verdrängen, das sich machtvoll in den Vordergrund schob. Warum konnten Bertie und sie das nicht erleben, vereint an seinem Krankenbett, den Blick in die Zukunft gerichtet. Stattdessen fuhr sie zurück und konnte seinen Eltern nichts weiter berichten, als dass sie versagt und nicht die geringste Spur ihres Sohnes gefunden hatte.

Dann erinnerte sie sich daran, was sie Tubby gesagt hatte. Endlich habe sie wieder eine Perspektive, einen Lebenszweck, etwas, womit sie Berties Andenken in Ehren halten könne – etwas, worauf er stolz wäre. Sie holte tief Luft, wischte sich die Tränen ab, straffte die Schultern und marschierte energischen Schrittes zum Hotel zurück.

Kapitel 23

Alice

Sie hatten Lille am frühen Morgen verlassen, und die ersten Schimmer der Morgendämmerung erhellten bereits den Horizont, als sie sich Poperinge näherten. Daniel war an den Straßenrand gefahren, sein Arm ruhte auf der Beifahrerlehne, seine Finger strichen über ihre Schulter. Während sie schweigend nebeneinandersaßen und beobachteten, wie das Dunkel dem Orange und Rosa der ersten Sonnenstrahlen wich, verspürte Alice ein Gefühl purer Lebensfreude und Glücks. Es war wie in einem Märchen.

Der Abend zuvor hatte sie völlig überwältigt – mit einer Magie, die sie sich nicht einmal in ihren kühnsten Träumen auszumalen gewagt hätte.

»Noch ein kleiner Absacker, bevor ich dich ins Hotel bringe?«, hatte er sie gelockt, und natürlich hatte sie nicht Nein gesagt.

Seine Wohnung lag in der zweiten Etage eines historischen Gebäudes und bestand aus zwei großen Zimmern, die gleichermaßen minimalistisch wie extravagant ausgestattet waren. Erlesene Perserteppiche auf Holzdielen, schwere dunkle Möbel vor schmucklosen, weiß getünchten Wänden.

Nachdem er die Läden vor den Fenstern geschlossen

hatte, war er mit einer Flasche Rotwein aus der kleinen, altmodischen Küche zurückgekehrt. »Das ist ein ganz besonderer Burgunder aus dem Weinkeller meines Vaters.«

Sie ließ sich nicht zweimal bitten. Amerika und Lloyd schienen Lichtjahre entfernt, spielten plötzlich keine Rolle mehr. Sie tranken, redeten und lachten, tranken noch mehr. Er zog sie sanft von ihrem Sessel und begann mit ihr zu tanzen, wobei er ihr ein belgisches Volkslied ins Ohr summte: *Die Nacht ist jung und die Welt unser.* Er neigte sich zu ihr, und ihre Lippen streifen die seinen. Plötzlich verspürte sie ein schier überwältigendes Verlangen.

Erst als sie im Schlafzimmer vor dem pompösen Messingbett mit der schlichten weißen Tagesdecke standen, meldete sich ihr schlechtes Gewissen. Sie zögerte: »Daniel, ich …«

»Keine Sorge, Liebes. Hier geschieht nichts, was du nicht selbst willst.«

Er war so rührend um ihr Wohl bemüht, so geduldig, so rücksichtsvoll, dass sie sich von der Stimmung des Augenblicks treiben ließ. Daniel gab ihr das Gefühl, die begehrenswerteste Frau auf der ganzen Welt zu sein, und tatsächlich empfand sie es so.

Hinterher lag sie in seinem Arm und lauschte seiner weichen Stimme. »War das dein erstes Mal?«

»Hm«, machte sie und schaute weg.

Er nahm einen Zug von seiner Zigarette. »War es schön für dich?«

»Viel schöner als schön.«

Er beugte sich zu ihr, um sie zu küssen, und abermals schmolz sie dahin. Kurz darauf schlief sie ein und wachte erst wieder auf, als sein sanftes Flüstern erneut an ihr Ohr drang.

»Du siehst wunderschön aus, wenn du schläfst.« Er küsste sie auf die Stirn. »Alice, Liebes, ich würde am liebsten ewig neben dir liegen, doch leider muss ich um acht in Ypern sein.«

Der Gedanke, dass es vorbei sein sollte, schien ihr unerträglich. »Noch ein paar Minuten«, bettelte sie und kuschelte sich an seine Schulter, aber er entzog sich ihr und setzte sich auf.

»Tut mir leid, Chérie, wir müssen los.«

Zurück im Hotel, legte sie sich hin und erwachte erst wieder, als die Kirchturmuhr elf schlug. Siedend heiß fiel ihr ein, dass ihr Vater versprochen hatte, umgehend zu telegrafieren, sobald er von den kanadischen Behörden etwas über Sam Pilgrims Identität in Erfahrung gebracht hatte. Hastig zog sie sich an und trank schnell noch einen Kaffee im Café gegenüber, ehe sie zum Postamt eilte.

Die Zeit zerrann ihr zwischen den Fingern. Morgen Abend würden sie nach Ostende zurückkehren, um am Samstagmorgen mit der Fähre nach Dover überzusetzen. Und am Montag, in gerade mal vier Tagen, musste sie sich in Southampton an Bord eines Transatlantikliners begeben. Falls es also Informationen über Sams Begräbnisstätte gab, blieb ihr ein letzter Tag, um sie zu besuchen.

Während sie in der Schlange anstand, hatte sie ein weiteres Mal Gelegenheit, den Unterhaltungen der Wartenden zu lauschen. Bei einem der geflüsterten Gespräche spitzte sie sogleich höchst interessiert die Ohren.

»Hast du das mitgekriegt? Dass Geerts Frau diese Schweizerin und ihren Sohn bedroht haben soll?«

»Verständlich. Ist schließlich der Gipfel, hier ein deutsches Grab besuchen zu wollen.«

»Trotzdem sollte Geert der Frau ihr Geld zurückgeben. So etwas bringt am Ende bloß unser Städtchen in Verruf.«

»Verrufen sind höchstens die Deutschen.«

»Das sind aber Schweizer.«

»Ach ja? Das glaubst du wohl selbst nicht.«

»Und selbst wenn sie Deutsche sein sollten, können sie nichts dafür. Außerdem leben wir von Leuten, die unseren Ort besuchen und ihr Geld hierlassen.«

»Deren Mark würde ich nicht mal mit der Kneifzange anfassen.«

»Das wäre ziemlich dumm von dir. Touristen sind unsere Zukunft, so viel steht fest.«

Der Postvorsteher begrüßte sie mit freundlichem Lächeln. »Guten Morgen, Miss Palmer. Heute habe ich gleich zwei Telegramme für Sie.«
Sie holte tief Luft und öffnete das erste.

Dein Vater hat mir von Sam erzählt. Wie schrecklich. Du fehlst mir sehr. Ich liebe dich, Lloyd

Sie stopfte das Formular achtlos in die Tasche und riss das zweite Telegramm auf.

Foto von Sam Pilgrim erhalten. Eindeutig unser Sam. In Corfu Farm gestorben. Hoffe, du kannst sein Grab finden. Bin stolz auf dich, Dad

Gehetzt eilte Alice zurück zum Hotel. »Haben Sie Ruby gesehen?«, fragte sie Freddie, der ihr als Erster über den Weg lief.

»Ist heute Morgen mit dem Reverend weg. Ich glaube, sie wollten ins Kloster, in das ehemalige Lazarett. Was ist denn passiert?«

»Ich habe meinen Bruder gefunden … Nun ja, zumindest weiß ich jetzt, wo er begraben liegen könnte.«

Sein Lächeln war schlagartig wie fortgewischt. »Oh, das tut mir furchtbar leid.«

»Sagt Ihnen Corfu Farm etwas?«

»Und ob. Da bin ich damals ebenfalls gelandet. Corfu Farm war das Feldlazarett, in das man gebracht wurde, wenn man lange genug überlebt hatte, um transportfähig zu sein. Es befand sich einen Steinwurf von der Bahnstrecke entfernt. Erst wurde man in einen Waggon verfrachtet und dann auf ein Schiff.«

Alice erstarrte. O Gott, Sam war beinahe in Sicherheit gewesen, so gut wie auf dem Weg nach Hause. Warum hatte er es dann nicht geschafft?

»Wann ist er gestorben?«, erkundigte Freddie sich.

»Im Oktober 1917.«

»Dann hat es ihn wahrscheinlich bei Passendale erwischt.«

»Passendale? Woher wollen Sie das wissen?«

»Dort fand die größte Schlacht statt, die Kanadier kamen zu unserer Unterstützung auf dem Höhepunkt der Kämpfe. Du lieber Gott, waren wir froh, sie zu sehen.« Er hielt einen Moment inne. »Na ja, wenn er im Lazarett gestorben ist, wussten sie zumindest, wer er war – also ist er nicht anonym begraben worden.«

»Aber wo?«

»Wahrscheinlich auf dem Friedhof nebenan.« Freddie trank einen Schluck von seinem Bier. »Lazyhook heißt er.«

»Ist das weit von hier?«

»Überhaupt nicht. Zwanzig Minuten.«

So nah. »Würden Sie mich hinfahren, Freddie? Können wir vielleicht den Lieferwagen vom Bäcker leihen?«

Er wich ihrem Blick aus, als ginge ihm gerade etwas durch den Kopf, das er ihr lieber verschweigen wollte. »Bedaure, heute Nachmittag habe ich keine Zeit.«

Fast panisch griff sie in die Tasche, hielt ihm wahllos ein paar Geldscheine hin. »Könnte Sie das umstimmen? Bitte! Lassen Sie mich nicht im Stich!«

Freddie musterte sie mit beinahe belustigter Miene, doch das war ihr egal. Noch nie hatte sie sich so hilflos, so ausgeliefert gefühlt.

»Tut mir wirklich leid, Schätzchen, heute geht es nicht. Selbst für das ganze Geld nicht. Wie wär's mit morgen?«

»Es muss heute sein. Morgen fahren wir zurück nach Ostende.«

Er kratzte sich das stoppelige Kinn. »Und Ihr französischer Freund, der mit dem Sportwagen? Den kleinen Wunsch wird er Ihnen bestimmt nicht abschlagen.«

Sie hatte Daniel eigentlich nicht fragen wollen, zumal er ihr erzählt hatte, dass ein Berg Arbeit auf ihn warte, aber nun blieb ihr keine Wahl.

Der Empfangschef in seinem Hotel zog eine Augenbraue hoch. »Soll ich den Brief an Monsieur Martens weiterleiten?«

»Ja, bitte. Sobald er zurückkommt.«

»Möchten Sie ihm den Brief nicht vielleicht selbst überreichen, Madame?«

Er deutete in Richtung Salon, wo Daniel an einem langen Tisch vor einem Berg Unterlagen mit Tabellen und Diagrammen saß.

»Alice, welch angenehme Überraschung.« Der Blick hinter seinem Lächeln wirkte irgendwie argwöhnisch, ungewohnt reserviert.

»Entschuldige die Störung«, stotterte sie nervös. »Ich benötige deine Hilfe. Soeben habe ich erfahren, wo sich das Grab meines Bruders vielleicht befindet. Es ist nicht weit von hier, ein Friedhof namens Lazyhook.«

Daniel runzelte die Stirn. »Davon habe ich noch nie gehört.«

»Er muss in der Nähe eines ehemaligen Feldlazaretts liegen – Corfu Farm hieß es, hat Freddie gesagt.«

Jetzt schien der Groschen zu fallen. »Du meinst Lijssenthoek. Ja, das sind tatsächlich nicht mehr als ein paar Kilometer.«

»Kannst du mich hinfahren, Daniel? Bitte, es ist wichtig.«

Er schien einen Moment zu überlegen, dann entspannte sich seine Miene. »Selbstverständlich, *ma chérie*. In einer Stunde, geht das?«

»Vielen, vielen Dank«, hauchte sie dankbar.

»Dann sehen wir uns um halb vier.« Er strich ihr sanft über die Wange. »Und jetzt muss ich wieder an meine Arbeit zurück.«

Es war, wie Freddie gesagt hatte: Sie brauchten gerade mal zwanzig Minuten bis nach Lijssenthoek. Als sie das

Ortsschild sah, wusste sie auch, warum man als Engländer solche Zungenbrecher nicht aussprechen konnte.

Im Schatten eines großen Eisenbahndepots stand eine Ansammlung einstöckiger Häuser, auf der anderen Seite der Straße befanden sich Dutzende von in Reihen angeordneten Holzhütten. Im Sonnenschein wirkten sie fast so heiter wie eine Feriensiedlung am Meer.

Daniel schaltete den Motor aus. »Das war das Feldlazarett«, sagte er in die Stille hinein und deutete auf die Hütten. »Corfu Farm. Der Friedhof befindet sich da drüben.«

»Ich hätte nie geglaubt, dass das Gelände so riesig ist.« Alice rang hörbar nach Luft. »Das ist ja ein ganzes Dorf.«

Das Lazarett war offensichtlich in großer Eile evakuiert worden. Am Straßenrand rostete ein schwer beschädigter Krankenwagen vor sich hin, und der Bereich vor den Hütten war von Relikten des Krieges übersät: Stacheldraht, Radfelgen, Reifen, Eisenbahnschwellen, Dielen und Kisten, die mit irgendwelchen militärischen Abkürzungen beschriftet waren.

Vorsichtig spähten sie in die erste Hütte. Feldbetten aus Metall standen dort aufgereiht, und an der Wand lehnten Tragen, deren Bespannung lose herabhing. In der Mitte des Raumes befanden sich drei bauchige Öfen, Metallrohre führten zu den Schornsteinen hinauf. Ein Union Jack hing verloren von der Wand über der Schwesternstation, in einer Emailletasse klebten Teeblätter, als hätte die Schwester nur kurz den Raum verlassen. Der Boden war mit etwas befleckt, das wie Schlamm aussah – oder wie getrocknetes Blut. Ein kalter Schauer rieselte durch ihre Adern.

»Wie ein Geisterkrankenhaus«, flüsterte sie, als könnten die Gespenster sie sonst hören.

Und wäre plötzlich eine Schwester aufgetaucht oder ein Verwundeter hereingetragen worden, so hätte es sie nicht im Mindesten überrascht.

Dennoch empfand sie die Umgebung als seltsam beruhigend. Das verlassene Lazarett erinnerte sie an Illustrationen, die sie in Zeitschriften gesehen hatte: große Zelte mit langen Reihen von Metallbetten, Schwestern mit blitzsauberen Uniformen und gestärkten weißen Hauben. Zumindest konnte sie davon ausgehen, dass Sam in seinen letzten Stunden oder Tagen nicht allein gewesen war, dass sich jemand um ihn gekümmert hatte. Er war nicht dazu verdammt gewesen, auf einem schlammigen Schlachtfeld zu verrecken, ihm hatten Menschen Trost gespendet, ihn mit Wasser versorgt, mit ihm gesprochen.

Als sie zum Auto zurückkehrten, war die Sonne hinter schweren Wolken verschwunden, die wie aus dem Nichts aufgetaucht waren.

»Beeilen wir uns lieber ein bisschen, das sieht nach Regen aus«, meinte Daniel, als sie dem Pfad zum Friedhof folgten, vorbei an weiteren Hütten und durch einen kleinen Hain am Rand des Lagers.

Als sie dann aus dem Wäldchen heraustraten, verschlug es ihr für einen Moment die Sprache. Holzkreuze, wohin sie sah. Endlose Gräberreihen, die sich bis zum Horizont erstreckten.

»Es ist einer der größten Soldatenfriedhöfe Belgiens. Abgesehen von Tyne Cot, dort liegen noch mehr begraben.«

Dennoch glich dieser Ort Tyne Cot nicht einmal ansatzweise. Hier war alles gepflegt. Zwischen den akkuraten Reihen der Gräber befanden sich Streifen dürren Grases, Hecken und hoch aufragende Bäume, ja man sah sogar den einen oder anderen Rosenstrauch, der blühte, sich von dem allgegenwärtigen Efeu nicht erdrosseln ließ. Mohnblumen und Glanzmispeln tummelten sich entlang der Hecken, und über allem erklang der Gesang der Lerchen. Wäre ihr nicht so schmerzlich bewusst gewesen, was hier geschehen war, hätte Alice diesen Ort als schön und friedlich empfunden.

Wahrscheinlich war Sam mit einem der Züge, die auf den Gleisen vor sich hin rosteten, von der Front in dieses Lazarett gebracht worden. Und obwohl es als Etappe auf dem Weg in die Heimat galt, waren hier noch so viele gestorben. Immerhin war es hier, anders als unmittelbar an der Front, möglich gewesen, einen ordentlichen Friedhof anzulegen und den Toten eine einigermaßen anständige Beerdigung zu ermöglichen, vielleicht sogar mit einem kurzen Gottesdienst.

Nach einer halben Stunde hatte sie so viele Namen und Daten gelesen, dass ihr die Augen wehtaten. Sie war drauf und dran zu verzweifeln, als sie schließlich zu einer Reihe Gräber kam, deren Grabsteine allesamt vom Oktober 2017 datierten. Sie verlangsamte ihre Schritte, las jeden einzelnen Namen ganz genau, konzentrierte sich so sehr, dass sie beinahe zu atmen vergaß. Doch ein Monat nach dem anderen wanderte an ihr vorbei, November, Dezember, dann begann ein neues Jahr. Alice spürte, wie ihr die Enttäuschung das Herz abschnürte.

Im selben Moment rief Daniel nach ihr, der etwa hundert Meter entfernt an der Hecke stand. »Ich hab's gefunden, Alice.«

Als sie näher trat, nahmen die Buchstaben vor ihren Augen Gestalt an: *In Gedenken an Pvt S. Pilgrim, Canadian Corps, im Kampf verwundet, gestorben am 19. Oktober 1917. R. I. P.*

Einen langen Augenblick starrte sie auf die Inschrift, bis ihr unvermittelt schwindlig wurde und die Beine unter ihr nachgaben. Mit beiden Händen umfasste sie den Sockel des großen Kreuzes und sank auf die Knie.

»Du dummer, dummer Junge«, hörte sie sich schreien. »Wie konntest du bloß in diesen verdammten Krieg ziehen? Warum hast du das getan?«

Sie legte ihr Gesicht auf die nackte Erde, spürte die Steinchen kaum, die sich in ihre Wange bohrten, auch nicht die Disteln und das trockene Gras. Von fern drang Donnergrollen an ihre Ohren, dann fielen erste Regentropfen vom Himmel, und winzige Staubwolken stoben von der ausgedörrten Erde auf. Leise begann Alice zu schluchzen, und ihre Tränen vermischten sich mit dem Regen, der das Grab ihres Bruders benetzte.

So lag sie da, bis sie starke Hände auf ihren Schultern spürte. Daniel half ihr auf und drückte ihr ein Taschentuch in die Hand. »Komm, sonst werden wir klatschnass. Außerdem muss ich zurück zum Wagen, ich habe das Verdeck offen gelassen.«

Sie erinnerte sich an den Brief, den sie ihrem Bruder geschrieben hatte, nahm ihn aus der Tasche, legte ihn am Fuß des Kreuzes nieder und beschwerte die Ecken mit vier glatten Steinen. Plötzlich hielt sie inne, löste sich abrupt von Daniel und lief zu einer Hecke, um einen Arm voll roter Lichtnelken, Korn- und Mohnblumen zu pflücken, aus denen sie zwei Sträuße machte, die sie mit Grashalmen zusammenband. Den einen legte sie auf Sams Grab. Den anderen würde sie trocknen und ihren Eltern bringen.

Noch einmal kniete sie nieder und fuhr mit dem Finger über die Inschrift. »Wir werden dich nie vergessen, Sam«, murmelte sie. »Wie kann ich dich hier zurücklassen, mein wunderbarer kleiner Bruder – hier, an diesem stillen, traurigen Ort? Du warst erst neunzehn und hattest noch so viele Träume. O Sam, wie konntest du uns das antun?«

Als sie wieder aufsah, war Daniel bereits auf dem Weg zum Wagen und durch den grauen Regenschleier kaum noch zu erkennen.

Kapitel 24

Martha

Sie konnte es immer noch nicht recht fassen, dass sie tatsächlich auf dem Weg zu Heinrichs Grab waren. Endlich.

Ruby fand sich überpünktlich im Foyer ein, wo Martha schon wartete, und sogleich zogen sie los, ausgerüstet mit einer groben Skizze von Freddie, die ihnen den Weg zu ihrem Treffpunkt wies. Überrascht stellte Martha fest, wie ruhig sie war – immerhin hatte sie ihr Geschick in die Hände von Fremden gelegt.

Es kam ihr vor wie eine Begegnung mit dem Schicksal. Auf das, was nun geschehen würde, hatte sie keinen Einfluss mehr.

Sie sollten Freddie in einer verlassenen, staubigen Seitenstraße vor einem Wellblechschuppen mit grünem Metalltor treffen, das mit einem schweren Vorhängeschloss gesichert war. Sie warteten zehn Minuten, dann noch einmal fünf. Otto trat ungeduldig von einem Fuß auf den anderen, kickte Steinchen über die Straße, während Martha angespannt neben Ruby stand und einmal mehr bedauerte, dass sie so schlecht Englisch sprach.

Erleichtert atmete sie auf, als Freddie mit beträchtlicher Verspätung auftauchte. Er winkte ihnen mit etwas

324

zu, das wie ein großes, bösartiges Insekt aussah, sich je- doch als schwarze Bakelitdose mit Kabeln entpuppte.

Nachdem er mit einiger Mühe einhändig das Vor- hängeschloss geknackt und das laut protestierende Tor aufgeschoben hatte, starrte Martha verwundert auf ein großes Armeefahrzeug: einen Laster in dem typischen Olivgrün, der allerdings eine Menge Rost angesetzt und seine besten Tage definitiv hinter sich hatte.

Freddie öffnete die Motorhaube, steckte die Bakelit- dose auf den Verteilerkopf und die Kabel an die Zünd- kerzen. Dann kletterte er auf die breite Sitzbank, griff unter das Armaturenbrett und drückte einen Knopf. Nichts passierte. Er stieß einen Fluch aus und drückte den Knopf noch ein paarmal, woraufhin der Motor ir- gendwann ein bedenkliches Grollen von sich gab, stot- terte und wieder verstummte. Erst nach einem nochma- ligen Versuch sprang er mit einem ohrenbetäubenden Dröhnen an, und im selben Augenblick füllte sich die Garage mit einer schwarzen Wolke beißenden Qualms.

»Heureka!«, rief Freddie. »Alle an Bord.«

Ruby nahm neben Freddie Platz, Otto und Martha quetschten sich neben sie. Erst jetzt fiel ihr das große, leuchtend rote Kreuz auf der Plane des Lasters ins Auge. Sie musste lächeln: Diese Engländer waren immer für eine Überraschung gut. Und die nächste folgte gleich auf dem Fuß, als Freddie der Engländerin zeigte, wie die Schaltung funktionierte. Offenbar sollte sie wäh- rend der Fahrt diese Aufgabe übernehmen, dabei hatte das Mädchen sicherlich noch nie ein Auto gefahren, ge- schweige denn einen Armeetransporter.

Immerhin gelang es Ruby, den Rückwärtsgang einzu- legen, sodass Freddie den Wagen aus der Garage manövrieren konnte. Draußen rammte sie den Schaltknüppel brutal in den ersten Gang, und der Transporter holperte die Straße entlang.

»Jetzt in den zweiten!«, rief Freddie. »Nein, das war falsch – in den zweiten!« Beim dritten musste er dann eingreifen, wobei der Laster gewaltig zu schlingern begann, als er mit dem Stumpf seines linken Arms weiterlenkte, während er Ruby gleichzeitig zeigte, wo sich der richtige Gang befand. Doch nach reichlich Fluchen und Gelächter hatte sie den Bogen raus, und sie kamen gut voran.

Wäre nicht alles beklemmende Wirklichkeit gewesen, hätte es ein surrealer Traum sein können: die Reifen, die so hart über das Pflaster holperten, dass den Passagieren die Zähne klapperten, die schwarze Rauchfahne, die sie hinter sich herzogen, die unbequeme Bank, auf der sie saßen wie die Hühner auf der Stange, die abrupten Abbiegemanöver, bei denen sie sich mit aller Kraft festhalten mussten, um nicht aus der offenen Kabine geschleudert zu werden. Und all das zudem in Gesellschaft zweier Tommys.

Fünf lange Jahre waren die Engländer schließlich für sie der Feind gewesen, wahre Ungeheuer: eine Nation, die log und betrog, pausenlos ihre Versprechen brach und nicht zuletzt die unmenschliche Hungerblockade verhängt hatte, durch die Abertausende von deutschen Zivilisten und Kindern elend gestorben waren. Die Engländer waren es gewesen, die Giftgas eingesetzt, Tunnel gegraben und Tausende nichtsahnender deutscher Soldaten mit ihren unterirdischen Sprengsätzen in Fetzen gerissen hatten. So hatte man es ihnen zumindest eingebläut.

Und trotzdem verdankte sie es der Großmut und dem Mitgefühl zweier Engländer, dass sie endlich das Grab ihres Sohnes besuchen konnte. Martha wünschte, sie hätte ihrer Wertschätzung besser Ausdruck verleihen können.

»Was für ein Abenteuer«, sagte sie auf Französisch zu Otto, der sich, eingeklemmt zwischen ihr und Ruby, köstlich darüber zu amüsieren schien, dass die junge Frau ein paar saftige Flüche kassierte, als sie erneut das Getriebe malträtierte. Wann hatte er zuletzt so unbeschwert gelacht, überlegte sie, und das Glucksen in seiner Stimme klang für sie wie Musik.

»*Nous arrivons*«, rief er aufgeregt. Es war egal, dass er das falsche Verb benutzte; sie wusste ja, was er meinte. *Wir kommen!* Tränen stiegen ihr vor lauter Rührung in die Augen.

»Wie weit ist es noch?«, erkundigte sie sich.

Sofern sie Rubys Gesten richtig verstand, die rasch nacheinander ihre Finger in die Höhe streckte, waren es noch fünfundvierzig Minuten.

Sie fuhren durch Ypern, über den von Schutthaufen und zerstörten Gebäuden gesäumten Marktplatz, vorbei an dem zerbombten Turm der Kathedrale, der gen Himmel ragte, als wollte er Gottes ewigen Zorn heraufbeschwören. Zunehmend verschlechterte sich jetzt der Zustand der Straßen, und sie kamen nur langsam voran, zumal Freddie das schwerfällige Gefährt um unzählige Schlaglöcher herumlenken musste.

Schon vom Zug und später vom Bus aus hatte Martha das völlig verwüstete Niemandsland gesehen, die schlammbraune Landschaft, die Schützengräben, Granattrichter, die Überreste von Geschützen, Panzern und anderem Kriegsgerät, die zersplitterten Bäume, die Stacheldrahtrollen, die über das Land wogten wie eine Brandung aus rostigem Stahl, aber es war ein Anblick, an den man sich nicht gewöhnte.

Otto wurde kreidebleich, als sie die ersten, direkt an der Straße gelegenen Gräber passierten: Dutzende, nein Hunderte von meist simpel zusammengenagelten Kreuzen mit hastig eingeritzten Namen. Manchmal kennzeichneten lediglich flüchtig hingelegte Steine die Stelle, wo ein Gefallener eilig unter die Erde gebracht worden war. Martha griff nach der Hand ihres Sohnes und drückte sie. Als sie fünf, dann zehn und schließlich zwanzig solcher provisorischen Friedhöfe passiert hatten, gewöhnten sie sich allmählich an den Anblick.

Nach einer halben Ewigkeit verkündete Freddie, dass es sich bei den Ruinen und Mauerresten, die sich links und rechts von ihnen aus dem Schutt erhoben, um die Überreste des Dörfchens Poelcapelle handele. Die Bitterkeit in seiner Stimme war nicht zu überhören, und als er auf die ehemalige Dorfkirche zeigte, von der bloß ein Skelett aus Mauerwerk übrig war, spie er das Wort »Krauts« nicht einmal, sondern gleich mehrmals regelrecht aus.

Voller Scham betrachtete Martha die Szene. Auch wenn sie nicht jedes Wort verstand, begriff sie, was Freddie sagen wollte: dass hier einst eine Dorfgemeinschaft friedlich zusammengelebt hatte, bis die Deutschen gekommen waren und ihr Leben zerstört hatten. Ja, ihr Volk war es gewesen, das hier alles mit seinen Waffen dem Erdboden gleichgemacht hatte.

Ein kalter Schauder überlief sie: Wenn diese freundlichen, hilfsbereiten Menschen je erfuhren, dass sie

Deutsche war, würden sie ihr das mit Sicherheit nie verzeihen.

Wenige Minuten später holperten sie durch ein weiteres Geisterdorf, in dessen Mitte sich ein noch größerer Haufen aus zersprengten Steinen und geborstenem Holz befand. »Die Kirche von Langemarck«, verkündete Freddie, fuhr von der Straße ab und hielt an. »Der Friedhof der Deutschen.«

Das Areal war flach, befand sich jedoch auf einer kleinen Anhöhe und fiel nach allen Seiten sanft ab. Graue Wolken, die sich am Horizont bedrohlich zusammenballten, erzeugten eine gespenstische Stimmung. Kein Lüftchen wehte, und nichts war zu hören außer dem Kreischen der Krähen – abgesehen von den schwarz gefiederten Aasfressern schienen sich sonst keine Vögel herzuwagen.

Weit und breit war kein Mensch zu sehen in diesem Totenreich, in dem sich Kreuze und flache Grabsteine bis weit in die Ferne entlang der Straße erstreckten.

Martha stockte der Atem, als sie sich das ganze Ausmaß der menschlichen Tragödie zu vergegenwärtigen versuchte, die sich hier ereignet hatte: Unter jedem einzelnen Quadratmeter Erde dieses sich schier endlos erstreckenden Geländes lagen tote Deutsche, Tausende. Wie sollten sie da Heinrich jemals finden?

Vor ihrem inneren Auge erschien plötzlich ein Fresko, das sie einst an der Wand einer katholischen Kirche gesehen hatte: Hunderte von nackten Leibern, die aus der Erde zu kriechen versuchten in dem verzweifelten Bemühen, den Himmel zu erreichen. Hier auf diesem schlammigen Flecken Erde irgendwo in Belgien hatte der Tag des Jüngsten Gerichts tatsächlich stattgefunden. Und sie fragte sich, welches Urteil über sie und ihr Land gefällt worden war.

»Wir warten beim Wagen auf Sie«, sagte Ruby. »Nehmen Sie sich ruhig Zeit.«

Zuerst wanderten Mutter und Sohn ziellos zwischen den Kreuzen umher, lasen abwechselnd die Inschriften vor, als würden sie den Toten ihre Reverenz erweisen, indem sie ihre Namen laut aussprachen. Aber nach zwanzig, dreißig, vierzig Namen versagte ihnen die Stimme, es war schlicht zu schmerzlich.

»So finden wir Heinrich nie.« Otto ließ den Blick über das endlose Gräberfeld schweifen. »Warum teilen wir uns nicht wenigstens auf? Geh du da lang, ich nehme mir die andere Seite vor.«

»Und das macht dir wirklich nichts aus?«

In seinem Lächeln spiegelte sich einmal mehr der junge Mann, der bald aus ihm werden würde. »Nein, Mama«, sagte er mit jener festen Stimme, die immer häufiger aus seiner Kehle drang. »Wir müssen ihn irgendwie finden. Deshalb sind wir schließlich hergekommen, oder?«

Nach einer Weile begannen die Namen vor ihren Augen zu verschwimmen. *Müller, Schmidt, Schneider, Fischer, Meyer, Wagner, Becker, Schulz, Hoffmann, Schäfer, Koch, Bauer, Richter, Neumann, Klein, Wolf ...*

Martha hielt inne, um ihren Rücken zu strecken, und ein weiteres Mal wanderte ihr Blick über das unendliche Gräberfeld, bevor sie die Lider senkte, weil sie die brutale Wirklichkeit nicht ertrug. Die Männer, die hier lagen, waren Menschen gewesen, die von ihren Familien geliebt und beweint worden waren, die schmerzliche Lücken hinterlassen hatten und nun in dieser schwarzen fremden Erde vermoderten.

Staub zu Staub. Was für trostlose Worte von so furchtbarer Endgültigkeit.

Sie beobachtete Otto, der etwa hundert Meter von ihr entfernt eine andere Gräberreihe kontrollierte und seiner düsteren Aufgabe mit angespannter Aufmerksamkeit nachkam. Aus der Entfernung wirkte er größer, breitschultriger, seine Silhouette erinnerte sie an Heinrich.

Martha setzte ihre eigene Suche fort. Jedes Mal wenn sie den Namen »Weber« las – der unter Deutschen wahrlich keine Seltenheit war –, drohte ihr das Herz stehen zu bleiben. Und jedes Mal wenn sie feststellte, dass es sich nicht um Heinrich handelte, fühlte sie sich gleichermaßen erleichtert wie entmutigt.

Mit einem Mal drang Ottos Stimme an ihre Ohren: »Mama! Hier drüben!«

Mit fliegendem Atem eilte sie über die holprigen Holzplanken zwischen den Gräbern zu ihm. Er stand vor einer großen, etwa vierzig Meter breiten Wand aus groben Balken, die von oben bis unten mit eingeritzten Namen übersät waren: Aberdutzenden, Hunderten, vielleicht sogar Tausenden. Ihr gefror das Blut in den Adern, als sie erkannte, um was es sich handelte. Ein Massengrab.

Otto hatte bereits begonnen, die Namen mit Adlerblick zu überfliegen, einen Balken nach dem anderen. Sie holte tief Luft, zwang sich, seinem Beispiel zu folgen, und begann am anderen Ende. Es dauerte nicht lange, bis sie auf vertraute Namen stieß, auf Jungen, mit denen Heinrich zur Schule oder zur Universität gegangen war und deren Mütter ihr unter Tränen von ihrem Verlust erzählt hatten. Trauer schnürte ihr die Kehle zu, drohte sie regelrecht zu ersticken.

Plötzlich sprang ihr ein Name unter all den vielen ins Auge. »O Gott«, stieß sie hervor. »O Gott, Hans!«

Es war der Sohn ihrer Nachbarn, der älteste von vieren, von denen der Krieg bereits drei hinweggerafft hatte, ein kleiner blonder Bursche mit einem so liebenswerten Lächeln, dass man ihn am liebsten sofort ans Herz gedrückt hätte. Sie erinnerte sich an die vielen Stunden, die er bei ihnen verbracht hatte, an langen Winterabenden vor dem Kamin bei Schachpartien mit ihren Söhnen und im Sommer zusammen mit ihnen im Garten beim Fußball. Er war der beste Freund ihres Ältesten gewesen, bis ihre Wege sich getrennt hatten. Heinrich war aufs Gymnasium gekommen, Hans auf eine Realschule, um anschließend eine Tischlerlehre zu beginnen.

Jetzt hatte sie der Tod, der große Gleichmacher, wieder vereint. Den Blick auf Hans' Namen geheftet, sprach sie ein kurzes Gebet für den Jungen und schwor sich, seiner Mutter einen Besuch abzustatten, sobald sie wieder zu Hause war. Es würde sie sicher trösten, wenigstens zu wissen, wo ihr Sohn begraben lag. Sie hob einen kleinen Stein auf und legte ihn am Fuß des Balkens nieder.

Dann suchte sie mit brennenden Augen weiter die Inschriften ab. Sie sehnte den Moment herbei und fürchtete sich gleichzeitig davor, seinen Namen zu entdecken, doch was immer sie hoffte und dachte, sie fand ihn nicht.

Martha beschwor Bilder ihres Ältesten herauf. Heinrich war ein so aufgeweckter Junge gewesen, ein guter Schüler und ein begeisterter Sportler. Und zudem ein attraktiver Bursche, dem die Mädchen nachschauten. Sie war so stolz auf ihn gewesen. Alles vorbei, all ihre Hoffnungen zerstört. Kaum hatte er die Schule beendet und sich an der Universitär eingeschrieben, war er von der allgemeinen Kriegsbegeisterung angesteckt worden und hatte sich gegen den Willen der Eltern dem Kadettenkorps angeschlossen.

»Was ist denn gegen ein bisschen Abenteuer, ein bisschen Nervenkitzel einzuwenden?«, waren seine Worte gewesen. »Wozu soll ein Studium überhaupt gut sein? Da sitzt man den lieben langen Tag in der Bibliothek und liest irgendwelche alten Schwarten! Ich will das wirkliche Leben kennenlernen.«

Seinen Nervenkitzel hatte er bekommen, dachte sie. Hier, im Schlamm von Flandern. So viel wussten sie – wo sich sein Grab befand, hingegen nicht. Was bedeutete das? Viele seiner Kameraden lagen hier: Hans, Dieter, Christian und Peter, die sich ebenso wie er freiwillig gemeldet hatten. Wieso ihr Heinrich nicht? Hatte er sein Leben an einem anderen Ort gelassen? Mit aller Macht versuchte sie, sich wieder auf ihre Aufgabe zu konzentrieren, tastete nach dem Lederetui mit der Tapferkeitsmedaille – sie musste sie ihm bringen, das hatte sie Karl versprochen.

»Hier ist er nicht, Mama«, hörte sie Otto sagen.

»Lass uns noch ein bisschen suchen. Damit die weite Reise nicht völlig umsonst war.«

Sie wollten sich gerade einen anderen Teil des Friedhofs vornehmen, als sie am anderen Ende des Geländes einen großen schwarzen Viersitzer vorfahren sahen.

Vier Männer in hellen Leinenanzügen und mit grünen Hüten stiegen aus, bei denen es sich, der strammen Haltung nach zu urteilen, um ehemalige Militärs handeln konnte. Was um Himmels willen mochte sie hergeführt haben? Hoffentlich nicht ihretwegen. Martha lebte in der ständigen Furcht, dass irgendwer sie als Spionin anschwärzen könnte.

Insofern war ihre Erleichterung groß, als sie feststellte, dass die Männer sich nicht im Geringsten für sie interessierten und ihnen so gut wie keine Beachtung schenkten. Aber was taten sie hier? Zwei der Männer hatten Klemmbretter dabei und schienen sich Namen zu notieren, die sie von den Kreuzen und Grabplatten ablasen.

Otto, der schärfere Ohren als sie hatte, flüsterte: »Die sprechen Deutsch, Mama, ich schwör's.«

»Achte einfach nicht auf sie.«

Sie wollte sich nicht ablenken lassen, sondern sich wieder ihrer Suche widmen. Allein das war wichtig, nichts sonst, doch ein paar Minuten später kamen die Männer näher.

»Bonjour, Madame«, sprach einer sie mit unüberhörbar deutschem Akzent an. Sein Tonfall war freundlich, wenngleich der eines Mannes, der es nicht gewohnt war, dass man ihm widersprach.

Sie wandte sich ihm zu. »Monsieur?«

Der Mann nahm den Hut ab und verbeugte sich knapp. »Ich hoffe, ich trete Ihnen nicht zu nahe, wenn ich Sie nach dem Grund Ihres Besuchs an diesem Ort erfahren frage?«

»Mein Sohn und ich sind auf der Suche nach dem Grab eines Verwandten«, erwiderte sie und tat erstmals nicht mehr so, als handelte es sich um einen Neffen. »Wir glauben, dass er hier begraben liegt.«

»Aha.« Er strich sich über den Schnäuzer, wirkte einen Moment lang leicht geistesabwesend. »In welcher Einheit war er denn?«

Sie zögerte. »Mein Name ist Martha Weber. Darf ich erfahren, warum Sie das wissen wollen?«

Der Anflug eines Lächelns umspielte seine Mundwinkel. »Verzeihen Sie, Madame, dass ich mich nicht sofort erklärt habe. Wir gehören der Deutschen Kriegsgräberfürsorge an. Die belgische Regierung hat uns die Erlaubnis erteilt, die Gräber unserer Gefallenen zu dokumentieren. Unser Ziel ist es, alle Soldaten zu erfassen, die ihr Leben in diesem Krieg gegeben haben, und dafür zu sorgen, dass ihr Andenken gewahrt wird.«

»Sie sind also aus Deutschland?«

Er salutierte und schlug die Hacken zusammen. »Hauptmann Johann Albrecht, zu Ihren Diensten.«

Otto zupfte an ihrem Ärmel. »Frag ihn, ob er uns helfen kann, Heinrich zu finden.«

»Heinrich Weber, ist das der Name, nach dem Sie suchen?«

Sie nickte. Es gab keinen Grund mehr, weiter Versteck zu spielen.

»Wir können gerne prüfen, ob wir etwas über ihn haben.«

»Oh, danke. Das ist übrigens mein Sohn Otto.«

»Wir haben Unterlagen im Wagen«, erklärte der Hauptmann. »Möchten Sie mich kurz begleiten?«

Während sie ihm folgten, packte Otto ihre Hand. »Die finden ihn bestimmt für uns, oder?«

»Ich hoffe es«, erwiderte sie leise.

335

Der ehemalige Offizier der kaiserlichen Armee rief einen seiner Begleiter herbei, offensichtlich den Chauffeur, und wies ihn an, den großen Kofferraum zu öffnen, in dem mehrere Dutzend graue Aktenordner lagen.

»Wir benötigen den kompletten Namen, das Geburtsdatum sowie die Einheit – und das Sterbedatum, falls es Ihnen bekannt sein sollte.«

Sie nannte ihm alle Einzelheiten und erklärte, eine offizielle Todesnachricht habe es nie gegeben, weshalb ihr das genaue Todesdatum unbekannt sei. Die beiden Männer wandten sich daraufhin dem Kofferraum zu und kramten so lange herum, bis sie einen Ordner mit der Aufschrift V-Z gefunden hatten.

Der Chauffeur legte ihn auf die Motorhaube und blätterte darin herum. Auf jeder Seite befanden sich Spalten mit Hunderten von Namen. Als er bei den Webers angekommen war, hielt er plötzlich inne, und Martha blieb fast das Herz stehen.

Nach einer langen Schrecksekunde sagte er zu seinem Vorgesetzten: »Könnten Sie sich das mal ansehen?« Die beiden studierten den Eintrag ein paar Sekunden lang, ehe sich Hauptmann Albrecht räusperte und sie lächelnd ansah.

»Der von Ihnen Gesuchte ist vielleicht noch am Leben, Frau Weber. Laut unseren Unterlagen geriet er nach der Schlacht von Langemarck im November 1914 in französische Gefangenschaft. Mit hoher Wahrscheinlichkeit wurde er in ein Lager verbracht, wo er zumindest bis Kriegsende gewesen sein dürfte.«

Martha traute ihren Ohren nicht.

»Er lebt!«, rief Otto so laut, dass sie zusammenfuhr. »Heinrich lebt, Mama!«

Aber ergab das einen Sinn? War es wirklich möglich, dass ihr Junge nicht gefallen war? Oder war das alles bloß ein schlechter Scherz des Schicksals?

»Wieso sind dann all unsere Briefe zurückgekommen, und warum hat er sich nie gemeldet?«

»Ist doch egal, Mama!« Otto sprang neben ihr auf und ab. »Hauptsache, er lebt!«

»Bloß wo?« Hilflos reckte sie die Hände gen Himmel.

»Sie müssen das verstehen, Frau Weber. Damals ging alles drunter und drüber. Auf allen Seiten. Und es kann noch Jahre dauern, Ordnung in das Durcheinander des Krieges zu bringen.«

»Wir warten inzwischen seit einer Ewigkeit. Seit fünf Jahren«, erklärte sie verzagt.

»Setzen Sie sich mit den Behörden in Verbindung, sobald Sie wieder zu Hause sind«, riet ihr der Hauptmann.

»Ich verstehe das alles nicht. Wenn er in einem Gefangenenlager war oder ist – warum wurde seine Familie nicht informiert?«, brach es aus Martha heraus.

»Darf ich einen Vorschlag machen, Herr Hauptmann?«, warf der Chauffeur ein.

»Ich höre.«

Der Mann trat einen Schritt vor und räusperte sich. »Wie Sie wissen, war ich selbst in einem französischen Lager und weiß, dass die Franzosen häufig überfordert waren mit der hohen Zahl der Gefangenen – entsprechend unvollständig waren ihre Karteien. Außerdem waren manche unserer Kameraden so traumatisiert, dass sie nicht mal mehr ihren eigenen Namen wussten … Durchaus möglich also, dass sie deshalb nach wie vor als vermisst gelten.«

»Wenn also jemand ohne Identifizierungsmöglich-keit gefangen genommen wurde«, resümierte der Hauptmann, »und obendrein sein Gedächtnis verloren hatte ...«

»Genau darauf wollte ich hinaus. Manche Gefange-nen hatten weder Militärpass noch Erkennungsmarke bei sich.«

»Und wo würde man diese Leute jetzt finden?«

»In Heilanstalten und Sanatorien. Die Dame sollte sich unbedingt mit den zuständigen Behörden in Ber-lin in Verbindung setzen.«

»Hast du gehört, Mama?«, flüsterte Otto. »Es könnte sein, dass Heinrich sich irgendwo in einem Kranken-haus befindet.«

Sogleich tauchten vor ihrem inneren Auge Elends-gestalten auf. Verwirrte, hohlwangige Gesichter, ausge-zehrte Körper, vielleicht an ihre Betten gefesselt. Aber wo Leben war, da war auch Hoffnung, und sei es ein noch so kleiner Schimmer. Und wenn sie ihn fanden und mit nach Hause nehmen konnten, würde sie ihn schon wieder aufpäppeln, da war sie sich sicher.

»Was fehlt ihnen denn, dass sie sich nicht einmal mehr an ihre eigenen Namen erinnern?«, fragte sie.

Der Chauffeur verbeugte sich knapp. »Unteroffi-zier Stein, zu Ihren Diensten. Es handelt sich um so-genannte Kriegsneurosen, die die Psyche schwer in Mitleidenschaft ziehen. Wenn sie behandelt werden, besteht durchaus Hoffnung, dass die Patienten ganz ge-nesen, das zu Ihrer Beruhigung. Einer meiner Kamera-den spielte jeden Tag Schach mit einem jungen Kerl, der völlig durcheinander war – er konnte nicht spre-chen, und seine Hände zitterten so heftig, dass er ständig die Figuren umwarf, aber er war dennoch ein brillanter Spieler. Keiner von uns wusste sich einen Reim darauf zu machen.«

Ein Bild blitzte vor Marthas innerem Auge auf. Karl, der mit dem zehnjährigen Heinrich am Tisch saß und Schach spielte. Plötzlich war der Junge jäh aufgesprungen, hatte die Figuren mit einer wutentbrannten Handbewegung vom Brett gefegt und gebrüllt: »Ich hasse Schach«, und war nach oben in sein Zimmer gestürmt. Später dann war Schach seine Leidenschaft geworden ...

»Wie sah er aus, dieser Schachspieler?«, erkundigte Otto sich, und vor Aufregung begann seine Stimme zu kieksen.

»So wie wir alle, mein Junge. Verelendet, abgemagert. Wir haben alle Hunger gelitten, und die Haare sind uns ausgefallen ... Wir sahen aus wie der leibhaftige Tod. Wahrscheinlich werden wir nie erfahren, wer der Schachspieler war, geschweige denn, ob er sich je erholt hat.«

»Alle Jungen spielen Schach«, wandte Martha sich an ihren Sohn. »Mach dir deshalb keine unrealistischen Hoffnungen, das wäre ein zu großer Zufall.« Dass sie selbst wider alle Vernunft an ein Wunder glaubte, verschwieg sie lieber.

»Viel mehr können wir Ihnen momentan leider nicht sagen«, beendete Hauptmann Albrecht die Unterhaltung, während Unteroffizier Stein ihr einen Zettel reichte. »Sie könnten es in diesem Sanatorium versuchen.«

»Vielen Dank, meine Herren«, erwiderte Martha. »Sie haben uns sehr geholfen.« Aus dem Augenwinkel sah

sie Freddie und Ruby, die am anderen Ende des Friedhofs neben dem Armeelaster standen und zu ihnen her-
überblickten. »Wir müssen jetzt gehen. Unsere Freunde
warten.«

Sie waren etwa hundert Meter gegangen, als Otto stehen blieb und sie nach der Adresse des Sanatoriums
fragte.

»Nicht jetzt«, flüsterte sie, doch er weigerte sich wei-
terzugehen und riss ihr das Papier aus der Hand, las es
und machte kehrt, rannte zu den Männern zurück, die
immer noch um ihren Wagen herumstanden. Kurz darauf kehrte er zurück, atemlos, aber über beide Ohren
grinsend.

»Was hast du gemacht?«, flüsterte sie.

»Erzähl ich dir später«, gab er geheimnisvoll zurück.

Kapitel 25

Ruby

»Ein Bild für die Götter, diese ganzen toten Deutschen.«

»Um Himmels willen, Freddie!« Er tat zwar so, als hätte er einen Witz gemacht, doch sie wusste, dass er es ernst gemeint hatte. »Es war sehr mutig von ihr, den weiten Weg für ihre Schwester auf sich zu nehmen. Ich hoffe, dass sie den Jungen finden.«

Schweigend beobachteten sie, wie Martha und Otto über den Friedhof streiften. Freddie kramte einen Tabakbeutel und Zigarettenpapier hervor. »Wären Sie so freundlich, mir eine zu drehen?«

»Natürlich.« Sie kam seiner Bitte nach und zündete ihm die Zigarette schließlich mit einem Streichholz aus der zerdrückten Schachtel an, die er ihr reichte. Der Rauch umhüllte ihre Köpfe, und der Geruch beschwor übermächtige, schmerzhafte Erinnerungen in ihr herauf. Bilder, als säße Bertie an ihrer Seite und nicht Freddie.

Ein unbehagliches Schweigen breitete sich zwischen ihnen aus, denn beide wussten nicht wirklich mit der Situation umzugehen.

»Sie haben mich ganz schön ins Grübeln gebracht«, sagte Freddie nach einer Weile ziemlich zusammenhanglos.

»Was meinen Sie damit?«

Verlegen wich er ihrem Blick aus und schwieg.

»Kommen Sie, Freddie. Sonst tun Sie ja auch nicht so geheimnisvoll.«

»Hm«, brummte er und zog an seiner Zigarette. »Vielleicht wird es für mich wirklich allmählich Zeit, in die Heimat zurückzukehren. Mich der Gegenwart zu stellen, statt mich pausenlos in der Vergangenheit zu vergraben.«

»Das ist eine schwerwiegende Entscheidung.«

»Die hat mir die alte Kiste hier abgenommen.« Er schlug mit der Faust gegen das Lenkrad. »Ich muss sie endlich nach Hause bringen.«

»Hatten Sie nicht gesagt, Sie würden sich für jemand anderen um den Laster kümmern?«

»Ja, schon – bloß kriegt mein Kumpel wahrscheinlich einen Heidenärger, wenn die drüben davon Wind kriegen. Er hatte nämlich den Befehl, die Kiste über den Kanal zu bringen. Hat er nicht gemacht, sondern sie heimlich versteckt und behauptet, sie sei verschwunden, gestohlen oder so. Er wollte den Laster neu lackieren, andere Nummernschilder organisieren und Touristen durch die Gegend kutschieren. Leider klappte nichts. Erst bekam er keine Schilder, außerdem fehlte ihm das Geld fürs Umlackieren, und dann wurde noch sein Vater krank, sodass er postwendend zurück nach Hause musste. Die alte Klapperkiste blieb hier, aber wenn die falschen Leute davon erfahren, dass ich plötzlich damit herumfahre, ist mein Kumpel geliefert. Und ich vielleicht mit ihm. Gerüchte verbreiten sich in dieser Gegend nun mal schneller als eine Grippeepidemie. Deshalb muss ich den Laster schleunigst nach England bringen. Wäre ja blöd, wegen so einem Schrotthaufen in den Knast zu kommen.«

»Du meine Güte, Freddie. Warum haben Sie so viel riskiert?«

Er lächelte schief. »Na ja, ehrlich gesagt, habe ich es für Sie getan.«

Ruby schüttelte den Kopf. »Wie wollen Sie den Lastwagen überhaupt mit einem Arm steuern?«

»Kein Problem«, gab er fast vergnügt zurück. »Ich schalte so wenig wie möglich, und wenn es sich nicht vermeiden lässt, lenke ich mit den Knien.«

»Das hört sich ziemlich gefährlich an«, wandte sie ein, bevor ihr bewusst wurde, wie idiotisch ihre Worte klingen mussten. Was konnte schon gefährlicher sein als das, was er und seine Kameraden an der Front erlebt hatten?

»Ob sie inzwischen was gefunden haben?« Freddie nickte zu Martha und Otto hin. »Moment mal. Was sind denn das für Kerle, mit denen die da reden?«

Sie spähte an ihm vorbei und machte in der Ferne einen großen schwarzen Wagen aus, daneben ihre beiden Schützlinge sowie vier Männer, die sich offensichtlich gerade verabschiedeten.

»Gleich werden wir's wissen.«

Freddie runzelte die Stirn. »Und wieso läuft der Junge noch mal zurück?«

Als Mutter und Sohn ein paar Minuten später bei ihnen ankamen, machte Otto einen höchst zufriedenen Eindruck.

»Haben Sie das Grab Ihres Neffen gefunden?«, erkundigte sich Ruby. »Und wer waren die Männer, mit denen Sie gesprochen haben?«

Martha wirkte seltsam gelöst, was sie jünger, fast ein wenig mädchenhaft erscheinen ließ. Und sie strahlte über das ganze Gesicht.

»Es gibt kein Grab, er ist in Gefangenschaft geraten.«

»Er war Kriegsgefangener?«, platzte Freddie heraus. »Ist wirklich und wahrhaftig am Leben geblieben?«

»Haben Sie das von den Männern erfahren?«, ging Ruby dazwischen, bevor Freddie womöglich davon anfing, wie ungerecht das sei nach allem, was die Deutschen angerichtet hätten. »Dann ist er also noch am Leben?«

»Wir hoffen es.«

»Großer Gott. Und warum ist seine Familie nicht informiert worden?«

Martha zuckte ratlos mit den Schultern.

Als Freddie sich ein Stück von den beiden entfernte, folgte Ruby ihm. »Das schlägt ja wohl dem Fass den Boden aus«, fluchte er und ließ richtig Dampf ab. »Wir reißen uns den Arsch auf, um die verdammten Krauts plattzumachen, und die überstehen den Krieg schön gemütlich in Gefangenschaft. Mir wär's lieber, der Bursche hätte ins Gras gebissen. Schweine wie seinesgleichen gehören unter die Erde – tut mir leid, so ist es doch.«

Obwohl Ruby sich einerseits für die Schweizerin und ihren Sohn ehrlich freute, spürte sie gleichzeitig, wie sich ihr Magen verkrampfte. Es war derselbe verborgene Neid, der sie am Vortag überkommen hatte, als Jimmys Angehörige im Krankenhaus aufgetaucht waren, und der sich nicht unterdrücken ließ.

»Es gibt eben keine Gerechtigkeit«, murmelte sie und holte tief Luft. »Das Leben ist nun mal nicht fair.

Das wissen Sie besser als alle anderen, Freddie. Man muss sich mit dem begnügen, was es einem gibt, und akzeptieren, wenn es einem etwas nimmt.« Sie schauderte sichtlich angesichts dieser Worte. »Lassen Sie uns fahren.«

Die Rückfahrt gestaltete sich wesentlich reibungsloser. Inzwischen war Ruby so geübt, dass sie am Geräusch des Motors bereits erkannte, wann sie entweder hoch- oder runterschalten musste und Freddie sich ganz auf das Lenken und die Straße konzentrieren konnte.

Während er den Transporter um die Schlaglöcher herumsteuerte oder es zumindest versuchte, erzählte er von den Schlachten, die entlang der Strecke stattgefunden hatten. Schließlich nahm Freddie den Fuß vom Gas und hielt auf einer Anhöhe.

»Ist irgendwas? Hier sind wir auf der Hinfahrt nicht vorbeigekommen, oder?«

»Nein. Ich dachte, Sie wollten vielleicht mal sehen, wo ich die letzten Wochen vor meiner Verwundung verbracht habe.«

Er deutete auf ein Labyrinth von im Zickzack verlaufenden Schützengräben, das sich vor ihnen in einem Ozean aus Schlamm und Stacheldraht erstreckte.

Aus irgendeinem Grund hatte sie sich immer vorgestellt, Schützengräben seien nicht mehr als schulterbreit, mannshoch und nur ein paar Meter lang, ähnlich den Gräben, die man manchmal an der Straße sah, wenn Rohre verlegt wurden. In Wirklichkeit waren sie feste Unterstände mit Gehplanken auf dem Boden, durch Holzplanken und Sandsäcke seitlich gesichert und hoch genug, dass der Feind die Verteidiger nicht erspähen konnte. Und in regelmäßigen Abständen führten Treppen nach oben, über die die Soldaten zum Angriff und in den Tod gestürmt waren. Ruby hatte keine Ahnung gehabt, dass die Schützengräben, dieses unterirdische Paralleluniversum, ähnlich planvoll angelegt worden waren wie eine Stadt, die ein Architekt auf dem Reißbrett entworfen hatte.

Fasziniert und angewidert zugleich ließ sie den Blick wandern und versuchte zu begreifen, was sie da sah, versuchte sich vorzustellen, wie es den Männern wohl gelungen war, dort zu überleben: unter Dauerbeschuss mit Granaten, in ständiger Todesangst, umhüllt vom Geruch des Todes, der sie unablässig begleitet hatte.

»So schlimm war es gar nicht«, spielte Freddie die Situation herunter. »Zumindest waren wir mit unseren Kameraden zusammen und wussten, dass sie uns den Rücken freihalten würden. Wir haben einander unser Leben anvertraut, haben zusammengelebt und uns im Schlaf gegenseitig gewärmt.« Er hielt einen Moment inne, bevor er weitersprach. »So etwas habe ich weder vorher noch nachher je wieder erlebt. Im normalen Leben ist es einfach nicht dasselbe. Wir wussten, wie sich das Geräusch einer Granate anhörte, und erkannten, ob sie in unsere Richtung flog. Oder wir versuchten, an der Richtung des Windes abzulesen, ob die Krauts uns womöglich gleich eine Ladung Giftgas rüberschickten. Und wir lernten, uns nicht bei jedem Knall, bei jeder Detonation, bei jedem Einschlag verrückt zu machen, sondern die Gefahr realistisch einzuschätzen. Lediglich an eins gewöhnten wir uns nicht – an die Läuse und an die Ratten.«

In seinen Briefen hatte Bertie nie erwähnt, unter

welchen Umständen er in Belgien gekämpft hatte, nun wusste sie, warum. Sie hatte sich immer vorgestellt, die Soldaten würden jeden Tag zum Kampf ausziehen und abends in ihre Quartiere oder zumindest Zelte zurückkehren, wo sie sich waschen und an langen Tischen ihre Mahlzeiten einnehmen konnten. Aber von wegen. Die goldenen Zeiten, die noch während der Grundausbildung geherrscht hatten, waren an der Front ein für alle Mal vorbei. Im Schlamm der Schützengräben hatten sie gegessen und geschlafen, jeden Tag aufs Neue den Elementen, dem Granatfeuer und den Giftgasangriffen ausgesetzt. Es war unvorstellbar. Wie hatte Bertie, der im Bett immer eine Extradecke brauchte, es an diesem Ort des Grauens bloß ausgehalten?

Freddie deutete auf eine Reihe Bäume in etwa dreihundert Metern Entfernung. »Da drüben verlief die Front. Wenn Waffenruhe herrschte, konnten wir in stillen Nächten hören, wie sie miteinander sprachen, als wären es Nachbarn in unserer Straße. Sie haben Harmonika gespielt oder gesungen – ja, gesungen haben sie ständig, genau wie wir. Wollten uns wohl bei Laune halten. Wir riefen uns alles Mögliche über das Niemandsland hinweg zu: Gute Nacht, werft mal 'ne Kippe rüber und so weiter und so fort. Doch sobald die Sonne aufging, bombten wir uns wieder gegenseitig in Grund und Boden. Tja, man gewöhnte sich dran. Man gewöhnt sich an alles.«

Auch das hatte sich Ruby anders vorgestellt. Vor allem viel heroischer, weniger alltäglich. Schlachten waren in ihrem Denken Ereignisse gewesen, bei denen Männer mit aufgepflanzten Bajonetten den Feind vertrieben, der um sein Leben rannte. Vermutlich weil einem die *Illustrated London News* und andere Magazine dieses Bild vorgegaukelt hatten.

»Und das alles wegen ein paar Meilen belgischer Äcker«, flüsterte sie.

»Manchmal sogar wegen weniger«, warf Freddie ein. »Wir rückten vor, nahmen ihre Schützengräben ein, nur um weiter hinten wieder zurückgedrängt zu werden, bis wir uns am Ende an exakt derselben Stelle wiederfanden, wo wir bereits drei Wochen zuvor gewesen waren.«

»Es muss belastend für Sie sein, an diesen Ort zurückzukehren.«

Er seufzte, straffte die Schultern. »Ich wollte noch einmal der Kameraden gedenken, die es nicht geschafft haben, bevor alles eingeebnet, wieder in Ackerland verwandelt wird. Bevor ganz in Vergessenheit gerät, wie hier gelebt und gestorben wurde.«

Sie schraken zusammen, als ein fernes Grollen ertönte. Über der ehemaligen Front hing eine unheilvolle schwarzviolette Wolke, aus der schon erste schwere Tropfen auf die geschundene Erde fielen.

»Fahren wir lieber, bevor sich die Straßen in Matsch verwandeln«, erklärte Freddie und winkte energisch Martha und Otto, sich zur Abfahrt am Laster einzufinden.

Gleißende Blitze erhellten bald die Landschaft, die mit ihren zerfetzten Bäumen und vergessenen Stacheldrahtrollen ein gespenstisches Bild bot. Begriffe wie Endzeitstimmung, Apokalypse, Vorhof der Hölle kamen Ruby in den Sinn, doch mit einem Mal rissen in der Ferne die ersten Gewitterwolken auf und gaben den

Blick auf einen Streifen schier unglaublich strahlenden Blaus preis, das ihr wie eine Verheißung erschien.

Nachdem sie Mutter und Sohn vor dem Hotel in Poperinge abgesetzt hatten, fuhren Freddie und Ruby zur Garage.

»Wird mir ein bisschen wehtun, mich von der alten Kiste verabschieden zu müssen«, meinte Freddie, als er den Motor abstellte. »Ihr und den beiden Sanitätern habe ich mein Leben zu verdanken.«

»Wegen Ihres Arms?« Als er schwieg, fügte sie hinzu: »Kein Problem, Sie müssen nichts sagen, wenn Sie …«

Er seufzte. »Also, es war so: Wir waren zu zweit und saßen in einem Granattrichter fest – einem Riesenloch mit steilen Schlammwänden, auf dessen Boden sich ein Tümpel gebildet hatte, in dem die Leichen langsam verrotteten. Tut mir leid, aber genauso war es.«

Sie wappnete sich für das, was noch kommen mochte. »Erzählen Sie weiter, ich möchte die Geschichte hören.«

»Du lieber Gott, es hat gegossen wie so oft hier. Jeden gottverdammten Tag aufs Neue, und der Schlamm war klebrig wie Kleister. Meinen Kameraden Charlie erwischte es am Bein, mich am Arm, trotzdem dachten wir, dass wir es schaffen würden. Deshalb freuten wir uns auf das Ende des Dauerfeuers, darauf, dass wir aus dem Loch krabbeln und von unseren Kameraden in Sicherheit gebracht würden. Wir waren regelrecht in Feierlaune, weil wir die Fahrkarte in den Heimaturlaub quasi in der Tasche hatten, und während wir warteten, malten wir uns aus, was wir zu Hause unternehmen, in welche Pubs wir gehen und wie wir uns den Bauch vollschlagen würden – na ja, was Soldaten eben so reden.« Er hielt kurz inne. »Tja, wir warteten und warteten, krallten uns in der nassen Erde fest, um nicht abwärtszurutschen. Von Zeit zu Zeit schoben wir uns an den Rand, doch jedes Mal flogen uns die Kugeln um die Ohren. Der feindliche Beschuss hörte einfach nicht auf. Die Nacht verging, dann noch ein Tag. Noch mehr Scheißregen, noch mehr Dauerfeuer. Unsere Wasserflaschen waren leer, deshalb fingen wir den Regen mit unseren Mündern auf. In der zweiten Nacht ging es Charlie plötzlich dreckig, und er begann wirres Zeug zu faseln. Ich musste ihm die Hand über den Mund legen, sonst hätten sie uns womöglich gehört und uns ganz gezielt aufs Korn genommen. Wie auch immer, am nächsten Morgen gab er keinen Ton mehr von sich.«

»Er war tot?«

»Ja, ausgerechnet er. Charlie war einer von den Besten. Gemeinsam waren wir von Anfang an dabei gewesen, fast drei Jahre lang. Und keine Sekunde lang haben wir daran gedacht, dass es uns erwischen würde. Nicht solange wir zusammenblieben. Aber da hatten wir uns gründlich geirrt.«

»Und Sie? Was passierte mit Ihnen?«

»Ehrlich gesagt, habe ich aufgegeben, war total am Ende. Ich schäme mich, es zuzugeben, doch wozu das Ganze, der Wahnsinn, die Ratten, der Dreck, der Gestank? Ich habe mich darauf eingestellt, neben Charlie zu verrecken. Bis zur dritten Nacht, als plötzlich das Feuer eingestellt wurde und ich ein Geräusch hörte. Ein Deutscher, dachte ich unwillkürlich und zog meine Waffe. Aber dann flüsterte mir jemand auf Englisch zu,

ich solle nicht schießen. Sagte, er wolle mich zurück-
bringen.« Erneut unterbrach er sich kurz, ehe er fort-
fuhr. »Egal wie sehr ich protestierte, er ließ sich nicht
abwimmeln, sondern zerrte mich aus dem stinkenden
Loch. So schrecklich es war, hätte ich beinahe gelacht.
Die Situation war einfach absurd. Wäre mir der geringste Laut über die Lippen gekommen, wäre es aus
und vorbei gewesen mit ihm. Jedenfalls schleppte er
mich zurück zu unserem Frontabschnitt, und von dort
brachten sie mich dann ins Feldlazarett. In einem von
diesen Lastern.« Er klopfte mit der flachen Hand auf das
Lenkrad. »Sechs Wochen später, die Deutschen hatten
gerade kapituliert, war ich wieder in der Heimat, dort
kriegte ich Wundbrand, und sie mussten mir den Arm
amputieren.«

»Haben Sie je herausgefunden, wer der Mann war,
der Ihnen das Leben gerettet hat?«

»Nein, ich war bereits halb bewusstlos, als er mich
fand. Und später habe ich schlicht vergessen, nach seinem Namen zu fragen. Trotzdem hat mir der Gedanke
an ihn Kraft gegeben, die nächsten Monate zu überstehen. Immerhin hatte er für mich eine Menge aufs Spiel
gesetzt, und für mich war das ein Ansporn, das Beste
aus dem Leben zu machen, das ich ihm verdankte.«

Seine Zigarette war ausgegangen. Er zündete sie wieder an und nahm einen langen Zug.

»Das freut mich sehr«, sagte Ruby. »Ich bin froh, dass
ich Sie kennenlernen durfte.«

»Ganz meinerseits. Ich brauchte nämlich dringend
einen Tritt in den Hintern, und den haben Sie mir verpasst.« Er ließ die Hand auf das Lenkrad niedersausen.
»Ich und die alte Kiste sind quasi auf dem Weg nach

Hause – sofern ich irgendwo ein bisschen Sprit auftreibe.«

»Werden Sie Ihre Kinder besuchen?«

Ohne zu antworten, sprang Freddie aus der Fahrerkabine und öffnete die Motorhaube.

»Freddie?«

»Was?«

»Ich habe gefragt, ob Sie Ihre Kinder besuchen werden.«

»Ja, ich denke, das werde ich.« Er sah unter der Motorhaube hervor und grinste. »Obwohl meine Schwägerin wohl eher nicht begeistert sein wird.«

»Ach was, sie wird bestimmt einlenken«, erwiderte Ruby. »Schließlich brauchen die Kinder ihren Vater.«

»Und wenn Sie mitkommen würden? Sozusagen als Verstärkung?«

»Das schaffen Sie allein, davon bin ich überzeugt, doch ich stehe für alle Fälle als Feuerwehr bereit. Versprochen.«

Kapitel 26

Martha

»Willst du mir bitte endlich verraten, warum du zu den Männern zurückgelaufen bist?« Martha streifte ihre Schuhe ab und ließ sich aufs Bett sinken. »Und wieso grinst du die ganze Zeit über wie ein Honigkuchenpferd?«

Ottos Lachen, das zwischen kehligen Lauten und jungenhaften Kieksern schwankte, klang wie Himmelsgeläut in ihren Ohren. Seine braunen Augen leuchteten.

»Heinrich ist noch am Leben!«

»Das sind wundervolle Nachrichten, mein Schatz. Aber wir wissen es nicht mit hundertprozentiger Sicherheit. Erst müssten wir ihn finden.«

»Ich weiß, wo er ist«, stieß er atemlos hervor.

Sie schüttelte den Kopf. »Woher willst du das wissen? Wir müssen erst mal nach Hause und die Behörden kontaktieren. Und jetzt geh dir das Gesicht waschen.«

»Doch, Mama, wirklich. Erinnerst du dich, was der eine Mann uns von dem Schachspieler erzählt hat und davon, dass es viele Sanatorien für Soldaten wie Heinrich gibt?«

Sie nickte verwirrt.

»Und warum, denkst du, haben sie uns dann als

einzige Adresse die einer Heilanstalt in Berlin gegeben?«

»Um Himmels willen, ich weiß es nicht. Vielleicht weil sein Regiment aus Berlin kam.«

»Oder weil der Schachspieler aus Berlin stammte.«

Sie setzte sich auf, ergriff Ottos Hand. »Das kann niemand wissen, mein Junge.«

»Und ob ich das weiß.« Otto stand auf und begann, zwischen Bett und Tür auf und ab zu gehen. »Ich bin zurückgelaufen und habe gefragt, woher sie wussten, dass er Berliner ist, wenn er nicht gesprochen hat. Und da sagte der eine, dass er eine Tätowierung auf dem Arm hatte – ein Herz und dazu das Wort Berlin. Und deshalb muss es Heinrich gewesen sein, verstehst du?«

Der Junge steigerte sich offenbar in eine Wunschvorstellung hinein. »Dein Bruder war nicht tätowiert.«

»Natürlich war er das, Mama«, rief Otto und senkte sogleich die Stimme. »Ich hab's gesehen im Bad, als er sich gewaschen hat, am Morgen bevor er einrücken musste. Er hat mich angeschnauzt, weil ich einfach so hereingeplatzt bin. Und ich musste ihm schwören, dir und Papa nichts davon zu erzählen – er wusste, dass ihr stinksauer sein würdet.«

Martha rang nach Luft. »Du meinst ... Nein. Das wäre ein zu großer Zufall.« Sie schüttelte den Kopf, rieb sich ungläubig die Augen. »Und warum hat uns dann niemand informiert?«

»Wie denn, wenn er sich nicht mal an seinen eigenen Namen erinnerte? Und offenbar trug er auch nichts bei sich, um ihn zu identifizieren. Da war nichts als das Tattoo.«

Allmählich fügte sich alles zusammen. »Großer Gott.« Sie nahm Ottos Hände, hielt sie fest und sah zu ihm auf. »Ja, es könnte sein, dass du recht hast.«

»Klar habe ich recht.« Er gab einen entnervten Seufzer von sich. »Es kann nicht anders sein. Aber du schimpfst nicht mit ihm wegen der Tätowierung, oder? Er und seine Kameraden haben sie sich während der Grundausbildung stechen lassen.«

Erst jetzt wagte sie es, sich den Moment des Wiedersehens, die erste Umarmung vorzustellen. Unter befreiendem Gelächter schlang sie die Arme um Otto und zog ihn zu sich aufs Bett.

»Mein wunderbarer, kluger Junge, ich liebe dich so sehr. Du und deine scharfen Augen! Die blöde Tätowierung ist mir völlig egal – und alles andere ebenfalls. Hauptsache, dein Bruder ist noch am Leben!«

Als sie mit dem Krankenlaster losgefahren waren, hätte sie nie im Leben damit gerechnet, dass sie beide ein paar Stunden später kichernd zusammen auf dem Bett liegen und sich ausmalen würden, wie sie Heinrich nach Hause holen und seinen geschundenen Körper und seine nicht weniger geschundene Seele gesund pflegen würden. Alles waren sie bereit zu tun, damit er ganz und gar wiederhergestellt wurde, egal was es kosten mochte. Das Geld, das Alice ihr gegeben hatte, kam ihr jetzt sehr recht. Und zur Feier des Tages wollte sie sich davon heute Abend eine Karaffe Wein gönnen. Schließlich hatten sie allen Grund zum Feiern, nachdem es lange danach ausgesehen hatte, als müssten sie Totenwache halten.

Ein hartes Klopfen an der Tür ließ sie zusammenzucken. »Madame Weber?«

Sie erkannte die Stimme auf Anhieb: Sie gehörte Monsieur Vermeulen. Vielleicht hatte Geert Peeters ja das Geld abgeliefert, das er ihr schuldete, aber als sie die Tür öffnete und das Gesicht des Hoteliers sah, wusste sie gleich, dass es keine guten Neuigkeiten gab.

»Ich muss mit Ihnen sprechen, Madame«, erklärte er barsch.

Da sie sich diesen Moment des Glücks nicht von ihm verderben lassen mochte, versuchte Martha, ihn abzuwimmeln. »Wir waren den ganzen Nachmittag unterwegs und müssen uns noch zum Abendessen umkleiden, Monsieur Vermeulen. Können wir uns in zehn Minuten unterhalten?«

Er schüttelte den Kopf. »Tut mir leid. Ich muss sofort mit Ihnen sprechen. Und zwar unter vier Augen.«

Die Nachdrücklichkeit seines Tonfalls irritierte sie. »Wasch dich und zieh dir frische Sachen zum Abendessen an«, schärfte sie ihrem Sohn ein. »Ich bin gleich wieder hier.«

Beklommen folgte sie Monsieur Vermeulen die Treppe hinunter in sein Arbeitszimmer. Wie schon beim letzten Mal bot er ihr keinen Platz an, sondern zog aus dem Durcheinander auf seinem Schreibtisch ein Buch hervor, das sie sofort erkannte: Ottos Ausgabe von *Robinson Crusoe*.

»Das Buch wurde in Ihrem Zimmer gefunden, Madame Weber. Können Sie bestätigen, dass es Ihrem Sohn gehört?« Ahnungsvoll nickte sie, und ihr Herz drohte stillzustehen.

Er schlug es auf und hielt es ihr hin. Auf der ersten Seite stand in Ottos kindlicher Schrift:

Dieses Buch gehört Karl Otto Weber
Mittenstr. 324
Berlin
Deutsches Reich
Welt
Universum

Obwohl es ihr für einen Moment den Boden unter den Füßen wegzuziehen schien, weigerte sich Martha, klein beizugeben, wurde sogar ein wenig sorglos. Und wenn sie aufgeflogen waren, na und? Außer der Nachricht, dass Heinrich noch am Leben war, spielte für sie nichts mehr eine Rolle.

»Sie haben recht, Monsieur. Verzeihen Sie mir, dass ich die Unwahrheit gesagt und mich als Schweizerin ausgegeben habe. Es ging mir lediglich darum, mich und meinen Sohn vor Hassattacken zu schützen. Ja, wir sind Deutsche, ja, wir kommen aus Berlin, doch sind wir nicht menschliche Wesen genau wie Sie und Ihre anderen Gäste, die gelitten haben und noch leiden? Und genau wie sie sind wir hergekommen, um eines geliebten Toten zu gedenken.«

»Es handelt sich gar nicht um Ihren Neffen, sondern um Ihren Sohn, richtig?«, stellte der Hotelier fest, ohne eine Spur Mitgefühl erkennen zu lassen.

»Es war der letzte Wunsch meines verstorbenen Mannes, Monsieur. Ich musste ihm an seinem Totenbett versprechen, sobald wie möglich den Tapferkeitsorden des Urgroßvaters am Grab unseres Sohnes niederzulegen. Darum sind wir hergekommen.«

Der Hotelier zündete sich eine Zigarette mit einem Streichholz an, das er an der Unterseite der Schreibtischplatte anriss. Mit einem Seufzer blies er den Rauch aus und nahm gleich noch einen Zug.

»Es tut mir leid, Madame Weber, aber Sie können nicht länger in meinem Hotel bleiben.«

»Das ist kein Problem«, erwiderte sie. »Wir reisen sowieso morgen früh ab. Könnten Sie uns wohl für sieben Uhr früh ein Taxi bestellen?«

»Sie haben mich missverstanden, Madame.« Er fixierte sie mit stählernem Blick. »Ich muss Sie bitten, unser Haus sofort zu verlassen.«

Sie begriff nicht auf Anhieb. »Was genau meinen Sie mit *sofort*?«

»Ich meine *jetzt*. Auf der Stelle. Ansonsten sehe ich mich gezwungen, die Polizei zu verständigen.«

»Die *Polizei*?« Martha traute ihren Ohren nicht. »Wir haben doch nichts Unrechtes getan, sind ganz legal eingereist, und unsere Papiere sind völlig in Ordnung.«

»Sie haben falsche Angaben zu Ihrer Nationalität gemacht, und das ist hierzulande eine Straftat, die wir anzeigen müssen. Wegen Spionageverdacht.«

Sie schnappte nach Luft. »Das meinen Sie hoffentlich nicht ernst …«, versuchte sie, sich zu verteidigen.

»Verlassen Sie mein Hotel«, wiederholte er. »Heute Abend noch. Haben Sie mich verstanden?«

»Bitte, es geht schließlich nur um eine Nacht. Draußen regnet es in Strömen, wo soll ich hin mit meinem Jungen? Wir können ja auf unserem Zimmer zu Abend essen, dann stören wir die anderen Gäste nicht …«

»Beim besten Willen, Madame. Es tut mir leid …« Er deutete vage in Richtung des Speiseraums. »Es war meine Frau, die das Buch gefunden hat, und sie akzeptiert keine Deutschen in unserem Hotel, aus Prinzip nicht. Sie müssen verstehen …« Er hielt inne, weil seine Stimme zu brechen drohte. »Unsere Söhne sind beide gefallen. Pieter und Jan. Sie waren ebenfalls gute Jungen. Verstehen Sie jetzt mein Problem?«

Martha fiel es wie Schuppen von den Augen. Weiter zu betteln würde alles noch schlimmer machen. Sie musste sich einfach ein anderes Hotel suchen, vielleicht das, von dem Monsieur Martens gesprochen hatte.

»Geben Sie uns eine halbe Stunde, damit wir uns umziehen und unsere Sachen packen können?«

Er warf einen Blick auf seine Uhr. »Sie haben zwanzig Minuten. So lange bleibt Cécile in der Küche. Sie müssen auf jeden Fall weg sein, bevor sie das Abendessen serviert.«

Erst später erinnerte sich Martha, dass sie für drei Nächte im Voraus bezahlt hatte. Sie hätte auf einer Rückerstattung bestehen sollen, aber dafür war es nun zu spät.

Kapitel 27

Ruby

Der Regen prasselte immer noch auf das Blechdach der Garage. Freddie ging zum Heck des Lasters und kehrte mit zwei schweren grünen Armeedecken zurück. »Hier, die halten das Schlimmste ab. Und jetzt lassen Sie uns rennen.«

Als sie am Café vorbeiliefen, winkte ihnen Ginger von der Tür aus zu. »Miss Ruby, Miss Ruby, kommen Sie bitte! Es gibt schon wieder Ärger!«

»Was für Ärger?«, keuchte Ruby, die froh war, endlich dem Regen entronnen zu sein. Ihre Füße waren patschnass.

»Die Dame und ihr Sohn. Das sind keine Schweizer, sondern Deutsche. Und Maurice will keine Deutschen in seinem Hotel. Er sagt, sie könnten Spione sein, und er will die Polizei holen.«

Also hatte Alice tatsächlich recht gehabt mit ihrer Vermutung, dass mit den beiden was nicht stimmte. Und sie hatte ebenfalls so einiges sonderbar gefunden, ihr Misstrauen allerdings immer wieder verdrängt. Ziemlich naiv war das gewesen. Widerstreitende Gefühle packten sie: Erstens verletzte es sie, dass sie hinters Licht geführt worden war, zweitens war es ihr peinlich, Freddie zu einer Hilfsaktion für die Deutschen überredet zu haben, und drittens tat ihr Martha leid, die zum Lügen gezwungen gewesen war. Welch ein Kuddelmuddel!

»Wie hat Maurice das herausgefunden?«

»Cécile hat das Zimmer sauber gemacht und dabei ein Buch gefunden, in dem der Name des Jungen und seine Anschrift standen. Eine Berliner Adresse. Und als Maurice der Frau das Buch unter die Nase gehalten hat, gab es keinerlei Widerspruch. Im Übrigen sind sie gar nicht auf der Suche nach dem Grab eines Neffen, sondern nach dem ihres Sohnes. Und deshalb hat er ihnen gesagt, sie müssten das Hotel verlassen. Wegen der anderen Gäste, verstehen Sie?«

»Warum können sie nicht bleiben? Zumal die beiden ohnehin morgen abreisen.«

Ginger hob die Schultern und schüttelte den Kopf. »Die Söhne von Maurice sind beide im Krieg geblieben wie viele junge Leute aus dem Ort. Niemand hier will mit Deutschen etwas zu tun haben, dazu sind die Erinnerungen an den Krieg einfach noch zu frisch.«

»Könnten die zwei vielleicht im Grand Hotel unterkommen?«

Abermals schüttelte Ginger den Kopf. »Unmöglich. Die Geschichte mit dem Spionageverdacht hat sich längst herumgesprochen.«

In diesem Moment erspähten sie Martha und Otto, die zögernd mit ihren kleinen, abgenutzten Koffern aus dem Hotel in den prasselnden Regen hinaustraten. Der Junge klammerte sich mit ängstlichem Blick an die Hand seiner Mutter und wirkte mit einem Mal gar nicht mehr erwachsen, sondern erweckte den Eindruck eines kleinen Jungen. Ein Anblick, der Ruby zutiefst rührte.

Sie waren einfach Menschen, die in diesem verdammton Krieg zufällig auf der falschen Seite gestanden hatten. Und ob deutsch oder nicht, es war immer noch dieselbe warmherzige Frau, mit der sie den Nachmittag verbracht hatten, eine Mutter, die ihren Sohn über alles liebte und erst vor ein paar Stunden erfahren hatte, dass ihr Älterer wahrscheinlich noch am Leben war. Unmöglich, sie jetzt im Stich zu lassen.

Sie winkte ihnen von der Tür des Cafés aus zu. »Hallo, kommen Sie her. Beeilen Sie sich, bevor Sie klatschnass werden.«

»Keine Sorge, wir gehen zum Grand Hotel«, erklärte Martha, nachdem sie sich ins Trockene geflüchtet hatten.

»Ginger, könnten Sie vielleicht erklären, was ...«

Mit knappen Worten erklärte das Mädchen auf Französisch, womit sie zu rechnen hatten. Als Martha begriff, entglitten ihr die Gesichtszüge, und ihre Schultern sackten jäh herab.

Die junge Kellnerin sah nervös zur Bar. »Ich muss wieder rein«, flüsterte sie Ruby zu. »Mein Vater beobachtet uns, und es wäre besser, wenn die beiden sich schleunigst entfernen. Es tut mir wirklich leid.«

Ruby verließ der Mut, als sie auch Freddie, die Militärdecke über den Kopf gebreitet, über den Platz in Richtung Hotel de la Paix entschwinden sah.

»He!« Sie lief hinter ihm her und hielt ihn an der Schulter zurück. »Wo wollen Sie hin?«

»Da mache ich nicht mehr mit, Ruby«, brummte er.

»Lassen Sie mich jetzt nicht hängen, Freddie. Bitte! Sie haben gehört, was Ginger gesagt hat. Niemand wird die beiden aufnehmen, sie könnten sogar verhaftet werden. Wir sollten ihnen wenigstens eine sichere Unterkunft organisieren.«

»Ich würde keine Träne vergießen, wenn das gesamte deutsche Pack von heute auf morgen verrecken würde«, erwiderte er grob.

»Und der Junge?« Sie ließ nicht locker. »Soll er die Nacht etwa im Regen auf der Straße verbringen? Oder noch schlimmer im Gefängnis? Was, wenn Ihr Sohn unverschuldet in so einen Schlamassel hineingeriete? Sie würden bestimmt nicht wollen, dass alle sich dann einfach abwenden und gehen.«

»Wie kommt's, dass Sie sich auf einmal in eine barmherzige Samariterin verwandelt haben?« Mürrisch kratzte er sich die Wange. »Die Deutschen haben schließlich Ihren Mann getötet, schon vergessen?«

»Dieser Martha kann ich das kaum vorwerfen, Freddie. Sie ist eine ganz normale Frau, die versucht, das zu tun, was für sie richtig ist.«

Er machte immer noch keine Anstalten, ihrer Bitte nachzukommen, schickte sich vielmehr erneut zum Gehen an.

»Um Himmels willen!«, stieß sie aufgebracht hervor. »Wenn Sie es nicht für sie tun wollen, dann tun Sie es für mich! *Bitte.* Ich brauche Ihre Hilfe.«

Ein paar Sekunden lang zögerte er, dann wurden seine Züge weich. »Verflixt, Ruby, unter die Decke mit Ihnen, bevor Sie sich den Tod holen. Gehen wir in die Kirche rüber, die wird erst später abgeschlossen. Da können wir im Trockenen erst mal in Ruhe nachdenken.«

In dem Gotteshaus, in dem es nach Staub und modrigen Gebotsbüchern roch, ließ Martha sich erschöpft auf eine der Bänke sinken.

»Es tut mir leid«, wiederholte sie unentwegt. »Ich wollte Ihnen keine Unannehmlichkeiten bereiten.«

Freddie hörte nicht hin, ging unruhig im Mittelgang auf und ab.

»Lassen Sie das«, befahl Ruby energisch. »Sie machen mich ganz nervös.«

»In Kirchen fühle ich mich irgendwie immer unwohl«, beschwerte er sich.

»Egal. Geben Sie mir lieber einen brauchbaren Rat«, rief Ruby ihn zur Ordnung. »Soll ich vielleicht versuchen, die beiden auf mein Zimmer zu schmuggeln?«

»Wenn Sie erwischt werden, schmeißt Maurice Sie hochkant raus. Und dann?«

»Und wenn sie bei Ihnen unterkämen?«

Er stieß ein leises Schnauben aus. »Jetzt machen Sie mal halblang. Da ist kaum Platz für mich allein, geschweige denn für die beiden. Und obendrein würde mir meine Wirtin aufs Dach steigen.«

»Haben Sie eine bessere Idee?« Der Regen prasselte nach wie vor gegen die Kirchenfenster. Nach einer Weile wandte Ruby sich an Martha. »Um wie viel Uhr geht Ihr Zug morgen früh?«

»Um neun.«

»Von Ypern aus?«, hakte Freddie nach und versank anschließend erneut ins Grübeln. »Ich könnte Sie mit dem Laster hinfahren«, schlug er nach einer Weile vor.

»Nach Ypern? So spät noch, dazu bei dem Regen?«

»Bin schon bei schlechterem Wetter gefahren. Und inzwischen fliegen zumindest keine Granaten mehr.«

»Und wo sollen sie dort eine Bleibe finden?«, wandte Ruby ein.

Er fuhr sich über sein Stoppelkinn und runzelte die Stirn. »Sie könnten zur Not hinten im Wagen schlafen, und ich bringe sie morgen früh zum Bahnhof.«

»Im Laster?« Ruby graute bei der Vorstellung, dass die beiden auf den schmalen Leinentragen schlafen sollten, auf denen so viele Schwerverletzte und Tote gelegen hatten.

»Da haben sie es wenigstens warm und trocken. Und die Polizei kommt bestimmt nicht auf die Idee, sie in der alten Kiste zu suchen.«

Es war der einzige Ausweg, der ihnen einfiel, und je länger Ruby darüber nachdachte, desto weniger verrückt fand sie den Plan und versuchte, ihn Martha schmackhaft zu machen, die zunächst verwirrt die Stirn runzelte, bis sie endlich verstand und zustimmend nickte. Hauptsache, sie standen nicht auf der Straße.

Freddie nahm eine Handvoll Votivkerzen aus einem Kasten, verstaute sie in seinen Taschen und steckte ein paar Münzen in den Opferstock.

»Ich fand immer schon, dass es einen besseren Verwendungszweck für die Kerzen gibt«, meinte er grinsend. »Kommen Sie, der Priester taucht bald auf. Ich bringe die beiden zum Laster.«

»Fein, ich begleite Sie«, bot Ruby an.

»Nein, lieber nicht. Ist besser, wenn nicht zu viele Leute bei der Garage gesehen werden.«

»Na gut, wenn Sie es für das Beste halten. Danke, Freddie.« Sie griff in ihre Tasche und nahm ein paar Münzen heraus. »Dürfte ich Sie um einen letzten Gefallen bitten?«

»Fragen kann man immer.«

»Kaufen Sie ihnen etwas zu essen und vielleicht eine heiße Schokolade. Ein bisschen Wasser wäre außerdem gut: welches zum Trinken und zum Waschen.«

»Sie verlangen ja so gut wie gar nichts, Missy«, spottete er. »Jetzt soll ich zu allem Überfluss sogar noch Deutschen helfen. Wie wollen Sie das je wiedergutmachen?«

»Tun Sie's einfach für mich, ja?«

»Allein für Sie, Mrs. B. Allein für Sie.«

Am liebsten wäre sie ihm um den Hals gefallen, doch das wäre unschicklich gewesen hier in der Kirche und dazu in Gegenwart von Martha und Otto, und so schwieg sie verlegen.

»Gut, dann wäre ja so weit alles klar«, erklärte er. »Wir fahren gleich morgen früh los. Ihnen auf jeden Fall eine gute Rückreise, Ruby.«

»Sehen wir uns etwa nicht mehr?«, fragte sie entgeistert, denn irgendwie ging ihr das mit dem Abschied alles zu schnell.

Er trat von einem Bein auf das andere. »Ich dachte, dass ich von Ypern direkt nach Calais weiterfahre. Mein Entschluss mit der Rückkehr nach England steht fest – warum sollte ich da noch länger in diesem Kaff herumhängen?«

»Sie wollen gleich morgen auf die Fähre?«

»Denke schon«, presste er verlegen hervor und senkte den Blick.

»Sie werden mir fehlen, Freddie.«

Seine Wangen waren gerötet, als er wieder zu ihr aufsah. »Und wann reisen Sie ab?«

»Eigentlich morgen. Zumindest erwartet man uns

dann in Ostende, aber da ich Alice seit gestern nicht mehr gesehen habe, weiß ich nicht, was sie genau geplant hat. Ob sie ein Taxi nehmen will oder so.«

»Ostende?« Ein verschlagener Ausdruck erschien auf seinem Gesicht. »Wie wär's unter diesen Umständen mit einer kleinen Spritztour in einem echten Oldtimer? Um der alten Zeiten willen?«

»In Ihrem Laster? Haben Sie nicht gerade gesagt, Sie fahren nach Calais?«

»Wäre nur ein winziger Umweg.«

»Hätten wir denn genug Platz für alle einschließlich Alice?«

»Und ob. Mit den Kisten wurden bis zu zwanzig Verwundete transportiert. Na ja, besonders bequem wird's nicht, dafür haben wir bestimmt eine Menge Spaß. Und davon abgesehen wär's für mich einfacher und um einiges sicherer, wenn Sie die Gänge einlegen – sonst muss ich die ganze Zeit die Knie am Lenkrad haben.«

Ruby lachte. »Für Alice kann ich nicht sprechen. Doch was mich betrifft, ich wäre dabei. Wissen Sie, ich mag Reisen mit Stil.«

Er tippte sich an eine nicht vorhandene Mütze und machte eine übertriebene Verbeugung. »Wunderbar, die Kutsche steht kurz nach acht vor Ihrer Tür, Madame. Wäre Ihnen das recht so?«

»Perfekt, Jeeves«, sagte sie, und er lachte. »Bis morgen.«

Alice

Alice betrachtete sich zutiefst entsetzt im Spiegel ihres Hotelzimmers. Ihr Gesicht war tränenüberströmt, und neue Schluchzer stiegen in ihr auf, als sie sich daran erinnerte, wie sie vor Sams Grab im Regen auf die Knie gesunken war.

Auf der Rückfahrt hatten sie nicht mehr als ein paar Worte gewechselt – sie hätte ohnehin nicht erklären können, wie zerbrechlich, wie morsch, wie leer sie sich fühlte. Die Erinnerung an ihren Bruder würde für immer mit diesem einsamen Ort verbunden bleiben, dem weißen Grabkreuz, eingerahmt von Tausenden anderen. Die Vorstellung brach ihr das Herz: Morgen würde sie abreisen, zurück auf einen anderen Kontinent, und Sam zurücklassen.

»Ich kann dir gar nicht genug danken«, sagte sie zu Daniel, als sie vor dem Hotel de la Paix hielten. »Es bedeutet mir unendlich viel, dass du mich begleitet hast. Aber ich fürchte, wir müssen uns jetzt verabschieden. Morgen geht es zurück nach Ostende.«

»Schon?« Er wirkte sichtlich betroffen. »Du kannst nicht abreisen, ohne noch einmal mit mir zu Abend zu essen. Oder wenigstens ein Gläschen mit mir zu trinken.«

Beim Gedanken an Ruby lag ihr ein Nein auf der Zunge, außerdem musste sie noch packen und ein Taxi für den kommenden Morgen bestellen, doch die Aussicht, ein letztes Mal mit Daniel essen zu gehen, war einfach zu verlockend. Und warum auch nicht? Sie würde vor zehn zurück im Hotel sein. Also nahm sie seine Einladung an und bat lediglich darum, sich kurz umziehen zu dürfen.

Er saß mit dem Rücken zu ihr, als sie die Bar des Grand Hotel betrat. Seine Schultern, seine Haltung, seine Locken, die über den Kragen seines Jacketts fielen, waren ihr inzwischen so vertraut, dass es ihr vorkam, als wären sie seit Ewigkeiten ein Paar. Als sie ihn ansprach, wandte er ihr den Kopf zu, strich sich eine Strähne aus der Stirn und zog eine Augenbraue hoch, was ihm jenen hinreißend amüsierten Ausdruck verlieh, den sie so liebte, dann küsste er sie auf die Wangen: rechts, links und noch einmal rechts.

»Alice, mein Liebes, wundervoll siehst du aus. Wie eine schaumgeborene Göttin. Was möchtest du trinken? Lass uns das Glas zu Ehren deines tapferen Bruders erheben.«

Der Wein war aromatisch und tröstend, wärmte sie, linderte den Sturm des Schmerzes, der den ganzen Tag über in ihr gewütet hatte. Sie war hierhergekommen, um eine Spur von Sam zu finden, und obwohl die Chancen gleich null standen, hatte sie es geschafft. Zumindest wusste sie jetzt, wo er begraben lag und was mit ihm geschehen war. Mehr konnte sie nicht tun, und es war an der Zeit, sich wieder um das eigene Leben zu kümmern.

Daniel empfahl ihr die gebratene Wildente. »So etwas bekommt man dieser Tage weiß Gott nicht oft. Die Soldaten haben alle Vögel abgeschossen.«

Sie wurde nicht enttäuscht. Tatsächlich zerging ihr das Fleisch regelrecht auf der Zunge, und der Rotwein, den Daniel großzügig bestellte, war eine perfekte Ergänzung. Allmählich entspannte sie sich.

Daniel würde ihr schrecklich fehlen, die lebhaften Gespräche mit ihm, sein verführerisches Lächeln, seine ungezwungene Art, auf Konventionen zu pfeifen. Niemand hier kannte sie, sodass sie auf nichts Rücksicht nehmen musste. Das Leben hier war so ganz anders als im spießbürgerlichen Washington, wo Äußerlichkeiten das A und O waren und man mit jeder unkonventionellen Handlung riskierte, ins Fettnäpfchen zu treten. Bei ihrem Vater konnte der kleinste Fauxpas die politische Karriere beenden. Ihr graute davor, in dieses Leben zurückzukehren, gute Miene zum bösen Spiel zu machen und so zu tun, als würde sie sich auf Wohltätigkeitsveranstaltungen und Dinnerpartys, bei Tennisturnieren und Teegesellschaften prächtig amüsieren.

Er beugte sich über den Tisch zu ihr vor, legte seine Hand auf die ihre. Die Intensität seines Blickes gab ihr das Gefühl, die einzige Frau auf der ganzen Welt zu sein.

»Noch ein Schlummertrunk auf meinem Zimmer?«

Sie schüttelte den Kopf. »Nein, besser nicht. Wir fahren morgen früh zurück nach Ostende.«

»*Quel dommage.*« Er zog einen übertriebenen Flunsch. »Aber ganz wie du willst, mein Herz.« Sie spürte, wie sie schwach wurde. Seine Lippen waren voll und rot vom Wein. Die Vorstellung eines letzten Kusses war einfach unwiderstehlich.

»Nun ja, vielleicht ...«

»Eine Lady darf es sich ruhig mal anders überlegen«, flüsterte er ihr ins Ohr, als sie den Speisesaal verließen.

Er stützte sich auf einen Ellbogen, blickte ihr tief in die Augen und strich sanft über ihre Wange. So intensiv hatte sie noch nie empfunden, weder bei Lloyd noch bei einem anderen Mann. Eng umschlungen lagen sie da, ihre Finger liebkosten das dichte Haar auf seiner Brust.

»Kein Wunder, dass ich mich in dich verliebt habe, meine Schöne«, murmelte er. »Wie jammerschade, dass du mich so bald verlassen musst.«

Eigentlich wollte sie gar nicht weg von hier. Warum auch? Zumal nicht weit entfernt Sam begraben lag. Die Idee war verlockend, aufregend, verrückt, überwältigend: Was, wenn sie noch ein bisschen länger blieb? Ein paar Wochen, vielleicht einen Monat oder so? Sie könnte jeden Tag den Friedhof besuchen und die Abende mit Daniel verbringen.

Sogleich begann Alice es sich auszumalen, plante weiter. Um nicht müßig herumzusitzen, würde sie nach einem Job Ausschau halten, schließlich war ihr Französisch so gut wie perfekt. Außerdem böte es sich geradezu an, Englisch zu unterrichten. Und wer weiß, vielleicht würde Daniel irgendwann nach Paris zurückkehren und sie mit ihm.

Sie sah ihm in die Augen. »Ich will gar nicht weg. Am liebsten würde ich für immer bleiben.«

Daniel lachte. »Wolltest du nicht bald heiraten?«

»Ich bin mir nicht mehr sicher.« Jetzt war es heraus. »Es gefällt mir in Poperinge, und ich kann mir gut vorstellen, hier zu leben. Für immer.«

»Bist du verrückt geworden? Was willst du denn in Belgien machen? In einem Land, wo niemand Geld hat und wo es keine Arbeit gibt. Hier ist alles verwüstet oder liegt in Schutt und Asche, es gibt kaum Infrastruktur und keine funktionierende Wirtschaft. Und du kennst hier keine Menschenseele.« Vergeblich versuchte sie, ihn mit einem Kuss zum Verstummen zu bringen. »Was für ein unartiges Mädchen du doch bist«, murmelte er. »Einfach anbetungswürdig und nahezu unwiderstehlich.«

»Ich meine es ernst.« Sie ließ sich aufs Bett zurückfallen und sah zu den Rissen in der Stuckdecke auf. »Was, wenn wir unseren Widerstand gegen eine engere Beziehung aufgeben würden?«

Mit angehaltenem Atem wartete sie auf seine Antwort.

»Du meinst ... Spiel nicht mit mir, Alice.«

»Wir könnten jede Nacht so verbringen, Daniel.«

Er seufzte. »Chérie, wir hatten eine wunderschöne Zeit zusammen, nicht wahr? Es war ein großes Abenteuer, endlich zu entdecken, was wir bei unserer ersten Begegnung versäumt haben.«

Er zog den Arm unter ihrem Nacken hervor, setzte sich auf und zündete sich eine Zigarette an, blies kunstvolle Kringel an die Decke.

»Und du hast dich in mich verliebt«, gab sie zurück. »Hast du wenigstens gerade gesagt.«

»Aber nicht im richtigen Leben. Du bist so gut wie verheiratet und ich ebenfalls.« Er streichelte ihre

Wange. »Meine Freundin weiß, dass ich sie heiraten werde, selbst wenn ich mit anderen Frauen schlafe.«

Es war, als hätte jemand einen Kübel kaltes Wasser über ihr ausgeschüttet; von einer Sekunde auf die andere war sie stocknüchtern. Sie setzte sich auf und schlang die Decke um sich, ihre Nacktheit schien ihre Verletzlichkeit noch zu verstärken.

»Nicht im richtigen Leben?«

Er zuckte mit den Schultern und nahm einen weiteren Zug von seiner Zigarette. Mit einem Mal war ihr speiübel. Sie war lediglich ein Spielzeug für ihn, ein billiges Spielzeug, mit dem er sich amüsierte. Und die ganze Zeit hatte sie geglaubt, er würde ihre Romanze als ebenso innig, ebenso kostbar wie sie empfinden.

Angewidert von ihm und sich selbst, stieg sie aus dem Bett und zog sich an, so schnell sie konnte, ohne auf seine Proteste zu achten.

»Es tut mir leid, Alice … Bitte lass uns nicht so auseinandergehen.«

»Du Dreckskerl«, zischte sie. »Du hast mich benutzt, hast mich verführt …«

»Was?« Seine Überraschung war nicht gespielt. »Meiner Meinung nach war es genau umgekehrt.«

Ihr schwirrte der Kopf. Hatte er womöglich recht? Sie war diejenige, die ihr Wiedersehen in die Wege geleitet hatte. Es war ihre Entscheidung gewesen, in Lille mit in seine Wohnung zu gehen, und heute Abend hatte sie ihren Entschluss einfach umgeworfen und war mit ihm in seinem Hotelzimmer gelandet. Er hatte sie zu keinem Zeitpunkt zu irgendetwas gedrängt.

Bittere Tränen des Selbstmitleids schossen ihr in die Augen. Sie war eine naive, dumme Idiotin und hatte sich zur Närrin gemacht wie ein verliebtes Schulmädchen, das in einer Fantasiewelt lebte. Wie konnte sie, eine erwachsene Frau, sexuelle Anziehungskraft mit Liebe verwechseln?

Nun musste sie versuchen, wenigstens einen Teil ihrer Würde zurückzugewinnen, bevor sie diesen Ort verließ. Daniel machte keinerlei Anstalten, sie zurückzuhalten. Also schnappte sie ihre Handtasche, marschierte aus dem Zimmer und knallte die Tür hinter sich ins Schloss, ohne auf jemanden Rücksicht zu nehmen.

Erst zurück in ihrem Zimmer im Hotel de la Paix erlaubte sie sich zu weinen.

Kapitel 29

Martha

Eigentlich hatte sich Martha darauf eingestellt, die Nacht in der leicht modrig riechenden Kirche zu verbringen. Dass sie sich hingegen in einem ausrangierten Krankenlaster der britischen Armee in einer Wellblechgarage am Stadtrand wiederfinden würde, damit hätte sie im Leben nicht gerechnet.

Dennoch fühlte sie sich zutiefst erleichtert, als Freddie die Hecktüren des Lasters hinter ihnen schloss. Hier waren sie sicher, falls Monsieur Vermeulen doch noch die Polizei einschalten sollte oder irgendwelche verrückten Bürger auf die Idee kamen, selbst Jagd auf die der Spionage verdächtigten Deutschen zu machen. Im Licht der Taschenlampe, die ihr Freddie in die Hand gedrückt hatte, stellte sie erfreut fest, dass der rückwärtige Teil des Lasters verblüffend geräumig war. An den Wänden befanden sich je drei übereinander angeordnete Pritschen aus beigefarbenem Segeltuch, und auf jeder lag eine mit militärischer Präzision zusammengefaltete Wolldecke.

Freddie löste die oberen Tragen von der Wand und verfrachtete sie in eine Ecke der Garage. »Die brauchen Sie ja nicht«, sagte er, faltete zwei Decken längsseits und breitete sie als Unterlage über die beiden verblie-

375

benen Tragen, während je eine Reservedecke als Kopfkissen diente. Zwar schnupperte Martha misstrauisch, als sie in den Wagen kletterte, ob ihr nicht der Geruch von Blut oder Schlimmerem in die Nase stieg, aber es roch nur ein wenig schal.

Als Otto sich auf seine Pritsche sinken ließ, strahlte er über das ganze Gesicht. »Das ist ja wie zelten. Wenn ich das meinen Klassenkameraden erzähle, sobald wir wieder zu Hause sind …«

Nachdem Freddie gegangen war, verriegelten sie das Garagentor von innen, so wie er es ihnen aufgetragen hatte, und stellten die angezündeten Votivkerzen auf einem Regal auf. Die Taschenlampe würden sie sich für den Notfall aufsparen.

»Komm, Otto«, sagte sie. »Lass uns Gott danken, dass er deinen Bruder gerettet hat, und ein Gebet für deinen Vater sprechen.« Die Worte waren ihnen so vertraut, dass sie sich gleichsam zu einem Gesang zusammenfügten, sanft und tröstlich wie eine warme Decke, die sie gemeinsam einhüllte.

Lautes Hämmern am Garagentor ließ sie aufschrecken. Marthas Magen krampfte sich zusammen. Hatte sie jemand ans Messer geliefert? Nein, und wenn, dann ganz bestimmt nicht Freddie oder Ruby. Doch wer sonst wusste, wo sie sich befanden? Ginger, das reizende Mädchen aus dem Café? Nein, das glaubte sie nicht.

Es klopfte abermals.

»Wer ist da?« Sie versuchte, so rau und männlich wie möglich zu sprechen.

Als sie Freddies vertraute Stimme hörte, fiel ihr ein Stein vom Herzen.

»Ich bin's, Ihr Chauffeur. Bin wie ein falscher Fuffziger – der taucht auch immer wieder auf.«

Sie griff nach der Taschenlampe, glitt von der Trage und ging zum Garagentor.

Es hatte aufgehört zu regnen. In den Händen hielt Freddie einen in ein Geschirrtuch eingewickelten Krug und zwei Emaillebecher. »Heiße Schokolade«, erklärte er errötend und zog einen Laib Brot sowie ein großes, in Wachspapier eingewickeltes Stück Käse unter seiner Jacke hervor. Er reichte ihr beides und streckte die Hand nach einem Eimer Wasser aus, von dem Dampf in die diesige Abendluft stieg. »Zum Waschen«, sagte er und förderte ein Stückchen Seife zutage.

»Kommen Sie rein.«

Er schüttelte den Kopf. »Nein, lieber nicht.«

»Jetzt machen Sie schon«, beharrte Martha, woraufhin er zögernd die Garage betrat und sich im sanften Licht der Kerzen zu ihnen setzte. Die cremige Schokolade roch köstlich: Sie schenkte zwei Becher ein und bedeutete Freddie, dass einer für ihn sei und sie und Otto sich einen teilen würden.

»Wie gut das schmeckt«, seufzte sie.

»Heiße Schokolade kennt man bestimmt auch in Deutschland, oder nicht?«

»Im Krieg gab es keine.«

Einen unbehaglichen Moment lang lächelten sie sich schüchtern an.

»Haben Sie Kinder?«, fragte sie nach einer Weile.

»Zwei. Mein Kleiner ist sieben«, radebrechte er und hielt ihr sieben Finger entgegen. »Er heißt Jack. Und meine Tochter Elsie ist …« Er runzelte die Stirn und zählte ihr Alter ebenfalls an den Fingern ab. »Neun.« In seiner Stimme hatte so viel Zärtlichkeit mitgeschwungen, dass sie sich fragte, warum er sich immer noch, Monate nach Kriegsende, in Belgien aufhielt, statt nach Hause zurückzukehren.

Freddie trank aus, und einen Augenblick lang schien es, als wollte er aufstehen und gehen. Doch dann, als wäre ihm etwas in den Sinn gekommen, griff er in die Tasche und nahm etwas Kleines, metallisch Glänzendes heraus. Martha zuckte jäh zusammen, glaubte einen flüchtigen Moment, dass es sich um eine Pistole handelte.

Es war eine Mundharmonika, die Freddie jetzt an die Lippen führte und eine herzergreifend schöne Weise anstimmte. Ein deutsches Lied, das ihr qualvoll vertraut war: *Lieb Vaterland …*

Um ein Haar wären ihr die Tränen gekommen. Wie hohl es mit einem Mal in ihren Ohren klang, dieses Volks- und Soldatenlied, das einst eine zweite Hymne des Kaiserreichs gewesen war und in dem sich die Hoffnung und die Zuversicht einer aufstrebenden Nation gebündelt hatten. Nach dem desaströsen Krieg ließ es sich bestenfalls als Requiem auf eine verlorene Jugend und ein in Trümmern liegendes Land deuten.

»Nein, nein.« Sie hob die Hand. »Spielen Sie etwas Englisches.«

Er begann mit einer schwungvollen Melodie, stampfte dabei rhythmisch mit dem Fuß auf den Boden. Das Lied war so mitreißend, dass sie und Otto den Takt gleichfalls mitklopften. Und sie summten mit, als Freddie die Mundharmonika von den Lippen nahm und sang.

Als das Lied zu Ende war, hielt er Otto das Instrument hin. »Willst du's mal probieren, Kleiner? Ist kinderleicht. Hier, so ziehst du die Luft an, und so stößt du sie wieder aus.« Er fuhr mit den Lippen über die Löcher, spielte eine Tonleiter und sprang dann zwischen den Tönen hin und her, sodass sie sich in eine Melodie verwandelten. »Du kannst leise spielen oder Vollgas geben.« Er blies einen ohrenbetäubenden Akkord, der fast so laut wie eine Kirchenorgel war, bevor er das Mundstück abwischte und Otto das kleine Instrument erneut hinhielt.

»Trau dich ruhig«, flüsterte seine Mutter ihm zu, als er errötend den Kopf schüttelte.

Zögernd nahm Otto daraufhin die Mundharmonika, betrachtete sie einen Moment und zeigte sie ihr. »Schau, Mama.«

Auf dem Metall war der Schriftzug Hohner eingraviert, der Name eines berühmten schwäbischen Instrumentenbauers für Mundharmonikas, Akkordeons und Blockflöten.

»Dann lass mal hören, Otto«, sagte Freddie. »Zeig, was du kannst.«

Der Junge führt die Mundharmonika an die Lippen und blies eine Tonleiter, bemühte sich, einzelne Töne zu spielen, so wie Freddie es getan hatte. Nach ein paar nicht ganz geglückten Versuchen gelang es ihm sogar, die Andeutung einer Melodie hinzukriegen. Als er Freddie das Instrument zurückgeben wollte, wehrte der ab.

»Behalt sie ruhig, Junge.«

»Nein, nein«, protestierte Martha.

Otto hingegen lächelte und sagte leise: »Vielen Dank.«

»Gern geschehen. Und jetzt muss ich wieder los.« Freddie stand auf. »Also, wir sehen uns morgen um acht.«

Martha schüttelte ihm die Hand. »Sie sind ein guter Mensch, Monsieur Freddie«, erklärte sie inbrünstig. »Vielen, vielen Dank.«

Nachdem er gegangen war, tranken Mutter und Sohn die restliche Schokolade und wischten die zwei Becher mit Brot aus, um ja nichts von den letzten köstlichen Tropfen zu verschwenden. Dann wuschen sie sich Gesicht und Hände mit dem immer noch warmen Wasser und machten es sich auf ihren Pritschen bequem.

Martha beugte sich zu Otto hinunter und küsste ihn auf die Wange. »Schlaf gut, mein Schatz«, sagte sie. »Wir haben morgen einen anstrengenden Tag vor uns.«

Nach ein paar Sekunden platzte er unvermittelt heraus: »Ich glaube, ich mag Mr. Freddie, Mama. Obwohl ich mir die Engländer ganz anders vorgestellt habe.«

»Mir geht es genauso. Er ist ein gütiger Mann, eine Seele von Mensch. Nicht alle Engländer sind Scheusale. Lass uns versuchen, den Blick in die Zukunft zu richten. Dein Bruder wird mit unserer Hilfe ins Leben zurückfinden, und unser Land wird mit Gottes Hilfe ebenfalls eines Tages wieder auf die Beine kommen.«

»Keine Kriege mehr?«

»Keine Kriege mehr.«

»Versprochen?«

»Versprochen. Und jetzt gute Nacht.«

Sie blies die Kerzen aus und ließ sich zurücksinken. Als sich ihre Augen an das Halbdunkel gewöhnt hatten, konnte sie die Metallstreben unter der Dachplane aus zerschlissenem grünem Segeltuch erkennen. Ihr kamen all die Schwerverletzten und Sterbenden in den Sinn, die an die Decke des Lasters geblickt haben mochten, froh, dem Gemetzel entronnen zu sein, und zugleich gequält von der bangen Frage, ob sie es wirklich schaffen würden.

Sie hätte den Gedanken gern verdrängt, aber vor ihrem inneren Auge sah sie all die verzweifelten, verwundeten, sterbenden Soldaten der Alliierten, ihre nebeneinander aufgereihten Leichen vor dem Abtransport zu den Friedhöfen, all die Männer, die Granaten, Kugeln und Giftgas zum Opfer gefallen waren. Spukten ihre Geister noch hier herum?

Martha verfluchte den Kaiser, seine Militärs und seine Politiker: Wie hatten sie so blind sein und allen Ernstes glauben können, dass ein paar Tausend Quadratkilometer solche Verluste, solch geballte Unmenschlichkeit wert waren? Nicht allein bei den Kriegsgegnern, genauso war schließlich eine ganze Generation junger hoffnungsvoller Deutscher geopfert worden.

Der Anblick der Schützengräben am Nachmittag hatte ihr die Augen geöffnet. Nie hätte sie sich vorzustellen vermocht, unter welch elenden Umständen Heinrich und seine Kameraden hier kämpfen mussten – in Hörweite der feindlichen Soldaten, die desgleichen im Dreck dahinvegetierten in der ständigen Angst vor Artilleriefeuer oder den Gewehren von Scharfschützen. Kein Wunder, dass darüber so viele den Verstand verloren hatten.

Auch das rote, empörte Gesicht des Hoteliers kam ihr wieder in den Sinn. Nein, sie konnte ihm seine Reaktion nicht verdenken. Jeder Engländer, Franzose, Belgier oder Amerikaner wäre in Berlin ähnlichen Anfeindungen ausgesetzt wie sie hier. Sie empfand keine Bitterkeit, die Wunden waren einfach zu frisch. Ihre

Landsleute waren in dieses friedliche, neutrale Land einmarschiert und hatten es zerstört. Belgische Soldaten waren zu Abertausenden bei den Kämpfen ums Leben gekommen, Zivilisten beim Beschuss der Städte und Dörfer gestorben. War es da ein Wunder, wenn die Überlebenden die Deutschen hassten? Und misstrauisch waren, wenn eine wie sie unter falschen Vorspiegelungen im Land herumreiste?

Martha erkannte, dass es vor allem das Großmachtstreben des Kaisers und die fehlgeleitete nationalistische Begeisterung seines Volkes gewesen war, was zu Tod, Zerstörung und Hass geführt hatte, und eine dunkle Scham ergriff mit einem Mal Besitz von ihr.

Ein Tröstliches allerdings gab es, woran sie sich festhalten konnte: Heinrich war noch am Leben. Nach all den Jahren der Trauer würde sie nach ihrer Rückkehr in die Heimat mit der Suche nach ihm beginnen. Vielleicht morgen schon. Bevor sie der Schlaf übermannte, tauchte ein Bild vor ihrem inneren Auge auf: wie sie die Arme um ihren verloren geglaubten Sohn schlingen würde, den Blick vertrauensvoll in eine Zukunft gerichtet, in der hoffentlich Glück und Frieden warteten.

Kapitel 30

Ruby

Da sie Alice nirgendwo finden konnte, ging Ruby allein in den Speiseraum, wo Cécile bald das Abendessen servieren würde. Auf dem Weg nach unten drangen englische Stimmen an ihr Ohr.

Edith erblickte sie zuerst. »Oh, wie schön, Sie wiederzusehen«, rief sie. »Was für ein reizendes Hotel. Besser hätten wir es gar nicht treffen können.« Neben ihr stand Jimmy auf zwei Stöcke gestützt. Sein Gesicht war immer noch aschfahl und sein Blick ruhelos, doch die nervösen Tics, die ihn zuvor so geplagt hatten, schienen sich ein wenig gelegt zu haben. »Morgen fahren wir endlich nach Hause, Liebling«, erklärte sie an ihn gewandt und tätschelte seinen Arm.

Joseph, der an der Rezeption mit Monsieur Vermeulen gesprochen hatte, gesellte sich ebenfalls zu ihnen. Als er Ruby erkannte, erschien ein schiefes Lächeln auf seinem Gesicht, das seine Verletzungen beinahe vergessen ließ.

»Ah, Miss Barton. Wir hatten noch gar keine Gelegenheit, uns gebührend bei Ihnen zu bedanken. Dürfen wir Sie auf einen Drink einladen? Das ist wirklich das Mindeste, was wir tun können.«

»Ich bin gerade auf dem Weg zum Dinner. Aber vielleicht danach?«, schlug sie vor.

Beim Anblick von Marthas und Ottos leerem Tisch fragte Ruby sich, wie es den beiden wohl ergangen sein mochte. Hatte Freddie seinen Deutschenhass überwinden können und ihnen etwas zu essen besorgt? Sie war eigentlich ziemlich sicher, dass der ruppige Veteran mit dem weichen Herzen ihnen geholfen hatte – und vielleicht würden sie sich morgen ja alle gemeinsam auf den Weg nach Ostende machen.

Eine Stimme riss sie aus ihren Gedanken. »Darf ich Ihnen Gesellschaft leisten?«, erkundigte sich Joseph Catchpole.

»Sehr gerne. Wo sind denn Jimmy und Edith?«

»Wir wollen so diskret wie möglich vorgehen«, erwiderte er leise. »Es ist besser, nicht zu viel Aufmerksamkeit zu erregen. Deshalb nehmen sie ihr Essen auf dem Zimmer ein. Außerdem gönne ich ihnen ein paar Minuten allein«, fügte er augenzwinkernd hinzu.

Als Cécile kam, um seine Bestellung aufzunehmen, warf er einen Blick in die Weinkarte. »Trinken Sie nichts?« Als sie statt einer Antwort auf ihr Wasserglas deutete, lud er sie zu einem Rotwein ein.

»Nochmals vielen Dank«, sagte er und prostete ihr zu. »Endlich habe ich meinen Bruder wieder. Sie haben uns das schönste Geschenk der Welt gemacht.«

Während er das sagte, verzog er erneut das Gesicht zu einer Grimasse, die ihm einen fast clownesken Ausdruck verlieh. Im Gegensatz zu anderen Versehrten, die ihre entstellenden Wunden zu verbergen suchten, tat Joseph so, als wären sie gar nicht vorhanden, und das gefiel ihr.

»Sagen Sie …« Beide hatten gleichzeitig gesprochen und hielten verlegen inne.

Er lachte. »*Ladies first.*«

»Ich weiß gar nicht, wo ich anfangen soll«, setzte sie an. »Was haben Sie gemacht, seit wir Sie in Ostende gesehen haben?«

»Von Major Wilson haben wir erfahren, dass Sie und Miss Palmer nach Ypern zurückgekehrt seien, und nach einem weiteren Tag wurde uns klar, dass Sie es genau richtig gemacht hatten und wir an den üblichen Orten der Tour von Jimmy wahrscheinlich keine Spur finden würden. Wir wussten immerhin, dass er vergangenen November in Passendale als vermisst gemeldet worden war, und Edie wollte unbedingt, dass wir uns noch einmal in Tyne Cot umsehen. Also haben wir einen Wagen gemietet und einen ganzen Tag dort verbracht. Ein schrecklicher Ort, einfach deprimierend, vor allem wenn man weiß, dass auf jedes Grab mit einem Namen Hunderte Gefallene kommen, deren Leichen irgendwo unentdeckt im Schlamm liegen.«

»Ich war auch dort«, warf Ruby ein. »Um nach dem Grab meines Mannes zu suchen. Leider habe ich nichts gefunden. Keine Spur von ihm.«

Er sah sie ernst an. »Das ist schlimm. Ich habe Ihren Ehering natürlich bemerkt, aber nicht gewagt, Sie danach zu fragen.«

»Erzählen Sie erst zu Ende.«

»Nun ja, das Ganze war einfach zu viel für Edie. Sie war dermaßen am Ende ihrer Kräfte, dass sie nicht einmal aufstehen konnte. Ich fühlte mich irgendwie schuldig, habe in der Lobby gesessen und mich gefragt, ob es nicht ein Riesenfehler war, überhaupt herzukommen. Und an dem Abend traf dann das Telegramm ein.«

»Bestimmt ist Ihnen ein Stein vom Herzen gefallen.«

»Um ehrlich zu sein, habe ich im ersten Moment gar nicht begriffen, was dort stand. Deshalb habe ich selbst Edie zunächst nichts davon erzählt – nicht dass sich am Ende jemand einen bösen Scherz erlaubt hatte. Erst als ich den Namen von Reverend Clayton las, glaubte ich das Ganze und bestellte gleich für den nächsten Morgen einen Wagen. Den Rest kennen Sie ja. Wir können es nach wie vor nicht wirklich fassen. Einfach unglaublich.«

»Fast eine Art Wunder, nicht wahr?«

Er nickte, senkte jedoch die Stimme. »Ein Problem allerdings haben wir immer noch.«

»Und was für eins?«

Er rückte sein Besteck auf dem weißen Leinentischtuch gerade. »Nennen wir die Dinge beim Namen. Er ist vermutlich nur deshalb noch am Leben, weil er Angst hatte weiterzukämpfen.«

»Sie wissen, dass das nicht wahr ist«, protestierte sie. »Der Wahnsinn an der Front hat seine Seele krank gemacht, das weiß man inzwischen – und es wird lange dauern, bis er sich wieder davon erholt hat.«

»Ja, schon klar«, erwiderte Joseph resigniert. »Ich sehe das genauso. Unsere Eltern hingegen wird es vermutlich schwer treffen, dass ihr Sohn desertiert ist.«

»Müssen Sie ihnen das überhaupt erzählen? Reden Sie sich auf seinen Gedächtnisverlust hinaus. Was für eine Rolle spielt es da noch, warum er verschwand? Die Hauptsache ist schließlich, dass er wieder da ist.«

Seine Züge verdüsterten sich. »Ja, natürlich könnten wir lügen. Vielleicht wäre es wirklich besser so.«

Eine Weile widmeten sie sich ihrem Essen, bevor er sie aufforderte, von sich zu erzählen.

»Jetzt sind Sie an der Reihe.«

»Ach, eigentlich gibt es da nicht viel zu berichten. Mein Mann gilt seit der Schlacht um Passendale als vermisst. Ich war zweimal in Tyne Cot, ohne eine Spur von ihm zu entdecken. Möglich, dass sich sein Grab an einem anderen Ort befindet oder dass er zu den zahllosen namenlosen Gefallenen gehört, die nicht identifiziert wurden. Ich muss wohl akzeptieren, dass es mir nicht vergönnt sein wird, sein Grab je zu besuchen.«

»Tut mir leid.« Es war eine Phrase, die meist leer und hohl klang, doch in seiner Stimme schwang ein Mitgefühl mit, das sie als echt und zutiefst aufrichtig empfand.

»Ich hätte mir nicht träumen lassen, je diese Reise zu unternehmen, aber meine Schwiegereltern haben mich immer wieder gedrängt und die Kosten getragen. Tja, und jetzt habe ich nichts außer ein paar getrockneten Blumen vom Wegesrand, die ich ihnen mitbringen kann. Trotzdem bin ich froh, hergekommen zu sein. Weil ich jetzt weiß, wie er in den Schützengräben und während der Ruhepausen gelebt hat, wie die Orte aussehen, an denen er sich aufgehalten hat. In gewisser Weise hat dieser Aufenthalt mir sogar geholfen, mich wieder besser an ihn zu erinnern. Und zumindest habe ich versucht, wirklich versucht, ihn und sein Grab zu finden.«

Der Speiseraum leerte sich, die Kellner entfernten die Tischtücher und stellten die Stühle zusammen.

»Wollen wir den Rest der Flasche an der Bar trinken?«, schlug Joseph vor.

Ruby hatte ganz und gar nichts einzuwenden. Sie genoss die anregende Unterhaltung, seine erfrischende

Aufrichtigkeit, seine Aufmerksamkeiten und die Art, wie er auf sie einging.

»Das war bestimmt nicht leicht für Sie«, sagte er, nachdem sie sich in der menschenleeren Bar niedergelassen hatten. »Als wir Jimmy in die Arme schließen durften, meine ich.«

Sie trank einen Schluck Wein. »Nachdem der Reverend mir von dem Mann im Krankenhaus erzählt hatte, habe ich tatsächlich einen Moment lang gedacht, es könnte mein Mann sein. Immerhin handelte es sich um dasselbe Regiment ...«

»Ihr Mann war bei den Suffolks? Welch ein Zufall, bei der Truppe war ich ebenfalls! Verraten Sie mir, wie Ihr Mann hieß?«

Sie holte tief Luft. Seltsamerweise tat es gar nicht so weh, wie sie gefürchtet hatte. Vielmehr erfüllte sie ein seltsamer Stolz, dass sie über ihn sprechen konnte.

»Bertie. Albert Barton, er war Gefreiter.«

Es war, als hätte ihm jemand einen Stromstoß versetzt. Joseph schlug sich mit der flachen Hand gegen die Stirn. »Bertie Barton? Das gibt's ja nicht!«

»Sie kannten ihn?«, stammelte Ruby und drückte die Hand auf ihr Herz. »Nachdem ich alle Hoffnung aufgegeben hatte, erfahre ich noch etwas über sein Schicksal.«

Josephs Hand zitterte, als er nach seinem Glas griff. »Er war so ein feiner Kerl – und jetzt soll er tot sein?«

»Sie kannten ihn, und zwar nicht bloß vom Hörensagen?«, hakte Ruby ungläubig nach.

»Ja, wenngleich eher flüchtig. Leider. Und trotzdem war er der tapferste Mann, dem ich je begegnet bin, denn ich verdanke ihm mein Leben.«

Ruby glaubte sich verhört zu haben. »Was ist passiert? Wie kam es dazu?«, stieß sie atemlos hervor und wagte kaum zu atmen, als er zu erzählen begann.

»Wir waren im Dunkeln mit einem Spähtrupp unterwegs. Ich hatte meine besten Männer dabei, Jungs, die ich kannte und denen ich blind vertraute. Dann trat einer von ihnen auf einen Blindgänger, und von einer Sekunde auf die andere brach die Hölle los. Ein Granatsplitter zerfetzte mein Auge und bohrte sich in mein Gehirn, womit ich im Grunde ein toter Mann war. Ich erinnere mich lediglich daran, dass ich versuchte, mit aller Macht die Zähne zusammenzubeißen – ein Laut, und wir hätten die Deutschen am Hals gehabt.« Joseph hielt einen Moment lang inne, wischte sich mit seiner Serviette über die Stirn und trank einen Schluck Wein. »Ich muss das Bewusstsein verloren haben. Als ich die Augen wieder aufschlug, war heller Tag, und irgendein Verrückter lag neben mir im Schlamm und flüsterte mir ins Ohr: ›Halt ja dein Maul‹ und so weiter ... ›Kein Mucks, bevor ich dich zurückgeschafft habe.‹«

»Und das war mein Bertie?«

Er lächelte. »Sieht so aus. Junge, Junge, hatte der einen umfangreichen, nicht gerade jugendfreien Wortschatz.«

Sie lachte. Berties erfinderische Flüche waren seit jeher sein Markenzeichen gewesen.

»Teufel auch. Und Mut hatte er für zehn«, fuhr Joseph fort. »Er ist am helllichten Tag durch den Schlamm zu mir gerobbt, um mich hinter die Kampflinie zu ziehen. Niemand, der halbwegs klar im Kopf ist, würde so was tun. Er hat es getan.«

»Und wie hat er Sie zurückgeschafft?«

»Er hat mich ganz, ganz langsam mit sich gezogen, Zentimeter für Zentimeter bis zu einer Mulde, wo wir auf den Einbruch der Dunkelheit gewartet haben. Zu dem Zeitpunkt war ich schon halb im Delirium, und er hat mich mit Rum ruhiggestellt. Ich erinnere mich an kaum etwas außer daran, dass er mir eingeschärft hat, ich solle durchhalten. Und dass er mich zu ein paar Bierchen in seinen Pub einladen werde, sobald wir wieder in der Heimat seien.«

»In den King's Head?«

»Exakt. Da würde es wimmeln von hübschen Mädchen, meinte er.«

»So ein Sprücheklopfer«, beschwerte sie sich im Spaß. »Das war typisch Bertie. Und dann?«

»Er hat mich bis zum Schützengraben zurückgeschleift, mich den Sanitätern übergeben und mir noch eingeschärft, ich solle die Heimat grüßen. Schließlich sei ich ein Glückspilz. Seine Worte gaben mir Hoffnung, dass ich trotz der schweren Kopfverletzungen durchkommen würde. Irgendwie hat er mir tatsächlich Glück gebracht. Schließlich haben wir auf dem Umweg über ihn erst Sie und durch Sie wiederum meinen Bruder gefunden. Mehr kann man wirklich nicht verlangen, oder? Und all das habe ich Ihrem Bertie zu verdanken.«

Ein Kloß im Hals hinderte Ruby am Reden, aber Worte hätten ohnehin nicht auszudrücken vermocht, wie unendlich dankbar sie diesem Mann war für das Geschenk, das er ihr soeben gemacht hatte: eine letzte bleibende Erinnerung an ihren humorvollen, großartigen Mann, der sein eigenes Leben riskiert hatte, um einen Kameraden, den er nicht mal kannte, zu retten. Tränen stiegen ihr in die Augen und kullerten über ihre

Wangen. Schniefend kramte sie in ihrer Handtasche herum. »Tut mir leid. Ich sehe bestimmt furchtbar aus.«

»Sie müssen sich nicht entschuldigen.« Er zog ein makellos weißes Taschentuch hervor. »Kann ich Ihnen damit aushelfen?«

»Ach, eigentlich weine ich vor Glück. Es bedeutet mir so viel, was Sie mir gerade von Bertie erzählt haben. Ich weiß nicht, wie ich Ihnen danken soll.«

Sie stellte sich vor, wie sie ihren Schwiegereltern davon berichten würde. Vielleicht sogar in Josephs Gegenwart, damit er ihnen persönlich von Berties heldenhaftem Einsatz erzählte. Wie stolz sie auf ihn sein würden. Ivy würde zwar weinen, doch das Wissen um die Tapferkeit ihres Sohnes gab ihr bestimmt ein wenig Kraft und neuen Lebensmut zurück. Albert würde wie üblich herumpoltern, um seine Gefühle zu verbergen, aber seinen Freunden im Bridgeclub und beim Golfen immer wieder davon erzählen: »Mein Bertie hat einem Kameraden das Leben gerettet, er war ein Held, ein richtiger Held.«

Und sie selbst würde die Erinnerung an ihn für immer in ihrem Herzen bewahren. Das war besser als jeder Grabstein und jedes Wort des Gedenkens.

Kapitel 31

Alice

Alice schlüpfte aus ihren Schuhen und schlich leise am Empfang des Hotel de la Paix vorbei zur Treppe.

Es war spät, weit nach elf, obwohl sie ausnahmsweise die Kirchenglocken nicht gehört hatte. Zerfressen von Scham und Schmerz hatte sie so gut wie nichts um sich herum wahrgenommen, als sie aus dem Grand Hotel geflohen und die Straße hinuntergelaufen war. Um dann auf Zehenspitzen die Treppe hinaufzusteigen, sorgsam darauf bedacht, die am lautesten knarrenden Stufen und Dielen zu vermeiden und ihre Zimmertür geräuschlos zu öffnen.

Dort sah es genauso aus wie vor ein paar Stunden. Die vom Friedhof verschmutzte Kleidung, die sie am Nachmittag getragen hatte, lag ebenso wie ein feuchtes Handtuch noch auf ihrem Bett, ihre Schuhe standen in der Ecke, aus ihrem halb ausgepackten Koffer quollen Sachen. Und obenauf entdeckte sie eine Nachricht von Ruby.

Liebe Alice,
ich hoffe, du hattest einen schönen Abend. Freddie hat angeboten, uns in seinem Laster nach Ostende zu fahren. Morgen früh um acht soll es losge-

*hen. Ist dir das recht? Madame Vermeulen macht
uns Sandwiches. Sie sagt, die Rechnung können
wir morgen früh begleichen.*

Gruß, Ruby

Auf der Frisierkommode lagen die Blumen, die sie in
Lijssenthoek gepflückt hatte. Automatisch breitete sie
die welkenden Blüten zwischen zwei Blättern Lösch-
papier aus, beschwerte sie mit der Bibel vom Nachttisch und stützte sich einen Moment lang mit dem Ellbogen darauf, ehe sie erschrocken zurückfuhr. Es kam
ihr vor, als würde sie sein Grab beschweren. Eine Woge
der Trauer schlug über ihr zusammen, so heftig, dass es
ihr beinahe den Atem raubte.

Sam. Er ruhte für immer unter der Erde und würde
nie, nie wiederkommen, während ihr nichts als die
trostlose Perspektive der Abreise blieb. Allzu bald
würde dieser Ort, der für sie untrennbar mit ihm verbunden, ja mittlerweile gleichsam zu *seinem* Ort geworden war, hinter ihr liegen und sie auf dem Rückweg
nach Ostende sein. Zurück bei den traurigen Gestalten
der Reisegesellschaft, den Paaren ohne Zukunft, den
verwaisten Eltern. Nicht einmal die Aussicht auf London heiterte sie auf. Dort würde sie Julia eingestehen
müssen, wie recht sie mit ihrer Warnung gehabt hatte,
dass sie sich um Himmels willen nicht noch einmal auf
Daniel einlassen sollte.

Doch genau das war ihr Närrin passiert, und alles
war komplett schiefgelaufen. Sie hatte sich im Wirbel-
sturm der Sehnsucht verloren, sich von diesem Char-
meur mitreißen lassen, als könnte seine Magie sie von

ihrer Trauer befreien. Und dann hatte sie auch noch jeden Bezug zur Realität verloren, sich der Wunschvorstellung hingegeben, er würde es ernst meinen. Wie hatte sie so naiv sein können?

Obwohl sie sich irgendwie benutzt und schmutzig fühlte, wollte sie ihn nach wie vor, bildete es sich zumindest ein. Sein Geruch hing noch an ihr, eine Mischung aus Gitanes und Rasierwasser. Es war zum Verrücktwerden!

Was zum Teufel war mit der alten Alice geschehen? Mit der selbstbewussten jungen Frau, die mit so viel Zuversicht nach Flandern gekommen war, die unbekümmert eine alte Flamme neu entfacht hatte, ohne eine Sekunde darüber nachzudenken, dass sie sich dabei verbrennen könnte? Schluchzer schnürten ihr die Kehle zu, ließen ihre Schultern erbeben; ein Schrei purer Verzweiflung drang über ihre Lippen.

Im selben Augenblick klopfte es an der Tür. »Alice?«

Mit aller Macht riss sie sich zusammen. »Danke, ich habe die Nachricht gelesen. Alles in Ordnung. Wir sehen uns morgen früh.«

»Stimmt etwas nicht? Es hört sich an, als ob du weinst. Bitte lass mich rein.«

Seufzend wischte Alice sich mit dem Ärmel über das Gesicht und öffnete die Tür.

»O Gott, was ist denn mit dir passiert?«

»Das ist eine lange Geschichte.« Alice ließ sich aufs Bett sinken und stützte den Kopf in die Hände.

»Willst du es mir erzählen?«

»Die Kanadier haben bestätigt, dass Sam in einem Feldlazarett gestorben ist. Und dort waren wir heute Nachmittag.«

»Ach Alice, wie schrecklich. Das tut mir furchtbar leid. Aber was heißt *dort*? Und wen meinst du mit *wir*? Ich habe keine Ahnung, nachdem ich dich seit gestern nicht gesehen habe.«

»Augenblick.« Alice trat an den Schrank und nahm eine halb volle Flasche Brandy heraus. »Ich brauche einen Drink. Du auch?« Sie spülte zwei Zahnbecher im Waschbecken aus, schenkte je zwei Fingerbreit ein und kippte ihren Brandy gleich hinunter, bevor sie zu erzählen begann.

Sie schilderte eloquent und ohne Stocken, wie sie mit Daniel das ehemalige Feldlazarett besucht und wie er ihr geholfen hatte, auf dem Friedhof das Grab ihres Bruders zu finden. Der Rest hingegen fiel ihr schwerer. Was sollte sie Ruby sagen? Die ungeschönte Wahrheit oder die Variante, die sie sich zurechtgelegt hatte?

»O Gott, Ruby. Wie konnte ich je so dumm sein, mich mit Daniel einzulassen?«

»Mach dir keine Vorwürfe, Alice. Jeder macht in seinem Leben mal Fehler. Selbst so brave Mädchen wie ich …«

»Ja, ich erinnere mich. Dein kleines Tête-à-tête. Wir beide sind schon ein Gespann …«

»Zwei echte Idiotinnen«, lachte Ruby.

Alice schenkte ihnen nach. »Wie traurig, dass du deinen Bertie nicht finden konntest. Echt bitter.«

Ruby seufzte. »Ob du es glaubst oder nicht – ich bin dennoch froh, dass ich hergekommen bin. Sogar mehr denn je. Es ist nämlich Unglaubliches passiert …«

»Was?«

»Ich habe heute Abend erfahren, dass Bertie einem Kameraden das Leben gerettet hat.«

»Das ist ja sensationell! Wie hast du das herausgefunden?«

»Der Mann, den er gerettet hat, hat es mir erzählt. Er hält sich derzeit hier im Hotel auf.« Ruby strahlte über das ganze Gesicht. »Es ist Joseph Catchpole, der Mann mit der Augenklappe aus der Reisegruppe, dessen Bruder ich mit Tubby im Krankenhaus besucht habe. Und beim Abendessen hat sich gesprächsweise herausgestellt, dass er Bertie kannte.«

»Warte, nicht so schnell. Der Einäugige mit der schrecklichen Narbe ist hier in Poperinge? Derjenige, der mit uns die erste Besichtigungstour unternommen hat? Noch mal bitte und eins nach dem anderen.«

Ruby erzählte ihr, dass sie und Tubby ein Telegramm an Jimmys Familie geschickt hatten, dass sein Bruder Joseph und seine Verlobte Edith daraufhin im Krankenhaus aufgetaucht waren und dass Joseph ihr beim Dinner erzählt hatte, wie er von einem mehr oder weniger Unbekannten gerettet worden sei und dass es sich dabei um Bertie gehandelt habe.

»Das ist ja wie ein Märchen. Dein Mann war ein Held. Du musst wahnsinnig stolz auf ihn sein.«

»Du kannst dir nicht vorstellen, wie stolz. Es bedeutet mir so viel.«

Als Ruby lächelte, erkannte Alice, dass die Trauer, die Rubys Gesicht stets verschattet hatte, beinahe verschwunden war. Das stille Mauerblümchen, dem sie auf der Fähre begegnet war, hatte sich in eine hübsche junge Frau verwandelt, die nicht allein der Brandy sichtlich belebte, sondern die eine neue innere Kraft gleichsam zum Leuchten brachte.

»Es war rührend, wie ihr der Schweizerin geholfen

habt, du und Freddie«, wechselte Alice das Thema. »Ich habe mich richtig mies gefühlt, dass ich euch meine Hilfe verweigert habe.«

»Das hast du mehr als wettgemacht. Ginger hat uns erzählt, wie du ihr geholfen hast, als diese Verrückte mit dem Messer auf sie losgegangen ist. Und dass du ihr Geld gegeben hast, war sehr, sehr großzügig von dir.«

»Ach was, ich musste einfach eingreifen. Wer weiß, was dieses Pack sonst noch getan hätte. Außerdem hattest du recht damit, dass man anderen Menschen helfen muss, das habe ich erkannt. Vorher war ich im Unrecht. Ganz einfach.«

»In einer Hinsicht hast du allerdings richtiggelegen, Alice. Sie ist nämlich tatsächlich Deutsche. Der Neffe, nach dem sie angeblich suchte, ist in Wirklichkeit ihr Sohn. Ich weiß, dass du das von Anfang an vermutet hast.«

Alice war zu erschöpft, um Zorn zu empfinden. »Ja, ich hab's gewusst. Verfluchte Lügnerin«, meinte sie halbherzig.

»Nein, sie ist eine Mutter mit dem Herz einer Löwin«, gab Ruby zurück. »So wie alle anderen Mütter auch. Alles, was sie will, ist eine bessere Zukunft für ihre Söhne.«

»Söhne? Ich dachte, der ältere sei gefallen, vermisst oder so.«

»Auf dem Friedhof in Langemarck haben sie zufällig Abgeordnete der Deutschen Kriegsgräberfürsorge getroffen, die Listen dabeihatten, denen zufolge er in Kriegsgefangenschaft geraten war und folglich noch leben könnte.«

»Mein Gott.« Alice trank ihr Glas aus, war hin-

und hergerissen von widerstreitenden Gefühlen. »Das schlägt ja dem Fass den Boden aus. Warum ist ausgerechnet einem Deutschen eine Zukunft vergönnt? Warum nicht Sam oder Bertie?«

»Ich habe spontan genauso gedacht wie du, doch man darf sich für den Rest seines Lebens nicht in Bitterkeit und Hass vergraben. Und zudem trifft diesen Jungen bestimmt keine Schuld, dass die Kaiser in Berlin und Wien sich fahrlässig in einen Krieg gestürzt haben.«

»Okay, du hast recht. Ich glaube, wir sollten uns lieber für die Familie freuen«, räumte Alice ein und griff nach der Flasche, die fast leer war. »Reicht gerade noch für einen kleinen Absacker. Bist du dabei?«

»Danke, nein.« Ruby unterdrückte ein Gähnen. »In ein paar Stunden müssen wir ja bereits los.«

»Wieso bringt uns plötzlich Freddie nach Ostende?«

»Er fährt den Krankenlaster zurück nach England und setzt Martha und Otto auf dem Weg in Ypern ab, damit sie dort ihren Zug erreichen. Und ich soll mitfahren, weil es für ihn leichter ist, wenn jemand für ihn schaltet. Kannst du deine Vorbehalte gegen die Deutschen so weit unterdrücken, dass du uns begleitest?«

»Was soll's, zum Teufel«, erwiderte Alice. »Ich kann's ja mal probieren.«

Kapitel 32

Martha, Alice und Ruby

Die Lichtstreifen, die durch die Ritzen im Wellblech drangen, verrieten Martha, dass es Morgen war. Kurz darauf hörte sie ein Klopfen, dann Freddies Stimme.

Sie rüttelte den schlafenden Otto an der Schulter, ging zum Tor und öffnete es. Die Sonne war schon aufgegangen, der Himmel blau und die Luft frisch und klar, als hätte der Regen vom Vorabend sie durchgewaschen. Drei lächelnde Gesichter begrüßten sie. Freddie trug einen Eimer mit dampfend heißem Wasser, Ruby drückte Martha eine braune Papiertüte in die Hand, und die Amerikanerin erklärte in perfektem Französisch: »Wasser zum Waschen und Verpflegung für Ihre Reise. Wir warten hier draußen, bis Sie fertig sind.«

Martha ging zum Laster zurück und reichte Otto den Eimer. »Hier, wasch dein Gesicht. Und sieh nur ...«, sie warf einen Blick in die Papiertüte, »Äpfel, Brot und Kuchen für unterwegs.«

»Ich glaube, ich geselle mich zu ihnen nach hinten«, meinte Alice, während sie draußen warteten. »Vorn ist ja nicht genug Platz für uns alle, und zudem musst du schalten.«

Welch ein Gesinnungswandel, dachte Ruby. Im Laufe der vergangenen Nacht schien Alice tatsächlich zu der

Überzeugung gelangt zu sein, dass es an der Zeit sei, Frieden zu schließen. Und dazu gehörte allem voran, dass sie den beiden Deutschen, die mit Sicherheit keine Kriegstreiber gewesen waren, mit Freundlichkeit und Anstand begegnete.

»Man kann anderen vermutlich nicht ewig vorwerfen, was in der Vergangenheit geschehen ist«, seufzte sie. »Zumal wenn sie persönlich keine Schuld trifft.«

»Du sagst es«, bestätigte Ruby lächelnd.

Sie legten Decken auf die Pritschen, um es während der Fahrt bequemer zu haben, und rollten die hintere Plane ein Stück hoch, damit sie nach draußen sehen konnten. Dann stiegen Alice, Martha und Otto hinten ein, während Ruby auf den Beifahrersitz kletterte. Auch diesmal tat sie sich am Anfang schwer mit dem Schalten, und der Laster vollführte ein paar Bocksprünge, doch dann waren sie unter vergnügtem Gelächter endlich unterwegs, und die drei Passagiere auf der Ladefläche sahen zu, wie Poperinge sich allmählich hinter ihnen verlor.

»Na, freust du dich auf zu Hause, Otto?«, fragte Alice.

Unschlüssig stieß der Junge seine Mutter an, wusste nicht recht, ob und wie er antworten sollte.

»Na ja, Sie haben sicher längst bemerkt, dass er eigentlich kein Französisch versteht«, erklärte Martha mit einem verlegenen Lächeln. »Nur die paar Worte, die ich ihm beigebracht habe.«

»Aber Sie sprechen es fließend.«

»Gelernt habe ich es vor vielen Jahren als Kindermädchen bei einer Familie in den Schweizer Alpen. Und dann habe ich es zu Hause an einem Lehrerinnenseminar studiert und später Französisch an einer Berliner Mädchenschule unterrichtet.«

»Oh, Sie sind Lehrerin?«, zeigte Alice sich beeindruckt.

»Nicht mehr. Die Schule wurde geschlossen.« Ihr Blick verdunkelte sich. »Berlin hat sich sehr verändert. Um jedoch Ihre Frage zu beantworten – ja, wir freuen uns, bald wieder zu Hause zu sein. Wie Sie vielleicht gehört haben, gibt es Anlass zur Hoffnung, dass mein Sohn Heinrich nicht gefallen ist, sondern in Kriegsgefangenschaft geriet.«

Alice nickte und rang sich ein freundliches Lächeln ab, wenngleich es ihr nicht wirklich gelingen wollte, das Gefühl der Bitterkeit zu verdrängen. Warum war das Schicksal nicht so gnädig mit ihrem Bruder umgegangen oder mit Rubys Bertie? Aber als sie Martha freudestrahlend von ihrem geliebten Sohn erzählen hörte, fiel es Alice zunehmend schwerer, ihr dieses Glück zu missgönnen.

»Man hat uns vorgewarnt, er sei sehr krank. Psychisch.« Martha tippte sich an den Kopf. »Vor uns liegt also ein langer, langer Weg.«

»Haben Sie denn wenigstens jemanden, der Ihnen zur Seite steht?«

Martha schüttelte den Kopf. »Mein Mann ist tot. Meine Eltern leben ebenfalls nicht mehr. Und der einzige Verwandte, der mir geblieben ist, mein Bruder, ist vor langer Zeit ausgewandert. In Ihr Land.«

»In die Vereinigten Staaten? Und wohin genau?«

»Nach Chicago. Er ist Ingenieur.«

»Oh, die *Windy City*. Ich war mal mit meinem Vater dort. Eine tolle Stadt. Haben Sie ihn irgendwann mal besucht?«

»Leider nein. Und seit dem Krieg hat er nicht mal mehr auf meine Briefe geantwortet.«

Alice ahnte, warum: Wahrscheinlich war er als feindlicher Ausländer verhaftet und Gott weiß wo interniert worden. Um Martha jedoch nicht allzu sehr zu beunruhigen, versuchte sie, ihr das schonend beizubringen.

»Leider ging man in den Staaten nach Kriegsausbruch teilweise sehr unfair mit Menschen aus dem sogenannten feindlichen Ausland um, obwohl sie seit Langem treue amerikanische Staatsbürger waren. Eine schlimme Geschichte. Viele verloren damals ihre Jobs und wurden sogar in Lagern interniert.«

»Heißt das, dass mein Bruder mir vielleicht deshalb nicht antworten konnte?«, unterbrach Martha sie. »Wie soll ich ihn dann je wiederfinden?«

»Ich werde versuchen, ihn für Sie ausfindig zu machen, sobald ich wieder zu Hause bin«, versprach Alice. »Machen Sie sich keine Sorgen. Mein Vater verfügt über Einfluss und gute Kontakte. Hier.« Sie reichte Martha ihr Notizbuch und schlug eine leere Seite auf. »Schreiben Sie mir seinen Namen und seine letzte Adresse auf. Und Ihre auch.« Dann nahm sie ihre Brieftasche und zog die hundert Dollar heraus, die sie für Notfälle in ein separates Fach gesteckt hatte, und reichte sie zusammen mit ihrer eigenen Adresse der Feindin von einst. »Verwenden Sie es für Ihren Sohn, sobald Sie ihn nach Hause holen können.«

Überwältigt starrte Martha sie an. »Nein, so ein großes Geschenk kann ich nicht annehmen.« Tränen schimmerten in ihren Augen. »Nicht schon wieder, Sie haben mir ja erst gestern ein schönes Sümmchen zugesteckt.«

Alice wehrte verlegen ab. »Bitte, nehmen Sie. Das ist das Mindeste, was ich für Sie tun kann.«

Obwohl der Zug erst in einer Viertelstunde einfahren sollte, wimmelte es auf dem Bahnsteig von Ypern nur so von Menschen. Als wäre die ganze Welt auf den Beinen, dachte Martha und hoffte inständig, dass sie trotzdem zwei Sitzplätze ergatterten.

»Warum spielst du uns nicht was auf der Mundharmonika vor, während wir auf den Zug warten?«, wandte Freddie sich an Otto, aber der Junge schüttelte den Kopf.

»Komm schon«, drängte Martha. »Nach allem, was Mr. Freddie für uns getan hat ...«

Schließlich zog er nach einem weiteren Moment des Zögerns gottergeben das kleine silberne Instrument aus der Tasche und blies vorsichtig ein paar leise Töne, die den Auftakt zu dem Soldatenlied bildeten, das Freddie am Vorabend gespielt hatte.

Zwar brachte er die Melodie nicht perfekt zu Ende, doch einige der Wartenden begannen trotzdem zu singen, und als sie geendet hatten, ertönte spontaner Beifall.

»Siehst du, Musik macht alle glücklich«, sagte Freddie und klopfte Otto anerkennend auf die Schulter.

»Wo hat er das denn gelernt?«, erkundigte sich Ruby und beobachtete gerührt, wie der englische Kriegsveteran dem Berliner Schulbuben liebevoll die Haare zauste.

»Ach, das habe ich ihm gestern Abend auf die Schnelle beigebracht, stimmt's, mein Freund?«

»Jetzt sag, was ich dir beigebracht habe«, flüsterte Martha ihrem Sohn daraufhin ins Ohr.

»Thank you, Mr. Freddie«, antwortete der Junge stolz.

»Gern geschehen, mein Lieber. Ich hoffe, sie macht dir so viel Freude, wie sie mir immer gemacht hat.«

»Ich möchte Ihnen danken«, ergriff Martha anstelle ihres Sohnes bewegt das Wort und legte ihre Hand aufs Herz. »Ihnen allen. Sie haben so unendlich viel für uns getan.«

Als sie später darüber nachdachte, konnte Ruby sich nicht erinnern, was sie dazu gebracht hatte, den Arm um Marthas Schultern zu legen.

Im ersten Moment war da ein Widerstand zu spüren gewesen, die Deutsche wusste offenbar nicht, wie ihr geschah, und versteifte sich, aber dann, einer spontanen Eingebung folgend, erwiderte sie die Geste.

Ruby spürte, wie ihr Hass auf all jene, die sie für Berties Tod verantwortlich gemacht hatte, dahinschmolz und ein erster Anflug von Vergebung an seine Stelle trat. Waren es nicht auf allen Seiten letztlich ganz normale Menschen gewesen, die das Pech gehabt hatten, in den blutigsten Krieg der Geschichte hineingezogen zu werden? Jetzt blieb ihnen nichts anderes übrig, als ihr Leben irgendwie wieder auf die Reihe zu kriegen und dafür zu sorgen, dass die millionenfachen Opfer nicht völlig vergebens gewesen waren.

Aus dem Chaos ihrer widersprüchlichen Empfindungen erwuchs nach und nach ein fast vergessenes Gefühl des Friedens, das inmitten der trostlosen Leere, in die sie nach der schicksalhaften Vermisstenmeldung gefallen war, in ihrem Herzen keinen Platz mehr gehabt hatte.

Daran vermochte nicht einmal die Tatsache etwas zu ändern, dass sie pflichtschuldig an der Siegesfeier teilgenommen, Transparente genäht, Sandwiches geschmiert und literweise Tee aufgebrüht hatte. In Erinnerung geblieben war lediglich Negatives wie der Regen, der über die fröhlich Feiernden niederging und sie alle bis auf die Haut durchnässte. Die Rückkehr zur Normalität hatte sie Verlust und Schmerz nur noch stärker empfinden lassen.

An Versöhnung zu denken war praktisch unmöglich gewesen, denn das hätte bedeutet, denen zu vergeben, die ihr und den Menschen, die sie liebte, Schaden und Schmerzen, Kummer und Trauer aufgebürdet hatten. Diesen Schritt zu tun hatte ihr erst die Begegnung mit Martha ermöglicht. Durch diese fremde Frau war sie gezwungen worden, ihre Scheuklappen abzulegen und der Wahrheit ins Auge zu sehen: Ohne Versöhnung würde es keinen Frieden geben.

Und im Sinne eines solch umfassenden Friedens zog Ruby jetzt auch Otto, Alice und Freddie in ihre Umarmung. Einen langen Moment verharrten sie so: zwei Engländer, zwei Deutsche und eine Amerikanerin, die schweigend dem Atem der anderen lauschten, ihre Wärme spürten. Worte brauchte es nicht.

Erst als der Zug einfuhr und die Stimme des Bahnhofsvorstehers erklang: »Alles einsteigen, bitte«, lösten sie sich voneinander.

Freddie bestand darauf, ihr bescheidenes Gepäck in den Zug zu bringen. Breitschultrig zwängte er sich durch die Menge, sicherte ihnen zwei Plätze und schwang ihre Koffer auf die Ablage, bevor er in letzter Minute auf den Bahnsteig sprang. Um ein Haar hätte der Schaffner ihm die Tür vor der Nase zugeschlagen.

Martha zog das Fenster herunter, beugte sich heraus und winkte. Die anderen riefen »Gute Reise!« und

»Viel Glück!«, als der Zug sich in Bewegung setzte und schließlich in einer Dampfwolke verschwand.

»Wie geht es dir, mein Schatz?«, flüsterte Martha, als sie sich auf den Sitz neben Otto gleiten ließ.

»Ich kann es kaum erwarten, Heinrich endlich wiederzusehen, Mama.«

»Mir geht es nicht anders. Genauso dankbar bin ich allerdings, dass wir hier so netten Menschen begegnet sind, findest du nicht?«

Otto stand der Sinn nach anderem. »Wann können wir frühstücken?«, fragte er.

»Sofort, wenn du magst«, erwiderte seine Mutter und reichte ihm die Provianttüte, aus der er sich gierig ein Stück Kuchen nahm.

Martha lehnte sich derweilen zurück, blickte hinaus auf die trostlose, von Kratern und zerfetzten Bäumen übersäte Landschaft, in der sich jedoch ein erster grüner Schimmer zeigte. Bald würde die Natur die Wunden heilen, die die Menschen ihr zugefügt hatten.

Wie sich ihr Leben innerhalb weniger Tage verändert hatte, kam ihr nach wie vor wie ein Wunder vor. Sie musste sich regelrecht kneifen, um sich zu vergegenwärtigen, dass sie nicht träumte, dass es Wirklichkeit war. Und sie betete, dass es gelang, Heinrich wieder zu dem fröhlichen jungen Mann zu machen, der er einst gewesen war. Unwillkürlich griff sie nach der Tasche, in der wohlverwahrt der Orden des Urgroßvaters und ihr Brief an den Sohn lagen. Gott, würde Heinrich staunen, wenn sie ihm die Sachen persönlich überreichte.

Auch an ihren Bruder dachte sie, zu dem sie hoffentlich bald wieder Kontakt bekam. Das Geld, das Alice ihr geschenkt hatte, würde sie nach Möglichkeit nicht angreifen, sondern das, was sie nicht dringend für Heinrich brauchte, dazu nutzen, ihren Bruder in Amerika zu besuchen, sofern Alice seine Adresse herausfand. Und wer weiß, vielleicht blieb sie ja auf der anderen Seite des großen Teichs. Hörte man nicht allenthalben, dass es dort Arbeit für alle gab und keiner für Essensmarken anstehen musste? Die Vorstellung, Deutschland den Rücken zu kehren, wäre früher undenkbar für sie gewesen, aber diese Reise hatte sie offener gemacht und ihr neue Perspektiven aufgezeigt. Insbesondere wenn es um die Zukunft ihrer Söhne ging.

Während Martha von einer neuen Zukunft träumte, verließen ihre neu gewonnenen Freunde den Bahnhof und kletterten in den klapprigen Armeetransporter.

Sie verließen Ypern und fuhren nach Norden Richtung Ostende. Die verwüstete Landschaft ringsum war ihnen mittlerweile deprimierend vertraut, doch überall regte sich neues Leben. In den scheinbar toten Ästen sprossen frische Triebe, und hier und da reckten Löwenzahn und Butterblumen, Lichtnelken und Mohnblumen ihre Köpfe aus der geschundenen Erde.

»Es wird Ihnen kaum besonders leidtun, all das hier hinter sich zu lassen«, wandte Alice sich an Freddie.

Als er nicht sofort antwortete, fürchtete sie einen Moment lang, einen wunden Punkt getroffen zu haben, aber zu ihrer Erleichterung täuschte sie sich.

»Ist schon in Ordnung«, erklärte er. »Zu Hause warten meine zwei Kleinen auf mich. Ruby hat mir klargemacht, was Familie eigentlich bedeutet, und jetzt weiß ich, wo meine Zukunft liegt.«

Familie. Zukunft. Alice tastete nach dem Umschlag

407

in ihrer Tasche. Dem Telegramm ihres Verlobten, das sie beinahe vergessen hatte. *Du fehlst mir so sehr. Ich liebe dich, Lloyd.* Eine schier überwältigende Reue überfiel sie. Lloyd durfte nie erfahren, dass sie ihn mit Daniel betrogen hatte. Sie hingegen würde sich ein Leben lang für diese Dummheit, für diese Schwäche verfluchen.

Plötzlich wünschte sie sich nichts sehnlicher, als ihn wiederzusehen, sich in seine Arme zu stürzen, ihn ihrer Liebe zu versichern und ihm zu danken für seine Geduld, seine Großzügigkeit und seine bedingungslose, unverbrüchliche Treue. In Gedanken legte sie sich zurecht, was sie ihm antworten wollte: *Noch zehn Tage, dann sind wir für immer vereint. Meine Liebe gehört nur dir. Alice.*

»Wir sind fast da, Mädels«, verkündete Freddie, als sie den Stadtrand von Ostende erreichten.

Ruby graute vor dem Moment, wenn er sie vor dem Hotel absetzen und nach Calais weiterfahren würde. Er war ihr ein wunderbarer Kamerad gewesen, und es fühlte sich an, als würden sie sich ein ganzes Leben lang kennen.

»Sie waren mir eine große Hilfe«, versicherte sie ihm. »Ich weiß wirklich nicht, was ich ohne Sie gemacht hätte.«

»Kein Grund, wegen mir sentimental zu werden, Mädchen.«

»Trinken Sie noch einen Kaffee mit uns?«

»Nein«, entschied er ohne Zögern. »Ich fahre lieber direkt weiter, denn ich hasse Abschiede.«

»Ich hoffe sehr, wir bleiben trotzdem in Verbindung? Schreiben Sie mir, wie es mit den Kindern und Ihrer

Schwägerin gelaufen ist. Und wenn sie sich partout nicht überzeugen lassen will, komme ich gern und bestätige ihr, dass Sie sich geändert haben.«

»Ich mich geändert, glauben Sie? Ehrlich gesagt, bin ich mir da nicht so sicher. Außerdem fürchte ich, dass mein Sohn und meine Tochter mich nicht wiedererkennen.«

»Seien Sie nicht albern. Die beiden brauchen Sie, Freddie. Und Sie brauchen die Kinder. Vergessen Sie das nicht.«

»Alles, wie Sie wünschen, Mrs. B.« Er grinste. »Wollen Sie sich vielleicht ein letztes Mal nützlich machen? Dann könnten Sie mir nämlich ein paar Kippen für unterwegs drehen.«

Eine Viertelstunde später standen Ruby und Alice mit ihren Koffern vor dem Hotel in Ostende und sahen dem Krankentransporter hinterher, der in einem Nebel schwarzen Auspuffqualms verschwand.

»Er wird mir fehlen.« Rubys Stimme klang wehmütig, als sie sich zum Eingang wandten. »Er war mir ein echter Freund. Ein wahrer Goldschatz, genau wie Tubby gesagt hat.«

Auf einem Gestell im Foyer erblickten sie das Foto, das von ihnen und den anderen am ersten Tag geknipst worden war.

Zur Erinnerung an Ihre Pilgerreise.
Nur ein Shilling pro Abzug im Format 20 x 15 cm
Bestellungen bis 11:00 Uhr am Abreisetag

In der Mitte stand Major Wilson, honorig und aufgeräumt, umringt von steif dreinblickenden Paaren, die sich große Mühe gaben, sich für den Fotografen ein Lächeln abzuringen. Alice am Rand war nicht zu übersehen in ihrem eleganten Kleid und mit dem extravaganten Hut. Vor ihr hatten sich Edith und Joseph, der mit seiner Augenklappe und dem schiefen Grinsen wie ein Pirat aussah, aufgestellt. Ruby, scheu hinter den anderen versteckt, war bloß bei genauerem Hinsehen zu entdecken.

»Es kommt mir vor, als wäre das inzwischen eine Ewigkeit her«, seufzte Alice, »und nicht erst ein paar Tage.«

»Ich erkenne mich kaum wieder«, stimmte Ruby zu. »Damals sah ich ja aus, als hätte ich Angst vor meinem eigenen Schatten.«

Alice deutete auf ihr Outfit. »Wie bin ich eigentlich auf die Idee gekommen, mit so einem Hut auf den Schlachtfeldern herumzuspazieren?«

»Ich habe dich bewundert. Du warst so furchtlos, so selbstbewusst.«

»Und dümmer, als die Polizei erlaubt«, ergänzte Alice leise.

»Ach was, das liegt alles hinter uns. Du hast Sams Grab gefunden, wofür du dankbar sein kannst – und ein bisschen stolz dazu.«

»Und du hast erfahren, dass dein Bertie ein Held war.«

»Was für eine Erinnerung. Ich werde sie mein Leben lang im Herzen bewahren.«

Es war ein seltsames Gefühl, in das große düstere Zimmer mit dem ausladenden Doppelbett, den dunklen Möbeln und den Gobelins mit Rittern und Drachen zurückzukehren. Waren sie wirklich erst vor fünf Tagen hier angekommen?

In der Zwischenzeit war so viel passiert, dass es einem tatsächlich so vorkam, als wäre eine Ewigkeit vergangen, ganz wie Alice gesagt hatte. Und aus alldem war sie als erstaunlich selbstsichere Version ihrer selbst hervorgegangen, als eine junge Frau, die versprochen hatte, Berties Andenken zu ehren, indem sie Kriegsheimkehrern half, ein neues Leben zu beginnen. Die neue Ruby gefiel ihr, und sie hoffte, sie würde dieser Person dauerhaft treu bleiben können.

Obwohl sie kein Grab gefunden hatte, vermochte sie damit ihren Frieden zu machen. War denn ein Grab, das sie besuchen konnte, wirklich so wichtig? Weit bedeutender fand sie mittlerweile, dass er für sie lebendig blieb – und dass sie vergeben konnte, auch sich selbst.

Ruby öffnete ihren Koffer, nahm ihr Tagebuch heraus und schlug die Seiten auf, zwischen denen sie die Blumen aus Tyne Cot gepresst hatte. Sie dachte an die staubigen Wege, an das Meer der Kreuze im hellen Sonnenlicht und beendete ihren Brief an den toten Geliebten.

Lieber Bertie, schrieb sie. *Gestern Abend hat mir Joe Catchpole erzählt, wie du dein eigenes Leben riskiert hast, um seines zu retten, wie du ihn durch die feindlichen Linien in Sicherheit gebracht hast, obwohl er schwer verwundet war. Wahrscheinlich hast du nie erfahren, dass er überlebt hat. Er lebt wirklich, und es war wunderbar, ihn kennenlernen zu dürfen.*

Ich bin unglaublich stolz auf dich, Bertie Barton –
stolzer, als es Worte je auszudrücken vermögen. Ich
liebe dich und werde dich immer lieben, mein liebster
Schatz. Mein Held.

Die Worte verschwammen vor ihren Augen, und sie
legte das Tagebuch aus der Hand.

Als sie ein paar Minuten später aus dem Hotel trat,
schien die Sonne so hell, dass sie blinzeln musste. Sie
ging die paar Meter zur Promenade hinunter, wo sich
die einstmals noblen Hotels der Belle Époque vor dem
Blau der See und des Himmels abzeichneten. Die Luft
war so frisch und klar, dass es ihr vorkam, als könnte
sie von hier aus die weißen Klippen von Dover sehen,
wenn sie den Blick nur lang genug auf den Horizont
richtete.

Mit Erstaunen stellte Ruby fest, dass sie sich tatsächlich darauf freute, nach Hause zurückzukehren. Vielleicht war all das ja tatsächlich nicht ganz umsonst gewesen.

Anmerkungen zum historischen Hintergrund

Dieses Buch ist rein fiktional, wurde jedoch von realen Menschen, Orten und Ereignissen inspiriert.

Die Flandernschlachten haben Hunderttausenden das Leben gekostet, ganze Landstriche wurden völlig verwüstet, Dörfer und Städte dem Erdboden gleichgemacht. Dennoch nahmen bereits wenige Monate nach dem Waffenstillstand im November 1918 Tausende Menschen an den von kirchlichen Organisationen und kommerziellen Reiseveranstaltern wie Thomas Cook angebotenen »Schlachtfeldtouren« teil. Hotels wurden neu eröffnet, spezielle Reiseführer in rauen Mengen gedruckt.

Diese Touren waren überaus umstritten: Manche empfanden sie als takt- und respektlos gegenüber den Toten, gleichzeitig aber kamen sie dem verzweifelten Wunsch der Hinterbliebenen entgegen, mit eigenen Augen zu sehen, wo ihre Angehörigen gestorben und begraben worden waren. Selbst heute noch, hundert Jahre später, werden sterbliche Überreste von als »vermisst, vermutlich gefallen« geltenden Soldaten geborgen und erhalten ein individuelles Grab.

Der Onkel meines Mannes hingegen, dem dieses Buch gewidmet ist, gilt bis zum heutigen Tag als verschollen, und allein sein in der Menenpoort-Gedenkstätte Ypern verzeichneter Name erinnert an seine Tapferkeit und Opferbereitschaft.

Wenige Kilometer von Ypern entfernt liegt das kleine Städtchen Poperinge, vor dem damals die Front verlief. Da es niemals von den Deutschen eingenommen wurde, richteten dort während des Krieges die Divisionsstäbe der alliierten Streitkräfte ihre Kommandozentralen ein. Hier begründete Reverend Philip »Tubby« Clayton den sogenannten Every Man's Club, der den Soldaten, unabhängig von ihrem militärischen Rang, einen Rückzugsort für kurze Ruhephasen bot. Dank des Einsatzes der Talbot House Association konnte das Gebäude inzwischen der Öffentlichkeit zugänglich gemacht werden, und die Exponate führen in bemerkenswerter Weise vor Augen, unter welchen Bedingungen jene gelebt hatten, die damals in diesem unmenschlichen Krieg kämpfen mussten. Mehr darüber finden Sie unter www.talbothouse.be.

Tubby Claytons Arbeit setzt sich bis heute in der internationalen Wohltätigkeitsorganisation Toc H fort, die sich für Versöhnung einsetzt und die unterschiedlichen gesellschaftlichen Gruppen zu vereinen sucht. Mehr darüber unter www.toch-uk.org.uk.

Vor einem Café auf dem Hauptplatz von Poperinge steht eine Statue, die an »Ginger« erinnern soll, die jüngste Tochter des Besitzers, die wegen ihrer bemerkenswerten Robustheit und ihres freundlichen Naturells zu einer Art Berühmtheit unter den Soldaten wurde. Sowohl sie als auch Tubby Clayton tauchen in diesem Roman auf, desgleichen das Talbot House. Die anderen in der Geschichte auftretenden Figuren sind hingegen allein meiner Fantasie entsprungen und stehen in keinerlei Verhältnis zu realen lebenden oder verstorbenen Personen.

*D*ank

Ohne den scharfsinnigen Rat meiner Lektorinnen bei Pan Macmillan, Catherine Richards und Caroline Hogg, sowie meiner Agentin Caroline Hardman bei Hardman & Swainson wäre dieses Buch niemals entstanden.

Verlust und Aussöhnung sind überaus heikle Themen, und jeder Tag während meiner Arbeit hat mich mit Dankbarkeit erfüllt, weil wir in Zeiten relativen Friedens leben und keiner von unseren Freunden und Familien erwartet, dass sie ihr Leben dafür opfern, uns zu verteidigen. Ich danke euch, David, Becky und Polly Trenow, sowie meinen Freunden für unermüdliche Unterstützung und Ermutigung.

Last but not least danke ich John Hamil, unserem Führer durch die Schlachtfelder, der uns das Ausmaß und die Komplexität der Tragödie, die sich vor hundert Jahren in Flandern abgespielt hat, erst wirklich begreifbar machte.

Falls Sie mehr über meine Arbeit an diesem Buch erfahren möchten, besuchen Sie gern meine Homepage, www.liztrenow.com. Außerdem können Sie mir auf Facebook oder auf Twitter @LizTrenow folgen.

Der Krieg schenkt ihr die Liebe ihres Lebens. Und nimmt ihr alles ...

448 Seiten. ISBN 978-3-442-38118-0

England 1938: Lily Verner ist jung, lebenslustig und will etwas von der Welt sehen, doch der heraufziehende Zweite Weltkrieg macht ihre Reisepläne zunichte. Stattdessen arbeitet sie in der väterlichen Seidenweberei. Dort verliebt Lily sich in den deutschen Flüchtling Stephan – eine unmögliche Liebe in Kriegszeiten. Stephan wird des Landes verwiesen, und Lily bleibt nur die drückende Verantwortung für die Produktion der kriegswichtigen Fallschirmseide, die seit dem Tod des Vaters allein auf ihren Schultern lastet. Eine Verantwortung, die zu einem fatalen Fehler führt, der Lilys Leben für immer verändern wird ...

Lesen Sie mehr unter: **www.blanvalet.de**